江南文化研究论丛·第一辑

主　编　田晓明

副主编　路海洋

学术支持

苏州市哲学社会科学界联合会

苏州科技大学城市发展智库

苏州大学东吴智库

苏州科技大学文学院

本丛书获苏州市社科基金项目出版资助

江南文化研究论丛·第一辑

主编 田晓明

副主编 路海洋

"三言二拍"中的大运河文化论稿

朱全福 著

苏州大学出版社
Soochow University Press

图书在版编目(CIP)数据

"三言二拍"中的大运河文化论稿 / 朱全福著. —苏州：苏州大学出版社, 2022.11
(江南文化研究论丛 / 田晓明主编. 第一辑)
ISBN 978-7-5672-4125-1

Ⅰ. ①三… Ⅱ. ①朱… Ⅲ. ①话本小说—小说研究—中国—明代②大运河—文化研究—中国 Ⅳ.
①I207.419②K928.42

中国版本图书馆 CIP 数据核字(2022)第 222776 号

| 书　　名 / "三言二拍"中的大运河文化论稿
| "SANYAN ERPAI" ZHONG DE DAYUNHE WENHUA LUNGAO
| 著　　者 / 朱全福
| 责任编辑 / 刘　冉
| 装帧设计 / 吴　钰
| 出版发行 / 苏州大学出版社
| 地　　址 / 苏州市十梓街1号
| 邮　　编 / 215006
| 电　　话 / 0512-67481020
| 印　　刷 / 苏州市深广印刷有限公司
| 开　　本 / 787 mm×1 092 mm　1/16　印张：16.25　字数：267千
| 版　　次 / 2022年11月第1版
| 印　　次 / 2022年11月第1次印刷
| 书　　号 / ISBN 978-7-5672-4125-1
| 定　　价 / 68.00元

图书若有印装错误，本社负责调换。
苏州大学出版社营销部　电话：0512-67481020
苏州大学出版社网址　http://www.sudapress.com
苏州大学出版社邮箱　sdcbs@suda.edu.cn

文化抢救与挖掘：人文学者的历史使命与时代责任
——"江南文化研究论丛"代序

田晓明

世间诸事，多因缘分而起，我与"大学文科"也不例外。正如当年（2007年）我未曾料想到一介"百无一用"的书生还能机缘巧合地担任一所百年名校的副校长，也从未想到过一名"不解风情"的理科生还会阴差阳错地分管"大学文科"，而且这份工作一直伴随着我近二十年时间，几乎占据了我职业生涯之一半和大学校长生涯之全部。我理解，这也许就是人们常说的缘分吧！

承应着这份命运的安排，我很快从既往断断续续、点点滴滴的一种业余爱好式"生活样法"（梁漱溟语：文化是人的生活样法）中理性地走了出来，开始系统、持续地关注起"文化"这一话题或命题了。尽管"文化"与"大学文科"是两个不同的概念，但在我的潜意识之中，"大学文科"与"文化"彼此间的关联似乎应该比其他学科更加直接和密切。于是，素日里我对"文化"的关切似乎也就成了一种偏好、一种习惯，抑或说是一种责任！

回眸既往，我对"文化"的关注大体分为两个方面或两个阶段：一是起初仅仅作为一名普通读书人浸润于日常生活、学习和工作中的碎片式"体悟"；二是2007年之后作为一名大学学术管理者理性、系统且具针对性的理论思考和实践探索。

作为20世纪80年代初期的大学生，我们这一代人虽然被当时的人们羡称为"天之骄子""时代宠儿"，但我们自个儿内心十分清楚，我们就如同一群刚刚从沙漠之中艰难跌打滚爬出来的孩子，对知识和文化的追求近乎如饥似渴！有人说：在没有文学的年代里做着文学的梦，其灵魂是苍白的；在没有书籍的环境中爱上了读书，其精神是饥渴的。我的童年和少年就是在这饥渴而苍白的年代中度过的，平时除了翻了又翻的几本连环画和看了又看的几部老电影，实在没有太多的文化新奇。走进大学校园之后，图书馆这一被誉为"知识海洋"的建筑物便成为我们这代人日常生活和学习的主要场所,而且那段生活和学习的时光也永远定格为美好的记忆!即便是现在,偶尔翻及当初留下的数千张读书卡片,我内心深处仍没有丝毫的艰辛和苦楚,而唯有一种浓浓的自豪与甜蜜的回忆!

如果说大学图书馆(更准确地说是数以万计的藏书)是深深影响着我们这代读书人汲取"知识"和涵养"文化"的物态载体,那么,伴随着改革开放在华夏大地上曾经涌起的一股强劲的"文化热",则是我们这代人成长经历中无法抹去的记忆。20世纪80年代,以李泽厚、庞朴、张岱年等为代表的一大批学者,一方面对中国传统思想文化展开了批评研究,另一方面对西方先进思想文化进行学习借鉴,从而引导了文化研究在改革开放以来再次成为社会热点。如何全面评价20世纪80年代的那股"文化热",这是文化研究学者们的工作。而作为一名大学学术管理者,我特别注意的是这股热潮所引致的一个客观结果,那就是追求精神浪漫已然成为那个时代的一种风尚,而这种精神浪漫蕴含着浓郁的人文主义和价值理性指向。其实,这种对人文主义呼唤或回归的精神追求并不只是当时中国所特有的景致。

放眼世界,由于科学主义、工具理性的滥觞,人文社会科学日渐式微,人文精神也日益淡薄。而这种人文学科日渐式微、人文精神日益淡薄现象最早表现为大学人文学科的边缘化甚至衰落。早在20世纪60年代,国际学术界尤其是大学人文社会科学界就由内而外、自发地涌起了"回归人文、振兴文科"的浪潮。英国学者普勒姆于20世纪60年代出版的《人文学科的危机》,引发了欧美学界尤其是人文社会科学界的广泛关注和热烈讨论;美国学者罗伯特·维斯巴赫针对美国人文学科的发展困境发表感慨:"如今的人文学科,境遇不佳,每况愈下,令人束手无策","我们已经失去其他领域同事们的尊敬以及知识大众的关注";乔·古尔迪曾指出,"最近的半个世纪,整个人文学科一直处于危机之中,虽然危机在每个国家的表现有所不同";康利认为,美国"20世纪60年代社会科学拥有的自信心,到了80年代已变为绝望";利奥塔甚至宣称"死掉的文科";等等。尽管学者们仅仅从大学学科发展之视角来探析人文社会科学的式微与振兴,却也从另一个侧面很好地反映出人类社会所遭遇的人文精神缺失和文化危机的现象。

在这样的大背景下,中国人文社会科学也不例外。作为一名大学学术管理者和人文社会科学研究者，我从未"走出"过大学校门，对大学人文精神愈益淡薄的现状也有极为深切的体会，这也促使我反复思考大学的本质究竟是什么。数年之前，我曾提出了自己对这一问题的认识：在归根结底的意义上，大学的本质就在于"文化"——在于文化的传承、文化的启蒙、文化的自觉、文化的自信、文化的创新。因为脱离了文化传承、文化启蒙、文化创新等大学的本质性功能，人才培养、科学研究和社会服务都会成为无源之水、无本之木，而大学的运行就容易被视作简单传递知识和技能的工具化活动。从这一意义上说，大学文化建设在民族文化乃至人类文化传承、创新中拥有不可替代的重要地位甚至主要地位。换言之，传承、创新人类文化应该是大学的历史使命与责任担当。

对大学本质功能的思索，也是对大学人文精神日益淡薄原因的追问，这一追问的结果还是回到了文化关怀、文化研究上来。由于在地的原因，我对江南文化和江南文化研究有着较长时间的关注。提及江南文化，"江南好，风景旧曾谙。日出江花红胜火，春来江水绿如蓝，能不忆江南"，"江南可采莲，莲叶何田田"，"人人尽说江南好，游人只合江南老"，"忽听春雨忆江南"，"杏花春雨江南"等清辞丽句就会自然而然地涌上我们的心头，而很多人关于江南的文化印象很大程度上也正是被这些清辞丽句所定义。事实上，江南文化是在"江南"这一自然地理空间中层累发展起来的物质文化、精神文化的总称。

从历史上看，经过晋室南渡、安史之乱导致的移民南迁、南宋定都临安等一系列重大历史事件，江南在中国文化中的中心地位日益巩固，到了明清时期，江南文化更是发展到了它的顶峰。近代以来，江南文化也并未随着封建王朝的崩解而衰落，而是仍以其强健的生命力，在中西文化冲突与交融的大背景下，逐渐形成了兼具传统性与现代性的新江南文化。在这个意义上，我们所说的江南文化，既是历史的，也是现代的，既是凝定的，也是鲜活的，而其中长期积累起来的优秀文化传统，已经深深融入江南社会发展的肌体当中。如果再将审视的视野聚焦到江南地区的重要城市苏州，我们便不难发现，在中国古代，苏州是吴文化的重要发祥地之一，也是江南文化发展的一个核心区域，苏州诗词、戏曲、小说、园林、绘画、书法、教育、经学考据等所取得的丰厚成就，已经载入并光耀了中华传统文化史册；在当今，苏州也仍然是最能体现江南文化特质、江南文化精神的名城重镇。

我们今天研究江南文化，不但是要通过知识考古的方式还原其历史面貌，还要经由价值探讨的方法剔理其中蕴涵的文化传统、文化精神及其现代价值与意义，更要将这些思考、研究成果及时、有效地运用于现实社会生活，从而真正达成文化的传承、弘扬与创新。

其实，世界上最遥远的距离并不在天涯海角之间，也不是马里亚纳海沟底到珠穆朗玛峰巅，而在于人们意识层面的"知道"与行为表达的"做到"之间。所幸无论在海外还是在本土，学界有关"回归人文、振兴文科"的研讨一直没有中断，政府的实践探索活动也已开启并赓续。2017年美国希拉姆学院率先提出"新文科"概念，强调通过"跨学科""联系现实"等手段或路径摆脱日渐式微的人文社会科学困境。如果说希拉姆学院所言之"新文科"是一种自下而上的、内生型的学界主张，那么我国新近提出的"新文科"建设则具有鲜明的中国特色。作为一名长期从事文科管理的大学办学者，我也深有一种时不我待的紧迫感和"留点念想"的使命感！十多年以来，无论是在苏州大学还是在苏州科技大学，我都是以一种"出膏自煮"的态度致力于大学文科、文化校园和区域文化建设的：本人牵头创办的苏州大学博物馆，现已成为学校一张靓丽的文化名片；本人策划、制作的苏州大学系列人物雕塑，也成为学校一道耀眼的风景线；本人策划和主编的大型文化抢救项目"东吴名家"系列丛书和专题片也已启动，"东吴名家"（艺术家系列、名医系列、人文学者系列等）相继出版发行，也试图给后人"留点念想"；本人在全国高校中率先创办的"苏州大学东吴智库"（2013年）和"苏州科技大学城市发展智库"（2018年）先后获得江苏省哲学社会科学重点研究基地和江苏高校哲学社会科学重点研究基地，且跻身"中国智库索引"（CTTI），本人也被同行誉为"中国高校智库理论思考和实践探索的先行者"……

素日里，我也时常回眸来时路，不断检视、反思和总结这些既有的工作业绩。我惊喜地发现，除了自身的兴趣和能力，苏州这座洋溢着"古韵今风"的魅力城市无疑是这些业绩或成就的主要支撑。随着文化自信被作为中华民族伟大复兴历史梦想的重要组成部分而提出、强调，在理论和实践层面实施中华优秀传统文化传承发展工程已经成为国家的一项重要发展战略。勤劳而智慧的苏州人对国家发展战略的响应素来非常迅速而务实，改革开放以来，他们不仅以古典园林的艺术精心打造出苏州现代经济板块，而且以"双面绣"的绝活儿巧妙实现了中国文化和世界文化的和谐对接。对于实施中华优秀传统文化传承发展工程的国家发展战略，苏州人也未例外。2021年苏州市发布了《"江南文化"品牌塑造三年行动计划》，目的即在传承并创造性转化江南优秀传统文化，推动苏州文化高质量发展，进一步提升城市文化软实力和核心竞争力。《"江南文化"品牌塑造三年行动计划》拟实施"十大工程"，以构建比较完整的江南文化体系，而"江南文化研究工程"就是其中的第一"工程"。该"工程"旨在坚守中华文化立场，传承江南文化，加快江南历史文化发掘整理研究，阐释江南文化历史渊源、流变脉络、要素特质、当代价值，推动历史文化与现实文化相融相通，为传承弘扬江南文化提供有力的学术支撑。

为助力苏州市落实《"江南文化"品牌塑造三年行动计划》，我与拥有同样情怀和思考的好友路海洋教授经过数次研讨、充分酝酿，决定共同策划和编撰一套有关江南文化研究的系列图书。在苏州市哲学社会科学界联合会大力支持下，我们以"苏州科技大学城市发展智库""苏州大学东吴智库"为阵地，领衔策划了"江南文化研究论丛"（以下简称"论丛"）。首辑"论丛"由9部专著构成，研究对象的时间跨度较大，上起隋唐，下讫当代，当然最能代表苏州文化发展辉煌成就的明清时期以及体现苏州文化新时代创新性传承发展的当代，是本丛书的主要观照时段。丛书研究主题涉及苏州审美文化、科举文化、大运河文化、民俗文化、出版文化、语言文学、工业文化、博物馆文化、苏州文化形象建构等，其涵括了一系列能够代表苏州文化特色和成就的重要论题。

具体而言，李正春所著《苏州科举史》纵向展示了苏州教育文化发展史上很具辨识度的科举文化；刘勇所著《清代苏州出版文化研究》横向呈现了有清一代颇为兴盛的出版文化；朱全福所著《"三言二拍"中的大运河文化论稿》以明代拟话本代表之作"三言二拍"为着力点，论述了其中涵纳的颇具特色的大运河城市文化与舟船文化；杨洋、廖雨声所著《明清苏州审美风尚研究》和李斌所著《江南文化视域下的周瘦鹃生活美学研究》，分别从断代整体与典型个案角度切入，论述了地域特性鲜明的"苏式"审美风尚和生活美学；唐丽珍等所著《苏州方言语汇与民俗文化》，从作为吴方言典型的苏州方言入手，分门别类地揭示方言语汇中包蕴的民俗文化内涵；沈骅所著《苏州工业记忆：续篇》基于口述史研究理念，对改革开放以来的苏州工业历史作了点面结合的探研；艾志杰所著《影像传播视野下的苏州文化形象建构研究》和戴西伦所著《百馆之城：苏州博物馆文化品牌传播研究》，从文化传播维度切入，前者着眼于苏州文化形象建构的丰富路径及其特点的探研，后者则着力于苏州博物馆文化品牌传播内蕴的挖掘。

据上所述，本丛书的特点大体可以概括为十六个字：兼涉古今、突出典型、紧扣苏州、辐射江南。亦即选取自古以来具有典型意义的一系列苏州文化论题，各有侧重地展开较为系统的探研：既研究苏州文化的"过去时"，也研究苏州文化的"进行时"；研究的主体固然是苏州文化，但不少研究的辐射面已经扩展到了整个江南文化。丛书这一策划思路的宗旨正在于《"江南文化"品牌塑造三年行动计划》所说的使苏州"最江南"的文化特质更加凸显、人文内涵更加厚重、精神品格更加突出，从而提升苏州在江南文化话语体系中的首位度和辐射力。

诚然，策划这套丛书背后的深意仍要归结到我对大学本质性功能的体认，我们希望通过这套可能还不够厚重的丛书，至少引起在苏高校人文社会科学类教师对苏州文化、江南文化、中国传统文化传承与创新的重视，希望他们由此进一步强化对自己传承、创新文化这一历史使命与时代责任的认识，并进而从内心深处唤回曾经被中国社会一定时期疏远的人文精神、人文情怀——即便这套丛书只是一个开始。

目 录

- 001 绪 论
- 009 上篇："三言二拍"中大运河文化之城市文化
- 016 第一章 大运河文化之杭州城市文化
- 018 第一节 故国之思、黍离之悲的怀旧文化
- 023 第二节 杭州旖旎风光与市井风情
- 026 第三节 城市繁华背后的声色文化
- 030 第四节 佳山胜水中酿造的情爱文化
- 035 第五节 浓郁的佛道文化气息
- 047 第二章 大运河文化之苏州城市文化
- 048 第一节 湖光山色的水乡文化
- 050 第二节 发达而浓郁的商业文化氛围
- 055 第三节 民风淳朴、乐善好施的社会文化风尚
- 058 第四节 深厚的文化积淀　淳朴的民间风俗
- 063 第五节 商人文化形象为苏州城市形象增光添彩
- 074 第六节 文化昌盛　人物风流
- 086 第三章 大运河文化之扬州城市文化
- 087 第一节 运河商旅文化枢纽之地
- 089 第二节 盐商文化汇聚之地
- 096 第三节 风流皇帝隋炀帝的文化传说之地
- 100 第四节 酿造温馨浪漫气息的情爱文化之都

105	第四章	大运河文化之北京城市文化
107	第一节	浓郁的京师风俗与都市文化风貌
110	第二节	老北京胡同里的妓院文化
112	第三节	运河北端起点处的集镇文化风情

119　下篇："三言二拍"中大运河文化之舟船文化

123	第五章	舟船"渡"的文化意蕴
123	第一节	舟船承载士子进京赶考
126	第二节	舟船承载官员去外地赴任
130	第三节	舟船承载各阶层人士游乐或投亲靠友
136	第四节	舟船承载香客进香请愿
139	第五节	舟船承载商人贩货经商
148	第六章	发迹变泰型舟船文化
149	第一节	"发迹变泰"的文化内涵及文学渊源
152	第二节	"发迹变泰"舟船小说的类型
163	第三节	"发迹变泰"舟船小说的文化意蕴
189	第七章	水贼劫财型舟船文化
193	第一节	水路盗贼兴起的原因
204	第二节	"水贼劫财"舟船故事的江湖文化意蕴
211	第三节	漂泊之舟的文化意蕴
217	第八章	遇艳型舟船文化
217	第一节	舟船遇艳故事产生的缘由
219	第二节	舟船遇艳故事的三种类型
228	第三节	舟船遇艳故事的文化意蕴

244　参考文献

绪论

京杭大运河不仅是世界上里程最长、工程最浩大的古代运河，而且还是中国文化地位的象征之一。

"在近代以前的中国，大运河是国之命脉，它几乎贯穿了整个中华文明。运河给我们留下了丰富的遗产，尤其在文化层面，衍生出一批重要的、可以生动反映一地历史沿革、精神流变的作品，它们是我们对地域文化最生动的认知，也最容易形成文化认同感和归属感。在长期的历史发展中，大运河文化形成两种时态，一种是历史的，一种是现代的。历史的文学记忆，应当被我们拾起，重新挖掘其中的价值。"[1]而晚明时期问世的两部拟话本小说集"三言"和"二拍"就属于形象地呈现大运河多种文化形态的文学作品，它们是弥足珍贵的大运河文化遗产，值得我们去梳理和探析。

中国大运河文化是一种流动的文化。大运河沿岸拥有数不清的码头、官仓、船闸、桥梁、堤坝、衙署、寺庙、会馆、历史街区和园林，如此丰富的物质和非物质文化遗产，构成了中国大运河深厚的历史文化价值。党的十九大报告指出，深入挖掘中华优秀传统文化蕴含的思想观念、人文精神、道德规范，结合时代要求继承创新，让中华文化展现出永久魅力和时代风采。大运河文化作为中华优秀传统文化的代表，内涵十分丰富，需要一批热心人去挖掘它，传承它。

研究明清小说的发展史，我们会发现，这一时期小说的繁荣、发展和贯穿中国南北的京杭大运河之间有着至为重要的关系。大运河沿岸城市和市镇中商业的繁荣与文人对这种生活的关注促成了明清小说题材的拓展。明清小说的全面繁荣，不仅表现在作品数量众多和创作技巧成熟，更表现在作品创作题材上的开拓。京杭大运河贯通中国南北，交通繁荣带来沿途商业的繁荣，在大运河沿岸形成了许多重要的商业城市，同时还出现了大大小小的商业市镇。这些商业城市和市镇不仅聚集了以商人为主体的大批城市市民，也吸引了不少留恋繁华城市、习惯于出入市井的文人。他们开始关注商人们的经商活动和私生活，并逐渐改变了不屑与商贾为伍的清高态度。正是在这样的大背景下，文人创作或改编的小说中，商人生活的题材出现了。这方面的代表作是"三言"与"二拍"。而它们的

---

[1]《阅读大运河》编委会：《阅读大运河》，中国财政经济出版社2021年版，代序第1页。

作者或编撰者冯梦龙、凌濛初就是长期生活在大运河沿岸城市并熟悉商人生活的文人。

冯梦龙、凌濛初这两位生活在大运河岸边的文人投身小说创作是促成明清白话短篇小说走向文体成熟的一个重要因素。大运河沿岸城市与市镇是明清通俗小说中故事发生或延展的首选之地；在"三言二拍"中，凡写到大运河沿岸的城市，经常以介绍其实有名胜及人们熟知的相关典故作为故事的开始，尤其有意识地去描写其最负盛名、最具代表性的名胜、景观及风俗。而这些久负盛名、具有代表性的名胜、景观及风俗通常蕴含着丰富的运河文化内涵，展示着明清时代运河两岸的风土风貌、风俗人情及人们的思想观念和审美取向等，值得后人深入研究，进一步扩大对大运河文化内涵的开掘。

伴随着大运河申报世界文化遗产的成功，全国各个研究机构及各类研究人员纷纷投入对大运河文化的研究和探索中。自1949年以来，以"大运河文化"为研究重点刊发的相关文章有2000多篇。但就年代而言，1949—1979年间仅有数篇，且都发表于20世纪50年代或60年代初；1980—1990年间有20多篇；1991—2000年间有近百篇；其余均为近年来的成果。有关大运河的研究专著有近50部（史料汇编类未列入），也多为近年来的成果，其主要来自两个方面：一是科研机构和高校文史专业研究者的研究成果；二是运河沿线城市的文史研究机构（地方志办公室、政协文史委）及民间文史研究者的研究成果。近年来，大运河文化研究的内容主要包括大运河历史研究，如河道变迁、运河工程、运河漕运、税关仓储、河政管理、生态环境变迁等；运河区域社会变迁研究，如运河城镇带的形成、商人商帮、因河而兴的手工业、农业产业结构变化、人口流动、社会结构变化等；运河区域民俗研究，如民风民俗、民间信仰、民间文学、民间艺术、书院科举、文化交流等。

大运河文化研究的不足在于两个方面。一是学术界往往只对运河本身的历史沿革和沿岸城市的发展进行研究，发表学术论著，但对运河文化未做充分的研究和论述。已有的研究多从经济史的角度将其视作经济行为进行考证和分析；对于运河城镇的研究也都是从城市史或商业经济的角度进行立论，而极少与社会的变迁联系起来做宏观、综合的考察研究。二是大运河文化研究存在地区差异，冷热不均，深浅有别，物质文化与非物质文化投入不均衡，缺少跨学科、多学科的综合研究，缺少系统性与全面规划，重史料梳理轻实地考察等问题。就全国而言，大运河文化基础研究薄弱，人们对大运河文化还缺乏客观、理性、科学和全面的认识，大运河文化研究的理论指导远远滞后于实践的需求。大运河文化研究普遍层次不高、深度不够，史料性爬梳远多于实地考察研究。大运河文化研究存在地区差异。大运河沿线（包括隋唐大运河、京杭大运河）的中心城市多达35个，但对运河文化遗产的保护及研究有的很重视，有的不太重视，呈现冷热不均、深浅有别的状态。大运河文化研究中物质文化与非物质文化研究投入不均衡，过于注重实用研究，对大运河文化的挖掘往往以发展旅游经济为服务宗旨。大运河文化研究缺少跨学科、多学科的综合研究。以江苏省大运河文化研究为例，江苏省大运河文化研究缺乏普遍重视，沿运河城市对运河文化研究重视程度差别显著。大运河纵贯江苏南北，大运河江苏段是运河源起之地，也是自古以来最繁华的运河航段，目前对大运河江苏段的文化研究与其在运河中的地位很不相称。江苏省大运河文化遗产的挖掘与保护还缺乏系统性与全面规划。运河文化研究缺乏学术团队组织和打造。一方面，一些运河文化研究会由官方主办，缺乏民间的广泛参与；另一方面，民间的研究者学术素养有待提高，其倾向于故事性、传说性的资料搜集和整理，学理性不足，学术含量不高，缺乏引导，研究缺乏可持续性。而作为学术研究高地之一的高校参与少，个别高校虽有"运河文化研究"方向，但也鲜见其有运河文化研究成果。就江苏省而言，运河文化存在共性和各自特色，只是目前既缺少共性研究，也缺乏运河文化的地域特色研究。沿运河城市对于运河文化研究在提升城市文化品位的重要性方面认识不足。[1]

当然，对明清小说尤其是"三言二拍"中涉及的大运河文化展开专题研究，在当今的大运河文化研究中更是显得非常薄弱，甚至是被忽视的。从现有的研究成果看，几乎没有专门涉及这方面的课题。

现有的大运河文化研究主要有如下一些成果：

---

[1] 郑孝芬：《中国大运河文化研究综述》，《淮阴工学院学报》2012年第6期，第1—8页。

一、研究大运河文化的学术专著

（一）《中国大运河文化》

该书由中国建材工业出版社于2019年出版，作者是姜师立。这是中国大运河列入《世界遗产名录》后，首部从文化层面研究中国大运河的专著，也是首部从中国大运河的视角解读运河文化的书籍。该书分别对中国大运河沿线的诸多文化符号进行了全面的梳理与研究，以中国大运河文化为切入点，将中国大运河文化分为漕运文化、水工文化、建筑文化、园林文化、宗教文化、城市文化、商业文化、文学艺术、非物质文化、旅游文化10个系列进行介绍，全面系统地阐述了中国大运河文化的概念特点，中国大运河的文化内涵、传统功能和历史价值。该书对于中国大运河在后申遗时代的发展，中国大运河遗产的保护与利用，传承中华文脉，实施文化遗产传承发展工程，进一步完善文化遗产保护制度，以及大运河文化带建设等方面具有重要意义。

该书通过讲述中国大运河故事，传播中国历史、中国文化和中国声音，让更多的人认识中国大运河，领会中国大运河的价值所在，让人们更好地了解、更加珍惜这份珍贵的世界文化遗产，进而使广大民众更为了解和尊重自己的历史，增强民族的自信心和自豪感，培养高度的文化自觉和文化自信，为中华优秀文化走出去奠定坚实基础。

（二）《中国运河文化史》

该书由安作璋主编，由山东教育出版社于2001年出版。该书研究的主要内容是春秋战国至民国时期大运河的变迁和运河文化两大部分。重点阐述了运河文化，包括历代运河区域以城市为中心的农业、手工业、商业及城市发展状况，重大历史事件，主要历史人物的事迹、思想，社会组织，与外国的交往等，力求全面反映两千多年运河区域物质文化和精神文化发展的历史。

（三）《运河·中国：隋唐大运河历史文化考察》

该书作者是张秉政，于2019年由北京时代华文书局出版。该书以隋唐大运河中的通济渠、永济渠为中心，记述了两渠的渊源和演变，考察了通济渠的古代风貌和沿岸风物。书中用很大篇幅介绍了两渠沿岸约二十座有丰富历史积淀的名城，将隋唐大运河沿线曾经的景物风俗、历史画卷一一呈现出来。

（四）《明清小说与运河文化》

该书作者是赵维平，由上海三联书店于 2007 年出版。该书对明清小说与运河区域的社会变迁做了富有学术价值和现实意义的新探索。该书展现了诸多未见前人征引的碑刻、家谱及地方文献，并利用大量新资料，从新的角度，对明清小说与运河区域的社会变迁、戏剧等文化交流，不同区域民间信仰的相互交融等展开了具有新意的分析。

（五）《阅读大运河》

该书由《阅读大运河》编委会编撰，由中国财政经济出版社于 2021 年出版。该书是一本散文随笔集，由陆春祥、姜师立、王小柔、侯磊、苏宁、刘北、袁梅、阿福等二十余位生活在大运河沿线城市的作家、学者联合创作。书中的文章记述了我们的祖先留下来的宝贵遗产：流动的文化、生生不息的大运河。全书以运河流域为线索，一人写一文，一城配一图，以独特的视角和生动的文字书写出城市印象、历史渊源、人文故事、文化遗产、风俗演变，洋溢着运河两岸的勃勃生机与盎然诗意，引领读者走进魅力无限的大运河文化宝藏。

二、研究大运河文化的单篇文章

（一）吴欣：《大运河文化的内涵与价值》，《光明日报》2018 年 2 月 5 日。

（二）王韬：《大运河的文化意象》，《江南大学学报》（人文社会科学版）2018 年第 4 期。

（三）许韧：《明清文学中的运河文化探析》，《作家》2014 年第 18 期。

（四）代智敏、胡海义：《明清小说中的"西湖"意象之阐释》，《名作欣赏》2012 年第 20 期。

（五）李想：《略论"三言二拍"所蕴涵的运河文化》，《淮阴工学院学报》2012 年第 6 期。

（六）王平：《〈金瓶梅〉与运河文化论略》，《黑龙江社会科学》2010 年第 2 期。

（七）田秉锷：《〈金瓶梅〉与运河文化》，《徐州师范大学学报》（哲学社会科学版）1990年第4期。

（八）张岳林、刘亮：《"三言""二拍"的酒楼叙事》，《皖西学院学报》2014年第6期。

综上所述，目前学术界对大运河文化的研究更多地集中在大运河具有的物化和符号化的意义上，着重从"水利—物质""国家—社会""精神—行为"三个层面进行探讨。具体侧重于在漕运文化、水工文化、建筑文化、园林文化、宗教文化、城市文化、商业文化、文学艺术、非物质文化、旅游文化等方面做梳理和挖掘，但对明清小说尤其是"三言二拍"中所蕴含的丰富的大运河文化涉猎甚少，深入研究更是无从谈起。有鉴于此，对"三言二拍"中呈现的大运河文化展开专题研究，意义还是相当重大的。

上篇：「三言二拍」中大运河文化之城市文化

明代小说家冯梦龙编撰的"三言"和凌濛初创作的"二拍"这两部拟话本小说集，总共收录了古代白话短篇小说两百篇，而其中涉及的故事和人物与大运河文化相关联的就达八十篇之多，其中《喻世明言》十五篇，《警世通言》二十一篇，《醒世恒言》十七篇，《初刻拍案惊奇》十四篇，《二刻拍案惊奇》十三篇，占比高达百分之四十（表一）。

表一 "三言二拍"中与大运河文化相关联的小说

小说名称	卷次	篇名	总篇目数
喻世明言	1	蒋兴哥重会珍珠衫	15
	3	新桥市韩五卖春情	
	21	临安里钱婆留发迹	
	22	木绵庵郑虎臣报冤	
	23	张舜美灯宵得丽女	
	24	杨思温燕山逢故人	
	26	沈小官一鸟害七命	
	27	金玉奴棒打薄情郎	
	28	李秀卿义结黄贞女	
	29	月明和尚度柳翠	
	30	明悟禅师赶五戒	
	34	李公子救蛇获称心	
	38	任孝子烈性为神	
	39	汪信之一死救全家	
	40	沈小霞相会出师表	
警世通言	5	吕大郎还金完骨肉	21
	6	俞仲举题诗遇上皇	
	7	陈可常端阳仙化	
	8	崔待诏生死冤家	
	11	苏知县罗衫再合	
	14	一窟鬼癞道人除怪	
	15	金令史美婢酬秀童	
	17	钝秀才一朝交泰	

续表

小说名称	卷次	篇名	总篇目数
警世通言	22	宋小官团圆破毡笠	21
	23	乐小舍弃生觅偶	
	24	玉堂春落难逢夫	
	25	桂员外途穷忏悔	
	26	唐解元一笑姻缘	
	27	假神仙大闹华光庙	
	28	白娘子永镇雷峰塔	
	31	赵春儿重旺曹家庄	
	32	杜十娘怒沉百宝箱	
	33	乔彦杰一妾破家	
	34	王娇鸾百年长恨	
	35	况太守断死孩儿	
	38	蒋淑真刎颈鸳鸯会	
醒世恒言	3	卖油郎独占花魁	17
	4	灌园叟晚逢仙女	
	6	小水湾天狐诒书	
	7	钱秀才错占凤凰俦	
	8	乔太守乱点鸳鸯谱	
	10	刘小官雌雄兄弟	
	16	陆五汉硬留合色鞋	
	18	施润泽滩阙遇友	
	20	张廷秀逃生救父	
	21	张淑儿巧智脱杨生	
	24	隋炀帝逸游召谴	
	28	吴衙内邻舟赴约	
	32	黄秀才徼灵玉马坠	
	33	十五贯戏言成巧祸	
	35	徐老仆义愤成家	

续表

小说名称	卷次	篇名	总篇目数
醒世恒言	36	蔡瑞虹忍辱报仇	17
	37	杜子春三入长安	
初刻拍案惊奇	1	转运汉遇巧洞庭红 波斯胡指破鼍龙壳	14
	8	乌将军一饭必酬 陈大郎三人重会	
	12	陶家翁大雨留宾 蒋震卿片言得妇	
	14	酒谋财于郊肆恶 鬼对案杨化借尸	
	15	卫朝奉狠心盘贵产 陈秀才巧计赚原房	
	16	张溜儿熟布迷魂局 陆蕙娘立决到头缘	
	18	丹客半黍九还 富翁千金一笑	
	22	钱多处白丁横带 运退时刺史当艄	
	23	大姊魂游完宿愿 小姨病起续前缘	
	24	盐官邑老魔魅色 会骸山大士诛邪	
	25	赵司户千里遗音 苏小娟一诗正果	
	26	夺风情村妇捐躯 假天语幕僚断狱	
	27	顾阿秀喜舍檀那物 崔俊臣巧会芙蓉屏	
	34	闻人生野战翠浮庵 静观尼昼锦黄沙弄	

续表

小说名称	卷次	篇名	总篇目数
二刻拍案惊奇	1	进香客莽看金刚经 出狱僧巧完法会分	13
	3	权学士权认远乡姑 白孺人白嫁亲生女	
	6	李将军错认舅 刘氏女诡从夫	
	7	吕使者情媾宦家妻 吴大守义配儒门女	
	9	莽儿郎惊散新莺燕 㑅梅香认合玉蟾蜍	
	15	韩侍郎婢作夫人 顾提控掾居郎署	
	21	许察院感梦擒僧 王氏子因风获盗	
	26	懵教官爱女不受报 穷庠生助师得令终	
	32	张福娘一心贞守 朱天锡万里符名	
	33	杨抽马甘请杖 富家郎浪受惊	
	37	叠居奇程客得助 三救厄海神显灵	
	38	两错认莫大姐私奔 再成交杨二郎正本	
	39	神偷寄兴一枝梅 侠盗惯行三昧戏	

　　冯梦龙和凌濛初这两位小说家,一个生活在苏州,一个生活在湖州,这两个城市在明代都是大运河沿岸经济、文化非常发达、兴盛的地方。可以毫不夸张地说,冯梦龙和凌濛初是在大运河水的滋润下长大,感受着运河两岸浓郁的文化气息而走上文坛并茁壮成长起来的优秀小说家。他们创作的拟话本小说自然深深地刻上了运河文化的烙印,从"三言二拍"中我

们既可以看到不同层次的运河文化对他们的浸染和影响，又可以清晰地感受到他们对运河两岸的文化及风貌的多方面展示。在此我们仅就"三言二拍"中所蕴含的大运河文化内涵展开分析和阐述。

"三言二拍"中所展示的大运河文化主要是指小说通过描写大运河沿线南来北往人员的流动、交流，大运河两岸的寺庙、古街、码头、河坎、河埠、店铺、会所等场景，不仅展示出大运河两岸风光的旖旎、经济的繁盛及城市的富庶，而且抒发了人们对大运河所饱含的复杂情感，昭示出大运河流淌千年以来孕育出的丰富的文化精神和文化意蕴。可以说，"三言二拍"中所蕴含的大运河文化是丰富的，种类繁多且内涵深厚，我们试从"城市文化""舟船文化"这两个运河文化层面加以论述。

第一章 大运河文化之杭州城市文化

京杭大运河全长约 1797 千米，自北向南流经北京、天津两市及河北、山东、江苏、浙江四省。自运河开通以来，一些城市逐渐成为漕运的枢纽、商品的集散地。"船舶往来，商旅辐辏"，运河两岸的经济因水运而通达，因商运而繁茂，船舶络绎不绝，商人接踵而至，贸易盛极一时。繁忙而喧腾的大运河孕育出了北京、扬州、苏州、杭州等经济文化繁荣的城市。在"三言二拍"中小说家对杭州、苏州、扬州、北京这几座城市给予了特别多的关注，并倾注了个人情感加以浓墨重彩的描绘，其城市文化也得到了鲜明的展示。

作为京杭大运河最南端的城市——杭州，在"三言二拍"所描绘的运河两岸众多城市中，曝光率是最高的，相关书写也是多角度、全方位的。据笔者粗略统计，两部小说集中与杭州城市文化相关联的小说非常之多，共有 32 篇（表二）。

表二 "三言二拍"中与杭州城市文化相关联的小说

小说名称	卷次	篇名	总篇目数
喻世明言	3	新桥市韩五卖春情	11
	21	临安里钱婆留发迹	
	22	木绵庵郑虎臣报冤	
	23	张舜美灯宵得丽女	
	26	沈小官一鸟害七命	
	27	金玉奴棒打薄情郎	
	29	月明和尚度柳翠	
	30	明悟禅师赶五戒	
	34	李公子救蛇获称心	

续表

小说名称	卷次	篇名	总篇目数
喻世明言	38	任孝子烈性为神	11
	39	汪信之一死救全家	
警世通言	6	俞仲举题诗遇上皇	9
	7	陈可常端阳仙化	
	8	崔待诏生死冤家	
	14	一窟鬼癞道人除怪	
	23	乐小舍弃生觅偶	
	27	假神仙大闹华光庙	
	28	白娘子永镇雷峰塔	
	33	乔彦杰一妾破家	
	38	蒋淑真刎颈鸳鸯会	
醒世恒言	3	卖油郎独占花魁	5
	8	乔太守乱点鸳鸯谱	
	16	陆五汉硬留合色鞋	
	33	十五贯戏言成巧祸	
	35	徐老仆义愤成家	
初刻拍案惊奇	12	陶家翁大雨留宾 蒋震卿片言得妇	6
	15	卫朝奉狠心盘贵产 陈秀才巧计赚原房	
	16	张溜儿熟布迷魂局 陆蕙娘立决到头缘	
	18	丹客半黍九还 富翁千金一笑	
	25	赵司户千里遗音 苏小娟一诗正果	
	34	闻人生野战翠浮庵 静观尼昼锦黄沙弄	
二刻拍案惊奇	9	莽儿郎惊散新莺燕 㑇梅香认合玉蟾蜍	1

从这些小说叙述的故事内容和刻画的人物形象等方面加以考察，我们可以梳理出大运河畔"杭州城市文化"的丰富内涵，概括起来主要体现在以下几个方面。

第一节 故国之思、黍离之悲的怀旧文化

"靖康之变"，北宋灭亡。宋室南迁，定都临安。大批皇室成员和普通百姓迁居而来，他们虽然身在杭州，可心里仍然对旧都汴京念念不忘。于是种种故国之思、黍离之悲萦绕在他们心头，这种怀旧色彩，在"三言二拍"的多篇小说中有鲜明的呈现。

一、故国之思

《喻世明言》卷三十九《汪信之一死救全家》入话中的一段文字叙述了大宋乾道淳熙年间，孝宗皇帝登极，奉高宗为太上皇。孝宗皇帝时常带着太上皇乘龙舟去西湖游赏。当时南宋朝廷对普通百姓在西湖边做买卖概不禁止，所以民众多有乘着圣驾出游，去西子湖畔赶趁做生意的。有个酒家婆姓宋，排行第五，人唤宋五嫂。她原是东京人氏，烹制得一手好鲜鱼羹，在汴京城中最是有名。建炎中她随驾南渡，便在苏堤上重操旧业，做鲜鱼羹生意。有一天太上皇游西湖，泊船苏堤之畔，听闻有东京人说话的口音，便遣内官将宋五嫂召至跟前。有个老太监立马就认出她原是住在汴京樊楼下的宋五嫂，善煮鱼羹，便奏知太上皇。太上皇提起旧事，凄然伤感，便命她烹制鱼羹来献。太上皇尝之，果然鲜美，当即赐给她金钱一百文。此事一时传遍了临安府，王孙公子、富家巨室，人人都来买宋五嫂的鱼羹吃。宋五嫂烹制的鱼羹也因此成为生活在临安的北宋移民寄托故国之思的情感载体。

《警世通言》卷六《俞仲举题诗遇上皇》叙述南宋的一个贫士俞良，字仲举，二十五岁年纪，幼丧父母，娶妻张氏。他日夜勤读诗书，满腹文章。时当春榜动，选场开，广招天下人才，他便赴临安应举。无奈时运未至，金榜无名。俞良内心非常郁闷，一日走出涌金门外来到西湖边上，见有座高楼，迎面招牌上朱红大书"丰乐楼"三个字。他自言自语道："我只

要显名在这楼上,教后人知我。"于是磨得墨浓,蘸得笔饱,将一堵墙壁拂拭干净,写下《鹊桥仙》词,词末题"锦里秀才俞良作"。

是夜,太上皇宋高宗忽得一梦,梦游来到西湖边,见豪光万道之中,却有两条黑气冲天。后圆梦先生上奏,乃是一贤人流落此地,怨气冲天,托梦于太上皇,叮嘱他朝廷将得一贤人。太上皇闻之大喜,遂更换衣装,扮作文人秀才,带几个近侍官,一同信步出城。来到丰乐楼,只见壁上书写的《鹊桥仙》词,词尾题写"锦里秀才俞良作",龙颜暗喜,想道:"此人正是应梦贤士,这词中有怨望之言。"

太上皇回宫后立刻传旨,宣俞良入宫觐见,并授意孝宗皇帝即刻授俞良为成都府太守,"加赐白金千两,以为路费"。次日,俞良紫袍金带,当殿谢恩,然后荣归故里。

这个故事看起来颇具梦幻色彩,但实际上是与"丰乐楼"这一特殊的建筑物触发了高宗的故都情结有紧密的关联。丰乐楼在北宋时是都城汴京城里规模最大、名望最高的酒楼,原名白矾楼,后来更作樊楼。它由东、西、南、北、中五座楼阁连接而成,高低错落,互相辉映,内有廊道飞桥,明暗相通。在北宋那个太平繁盛的年代,名冠天下的樊楼显示出别样的风采,无论是帝王将相还是才子佳人,无论是富商巨贾还是贩夫走卒,都可以登临此楼,尽享风情雅韵。樊楼是北宋汴京城里的一个标志性建筑,它见证了汴京的繁华,也见证了汴京的衰落,它是人们怀念北宋、怀念汴京的一个符号。樊楼除了提供酒食外,还有杂戏表演,是一个多功能的宴饮娱乐场所。它坐落在汴京东华门外的景明坊,宋徽宗宣和年间改名为丰乐楼,但在"靖康之难"中毁于战火。孟元老《东京梦华录》记载:"白矾楼后改为丰乐楼,宣和间更修三层相高,五楼相向,各有飞桥栏槛,明暗相通,珠帘绣额,灯烛晃耀……元夜则每一瓦陇中皆置莲灯一盏。"《醒世恒言》中有一篇悲剧故事小说《闹樊楼多情周胜仙》,就是以樊楼为背景展开的。故事讲述了开封周家女子周胜仙小娘子,爱上樊楼开酒肆的范二郎,周家不同意,女子气绝。待盗墓贼挖开坟墓,她又活了过来,跑到樊楼,结果范二郎以为遇见鬼,真的将女子打死。

宋高宗建都临安,将汴京老百姓移民到杭嘉湖地区,粮食丰收,便在临安重建此楼以示与民同乐,所以沿用了开封酒楼"丰乐楼"的名字。而在《俞仲举题诗遇上皇》这篇小说中,围绕着"丰乐楼"展开的文人怀才而遇的故事，显然是与宋高宗思念故都的怀旧情感密不可分的。

二、黍离之悲

南宋时期的杭州是一座高度移民化的特色城市。虽然杭州为大量的流寓人群提供了安身之所，但"虽信美而非吾土"（王粲《登楼赋》），流民们颠沛流离逃难到杭州，他们倍感失落痛楚，油然而生出强烈的乡愁和黍离之悲。所谓"直把杭州作汴州"（林升《题临安邸》），除了讽刺统治者在政治上苟且偷安外，其实还反映了流寓人群在文化心理和风俗习惯上对乡愁的寄托。"莫向春风动归兴，杭州半是汴梁人"就是他们怀旧心理的真实写照。

南渡后，流寓杭州的汴京移民常在一起忆昔怀旧，不胜唏嘘。所以，喜谈汴京移民故事的拟话本小说也就应运而生。冯梦龙《醒世恒言》卷三《卖油郎独占花魁》、《喻世明言》卷二十三《张舜美灯宵得丽女》，都是讲述汴京移民"自寓西湖肠已断，玉楼休度凤箫声"的出色作品。

因此，小说家十分注重通过描写流寓于杭州的移民日常生活中的一些细节、故乡风物来抒写流寓人物的行为和情感，具体表现如下：

一是乡音让移民形象亲切感人。乡音方言是地域认同的一个重要因素。《喻世明言》卷三十九《汪信之一死救全家》中，宋高宗在西湖畔"闻得有东京人语音"，立即召见老乡，显得十分关切。另如《醒世恒言》卷三《卖油郎独占花魁》中，流寓杭州的汴京人秦重一次偶然"听得问声，带着汴梁人的土音，忙问道：'老香火，你问他怎么？莫非也是汴梁人么？'"可见汴京移民对乡音十分敏感。一句乡音立即就能拉近两个陌生人的距离，顿时使彼此变得亲切随和。

二是对故国家园的怀旧情结。汴京移民非常熟悉的一些"老地方"，如颇负盛名的樊楼在南渡后被复制于西子湖畔，常常作为故事场景出现在《警世通言》卷六《俞仲举题诗遇上皇》、《警世通言》卷二十八《白娘子永镇雷峰塔》、《喻世明言》卷三十九《汪信之一死救全家》等拟话本小说中，作者让移民形象穿越时空，具有回到老地方的现场感和亲切感。

这些小说有如明镜，在日常生活和场景细节的描述中真切、深刻地展示出流寓人群的坎坷经历、浓郁乡愁与执着守望。

拟话本小说还擅长将流寓形象置身于故土文化和本地生活的冲突融合中，细致描绘故乡风物触发的心灵煎熬和抚慰调适，使移民的复杂心态、鲜活神态和善恶品性得到了有温度、有亮度、有深度的展现。

《醒世恒言》卷三《卖油郎独占花魁》就是其中的代表作。小说讲述了才貌双全、名噪京城、被称为"花魁娘子"的名妓莘瑶琴与卖油郎秦重之间的爱情故事。

莘瑶琴出身汴梁城郊一个开六陈铺的小康家庭。她自小聪明灵秀，十岁便能吟诗作赋。琴棋书画、女红刺绣无所不能。然而"靖康之难"时，汴梁城破，莘瑶琴在逃难时与家人失散，被人卖到临安做了妓女，改名称作王美，唤作美娘。王美娘凭借自己的才艺和容貌，成了临安名妓，得到了"花魁娘子"的称号，一晚白银十两，仍然慕名者众。王美娘也设想过从良嫁人，但是"易求无价宝，难得有情郎"，一直没有遇到合适的人选。

临安城外卖油店的朱老板，过继了一个小厮。他原来姓秦名重，也是从汴梁逃难而来的。秦重母亲早亡，父亲在他十三岁那年将他卖到油店，自己做生意去了。秦重被过继给朱老板后，改名朱重。

二月的一天，朱重给昭庆寺送完油后，碰巧瞧见了住在附近的王美娘，被她的美貌吸引，心想"若得这等美人搂抱了睡一夜，死也甘心"。于是他日积夜累，积攒了十两银子，要买王美娘一晚春宵。老鸨嫌弃朱重是卖油的，再三推托，后来见他心诚，就叫他等上几天，扮成个斯文人再来。然而当朱重等到与王美娘欢聚之夜时，后者却喝得酩酊大醉，又嫌弃朱重"不是有名称的子弟，接了他，被人笑话"。但朱重丝毫不以为意，整晚服侍醉酒的王美娘。次日王美娘酒醒后，颇感歉意，觉得"难得这好人，又忠厚，又老实，又且知情识趣"，但"可惜是市井之辈"，"若是衣冠子弟，情愿委身事之"。她只回赠朱重双倍嫖资以此作谢。朱老板不久病亡，朱重接手了店面。这时王美娘的生身父母也来到临安寻访失散多年的女儿，没有找见，就到朱家油店讨了份差事做。

一年之后，王美娘被福州太守的八公子羞辱，流落街头，寸步难行，恰巧遇见路经此地的朱重。朱重连忙将她送回家中，王美娘为了回报朱重，留他过宿，并许诺要嫁给朱重。王美娘动用自己多年积攒下的钱财为自己赎身，嫁给了朱重，又认出了在油店里打工的亲生父母。朱重最后也与父亲相认，改回原姓，于是皆大欢喜。

王美娘最终下定决心嫁给朱重,除被朱重的会帮衬和真诚打动外,还和他们都是从汴京逃难到杭州,历经磨难和坎坷的迁徙经历密切相关。颠沛流离的苦难与乡音乡情的互诉,促使他们彼此拉近了距离,从惺惺相惜走到心心相印。小说对难民行为、情感、心理的刻画是非常真实感人的。

"莫向中原夸绝景,西湖遗恨是西施。"小说有时将偏安的失落寄寓在杭州"城市"意象的精心创造中,常常通过与杭州"城市"意象中的"天堂之梦"进行对比,在鲜明的反差中衬托出流寓人物深深的失落感,达到"乐极生悲"的强烈效果。如《喻世明言》卷二十二《木绵庵郑虎臣报冤》中,宋理宗夜游凤皇山,"望见西湖内灯火辉煌,一片光明",便断定是宰相贾似道在游湖,于是"将金帛一车,赠为酒资"。在这个君臣偏安、其乐融融的氛围中,作者笔锋一转,叹道:"天子偷安无远献,纵容贵戚恣遨游。问他无赛西湖景,可是安边第一筹?"在与"天堂之梦"的西湖景象对比中,凸显出流民对家国无望的深深失落,对君臣逸乐的强烈谴责。当贾似道预料国势危亡,偏安一隅亦将不保时,"乃汲汲为行乐之计。尝于清明日游湖,作绝句云:寒食家家插柳枝,留春春亦不多时。人生有酒须当醉,青冢儿孙几个悲?"试图用肆意疯狂的纵乐来掩饰内心深处强烈的失落与恐慌,怎不令人愤慨和失望。

而《喻世明言》卷二十三《张舜美灯宵得丽女》入话中叙述的故事,也许是作者试图通过始离终聚的情节加强对故都怀旧之情的深度抒写。

在东京汴梁,宋徽宗元宵节放灯买市,贵公子张生,因到乾明寺看灯,忽于殿上拾得一红绡帕子,帕上留诗一首:"囊里真香心事封,鲛绡一幅泪流红。殷勤聊作江妃佩,赠与多情置袖中。"诗尾又留下细字一行:"有情者拾得此帕,不可相忘。请待来年正月十五夜,于相蓝后门一会,车前有鸳鸯灯是也。"张生涌起了相思之情,度日如年。很快第二年元宵将近,他于十四日晚,到相蓝后门等候,果然看见有一辆车上灯挂双鸳鸯。张生惊喜无措,乃诵诗一首:"何人遗下一红绡? 暗遣吟怀意气饶。料想佳人初失去,几回纤手摸裙腰。"车中女子听到遂启帘窥生,见生容貌俊秀,气度闲雅,顿生爱慕之情,便让侍女通达情款。其后两人在一尼庵相见,成就美满姻缘。但两人情属私奔,只能逃离汴梁,一路雇舟,自汴涉淮,直至平江,创第而居,谐老百年。

第二节　杭州旖旎风光与市井风情

在"三言二拍"中有多篇小说对杭州的城市风貌及西湖的湖光山色进行了浓墨重彩的描绘,并且在描写市井生活和风尚习俗的过程中充溢着强烈的生活情趣,小说中人物的喜怒哀乐之情也溢于言表。

一、杭州旖旎的城市风光

《警世通言》卷二十三《乐小舍弃生觅偶》开篇对杭州钱塘江潮的由来做了饶有兴致的描述,让读者从中去感受钱塘江潮的不同凡响:

怒气雄声出海门,舟人云是子胥魂。
天排雪浪晴雷吼,地拥银山万马奔。
上应天轮分晦朔,下临宇宙定朝昏。
吴征越战今何在?一曲渔歌过晚村。

这首诗,单题着杭州钱塘江潮,元来非同小可:刻时定信,并无差错。自古至今,莫能考其出没之由。从来说道天下有四绝,却是:

雷州换鼓,广德埋藏,登州海市,钱塘江潮。

这三绝,一年止则一遍。惟有钱塘江湖,一日两番。自古唤作罗刹江,为因风涛险恶,巨浪滔天,常翻了船,以此名之。南北两山,多生虎豹,名为虎林。后因虎字犯了唐高祖之祖父御讳,改名武林。又因江潮险迅,怒涛汹涌,冲害居民,因取名宁海军。

《喻世明言》卷二十二《木绵庵郑虎臣报冤》中对杭州西湖的美景有如下一段精彩的描述:

那时西湖有三秋桂子,十里荷香,青山四围,中涵绿水,金碧楼台相间,说不尽许多景致。苏东坡学士有诗云:"欲把西湖比西子,淡妆浓抹总相宜。"因此君臣耽山水之乐,忘社稷之忧,恰如吴宫被西施迷惑一般。

那临安是天子建都之地,人山人海。……似道恃着椒房之宠,全然不惜体面,每日或轿或马,出入诸名妓家。遇着中意时,不拘一五一十,总拉到西湖上与宾客乘舟游玩。若宾客众多,分船并进。另有小艇往来,载酒肴不绝。

这里作者借对杭州西湖美景的描写，抒写出对南宋昏君奸臣"暖风熏得游人醉，直把杭州作汴州"行为的愤激之情。

《警世通言》卷二十八《白娘子永镇雷峰塔》亦有篇幅对西子湖畔优美的景色做了精彩的描述：

> （灵鹫）山前有一亭，今唤作冷泉亭。又有一座孤山，生在西湖中。先曾有林和靖先生在此山隐居，使人搬挑泥石，砌成一条走路，东接断桥，西接栖霞岭，因此唤作孤山路。又唐时有刺史白乐天，筑一条路，南至翠屏山，北至栖霞岭，唤作白公堤，不时被山水冲倒，不只一番，用官钱修理。后宋时，苏东坡来做太守，因见有这两条路被水冲坏，就买木石，起人夫，筑得坚固。六桥上朱红栏杆，堤上栽种桃柳，到春景融和，端的十分好景，堪描入画。后人因此只唤作苏公堤。又孤山路畔，起造两条石桥，分开水势，东边唤作断桥，西边唤作西宁桥。

二、独特的市井风情

杭州不仅山色秀美，还风俗淳厚，各种节庆和游乐风俗充分体现出城市文化的多元性和娱乐化倾向。

如《喻世明言》卷三十八《任孝子烈性为神》中叙写八月十八日那天杭州市民涌去钱塘江畔观潮的盛况：

> 满城的佳人才子，皆出城看潮。这周得同两个弟兄，俱打扮出候潮门。只见车马往来，人如聚蚁。……倏忽又经元宵，临安府居民门首扎缚灯棚，悬挂花灯，庆贺元宵。

《警世通言》卷二十三《乐小舍弃生觅偶》叙述宋高宗南渡，建都临安。杭州自始人烟辏集，风俗淳美。每年一到八月十八日，钱塘江潮起时：

> 倾城士庶，皆往江塘之上，玩潮快乐。亦有本上善识水性之人，手执十幅旗幡，出没水中，谓之弄潮，果是好看。

而清明将近时节，杭州人便趁着上坟的间隙游览西湖：

> 安三老接外甥同去上坟，就便游西湖。原来临安有这个风俗，但凡湖船，任从客便，或三朋四友，或带子携妻，不择男女，各自去占个座头，饮酒观山，随意取乐。

而观潮时：

就城外江边浙江亭子上，搭彩铺毡，大排筵宴，款待使臣观潮。陪宴官非止一员。都统司领着水军，乘战舰，于水面往来，施放五色烟火炮。豪家贵戚，沿江搭缚彩幕，绵亘三十余里，照江如铺锦相似。市井弄水者，共有数百人，蹈浪争雄，出没游戏。有蹈滚木、水傀儡诸般伎艺。

临安大小户人家，闻得是日朝廷款待北使，陈设百戏，倾士女都来观看。乐和打听得喜家一门也去看潮，侵早便妆扮齐整，来到钱塘江口，楚来楚去，找寻喜顺娘不着。结末来到一个去处，唤做"天开图画"，又叫做"团围头"。因那里团团围转，四面都看见潮头，故名"团围头"。后人讹传，谓之"团鱼头"。

自古钱塘难比。看潮人成群作队，不待中秋，相随相趁，尽往江边游戏。沙滩畔，远望潮头，不觉侵天浪起。……

此外，"三言二拍"在叙述杭州城市风情的同时，还记录下了杭州城里别样的市井风俗和掌故。

《喻世明言》卷二十七《金玉奴棒打薄情郎》记述了南宋时杭州人将丐帮帮主称作"团头"的说法：

故宋绍兴年间，临安虽然是个建都之地，富庶之乡，其中乞丐的依然不少。那丐户中有个为头的，名曰"团头"，管着众丐。众丐叫化得东西来时，团头要收他日头钱。若是雨雪时没处叫化，团头却熬些稀粥养活这伙丐户，破衣破袄也是团头照管。所以这伙丐户小心低气，服着团头，如奴一般，不敢触犯。那团头见成收些常例钱，一般在众丐户中放债盘利。若不嫖不赌，依然做起大家事来。他靠此为生，一时也不想改业。只是一件，"团头"的名儿不好。随你挣得有田有地，几代发迹，终是个叫化头儿，比不得平等百姓人家。

《喻世明言》卷二十九《月明和尚度柳翠》记叙了南渡时，临安府瓦子在城内密布的盛况：

只这通和坊这条街，金波桥下，有座花月楼，又东去为熙春楼、南瓦子，又南去为抱剑营、漆器墙、沙皮巷、融和坊，其西为太平坊、巾子巷、狮子巷，这几个去处都是瓦子。

《醒世恒言》卷八《乔太守乱点鸳鸯谱》叙写了杭州人一旦得病后"冲喜"的习俗：

大凡病人势凶，得喜事一冲就好了。……况且有病的人，正要得喜事来冲，他病也易好。常见人家要省事时，还借这病来见喜……

《初刻拍案惊奇》卷十六《张溜儿熟布迷魂局 陆蕙娘立决到头缘》描述了当时杭州城里"拐子"行骗的伎俩：

世间最可恶的是拐子。世人但说是盗贼，便十分防备他。不知那拐子，便与他同行同止也识不出弄喧捣鬼，没形没影的做将出来，神仙也猜他不到，倒在怀里信他。直到事后晓得，已此追之不及了。……有个把有见识的道："定是一伙大拐子，你们着了他道儿，把媳妇骗的去了。"

第三节　城市繁华背后的声色文化

南宋时的杭州可谓辉煌灿烂，城市繁华程度真正达到了古代城市的最高境界，考查12—13世纪世界各国的境况，实在没有第二个城市可与南宋都城杭州相比。七百多年前，意大利人马可·波罗来到临安，惊叹这里是"世界上最美丽华贵的城市"。登上凤凰山顶，举目四望，钱江在前，征帆点点，远山绰约；西湖在后，波光山影，柳堤烟树；东望城郭，西眺群峰。这样的天然形胜，辉煌过往，难怪宋高宗一见钟情。

一、城市繁华

文献载："十二世纪的世界各国，以南宋最为繁荣富盛，故南宋的第一州（杭州），实即世界的第一大都会。"（复旦大学原历史系主任谭其骧在1947年"杭州都市发展之经过"讲演时的话语）在这座"人物繁盛，市井骈集"的大都市里，全国乃至海外的商品应有尽有，各类不同的商品制作、供应及服务业共有四百四十行，而且各自相对集中。

在当时，杭城夜市极为繁华。古人曾以"杭城大街买卖昼夜不绝，夜交三四鼓，游人始稀"加以描述。《武林旧志》说："都城自旧岁冬孟驾回，则已有乘肩小女鼓吹舞绾者数十队，以供贵邸豪家幕次之玩。"而天街茶肆渐已罗列灯毯求售，谓之灯市，每逢入夜，大街小巷游人如织，摩肩接踵，各式各样的商品令人目不暇接，叫卖声、吆喝声此起彼伏。

二、声色享乐

城市的繁荣，商业的发达，夜市的热闹喧腾，一方面丰富了市民的夜生活，促进了人与人之间的交往；另一方面也促成了杭州异常盛行的色情交易，自然声色犬马之事也就应运而生，一些富户豪族子弟更是"饱暖思淫欲"，干起追逐声色享乐的勾当。

《喻世明言》卷三《新桥市韩五卖春情》叙写了一个富商子弟吴山，"只因不把色欲警戒，去恋着一个妇人，险些儿坏了堂堂六尺之躯，丢了泼天的家计，惊动新桥市上，变成一本风流说话"。

吴山在家时，被父母拘管得紧，不能随便外出走动。他是个聪明俊俏的人，又青春年少，在离新桥五里之遥的灰桥市独立经营一家店铺。趁父母不在跟前，他被一个美貌的妇人金奴勾引，心动不已，日夜心心念念地想着她。

这金奴也是风情万种，说些风流话儿来挑逗吴山。金奴道："我与你是宿世姻缘，你不要妆假，愿谐枕席之欢。"她放出万种妖娆，撩拨得吴山情兴如火。吴山又在金奴面前夸耀自家的豪富："父母止生得我一身，家中收丝放债，新桥市上出名的财主。此间门前铺子，是我自家开的。"金奴暗喜道："今番缠得这个有钱的男儿，也不枉了。"

而金奴原是隐名的娼妓，又叫作"私窠子"。家中别无生意，只靠这勾引男人的伎俩。吴山与金奴缠绵了一年半载，挥金如土，由于色欲过度，耗散了元气，差点一命呜呼。后来幸亏吴山的家人及时识破"私窠子"的花招，吴山才避免人财两空的结局。

《醒世恒言》卷三《卖油郎独占花魁》叙述在西湖上开妓馆的王九妈，由于有王美娘这位"花魁娘子"撑门面，精心包装王美娘使之变成一棵摇钱树。有个富豪金二员外一出手就甩出三百两银子来梳弄美娘。美娘为了从良，"有客求见，欣然相接。复帐之后，宾客如市，捱三顶五，不得空闲，声价愈重。每一晚白银十两，兀自你争我夺。王九妈赚了若干钱钞，欢喜无限"。临安城中，"有个吴八公子，父亲吴岳，见为福州太守。这吴八公子，打从父亲任上回来，广有金银，平昔间也喜赌钱吃酒，三瓦两舍走动。闻得花魁娘子之名，未曾识面，屡屡遣人来约"。由于遭受吴八公子的摧残和凌辱，王美娘最后拿出千金替自己赎身，才逃出火坑，脱离苦海。

《醒世恒言》卷十六《陆五汉硬留合色鞋》讲述了杭州府城一少年子弟张荩的故事。

积祖是大富之家。幼年也曾上学攻书，只因父母早丧，没人拘管，把书本抛开，专与那些浮浪子弟往来，学就一身吹弹蹴鞠，惯在风月场中卖弄，烟花阵里钻研。因他生得风流俊俏，多情知趣，又有钱钞使费，小娘们多有爱他的，奉得神魂颠倒，连家里也不思想。妻子累谏不止，只索由他。

阳春三月，西湖上桃花盛开。他隔夜请了两个名妓，一个唤作娇娇，一个唤作倩倩，又约了一帮风流子弟，乘坐游船去西湖游玩。路经十官子巷，他忽然抬头，看见一家临街楼上，有个女子生得甚是娇艳。张荩一见，身子就酥了半边，便立住脚，不肯转身。隔天到那女子家附近寻访，得知那女孩芳龄十六，唤作寿儿。渐渐地两人眉来眼去，两情甚浓，只是女孩父母拘管得紧，两人无缘相见，只能通过互赠信物以解相思之渴。随后张荩用寿儿的信物——一只合色鞋托卖花粉的陆婆从中牵线。不曾想到这只合色鞋落到陆婆儿子陆五汉手中，陆五汉便带上合色鞋奸骗了寿儿，被寿儿父母撞破后，他又将寿儿父母双双杀死，上演了一场奸骗妇女、出乖露丑的桃色剧目。张荩自此吃斋念佛，立誓再不奸淫人家妇女，连花柳之地也绝不踏足，在家清闲自在，直至七十而终。

《警世通言》卷三十八《蒋淑真刎颈鸳鸯会》描述了杭州府武林门外一个叫蒋淑真的女子的遭遇。蒋淑真生得甚是标致，脸衬桃花，眉分柳叶。自小聪明，从来机巧，善描龙而刺凤，能剪雪以裁云。心中只是好些风月，又饮得几杯酒。年已及笄，父母议亲，东也不成，西也不就。每兴凿穴之私，常感伤春之病。自恨芳年不偶，郁郁不乐。却这女儿心性有些跷蹊，描眉画眼，傅粉施朱，梳个纵鬓头儿，着件叩身衫子，做张做势，乔模乔样。或倚槛凝神，或临街献笑，因此闾里皆鄙之。

隔壁邻居家有个小男孩，名叫阿巧，还未成年，常来她家嬉戏。不料蒋淑真动起了淫荡之心。某日，蒋淑真父母外出，阿巧来串门，她将他引诱至内室，做起了苟且之事。被人撞破，阿巧回家后惊惧而亡。后来她父母将她嫁与邻村的李二郎为妻。李二郎只图她美貌，被她彻夜盘弄，无力应付，心灰意懒。奈何蒋淑真正值妙龄，乃与夫家西宾偷情。李二郎一见，病发身故。李大郎一气之下将她驱逐回娘家。后来有个经商的张二官觊觎蒋淑真的美色，挽人说合，娶为继室。"两个自花烛之后，日则并肩而坐，夜则叠股而眠，如鱼借水，似漆投胶。"张二官外出做生意时，她饥渴难耐，又去勾搭对门店中一个后生朱秉中，而朱秉中本就是个日常在花柳丛中行走的好色之徒，两人朝欢暮乐，双宿双飞，直至被张二官撞破奸情，双双做了刀下之鬼。

  小说中的蒋淑真美丽动人，毫不掩饰地向人袒露自己的情欲，完全呈现出一种纯然的情欲状态。故事伊始就交代她"心中只是好些风月"，她在追求情欲时几乎完全丧失理智，在两性关系中始终处于主动状态，小说对她沉浸于性欲的心理摹写得几近露骨。而这样单纯追逐着性欲的蒋淑真，实则是被叙述者否定的。

  《初刻拍案惊奇》卷三十四《闻人生野战翠浮庵 静观尼昼锦黄沙弄》写湖州府东门外一户杨姓人家，父亲亡故，女儿年方一十二岁，美貌如花，且是聪明。但她身体孱弱，时常生病。她母亲听信杭州翠浮庵老尼的谎言，将她送入尼庵"消灾增福"，并取法名静观。而那老尼原是个花嘴骗舌之人，平素只贪些风月，庵里收留下两个后生徒弟，多通同与她做些不伶俐的勾当。湖州黄沙巷里有一个秀才闻人嘉，在正月中旬梅花绽放时节，受一个朋友之邀，雇了一只游船，前往杭州游玩，顺便去西溪看梅花，路经翠浮庵。这时静观年已十六岁，长得仪容绝世，且性格娴静。闻人嘉在庵中逗留，恰好静观偶然出来闲步，在门缝里窥见其风度翩翩，有出尘之态。后来两人不期而会，得谐鱼水。静观觉得翠浮庵僻静清凉，便劝说闻人嘉到庵中作寓，早晚攻读诗书。闻人嘉一到庵中，众尼便笑脸相迎，如获至宝，愈加欢爱。尼姑们收拾出一间洁净房子，众尼便轮番与闻人嘉伴宿。厮混了月余，闻人嘉身子渐渐支撑不住。众尼又用人参汤、香薷饮、莲心、圆眼之类来帮他调理身体，无微不至。眼看闻人嘉身躯难保，静观设了一个金蝉脱壳之计，才使他摆脱了众尼的纠缠，逃过一劫。而闻人嘉由于少年时流连风月，损了些阴德，在宦途上时有蹉跌，不甚豪意。

  此篇小说展现了如翠浮庵老尼之流尊崇"四大皆空"的出家人，不仅不能清心寡欲，克制自己的情欲，反而变本加厉，利用尼庵这种清净之地纵情声色，满足一己之淫欲的乱象。

第四节　佳山胜水中酿造的情爱文化

在"三言二拍"中还频频上演青年男女间的"杭州爱情故事",这些男女情爱植根于杭州这片佳山胜水,或浓烈浪漫,或凄美动人。既有有情人终成眷属的喜剧故事,也有无可奈何花落去的悲剧故事,读来让人感慨万千。

杭州风景秀丽、人文荟萃,正如《木绵庵郑虎臣报冤》中描述的:

那时西湖有三秋桂子,十里荷香,青山四围,中涵绿水,金碧楼台相间,说不尽许多景致。苏东坡学士有诗云:"欲把西湖比西子,淡妆浓抹总相宜。"

因此,生发于此地的爱情也因之具有纯真、浪漫的特点,且各具特色。

"三言二拍"中的"杭州爱情故事"及其文化内涵概括起来主要有以下四个特点。

一、风光绮丽的西湖是男女爱情的催生剂

风光绮丽的西湖是催生男女爱情的绝佳胜地。《警世通言》卷二十八《白娘子永镇雷峰塔》以杭州西湖的美景、仙人的古迹作为演绎故事的背景。小说一上来就开宗明义:

一个俊俏后生,只因游玩西湖,遇着两个妇人,直惹得几处州城,闹动了花街柳巷。有分教才人把笔,编成一本风流话本。

小说对许宣清明节前夕去西湖上的保叔塔烧香,从城里到城外,再到西子湖畔一路的行踪写得清清楚楚:

许宣离了铺中,入寿安坊、花市街,过井亭桥,往清河街后铁塘门,行石函桥,过放生碑,径到保叔塔寺。寻见送馒头的和尚,忏悔过疏头,烧了签子,到佛殿上看众僧念经。吃斋罢,别了和尚,离寺迤逦闲走,过西宁桥、孤山路、四圣观,来看林和靖坟,到六一泉闲走。

然后他游西湖坐船时遇见了白娘子。白娘子通过借伞、取伞等举动,与许宣展开亲密的交往。白娘子爱上许宣时,已经是一个死了丈夫的寡

妇。当她向许宣表明心迹时,她大胆直白道:"小官人在上,真人面前说不得假话,奴家亡了丈夫,想必和官人有宿世姻缘,一见便蒙错爱。正是你有心,我有意。烦小乙官人寻一个媒证,与你共成百年姻眷,不枉天生一对,却不是好。"白娘子并没有因为自己是个寡妇就不去追求自己所爱的人,而是勇敢争取自己的幸福。她与许宣的爱情经历了波折与坎坷,最终虽以悲剧收场,但是白娘子从没有向封建礼教低头,并极力想摆脱"一女不嫁二夫""三从四德"等妇道的羁绊,她不顾一切追求爱情的勇气也不会因悲惨的结局而泯灭在西湖之畔的雷峰塔下。

二、上元节灯会男女一见钟情

一见钟情通常指的是男女之间一见面就对对方产生了感情,一见面就喜欢上对方,往往是两个人互相吸引,不自觉地对对方产生好感。

《喻世明言》卷二十三《张舜美灯宵得丽女》描写在杭州上元节灯会上,张舜美与刘素香在街头邂逅,两人一见倾心,便作枕上之欢,然后私奔,但阴差阳错,两人在出城时走散了,失去了音信。虽然相别三年,两人却矢志不渝,最终天作人合,有情人终成眷属。

张舜美是一个来杭州乡试的英俊标致的秀士,风流未遇的才人,正逢着上元佳节,他就去街头赏花灯。这时节杭州城里风光旖旎,热闹非凡,他独自一人在街头且行且走。

遥见灯影中,一个丫鬟,肩上斜挑一盏彩鸾灯,后面一女子,冉冉而来。那女子生得凤髻铺云,蛾眉扫月,生成媚态,出色娇姿。舜美一见了那女子,沉醉顿醒,竦然整冠,汤瓶样摇摆过来。

两人四目相对,顿时生出爱慕之情。小说把张舜美和刘素香大胆而热烈地追求爱情的行为设置在杭州上元节灯会这样热闹喜庆的氛围里,这就为两人爱情故事的演绎增添了浪漫而又带点波折的色彩。两人感情迅速升温,却因封建礼教的束缚与家长专制的阻挠而不能结合,杭州成了他们私奔的乐土,成了这对痴情男女的爱情天堂,最终这对苦命鸳鸯享受到了爱情的幸福和甜蜜。总之,杭州为世人实现了天堂之梦,满足了他们对美好生活的希望和憧憬。

三、爱情忠贞不渝

"三言二拍"中杭州爱情故事的男女双方往往是发自内心地相爱,一旦两人之间擦出爱情的火花,就彼此相爱,相互关心,不离不弃,不管什么时候都是忠贞不渝的。

《警世通言》卷二十三《乐小舍弃生觅偶》中顺娘和乐和这对青年男女,两人青梅竹马,同堂读书,学中人取笑他俩道:"你两个姓名'喜乐和顺',合是天缘一对。"两人情窦初开,遂私下约为夫妇。但由于家人的阻挠,两人的婚姻一直进展不顺。乐和三年来执意向顺娘家求亲,誓不先娶。农历八月十八这天,两人分别前往钱塘江边观潮,顺娘一心只专注在乐和身上,神情恍惚,脚底一打滑,滚下江岸卷入波浪之中。乐和瞥见顺娘卷入江中,吃惊不小,立刻"扑通"跳入江中,他又不习水性,只是为情所使,不顾性命去救顺娘。后来两人被人从江中捞起,经历磨难,结成夫妻,婚姻圆满。可谓"钟情若到真深处,生死风波总不妨"。钱塘江大潮的波涛汹涌氤氲着一股浓郁的浪漫与梦幻的气息,使求爱若渴的俊男靓女不虚此行,实现了他们追求真爱的梦想。

《初刻拍案惊奇》卷二十五《赵司户千里遗音 苏小娟一诗正果》叙写宋朝钱塘有个名妓苏盼奴,虽身在繁华绮丽的都市,却心中常怀不足。只愿遇见个知音之人,随他终身。后来她结识了心上人——太学生赵不敏。赵不敏才思敏捷,人物风流。风流之中,又带些忠诚真实,所以盼奴与他相好。盼奴不但不嫌他贫,一应灯火酒食之资,也多是盼奴周济他,恐怕他因贫废学,常嘱咐他说:"妾看君决非庸下之人,妾也不甘久处风尘。但得君一举成名,提掇了妾身出去,相随终身,虽布素亦所甘心。切须专心读书,不可懈怠,又不可分心他务。衣食之需,只在妾的身上,管你不缺便了。"后来赵不敏科举及第,除授襄阳司户之职。他打算给盼奴脱籍,携带她赴任。但一时等不到个机会,只得相约到了襄阳,差人再来谋求此事。分别时两人抱头痛哭,依依惜别。没承想三年已过,脱籍之事仍无进展,赵不敏对盼奴相思成疾,一命呜呼。而盼奴自从赵司户赴任后,足不出户,一客不见,只等襄阳那边的音信。她相思至极,病魔缠身,"连呼赵郎而死"。可以说两人真正做到了生死与共、忠贞不渝。

四、男女情爱打上了深深的世俗烙印

杭州不仅是个酿造浪漫之爱的繁华都市,而且还是一个世俗观念十分浓厚的城市。《喻世明言》卷二十七《金玉奴棒打薄情郎》中团头金老大将女儿金玉奴嫁与穷秀才莫稽,后来莫稽在金家及玉奴的全力资助下,发奋读书,科举及第。没承想莫稽中举得官后,却嫌弃玉奴家门第卑微,在上任途中将玉奴推坠江中。玉奴幸遇淮西转运使许德厚相救,她向许公夫妇诉说原委,被许公认为义女,后许公以嫁女之名,将玉奴许配给莫稽,莫稽欢喜异常。洞房花烛之夜,玉奴棒打薄情郎,在许公的调解下,最终夫妻和好。

小说的男主人公莫稽赴试、中选都在杭州。莫稽"一表人才,读书饱学"。双方的婚姻之所以一拍即合,是因为双方各自满足了自己的条件。金家"立心要将他嫁个士人",莫稽"近日考中,补上了太学",又情愿入赘,可以算得上是理想的佳婿;莫稽父母双亡,"衣食不周,无力婚娶","白白的得了个美妻,又且丰衣足食",自然是喜出望外。然而,这里已埋藏了危机,因为金家曾做过团头,门风不好,莫稽是俯就,金家是攀附,双方心理自然会不平衡。中国人历来讲究婚姻要门当户对,所以小说只好让玉奴变成淮西转运使许德厚的义女,抬高自身的门第,才最终让"薄情郎"莫稽被痛骂、棒打一顿后真的成了知错就改的回头浪子,二人又恩爱胜昔。但在当时的社会,这桩无爱婚姻的再续,不管对一心想着"夫贵妻荣"的玉奴,还是被痛骂、棒打后的莫稽,破镜难圆终又圆的结局首先满足了世俗婚姻的以财势、利益和地位为前提的婚配原则,也揭示了在封建社会中女子的婚姻幸福道阻且长的本质。

《警世通言》卷八《崔待诏生死冤家》中女主人公璩秀秀,极具个性魅力,她追求爱情婚姻的自主与平等,追求男女自由结合的幸福婚姻,一心要打破旧礼教"贞""烈"的妇女观,确认追求情欲的合理要求,发动对禁欲主义封建道德的挑战;同时在她的身上又集中反映了封建时代女性受摧残、受迫害的悲惨命运。在她的身上,我们不仅看到了女性意识的觉醒曙光,而且看到了黑暗势力的残酷与冷漠。璩秀秀是郡王府中的婢女。后来因为王府失火,人们四处逃散,秀秀在外逃途中碰上府中青年玉工崔宁,她便主动追求崔宁并随他一起逃走。在远离临安两千里外的潭州，他们开了个碾玉铺子，夫妻二人过起自食其力的小康生活。这就跟严酷的封建统治发生了冲突。暴戾的郡王得知他们逃往潭州的消息，立即吩咐临安府公人将他们捉回，把崔宁解往临安府治罪，把秀秀捉入后花园活活打死。秀秀泼辣大胆的性格和行为是基于对爱情和自由的执着追求，具有蔑视封建秩序、反抗封建礼教和封建统治的意义，是新兴市民阶层进步意识的反映。但封建统治阶级是决不允许它的反抗者存在的，咸安郡王始则出赏钱四处寻觅，后则因郭排军的告发而把他们捉来治罪，并残忍地把秀秀打杀在后花园里。小说真实而深刻地反映了南宋时期黑暗的社会现实：统治阶级上层人物除了可以随便占有下层劳动人民子女，供己驱使；还可以随心所欲地惩治和虐杀他们，这是多么残酷的阶级统治和阶级压迫啊！

《醒世恒言》卷八《乔太守乱点鸳鸯谱》叙述的杭州爱情故事颇具喜剧意味。刘家与王家各有一双儿女——刘家的儿子名璞，女儿名慧娘；王家的儿子名玉郎，女儿名珠姨。其中，刘家已为儿子聘下王家的小女，而慧娘、玉郎则各有所配，尚未过门。正当刘家为儿子预备过门之礼时，儿子突然发病。刘家决定隐瞒不报，仍要把珠姨娶过来权当冲喜。消息暗地里走露了风声，被王家知道。王家只有王寡妇一人持家，她与儿子玉郎商议对策。女儿是自家亲生的，王母自然不愿意让她嫁过去就守寡，但刘家的儿子又未必不会痊愈，若不答应，恐怕拂了两家的情谊。起先，玉郎提出，可以把妹妹如约嫁过去，只是不带嫁妆。三日后，若王家儿子的病还未痊愈，则刘家就得让媳妇回娘家；若他已无大碍，那么王家就把妆奁送过去。王寡妇考虑再三，觉得儿子的主意未免儿戏，对方完全可以扣下新人，不让她归宁。最后，她稍稍修改了儿子的意见，因玉郎也生得美丽，她让儿子男扮女装，代妹妹嫁入刘家，并携带一套道服，以便改装后回家。拜堂当日，刘璞依旧沉疴在身。刘家只好让女儿慧娘，以小姑子的身份，陪伴过门的"嫂嫂"玉郎。慧娘代哥哥同嫂嫂行了大礼，在母亲的安排下，还陪伴孤独的"嫂嫂"同睡一夜。夜里，他们发觉了彼此的身份，为情所使，两人逾越了男女之防。三日过后，到了玉郎理当回娘家的日子，他却舍不得同慧娘分别，慧娘亦舍不得他离开。于是二人一再拖延。终于有一天，刘璞的母亲发现女儿竟被"媳妇"搂着落泪，非常反常。她审问了女儿，知道了真相。二人只得分开。丑事再度传开，慧娘的婚配对象裴家将刘家告上了府衙。府衙的乔太守本着八卦心肠乱点鸳鸯谱，把慧娘判给了玉郎，再将慧娘与玉郎二人的婚配对象判到了一起，并在判状上写道："移干柴近烈火，无怪其燃。"又说："相悦为婚，礼以义起。"意谓人的情欲是无法抑制的，两情相悦是婚姻的前提，而"礼"应该顺合人情的实际。这位乔太守很接地气，被赞为"不枉称青天"，他代表了人们对尊重感情的婚姻关系的向往。

凌濛初在"二拍"中对发生在杭州的男女爱情故事也做了多侧面展示。比如《初刻拍案惊奇》卷十二《陶家翁大雨留宾 蒋震卿片言得妇》中蒋震卿与陶幼芳的爱情就别具歪打正着的诙谐意味；卷二十五《赵司户千里遗音 苏小娟一诗正果》中赵司户与苏盼奴的爱情则兼备甘苦与共、生死相以的忠贞；卷三十四《闻人生野战翠浮庵 静观尼昼锦黄沙弄》中闻人生与静观的爱情穿插有斡旋虎穴的惊险。《二刻拍案惊奇》卷九《莽儿郎惊散新莺燕 㑇梅香认合玉蟾蜍》中凤来仪与杨素梅的爱情则不时交替柳暗花明的离奇。凌濛初将发生在杭州的男女爱情故事摹写得千姿百态，各具情调。

第五节　浓郁的佛道文化气息

"江南财富地，江浙人文薮"，悠久的历史与灿烂的文化，使杭州显得十分厚重与深沉。在深厚的吴越文化土壤中，杭州城市文化中蕴含着极其丰富的地域文化因子。

一、杭州浓郁的佛道文化气息

杭州是佛道文化的巨大宝库。"天下名山僧占多"，杭州湖山秀美，汉魏以来，佛道两教的弘法传道者相中了西湖的灵山圣水，纷至沓来，于此开山凿洞，结庐设斋，剃度黎民，弘扬教义，西湖遂成佛道两教文化的胜境觉场。"自佛法流入中国，民俗趋之，而南方尤盛。"[1]在尤盛之地，杭

---

[1] 徐松：《宋会要辑稿》，中华书局1957年版，第6563页。

州更有"东南佛国"[1]之称。两浙"人性柔慧，尚浮屠之教"[2]，有"瓯越之民，僧俗相半"[3]之说。宋代杭州寺院林立，高僧云集，"俗尚浮屠"，"归施无节"[4]，事佛最勤，"佛之官室棋布于境中者殆千有余区"[5]。"三言二拍"中有多篇小说描绘了杭州的佛道盛况。

首先，是对杭州寺庙之多、香火之盛给予了大量的描述。

北宋以来，杭州佛寺数量有大幅增长。以宋代为例，据明代田汝成的《西湖游览志》统计，早在唐代以前，杭州城内外就共计存有佛寺三百六十余座。而据章衡在《敕赐杭州慧因教院记》中的记载，经吴越时期的发展，到北宋元祐三年（1088年），杭州地区的佛寺已增加至五百三十余座。在此之后，即使经过"靖康之变"，宋室南渡的社会性大动乱，至迟在南宋绍兴末年，杭州的佛寺数量又很快得到了恢复，杭州地区再次出现了"皆僧坊宝社"的盛况。[6]依据吴自牧《梦粱录》的描述：

城内寺院，如自七宝山开宝仁王寺以下，大小寺院五十有七。倚郭尼寺，自妙净、福全、慈光、地藏寺以下，三十有一；又两赤县大小梵宫，自景德灵隐禅寺、三天竺、演福上下、圆觉、净慈、光孝、报恩禅寺以下，寺院凡三百八十有五……都城内外庵舍，自保宁庵之次，共一十有三。诸录官下僧庵及白衣社会道场奉佛，不可胜纪。[7]

又据《咸淳临安志》载："今浮屠、老氏之宫遍天下，而在钱塘为尤众，二氏之教莫盛于钱塘，而学浮屠者为尤众，合京城内外暨诸邑寺以百计者九，而羽士之庐不能什一。"[8]难怪苏轼感叹道："钱塘佛者之盛，盖甲天下。"[9]

"三言二拍"中有多篇小说对这种盛况给予了较为具体的描述。

《警世通言》卷二十八《白娘子永镇雷峰塔》对杭州浓郁厚重的佛教文化氛围做了生动描述：

---

[1] 吴本泰：《西溪梵隐志》，杭州出版社2006年版，第5页。
[2] 脱脱：《宋史》，中华书局1985年版，第2177页。
[3] 李焘：《续资治通鉴长编》，中华书局1995年版，第2137页。
[4] 蔡襄：《端明集》，影印文渊阁四库全书本。
[5] 秦观撰，徐培均笺注：《淮海集笺注》，上海古籍出版社1994年版，第1220页。
[6] 李蓁：《慧因寺志》，杭州出版社2007年版，第30页。
[7] 吴自牧：《梦粱录》，浙江人民出版社1980版，第137页。
[8] 潜说友：《咸淳临安志：卷七十五·寺观一》，浙江古籍出版社2012版，第9页。
[9] 苏轼：《苏轼文集》，中华书局1986年版，第638页。

西湖景致，山水鲜明。晋朝咸和年间，山水大发，汹涌流入西门。忽然水内有牛一头见浑身金色。后水退，其牛随行至北山，不知去向，哄动杭州市上之人，皆以为显化。所以建立一寺，名曰金牛寺。西门，即今之涌金门，立一座庙，号金华将军。当时有一番僧，法名浑寿罗，到此武林郡云游，玩其山景，道："灵鹫山前小峰一座，忽然不见，原来飞到此处。"当时人皆不信。僧言："我记得灵鹫山前峰岭，唤作灵鹫岭。这山洞里有个白猿，看我呼出为验。"果然呼出白猿来。……真乃：隐隐山藏三百寺，依稀云锁二高峰。

《警世通言》卷二十七《假神仙大闹华光庙》是这样描述华光庙的前世今生的：

故宋时杭州普济桥有个宝山院，乃嘉泰中所建，又名华光庙，以奉五显之神。……绍定初年，丞相郑清之重修，添造楼房精舍，极其华整。遭元时兵火，道侣流散，房垣倒塌，左右居民，亦皆凋落。至正初年，道士募缘修理，香火重兴。

《初刻拍案惊奇》卷二十四《盐官邑老魔魅色 会骸山大士诛邪》描述了杭州的香火之盛：

（天下）香火之盛，莫如杭州三天竺。那三天竺是上天竺、中天竺、下天竺。三天竺中，又是上天竺为极盛。这个天竺峰，在府城之西，西湖之南。登了此峰，西湖如掌，长江如带。地胜神灵，每年间人山人海，挨挤不开的。

"三言二拍"中描写到的杭州寺庙就有水月寺、净慈寺、显孝寺、灵隐寺、山神庙、华光庙、纯阳庵、金牛寺、宝叔塔寺、雷峰寺、昭庆寺、观音寺、庆福寺、翠浮庵等。

其次，是下层民众对佛教信仰的旺盛需求。

杭州地区佛寺数量的增加，扩大了佛教在杭州下层民众中的影响力，而佛教在与广大民众的互动中也推动了佛教在杭州世俗社会中的传布与发展。

这在小说中体现为五个方面。一是杭州下层民众中的果报观念非常强烈。佛教义理有曰："善恶到头终有报，从来因果不用忙。"民众认为因果是这世间最公平的裁判，不偏不倚。俗话说：善有善报，恶有恶报，不是不报，时候未到。佛教又讲：这个世界上最厉害的算命是因果，"因缘会遇时，果报还自受"，一个人积下的因，待到因缘和合，因缘具足，果报就会显现。尤其是现世报，一个人此生的所作所为、此生所造的善恶业，很快就会在其生前得到应验。

《喻世明言》卷二十二《木绵庵郑虎臣报冤》中奸臣贾似道残害忠良，荒淫误国，最终受到了现世报。贾似道高居丞相之位，却"欺蔽朝廷，养成贼势，误国蠹民"，被宋恭宗削职，发配至循州安置，而监押官正是太学生郑隆之子郑虎臣。郑隆因与贾似道政见不合，被贾似道黥配而死。郑虎臣衔恨在心，觅到了报仇雪恨的机会。押解途中，贾似道备受郑虎臣的折磨和作弄，这时他才记起有一个号富春子的术士，曾经替他预设的谶言："师相富贵，古今莫及，但与姓郑人不相宜，当远避之。"这暗合了贾似道少时曾做的一个梦：他曾梦见自己乘龙上天，却被一勇士打落，堕于坑堑之中，那勇士背心上绣有"荥阳"二字。而"荥阳"是姓郑的郡名。此梦境与富春子所言恰好相合。他还想起自己未发迹时，"一日醉倦，小憩于栖霞岭下，遇一个道人，布袍羽扇，从岭下经过。见了贾似道，站定脚头，瞪目看了半响，说道：'官人可自爱重，将来功名不在韩魏公之下。'……过了数日，贾似道在平康巷赵二妈家，酒后与人赌博相争，失足跌于阶下，磕损其额，血流满面。虽然没事，额上结下一个瘢痕。一日在酒肆中，又遇了前日的道人，顿足而叹，说道：'可惜，可惜！天堂破损，虽然功名盖世，不得善终矣！'"他发迹后陷害理宗朝的丞相吴潜，谋代其位，造下谣言，诬之以罪，害得吴潜贬官循州，他暗地里却教循州知州刘宗申逼吴潜服毒自尽。不承想如今他贬谪循州，未及到彼，就被郑虎臣毙命于木绵庵，其结局比吴潜更凄惨。

小说中描绘的这种现世报，毋庸置疑是广大民众对贾似道这样残害忠良、祸国殃民的奸臣落得身首异处下场的最大惩处，也是恶人有恶报观念的集中体现。

二是民众面对命运无常、希冀无望的困境时，常常祈求神佛的指引，走上别样的人生道路。《警世通言》卷七《陈可常端阳仙化》叙述了宋高宗绍兴年间，温州府乐清县一个叫陈义（字可常）的秀才，年方二十四岁，生得眉目清秀，聪明颖悟，无书不读，无史不通。绍兴年间，三举不第，无奈之下到临安府众安桥命铺找人算命，算命先生对他讲："命有华盖，却无官星，只好出家。"而陈秀才自小就听他母亲说，生下他时，梦见一尊金身罗汉投怀。如今功名蹭蹬,"闻星家此言,忿一口气,回店歇了一夜,早起算还了房宿钱,雇人挑了行李,径来灵隐寺投奔印铁牛长老出家,做了行者"。

陈可常出家后被人诬陷与郡王府歌女新荷通奸,冤情水落石出后他作《辞世颂》一首,洗身沐浴,穿戴整齐,入草舍结跏趺坐圆寂。次日,郡王同两国夫人去灵隐寺烧化他,郡王与两国夫人亲自拈香,印铁牛长老带领众僧念经超度他。

三是民众遭遇狐妖之惑、灾祸之难,往往祈求神佛的保佑,替他们消灾免祸。《警世通言》卷二十七《假神仙大闹华光庙》中杭州秀才魏宇,家居华光庙附近,同表兄服道勤读书于庙旁之小楼,却被两个龟妖精媚惑,半载有余,魏宇渐渐面黄肌瘦,饮食日减,命悬一线。其父大惊失色,出门去寻访祛妖的法师。法师裴守正,传得五雷法,普救世人。裴守正吩咐魏家准备一副熟三牲和酒果、五雷纸马、香烛、朱砂黄纸之类的物件,约定晚上来捉妖怪,没想到他功力不足,不仅没有捉到妖怪,反而被妖怪欺负了一通。这时表兄服道勤出主意道:"本庙华光菩萨最灵感……我们备些福物,做道疏文烧了,神道正必胜邪,或可救得。"过了数日,他们备下三牲祭礼前往华光庙,一则赛愿,二则保福。最终五显灵官显灵,将一雌一雄两个多年迷惑少年男女的龟妖精捉拿,魏宇病体痊愈。于是父子俩再往华光庙祭赛,与神道换袍,又去纯阳庵烧香还愿。最终保得家平人安,魏宇科举及第。

《警世通言》卷二十八《白娘子永镇雷峰塔》中许宣按常规在清明节前去保叔塔烧香礼佛,追荐祖宗。许宣遭遇两场官司后万念俱灰,情愿出家,礼拜禅师为师,在雷峰塔剃度为僧。修行数年,一夕坐化去了。众僧买龛烧化,造一座骨塔,千年不朽。

《喻世明言》卷三十八《任孝子烈性为神》中任公与女儿得知任珪死了,安排些羹饭,当街祭祀,痛哭一场。过了两月余,每遇黄昏,任珪时常出来显灵。来往行人看见者,回去便患病,备下羹饭纸钱当街祭献,其病即痊。

《初刻拍案惊奇》卷二十四《盐官邑老魔魅色 会骸山大士诛邪》叙写了杭州上天竺观音脱人厄难的故事。洪武年间浙江盐官会骸山中,有一老者,缁服苍颜,幅巾绳履,一副道人打扮。不见他治甚生业,日常醉歌于市井间，歌毕起舞，跳木缘枝，宛转盘旋，身子轻捷，如惊鱼飞燕。山中与他熟识的人，见他如此奇异，疑心他是个仙人。他日日往来山中，又不见个住处，人们平日只以老道来称呼他。离山一里之外，有个大姓仇氏。夫妻两个，年登四十，极是好善，却无子嗣。乃舍钱刻一慈悲大士像，供奉家中，朝夕香花灯果，拜求心愿。每年二月十九日是大士生辰，夫妻两个，斋戒虔诚，躬身前往天竺，朝大士烧香祈祷："不论男女，求生一个，以续后代。"如是三年，其妻果然怀上身孕，生下一个女孩。夫妻两个，欢喜无限，取名夜珠。夜珠长大后，端慧多能，工容兼妙。父母爱惜她如掌上明珠，倏忽长到十九岁。父母俱是六十以上年纪了，夜珠尚未许配人家。不想老道却对夜珠垂涎三尺，明娶夜珠不成，就用妖术将夜珠裹挟至一崎岖山窟中，山洞中已先有几个妇女被老道摄去奸宿淫戏，老道百般引诱，夜珠就是不从，只是心中默祷观音大士救护。正当老道要对夜珠下手之际，仇老虔诚祷神，女儿拒奸呼佛，观音突然显灵，诛杀妖邪老道，替夜珠及其他几个妇女摆脱了老道的纠缠，逢凶化吉。

四是佛教的传播对杭州当地的民俗节日产生了很大影响。佛教节日主动与我国的传统民俗节日靠拢、结合是佛教世俗化的重要体现。上元节（元宵节）、中元节（盂兰盆节）、佛成道节（腊八节）等传统民俗节日在其发展演变过程中，都对佛教在民间的传播产生了积极影响。如《五灯会元》载，"僧问：'廓然无云，如何是中秋月？'师曰：'最好是无云。'曰：'恁么则一轮高挂，万国同观去也。'师曰：'捏目之子难与言。'"僧人借用中秋节来阐述佛理禅机，体现了以传统节日为代表的中国传统民间文化对佛教传布的深刻影响，以及其对扩大佛教影响的积极作用。

民间传统节日三元节与佛教节日关系非常密切。据《大宋僧史略》载，"我大宋太平兴国六年（太宗）敕下元亦放灯。三夜为军民祈福。供养天地辰象佛道。三元俱燃灯放夜自此为始"[1]。也正是在佛教的影响下，三元节时除了传统的放灯，做佛事、供养等活动也成为传统之一。

再如水陆法会之盂兰盆节，是佛教中的重大节日之一。因其起源上的"孝慈"因素，盂兰盆节与中国民众所推崇的伦理道德观念有着天然的契合。在佛教传播过程中，僧人还将盂兰盆节与中国传统文化中的鬼神观

---

[1] 赞宁撰：《大宋僧史略校注》，富世平点校，中华书局2015年版，第137页。

念、丧葬习俗相结合。据《修盂兰盆方法九门》记载："吴越之俗，亦存盂兰之设，但名下丧实，良可痛哉！每至此日，或在本家，或寄僧舍，广备蔬食，列祀先灵，冥衣纸钱，凭火而化，略同籩篚之荐，未干兰供之羞。岂知本为目连不能饷母之食，哀投调御始开救苦之方，推乞福于众僧，专奉盆于三宝。如其反此，未知于何？"[1]

吃腊八粥的习俗也是在佛教文化的影响下逐渐固定下来的，直到今日杭州灵隐寺每逢腊八之际，仍有广施腊八粥的传统。腊八本是民间祭祀活动，佛教为了扩大在中国本土的影响力，把腊月八日定为佛成道之日，佛教寺院做五味粥施舍民众，还会用麸乳、水果、竹笋等物做红糟，给僧人食用，赠送给施主和富贵人家。由此，腊八节成为寺院与信徒进行交流的一个喜庆的节日。

民间丧葬风俗中的三日斋、累七斋、烧纸幡子等也均源自佛教，到宋代已经形成一种定式。佛教经典中有关于佛教经文神异的记载，使得佛教经文在宋代杭州世俗社会产生了很大影响，很多民众都希望通过抄写、读诵、祭拜经文的方式来祈福避祸，同时诵念佛号也由于其简易方便的特点被世俗广为运用。

具体到"三言二拍"中，《喻世明言》卷二十三《张舜美灯宵得丽女》描写了杭州民众庆贺上元佳节的盛况。张舜美走上街头看灯游玩，"遥见灯影中，一个丫鬟肩上斜挑一盏彩鸾灯，后面一女子，冉冉而来"。于是就上演了一出"张舜美灯宵得丽女"的爱情剧。可见上元节看灯游玩已是深受杭州民众喜爱的一项民俗活动。

《初刻拍案惊奇》卷三十四《闻人生野战翠浮庵 静观尼昼锦黄沙弄》中写到七月半盂兰盆大斋时节，"杭州年例，人家做功果，点放河灯"。翠浮庵里的尼僧，大多被一些大户人家请去家中念经，做功果，净坛绕经，上兰盆供，祈求神佛保佑。

五是僧人破戒好色、贪财之事频繁上演。

杭州是烟柳繁华之地，温柔富贵之乡，宋代林升便在其诗《题临安邸》中描绘杭州"暖风熏得游人醉，直把杭州作汴州"。在这样的大环境之下，僧人的出家修禅之心极易为世俗滚滚红尘所动摇。一位禅师描述当时

---

[1] 遵式：《金园集》，《卍新纂续藏经》本。

的僧人生活情况时说:"去圣时遥,人心淡薄。看却今之丛林,更是不得也。所在之处,或聚徒三百五百,浩浩地,只以饭食丰浓,寮舍稳便,为旺化也。中间孜孜为道者无一人。"[1]《宋高僧传》记载了宋代许多僧人违戒的例子,如明州乾符寺王罗汉:"酷嗜麑肉,出言若风狂"[2];邛州大邑灵鹫山寺点点师者,"有命斋食者,酒肉不间,率以为常"等。田汝成《西湖游览志余》也有济癫和尚食用酒肉破戒行为的记载:"济癫者,本名道济,风狂不饬细行,饮酒食肉,与市井浮沉,人以为癫也,故称济癫。"[3]对此,灵隐寺主持慧远却认为:"佛门广大,岂不容一癫僧。"且不论济癫和尚是否确有其人,但故事本身也能在一定程度上反映出当时部分僧人的日常生活状况。而对于僧人破戒行为的宽容,则反映了当时僧人融入世俗生活的普遍性,他们在修习佛法之时,并不排斥对世俗生活乐趣的享受。

《喻世明言》卷二十九《月明和尚度柳翠》中水月寺竹林峰住持玉通禅师因没有到临安府接官亭去迎接新上任的临安府府尹柳宣教,被柳府尹设计,柳府尹让官妓红莲假扮成新死丈夫的寡妇,前往寺中色诱玉通禅师。"这长老看了红莲如花如玉的身体,春心荡漾起来",被红莲破了色戒。长老悔恨不迭,"自入禅门无挂碍,五十二年心自在。只因一点念头差,犯了如来淫色戒",他忏悔过后就在禅椅上圆寂而逝。

《喻世明言》卷三十《明悟禅师赶五戒》描述了一个和尚破色戒被点化的故事。钱塘门外的南山净慈孝光禅寺,乃名山古刹。寺中有两个得道高僧,是一对师兄弟,一个唤作五戒禅师,一个唤作明悟禅师。十几年前五戒禅师让身边的心腹道人清一收养了一个在山门外松树根雪地上被遗弃的女婴红莲,倏忽这红莲长成一十六岁,出落得亭亭玉立,风姿绰约。五戒禅师一见红莲,一时差讹了念头,邪心遂起,在禅房中将她奸淫,犯了色戒,后来他坐化后才重新投胎人间。

《初刻拍案惊奇》卷二十六《夺风情村妇捐躯 假天语幕僚断狱》入话中描写寺僧广明在临安庆福寺中另辟一间净云房,幽深曲折,专门将前来寺中烧香求子的妇女拐骗进去奸淫取乐,"不毒不秃,不秃不毒,转毒转秃,

---

[1] 赜藏:《古尊宿语录》卷四十一,中华书局1994年版,第772页。
[2] 赞宁撰:《大宋僧史略校注》,富世平点校,中华书局2015年版,第137页。
[3] 赞宁撰:《大宋僧史略校注》,富世平点校,中华书局2015年版,第137页。

转秃转毒,为那色事上专要性命相博、杀人放火的"。案情被揭露后,县官把寺中一房僧众尽行屠戮。

《初刻拍案惊奇》卷三十四《闻人生野战翠浮庵 静观尼昼锦黄沙弄》中有个老尼,是杭州翠浮庵的庵主,与杨妈妈来往多年,却是个花嘴骗舌之人,平素只贪些风月,庵里接纳了两个后生徒弟,多与她做些不伶俐勾当。作者对此感慨道:"但凡出家人,必须四大俱空。自己发得念尽,死心塌地,做个佛门弟子,早夜修持,凡心一点不动,却才算得有功行。若如今世上,小时凭着父母蛮做,动不动许在空门,那晓得起头易,到底难。到得大来,得知了这些情欲滋味,就是强制得来,原非他本心所愿。为此就有那不守分的,污秽了禅堂佛殿,正叫做'作福不如避罪。'"

闻人生从湖州雇船去杭州时,有一个假扮和尚的小尼姑静观恳求搭船去灵隐寺,途中与闻人生同睡,并且半夜里挑逗他:"相公,不要则声,我身实是女尼。因怕路上不便,假称男僧。"闻人生此时欲火正高,就与女尼春风一度,女尼的性欲也得到了极大的满足。后来静观接引闻人生住进尼庵,一众女尼看见,都笑脸相迎,把闻人生看了又看,愈加欢爱。她们于是收拾出一间洁净房子,先是庵主与他淫乐,此后众尼姑,你争我夺轮番伴宿。最终老尼奸淫之事被人告发,死于狱中。

寺院中的僧尼不仅好色,而且还贪财。《初刻拍案惊奇》卷十五《卫朝奉狠心盘贵产 陈秀才巧计赚原房》入话中描写了杭州府贾秀才,家私巨万,心灵机巧,豪侠仗义,机智巧妙地替好友赎回被和尚盘剥的房产的故事。钱塘有个姓李的读书人,虽习儒业,尚未游庠。家极贫窭,事亲至孝。与贾秀才相契,贾秀才时常周济他。一日,贾秀才邀李生饮酒。李生坐下后怏怏不乐。在贾秀才的催问之下,李生告诉他:"先前曾有小房一所,在西湖口昭庆寺左侧,约值三百余金。为因负了寺僧慧空银五十两,积上三年,本利共该百金。那和尚却是好利的先锋,趋势的元帅,终日索债。小弟手足无措,只得将房子准与他,要他找足三百金之价。那和尚知小弟别无他路,故意不要房子,只顾索银。小弟只得短价将房准了,凭众处分,找得三十两银子。才交得过,和尚就搬进去住了。"寺僧慧空不仅没有助人为乐的热心肠,而且还乘人之难,落井下石,千方百计算计他人的房产,贪财好利到了要将他人赶尽杀绝的境地,着实可恶!

二、僧人士大夫化与士大夫佛禅化

宋代的众多高僧通常借助与士族官僚之间的文化、精神交流来取得士族官僚阶层的支持。这些高僧凭借自己出色的才智与广博的学识,使得僧儒间的交流成为一种风尚,呈现了僧人士大夫化的倾向。在此过程中,士大夫阶层也呈现了佛禅化的倾向,不管是宰执高官,还是文坛泰斗,总会在日常世俗活动中与佛教发生联系。如杨亿、欧阳修、司马光、张浚、李纲、钱端礼等宰执,以及苏轼、黄庭坚、陈师道、陆游等文坛领袖,他们之中或出于皇帝命令,或出于个人经历旨趣,都曾修撰过佛教典籍,与佛教中人发生联系。于是,在宋代出现了如《可久道人之歙州兼简知郡李学士》中所写的"宰官多结空门友,外护须依守土臣"的状况。

而许多兼修儒学的僧人通过对诗、词、歌、曲等文学艺术的创作吸引士族官僚与其进行交流,让士大夫对佛教的世界观产生认同,从而使佛教为统治阶级所接纳。僧人在诗词等文学创作上的努力,客观上也加速了佛教文化与儒家文化的融合,促使佛教在更深层次上受到世俗社会的影响。宋代出现了许多文学素养精深的僧人,他们的诗作儒学功底深厚,意境超脱,风格清新,内心世界广阔,语言虽平淡却内蕴深厚,大有盛唐山水田园诗歌的意味,因此,连当时的大文豪苏轼都拍手称赞。正是僧人的这种态度,使得佛教不只是在皇族中受到宠幸,同时也在士族官僚阶层得到青睐。当然也因此对僧人的义理学识提出了更高的要求,促使僧人进一步融入世俗社会,更专心致志地学习接纳儒家文化。[1]

《警世通言》卷七《陈可常端阳仙化》中的陈可常出家前原是个秀才,无书不读,无史不通,作诗填词尤其擅长。

绍兴年间,高宗皇帝母舅吴七郡王,于五月初五日按常例带着粽子去灵隐寺布施,斋僧解粽。郡王让和尚们以粽子为题当场作诗。陈可常赋诗一首:"香粽年年祭屈原,斋僧今日结良缘。满堂供尽知多少,生死工夫那个先?"郡王听罢大为赞赏道:"好诗!"郡王又问他:"廊下壁间诗,是你作的?"他答道:"覆恩王,是侍者作的。"郡王见他言语清亮,人才出众,

---

[1] 张祝平、任伟玮:《宋代杭州佛教与世俗社会关系研究》,《宁夏大学学报》(人文社会科学版) 2015 年第 5 期, 第 119—130 页。

非常赏识他。当日就差押番，去临安府僧录司讨一道度牒，将他剃度为僧，就用他表字可常，作为佛门中法号，而且让他成为郡王府内的门僧。

在宋代，由于佛教受世俗社会的影响进一步加深，僧人与儒士间的交流愈加频繁，也导致了僧人对儒士的影响加深。杭州僧人与儒士交往的记载屡屡见诸各类文本之中，士族官僚特别是其中具备大儒风采的名家，往往能够通过相互间的交流对僧人产生极大的影响。思想交流的影响是相互的，当宋代僧人对士族官僚在人生观、世界观、价值观上产生佛禅化影响的同时，士族官僚也凭借自身深厚的儒家学识对僧人产生儒家化的影响。僧儒之间以诗词歌赋为纽带，在佛儒间架起了一道横跨两方的桥梁。

其中，以道潜与苏轼之间的交往最为人称道。"道潜字参寥，尝与苏东坡、秦少游两先生为密友……东坡守杭时，因道潜入智果精舍赋诗云：'云崖有浅井，玉醴常半寻。遂名参寥泉，可濯幽人襟。'又作《参寥泉铭》，记之岁月。东坡爱其诗，尝称'无一点蔬笋气味，体制绝似储光羲，非近世诗僧可比。'"[1]

苏轼是首屈一指的大文豪，道潜与苏轼通过诗歌相知，两人又不仅仅是诗友："轼谪居齐安，道潜不远二千里相从，留期年，遇移汝海，同游庐山，复归于潜山中。"[2]"轼南迁，道潜欲转海访之，轼以书戒止。当路亦据其诗语，谓有刺讥，得罪，返初服。"[3]

《喻世明言》卷三十《明悟禅师赶五戒》这篇小说也许就是依据上述记载改写的。小说中叙述五戒禅师犯了色戒，坐化后重新投胎托生在眉州苏洵家，其夫人王氏，夜梦一瞽目和尚走入房中，吃了一惊，第二天一早分娩一子，生得眉清目秀，是为苏轼；师弟明悟一灵紧随其后托生在本处谢原家，其妻章氏，亦梦一罗汉，手持一印来家抄化。因惊醒，遂生一子，取名谢瑞卿。谢瑞卿自幼不吃荤酒，一心只爱出家。苏轼与谢瑞卿同窗相厚，只是志趣不同。苏轼志在功名，偏不信佛法，最恼的是和尚，每常二人相会，瑞卿便劝子瞻学佛，子瞻便劝瑞卿做官。瑞卿道："你那做官，是不了之事，不如学佛三生结果。"子瞻道："你那学佛，是无影之谈，不如做官实在事业。"

---

[1] 吴自牧：《梦粱录》，浙江人民出版社1981年版，第158页。
[2] 潜说友：《咸淳临安志·卷七十·方外（僧）》，浙江古籍出版社2012版，第2505页。
[3] 潜说友：《咸淳临安志·卷七十·方外（僧）》，浙江古籍出版社2012版，第2509页。

嘉祐改元，苏轼前往东京应举，一举成名，御笔除翰林学士，锦衣玉食，前呼后拥，富贵非常。于是修书一封，差人到眉州将谢瑞卿接到东京。时值东京大旱，赤地千里。仁宗天子降旨，特于内庭修建七日黄罗大醮，为万民祈雨。仁宗天子驾到，众官迎入，在佛前拈香下拜。瑞卿在殿上偷看圣容，被仁宗龙目瞧见。仁宗道："好个相貌，既然深通经典，赐你度牒一道，钦度为僧。"谢瑞卿自小便要出家做和尚，恰好圣旨分付，正中其意，瑞卿于是就在醮坛佛前剃度，名佛印法师。

随着两人交往的深入，苏轼悉心听受佛印谈经说法，耳濡目染，渐渐相习，也觉得佛经讲得有理，不似向来水火不投的光景了。朔望日，佛印还邀请苏轼到相国寺中礼佛奉斋。日常无事，苏轼便到寺中与佛印闲谈，或分韵吟诗。佛印不动荤酒，子瞻也随着吃素，把个毁僧谤佛的苏学士，变作护法敬僧的苏子瞻了。

熙宁变法，苏轼因与王安石政见不合，外放做杭州通判。佛印也跟随他到杭州灵隐寺做住持，两人朝夕往来。有方士道："东坡已作大罗仙。亏了佛印相随一生，所以不致堕落。佛印是古佛出世。"冯梦龙叙述的苏轼与佛印相知相随的故事，充分说明了当时僧儒之间相互提携、相互促进的和谐关系。

第二章　大运河文化之苏州城市文化

苏州是首批国家历史文化名城之一，有两千五百多年的建城历史，是吴文化的发祥地之一，有"人间天堂"的美誉。苏州的文化历史源远流长，文化积淀十分深厚。在这块得天独厚而又美丽富饶的土地上，世世代代的苏州人在创造物质文明的同时，也创造了灿烂的吴地文化，并以其独树一帜的风格而在华夏文化史上占据重要的地位。"三言二拍"对苏州这座城市的描绘是全方位、多角度的，描写苏州城市文化的小说主要有以下二十二篇，约占"三言二拍"作品总数的十分之一（表三）。

表三　"三言二拍"中与苏州城市文化相关联的小说

小说名称	卷次	篇名	总篇目数
喻世明言	1	蒋兴哥重会珍珠衫	3
	28	李秀卿义结黄贞女	
	34	李公子救蛇获称心	
警世通言	15	金令史美婢酬秀童	5
	22	宋小官团圆破毡笠	
	25	桂员外途穷忏悔	
	26	唐解元一笑姻缘	
	34	王娇鸾百年长恨	
醒世恒言	7	钱秀才错占凤凰俦	4
	18	施润泽滩阙遇友	
	20	张廷秀逃生救父	
	35	徐老仆义愤成家	

续表

小说名称	卷次	篇名	总篇目数
初刻拍案惊奇	1	转运汉遇巧洞庭红 波斯胡指破鼍龙壳	5
	8	乌将军一饭必酬 陈大郎三人重会	
	18	丹客半黍九还 富翁千金一笑	
	27	顾阿秀喜舍檀那物 崔俊臣巧会芙蓉屏	
	34	闻人生野战翠浮庵 静观尼昼锦黄沙弄	
二刻拍案惊奇	1	进香客莽看金刚经 出狱僧巧完法会分	5
	3	权学士权认远乡姑 白孺人白嫁亲生女	
	32	张福娘一心贞守 朱天锡万里符名	
	33	杨抽马甘请杖 富家郎浪受惊	
	39	神偷寄兴一枝梅 侠盗惯行三昧戏	

第一节　湖光山色的水乡文化

作为"天堂"的苏州，小桥流水，风光秀丽，同样不乏山水之胜。"三言二拍"中对苏州风光的描写，较集中于对太湖山水的赞美。如《醒世恒言》卷七《钱秀才错占凤凰俦》开篇，作者就用一段优美的文字细致地描绘了苏州太湖一带的湖光山色：

渔船载酒日相随，短笛芦花深处吹。

湖面风收云影散，水天光照碧琉璃。

这首诗是宋时杨备游太湖所作。这太湖在吴郡西南三十余里之外。你道有多少大？东西二百里，南北一百二十里，周围五百里，广三万六千顷，中有山七十二峰，襟带三州。哪三州？苏州、湖州、常州。东南诸水皆归。一名震泽，一名具区，一名笠泽，一名五湖。何以谓之五湖？东通长洲松江，南通乌程霅溪，西通义兴荆溪，北通晋陵滆湖，东通嘉兴韭溪，水凡五道，故谓之五湖。那五湖之水，总是震泽分流，所以谓之太湖。就太湖中，亦有五湖名色，曰：菱湖、游湖、莫湖、贡湖、胥湖。五湖之外，又有三小湖：扶椒山东曰梅梁湖，杜圻之西、鱼查之东曰金鼎湖，林屋之东曰东皋里湖：吴人只称作太湖。那太湖中七十二峰，唯有洞庭两山最大：东洞庭曰东山，西洞庭曰西山，两山分峙湖中。其余诸山，或远或近，若浮若沉，隐见出没于波涛之间。……那东西两山在太湖中间，四面皆水，车马不通。欲游两山者，必假舟楫，往往有风波之险。

《喻世明言》卷三十四《李公子救蛇获称心》中叙写主人公李元两次路过太湖，都对那里的山色湖光恋恋不舍。第一次是李元初次辞家远行，路经苏州：

李元舟中看见吴江风景，不减潇湘图画，心中大喜，令艄公泊舟近长桥之侧。元登岸上桥，来垂虹亭上，凭栏而坐，望太湖晚景。

至第二次从杭州回乡途中又经过苏州，他同样对苏州的湖光山色流连忘返：

旧岁所观山色湖光，意中不舍。到长桥时，日已平西，李元教暂住行舟，且观景物，宿一宵来早去，就桥下湾住船，上岸独步。上桥，登垂虹亭，凭阑伫目。遥望湖光潋滟，山色空蒙。风定渔歌聚，波摇雁影分。

《初刻拍案惊奇》卷二十七《顾阿秀喜舍檀那物 崔俊臣巧会芙蓉屏》中崔俊臣妻王氏坐船跟随丈夫赴任途中，在靠近太湖的内港河道内被恶船家顾阿秀谋财害命，她设法逃脱后在太湖边一个尼庵削发为尼，而尼庵地处太湖之畔，周围的风光既贴近自然又纯净幽静：

此间小院，僻在荒滨，人迹不到，茭苇为邻，鸥鹭为友，最是个幽静之处。

《警世通言》卷二十六《唐解元一笑姻缘》开头一段文字对苏州古城六座城门及最繁盛热闹的阊门有如下精彩的描述：

却说苏州六门：葑、盘、胥、阊、娄、齐。那六门中只有阊门最盛，乃舟车辐辏之所。真个是：翠袖三千楼上下，黄金百万水东西。五更市贩何曾绝，四远方言总不齐。

《警世通言》卷十五《金令史美婢酬秀童》入话中介绍了苏州城里著名的名胜古迹玄妙观：

> 苏州府城内有个玄都观，乃是梁朝所建。唐刺史刘禹锡有诗道"玄都观里桃千树"，就是此地。一名为玄妙观。这观踞郡城之中，为姑苏之胜。基址宽敞，庙貌崇宏，上至三清，下至十殿，无所不备。各房黄冠道士，何止数百。内中有个北极真武殿，俗名祖师殿。

正是苏州旖旎的湖光山色和水乡风情，孕育了苏州这座城市特有的品性和风格：温婉细腻、诗情画意；同时也塑造了生活在此地的苏州人的性格特征：温柔可人、善解人意。这些都是从苏州小桥流水、湖光山色中所呈现出的水乡文化特色。

第二节 发达而浓郁的商业文化氛围

俗语说："上有天堂，下有苏杭。"明代中后期苏州进入鼎盛期，在明清时期的白话小说中其常是作为"天堂"的代名词而出现，极尽繁华富庶之盛。

明清时期的苏州，既经济富庶又商业兴盛。明清时期的小说对此多有描述，其中《红楼梦》开篇第一回就对苏州赞赏有加：

> 这东南一隅有处曰姑苏，有城曰阊门者，最是红尘中一二等富贵风流之地。

与之相参照的是明代人莫照创作的《苏州赋》对苏州繁华的铺陈：

> 苏州拱京师以直隶，据江浙之上游，擅田土之膏腴，饶户口之富稠；文物萃东南之佳丽，诗书衍邹鲁之源流，实江南之大郡。

就富庶程度而言，明清时期的苏州是杭州无法比拟的。郎瑛《七修类稿》卷二十二曾对两者做过比较："苏自春秋以来显显于吴越，杭惟入宋以后繁华最盛，则苏又不可及也，观苏杭旧闻旧事可知矣。若以钱粮论之，则苏十倍于杭，此又当知。"[1]"三言二拍"对苏州城市意象的营造，乃是以其水乡胜景为中心，以富贵和风流为其表现的两大特色，其渔业蚕桑的繁富和得天独厚的水上交通，衍生了城市商业的繁荣。

---

[1] 郎瑛：《七修类稿》，上海书店2001年版，第230页。

苏州的阊门、虎丘、盛泽等地，就像东京的樊楼、金明池，杭州的西湖一样，成为"三言二拍"中频频出现的富庶繁华之所。阊门，又称金阊，位于苏州古城的西隅，是展示苏州这座"天堂之城"最敞亮的门户。阊门为苏州古城八门之一，自唐代白居易主持修建山塘街以来，商业逐渐繁荣。阊门又是苏州城市的水陆交通枢纽，水路有外城河、上塘河、山塘河，并与内城河沟通；陆路有山塘街、上塘街与城内的中市路沟通。明清时期阊门人烟稠密。"附郭通舟，商旅辐集"，为盈利者必争之地。凭着便捷的水路交通，苏州的货物运送到全国各地，全国各地的货物也运送到苏州，阊门逐渐形成了发达的商业区。正如王锜在《寓圃杂记》中所说：

闾檐辐辏，万瓦甃鳞。城隅濠股，亭馆布列，略无隙地。舆马从盖，壶觞罍盒，交驰于通衢。水巷中光彩耀目，游山之舫，载妓之舟，鱼贯于绿波朱阁之间，丝竹讴舞与市声相杂。[1]

明代苏州才子唐伯虎常去阊门游赏，登酒楼，上街市，入青楼，对阊门的情况非常熟悉。他在《阊门即事》诗中写道：

世间乐土是吴中，中有阊门更擅雄。翠袖三千楼上下，黄金百万水西东。五更市贾何曾绝，四远方言总不同。若使画师描作画，画师应道画难工。

从这首诗中可以看出，阊门那里的酒馆、妓院，装饰华丽，灯红酒绿，宾客满座。史料称：那时，阊门外的妓院特多，专门接待达官贵人、过路客商。所谓"翠袖三千""黄金百万"，从中可见商业氛围的浓郁。从早上直至五更，从四面八方来的商人进进出出，忙忙碌碌，虽然操着不同的方言，但贸易活动极其频繁，阊门的繁荣程度可想而知。哪怕一名优秀的画师也难以画出一幅写生图。唐伯虎的这首诗虽有些夸张，却非常写实。阊门的繁荣景象如在眼前，真是"世间乐土是吴中"，而吴中最繁荣的地方，自然首推是阊门了。《警世通言》卷二十六《唐解元一笑姻缘》中唐伯虎与秋香"一笑姻缘"的情爱故事的开端就是在阊门发生的。小说这样描述苏州阊门："那六门中只有阊门最盛，乃舟车辐辏之所。真个是：翠袖三千楼上下，黄金百万水东西，五更市贩何曾绝，四远方言总不齐。"而阊

---

[1] 王锜：《寓圃杂记·卷五·吴中近年之盛》，明抄本。

门附近，店铺云集，牙行相望。《豆棚闲话》对此有一段精彩的描述：

> 那平江（苏州旧称）是个货物码头，市井热闹，人烟辏集，开典铺的甚多。……阊门外，山塘桥到虎丘名为七里，除了一半大小生意人家，过了半塘桥，那一带沿河临水住的，俱是靠着虎丘山上养活，不知多多少少扯空砑光的人。

阊门外五华里处是著名的米市枫桥，其与阊门紧密地连在一处，史称"吴阊到枫桥，列肆二十里"。因此，可以说阊门是苏州经济的中心，陆上车马，水上船只，大多在阊门停留，一切货物都在阊门运转、聚散。阊门因此成了苏州最热闹的地方。那些官绅大家和文人雅士纷纷在此构建别墅，建筑园林，为阊门增光添彩。

乾隆《吴县志》卷八说苏州枫桥"为储积米豆贩货之总处"。在《喻世明言》卷一《蒋兴哥重会珍珠衫》中，作者写到"枫桥是柴米牙行聚处"，湖广客商蒋兴哥与徽商陈大郎就是在那里偶遇的。陈大郎是徽商，他从湖北襄阳雇下船只，装载粮食完备。"一路遇了顺风，不两月行到苏州府枫桥地面。那枫桥是柴米牙行聚处，少不得投个主家脱货。"

而蒋兴哥早在上年十月就从"广东贩了些珍珠、玳瑁、苏木、沉香之类，搭伴起身。那伙同伴商量，都要到苏州发卖"。据《皇明经世文编》记载："大都湖广之米，辏集于苏郡之枫桥，而枫桥之米，间由上海、乍浦以往福建。"蒋兴哥也是因"久闻得'上说天堂，下说苏杭'，好个大码头所在"，才"有心要去走一遍"。如果说没有苏州的繁华和枫桥的贸易中心地位，就绝不会有蒋、陈的偶遇，更不会产生这个悲欢离合的男女情爱故事。

《醒世恒言》卷二十《张廷秀逃生救父》中的张权离开故土，来到苏州讨生活，因为看中阊门的繁华，所以他就在苏州阊门外皇华亭侧边开个木匠铺，自起了个别号，去那白粉墙上写两行大字，道："江西张仰亭精造坚固小木家火，不误主顾。"果真生意非常红火。小说中还写了个叫王宪的富翁，积祖豪富，家中有几十万家私。传到他手里，他又在阊门内开起一个玉器铺儿，愈加富裕。人见他有钱，都称他作王员外。

《醒世恒言》卷三十五《徐老仆义愤成家》叙述了明代嘉靖年间浙江淳安县徐家老仆人徐阿寄忠心耿耿，为了徐家孤儿寡母的生计，毅然走上经商之路。他做的是贩漆的生意。明代苏州盛产籼米但是缺少油漆，于是他就先将油漆贩卖到苏州，得利后又贩些籼米到杭州出售，赚取五六倍的差价。小说中写道：

（阿寄）遂雇船直到苏州。正遇在缺漆之时，见他的货到，犹如宝贝一般，不勾三日，卖个干净。一色都是现银，并无一毫赊帐。除去盘缠使用，足足赚个对合有余……打听得枫桥籼米到得甚多，登时落了几分价钱，乃道："这贩米生意，量来必不吃亏。"遂籴了六十多担籼米，载到杭州出脱。那时乃七月中旬，杭州有一个月不下雨，稻苗都干坏了，米价腾涌。

苏州城里商业的鼎盛，还促进了周围市镇的发展。明中叶苏州府已有二十三镇、二十二市（集），较著名的大镇有盛泽、震泽等。盛泽在明初还是一个只有五六十户人家的荒僻小村，到嘉靖年间后，则发生了根本的变化。如《醒世恒言》卷十八《施润泽滩阙遇友》描写了盛泽镇作为当时商业重镇所展示出的丝绸生产及交易的繁华景象：

这苏州府吴江县，离城七十里，有个乡镇，地名盛泽。镇上居民稠广，土俗淳朴，俱以蚕桑为业。男女勤谨，络纬机杼之声，通宵彻夜。那市上两岸绸丝牙行，约有千百家，远近村坊织成绸匹，俱到此上市。四方商贾来收买的，蜂攒蚁集，挨挤不开，路途无伫足之隙；乃出产锦绣之乡，积聚绫罗之地。江南养蚕所在甚多，惟此镇处最盛。有几句口号为证：东风二月暖洋洋，江南处处蚕桑忙。蚕欲温和桑欲干，明如良玉发奇光。缫成万缕千丝长，大筐小筐随络床。美人抽绎沾唾香，一经一纬机杼张。咿咿轧轧谐宫商，花开锦簇成匹量。莫忧八口无餐粮，朝来镇上添远商。

《警世通言》卷二十二《宋小官团圆破毡笠》中的刘有才，是苏州府昆山县人，专门在运河上做航运生意：

积祖驾一只大船，揽载客货，往各省交卸。趁得好些水脚银两，一个十全的家业，团团都做在船上。就是这只船本，也值几百金，浑身是香楠木打造的。江南一水之地，多有这行生理。

《醒世恒言》卷七《钱秀才错占凤凰俦》开篇描写了苏州太湖东西两山洞庭商人善于经商的情形：

（洞庭东西）两山之人，善于货殖，八方四路，去为商为贾，所以江湖上有个口号，叫作"钻天洞庭"。内中单表西洞庭有个富家，姓高名赞，少年惯走湖广，贩卖粮食。后来家道殷实了，开起两个解库，托着四个伙计掌管，自己只在家中受用。

《醒世恒言》卷十八《施润泽滩阙遇友》描写了盛泽镇上一个叫施复的小商人兼手工业者，与浑家喻氏在家中养蚕织丝，每年养几筐蚕儿，妻络夫织，织下绸匹，必积至十来匹，最少也有五六匹，方才上市交易。那大户人家积得多的便不上市，都是牙行引客商上门来收买。

施复夫妻省吃俭用，昼夜营运。不上十年，就积攒了数千金的家底。又在附近买了一所大房子居住，开起三四十张绸机，讨了几房家人小厮，把个家业收拾得十分完美。

《初刻拍案惊奇》卷一《转运汉遇巧洞庭红 波斯胡指破鼍龙壳》描写了苏州阊门外有一个叫文若虚的年轻人，他生来心思慧巧，做着便能，学着便会。琴棋书画，吹弹歌舞，件件粗通。看见别人经商图利，时常获利几倍，便也思量做些生意。他跟随几个海商出海去做海外贸易生意，他用仅有的本钱买了一筐红橘去海外碰运气，结果很畅销，小赚了一笔；之后他又把捡来的宝贝鼍龙壳卖给波斯商人，这次交易让他发了大财，成了家财万贯的大富翁。

《初刻拍案惊奇》卷八《乌将军一饭必酬 陈大郎三人重会》入话描写了苏州有个世代经商的商家子弟名叫王生，他父母早亡，婶母杨氏收养了他，并且鼓励他道："你如今年纪长大，岂可坐吃箱空？我身边有的家资，并你父亲剩下的，尽勾营运。待我凑成千来两，你到江湖上做些买卖，也是正经。"王生欣然答应道："这个正是我们本等。"杨氏就将家中积攒的千金本钱，交付与他去做生意。他借助苏南运河的水运优势，在江南地区做买卖，虽然出师不利，第一、第二次外出经商都蚀了本，还遭受了非常大的惊吓。但他并不气馁，第三次踏上经商的征途，吃一堑长一智，他幸运地发了一笔横财，加倍地捞回了本钱。自此以后，他出去营运，遭遭顺利。不上数年，遂成大富之家。

正话叙述苏州府吴江县有个商民，复姓欧阳，生下一女一儿。儿子十六岁，未婚。女儿二十岁了，虽是小户人家，倒也生得有些姿色，就招赘本村陈大郎为婿，家道不富不贫，在门前开小小的一爿杂货店铺，往来交易，陈大郎和小舅两人管理，经营有方，颇有收益。

第三节　民风淳朴、乐善好施的社会文化风尚

自明清以来，苏州成为许多大官宦、大商贾、大财主的聚居之地，他们大多修养较好，文化素质比较高，长期的文化底蕴孕育了苏州人正直、坦诚的品性，他们平常注重以诚待人，以礼待人，乐善好施。所以历来苏州民风淳朴，诚以待人，言必信，行必果。

这种乐善好施的社会文化风尚在"三言二拍"所描写的多篇涉及苏州城市文化的小说中有显著的体现。

《警世通言》卷二十五《桂员外途穷忏悔》中描写苏州府吴趋坊有一长者施济，他由于在科举上屡试不第，乃散财结客，周贫恤寡。有一天，他携带三百两银子来到虎丘山水月观音殿上烧香还愿，正欲唤主僧嘱托修殿之事，忽闻殿下有哭泣之声，仔细听之，其声甚惨。他上前看时，认得其人是桂富五，幼年间与他曾在一条街上居住。桂富五由于受人蛊惑，经商本利俱耗，又被人高利贷催逼，走投无路之际欲投虎丘涧水中自尽。施济赶忙上前安慰他道："我与君交虽不深，然幼年曾有同窗之雅，每见吴下风俗恶薄，见朋友患难，虚言抚慰，曾无一毫实惠之加。甚则面是背非，幸灾乐祸，此吾平时所深恨者。"说罢，他就将三百两原来打算捐资修建水月观音殿的银子施舍给了桂富五。桂富五喜出望外，接银在手，当场屈膝下拜，感激涕零道："某一家骨肉皆足下所再造，虽重生父母不及此恩。三日后，定当踵门叩谢。"接着他又在观音大士塑像前磕头说誓道："某受施君活命之恩，今生倘不得补答，来生亦作犬马相报。"可惜他后来忘恩负义，恩将仇报，受到了应有的报应。

《醒世恒言》卷十八《施润泽滩阙遇友》中的小手工业者施复前往盛泽镇上交易完丝绸，返家途中：

行不上半箭之地，一眼觑见一家街沿之下，一个小小青布包儿。施复趋步向前，拾起袖过，走到一个空处，打开看时，却是两锭银子，又有三四件小块，兼着一文太平钱儿。把手撇一撇，约有六两多重。心中欢喜道："今日好造化！拾得这些银子，正好将去凑做本钱。"连忙包好，也揣在兜肚里，望家中而回。一头走，一头想："如今家中见开这张机，尽勾日用了。有了这银子，再添上一张机，一月出得多少绸，有许多利息。这项银

子，譬如没得，再不要动他。积上一年，共该若干，到来年再添上一张，一年又有多少利息。算到十年之外，便有千金之富。那时造什么房子，买多少田产。"正算得热滑，看看将近家中，忽地转过念头，想道："这银两若是富人掉的，譬如牯牛身上拔根毫毛，打什么紧，落得将来受用；若是客商的，他抛妻弃子，宿水餐风，辛勤挣来之物，今失落了，好不烦恼！如若有本钱的，他拚这账生意扯直，也还不在心上；倘然是个小经纪，只有这些本钱，或是与我一般样苦挣过日，或卖了绸，或脱了丝，这两锭银乃是养命之根，不争失了，就如绝了咽喉之气，一家良善，没甚过活，互相埋怨，必致鬻身卖子，倘是个执性的，气恼不过，肮脏送了性命，也未可知。我虽是拾得的，不十分罪过，但日常动念，使得也不安稳。就是有了这银子，未必真个便营运发积起来。一向没这东西，依原将就过了日子。

经过这一番激烈的思想斗争后，他便忍着饥饿在拾银处等候失主。等到失主后，他毫不犹豫地把银子分文不少地交还到失主朱恩手上。

后生（失主朱恩）道："难得老哥这样好心，在此等候还人。若落在他人手里，安肯如此！如今到是我拾得的了。情愿与老哥各分一半。"施复道："我若要，何不全取了，却分你这一半？"那后生道："既这般，送一两谢仪与老哥买果儿吃。"施复笑道："你这人是个呆子！六两三两都不要，要你一两银子何用！"那后生道："老哥，银子又不要，何以相报？"众人道："看这位老兄，是个厚德君子，料必不要你报。不若请到酒肆中吃三杯，见你的意罢了。"……那后生道："便是，不想世间原有这等好人。"把银包藏了，向主人说声打搅，下阶而去。众人亦赞叹而散。

而失主朱恩同样是个知恩图报的忠厚实诚之人。六年之后，施复前往洞庭山采买桑叶途经滩阙时，巧遇了朱恩，朱恩不仅慷慨地赠予他大量的桑叶，而且热情地款待他，并因此使他躲过了一场覆舟的灭顶之灾。施复自此经商买卖步步顺利，经营规模不断扩大，并很快发家致富。

《醒世恒言》卷二十《张廷秀逃生救父》中从江西来到苏州开木匠铺的张权因逢着荒年，家里已是揭不开锅，正要寻找主顾揽些木工活儿来度过荒年。这时专诸巷内天库前开玉器铺的王员外主动找上门来给他一批木工活儿做。而王员外虽然是个富翁，做人倒也谦虚忠厚，乐善好施。他不仅让张权赚了一笔工钱，还看到张权两个儿子聪明机灵，但因为家中贫困读不起书，便提出欲要承继张权长子廷秀为儿子，做个亲家往来，并且还主动邀请张权的二儿子文秀也一起跟着廷秀读书，费用全由他来买单。

王员外数日内便聘了个先生到家，又对张权说道："二令郎这样青年美质，岂可将他埋没，何不教他同廷秀一齐读书，就在这里吃现成茶饭？"张权道："只是又来相扰，小子心上不安。"王员外道："如今已是一家，何出此言！"自此文秀也在王家读书。且说文秀弟兄弃书原不多时，都还记得。那先生见二子聪明，尽心指教。一年之间，三场俱通。此时王员外家火已是做完，张权趁了若干工银。王员外分外又资助些银两，依旧在家开店过日。

王员外可谓一个雪中送炭、古道热肠的慷慨之士。

《初刻拍案惊奇》卷八《乌将军一饭必酬 陈大郎三人重会》中的吴江小商户陈大郎有一天前往苏州城里置办货物，此时正值数九寒冬，他在一家小酒店遇见一个相貌怪异之人：

那个人生得身长七尺，膀阔三停。大大一个面庞，大半被长须遮了……陈大郎道："小可欲邀老丈酒楼小叙一杯。"那人是个远来的，况兼落雪天气，又饥又寒，听见说了，喜逐颜开。连忙道："素昧平生，何劳厚意！"陈大郎搯个鬼道："小可见老丈骨格非凡，心是豪杰，敢扳一话。"那人道："却是不当。"……陈大郎便问酒保打了几角酒，回了一腿羊肉，又摆上些鸡鱼肉菜之类。……（那人）将须毛分开扎起，拔刀切肉，恣其饮啖。……（吃罢）那人起身拱手道："多谢兄长厚情，愿闻姓名乡贯。"陈大郎道："在下姓陈名某，本府吴江县人。"那人一一记了。陈大郎也求他姓名，他不肯还个明白，只说："我姓乌，浙江人。他日兄长有事到敝省，或者可以相会。承兄盛德，必当奉报，不敢有忘。"

后来陈大郎果真好人有好报，不仅寻回失散的妻子，而且得到乌将军加倍的回报酬谢，"遂做了吴中巨富之家"。

《初刻拍案惊奇》卷二十七《顾阿秀喜舍檀那物 崔俊臣巧会芙蓉屏》中的御史大夫高公纳麟，致仕退居姑苏，听闻崔俊臣夫妇因被恶船家谋财害命而夫妻失散的悲惨经历后，知晓崔俊臣是"衣冠中人，遭盗流落，深相怜悯。又见他字法精好，仪度雍容，便有心看顾他"。他好言安抚崔俊臣道："足下既然如此，目下只索付之无奈，且留吾西塾，教我诸孙写字，再作道理。意下如何？"后来他先将崔妻收留在家中，再通过旧日属官按平江路监察御史薛溥化追查到恶船家踪迹，将其绳之以法，最后使崔俊臣夫妇团圆,重到永嘉去赴任为官。小说结尾作者感慨道:"高公之德,崔尉之谊,王氏之节,皆是难得的事。各人存了好心,所以天意周全,好人相逢。"

《二刻拍案惊奇》卷一《进香客莽看金刚经 出狱僧巧完法会分》叙述了嘉靖年间吴中太湖洞庭山一个寺庙中,因那年发水灾,粮食歉收,米价飞涨,寺中僧侣颇多,吃饭难以为继。僧人辨悟便对众僧说道:

寺中僧徒不少,非得四五十石米不能度此荒年。如今料无此大施主,难道抄了手坐看饿死不成?我想白侍郎《金刚经》真迹,是累朝相传至宝,何不将此件到城中寻个识古董人家,当他些米粮且度一岁?到来年有收,再图取赎,未为迟也。

这时他忽然想起苏州城里山塘街上王相国府里的相国夫人,平时极是好善,尊重的是佛家弟子,敬奉的是佛家经卷。当相国夫人获知寺僧要用经卷换米粮度日的做法后,她便念声阿弥陀佛,说道:"此必是寺中祖传之经,只为年荒将来当米吃了。这些穷寺里如何赎得去?留在此处亵渎,心中也不安稳。譬如我斋了这寺中僧人一年,把此经还了他罢,省得佛天面上取利不好看。"果真她慈悲为怀,免费施舍给寺中众僧一年的粮米,让僧人们平安地度过了那个饥年。辨悟颇有感慨道:"一个荒年,合寺僧众多是这夫人救了的。况且寺中传世之宝正苦没本利赎取,今得奉回,实出侥幸。"

第四节 深厚的文化积淀 淳朴的民间风俗

在"三言二拍"中作者有时会增添一些细节描写来表现苏州地区颇为独特的民间习俗及文化传承。

一、普通民众给自己起字号等习俗

明清时期苏州地区的普通民众有给自己起字号的习惯,从中可见出苏州城市深厚的文化底蕴。如《警世通言》卷二十二《宋小官团圆破毡笠》提道:

原来苏州风俗,不论大家小家,都有个外号,彼此相称:玉峰就是宋敦的外号。

《警世通言》卷十五《金令史美婢酬秀童》写道：

原来苏州有件风俗，大凡做令史的，不拘内外人都称呼为"相公"。

《醒世恒言》卷十八《施润泽滩阙遇友》也写到苏州的这一风俗习惯：

（施复）因有这些顺溜，几年间，就增上三四张绸机，家中颇颇饶裕。里中遂庆个号儿叫作施润泽。

《醒世恒言》卷二十《张廷秀逃生救父》中的张权在苏州阊门外皇华亭侧边开个店儿，自起了个别号叫"张仰亭"。

再如娶亲习俗，《醒世恒言》卷七《钱秀才错占凤凰俦》中写道：

原来江南地方娶亲，不行古时亲迎之礼，都是女亲家和阿舅自送上门。女亲家谓之送娘，阿舅谓之抱嫁。

还有新官赴任的习俗，在《醒世恒言》卷三十六《蔡瑞虹忍辱报仇》中作者提到：

原来大凡吴、楚之地作官的，都在临清张家湾雇船，从水路而行，或径赴任所，或从家乡而转，但从其便。那一路都是下水，又快又稳；况带着家小，若没有勘合脚力，陆路一发不便了。每常有下路粮船，运粮到京，交纳过后，那空船回去，就揽这行生意，假充座船，请得个官员坐舱，那船头便去包揽他人货物，图个免税之利，这也是个旧规。

这段话介绍吴楚两地新官赴任的旧俗，交代出启程地、路线及出行之由，历历如画。从以上列举的这些人名称谓、婚俗礼仪，再到出行习惯等风俗，可以看出作者对苏州地方文化风俗之熟悉与赞赏之情是溢于言表的。

《醒世恒言》卷十八《施润泽滩阙遇友》中还提到江南育蚕的种种讲究及忌讳，有十体、二光、八宜等法，三稀、五广之忌：

那育蚕有十体、二光、八宜等法，三稀、五广之忌。第一要择蚕种。蚕种好，做成茧小而明厚坚细，可以缫丝。如蚕种不好，但堪为绵纩，不能缫丝，其利便差数倍。第二要时运。有造化的，就蚕种不好，依般做成丝茧；若造化低的，好蚕种，也要变做绵茧。北蚕三眠，南蚕俱是四眠。眠起饲叶，各要及时。又蚕性畏寒怕热，惟温和为得候。昼夜之间，分为四时。

还指出了养蚕人家的忌讳：

那养蚕人家，最忌生人来冲。从蚕出至成茧之时，约有四十来日，家家紧闭门户，无人往来。任你天大事情，也不敢上门。

二、祭拜神佛的风俗盛行

明清时期，苏州地区的祭拜之风甚盛。明末清初，苏州地区十分盛行祭"五路神"的习俗。如《警世通言》卷十五《金令史美婢酬秀童》中写道：

又过了两日，是正月初五。苏州风俗，是日家家户户，献祭五路大神，谓之烧利市。吃过了利市饭，方才出去做买卖。

五路神，即东西南北中五路财神。五路神又称路头，是中国民间所信奉的一位财神。人们在正月初五祭拜路头神，并以此日为其生日，祭晒迎接，颇为壮观。每年正月初五这天，人们必定早起争先将神接到自己家中供奉，以求好运。王士禛在《分甘余话》写道："余常不解吴俗好尚有三：斗马吊牌、吃河豚鱼、敬畏五通邪神，虽士大夫不能免。"连士绅亦卷入其中，颇见此风之盛。

又如苏州一地久有拜佛求嗣的习俗，家中结婚两三年如仍无子嗣，定惶惶求之。《警世通言》卷二十二《宋小官团圆破毡笠》中描写的宋敦夫妇，年过四旬，尚无子嗣。于是他们便各处去烧香祈嗣，做成黄布袱、黄布袋装裹佛马楮钱之类。烧过香后，悬挂于家中佛堂之内，甚是志诚。小说中还写到，在苏州阊门外有专为求嗣修建的娘娘庙，"香火甚盛，祈祷不绝"。由于宋敦夫妇心田慈善，没过多久其妻卢氏就怀上了身孕，生下一个男孩儿。因梦见金身罗汉，小名金郎，官名就叫宋金。正如小说中所言："宋金原是陈州娘娘庙前老和尚转世来的，前生专诵此经。今日口传心受，一遍便能熟诵，此乃是前因不断。"

《警世通言》卷二十五《桂员外途穷忏悔》中的施济年逾四十，尚未生子。三年孝满，妻子严氏劝其置妾，施济不从，发心祷诵《白衣观音经》，并刊本布施，许愿："生子之日，舍三百金修盖殿宇。"第二年，其妻严氏果真怀上身孕，生下一个男孩。三朝剃头，到弥月做了汤饼会。施济对妻子说起还愿之事，便携带三百两银子，来到虎丘山水月观音殿上烧香礼拜，捐资修殿。

《初刻拍案惊奇》卷八《乌将军一饭必酬 陈大郎三人重会》写到苏州府吴江县有个陈大郎，只为结婚数年，并不曾生得一男半女，"夫妻两个发心，要往南海普陀洛伽山观音大士处烧香求子"。后来陈大郎妻子走失，他猛然想到：

去年要到普陀进香，只为要求儿女，如今不想连儿女的母亲都不见了，我直如此命蹇！今月十九日是观音菩萨生日，何不到彼进香还愿？一来祈求的观音报应；二来看些浙江景致，消遣闷怀，就便做些买卖。

阴差阳错，他乘坐的航船行不到数里，海面忽地刮起一阵飓风，吹得天昏地暗，将船漂到一个海岛边，被一群小喽啰俘获，而为首的正是受陈大郎一饭之恩的乌将军。自然陈大郎不仅性命无忧，还找回了失散的妻子。"此果是乌将军义气，然若不遇飓风，何缘得到岛中？普陀大士真是感应！"从此陈大郎夫妻年年都到普陀山进香。

三、名胜古迹、人文景观遍布

苏州地区还有积淀着无数优美传说与历史沧桑的名胜古迹、人文景观，这也是构成"苏州城市文化形象"的重要组成部分。

《警世通言》卷十五《金令史美婢酬秀童》入话描写：

苏州府城内有个玄都观，乃是梁朝所建。唐刺史刘禹锡有诗道"玄都观里桃千树"，就是此地。一名为玄妙观。这观踞郡城之中，为姑苏之胜。基址宽敞，庙貌崇宏，上至三清，下至十殿，无所不备。各房黄冠道士，何止数百。内中有个北极真武殿，俗名祖师殿。

《喻世明言》卷三十四《李公子救蛇获称心》提到李元在太湖岸上偶见"三高士祠"，里面供奉着范蠡、张翰、陆龟蒙三位历史上有名的苏州高士。《醒世恒言》卷七《钱秀才错占凤凰俦》中塾师陈先生考问钱秀才学问时，也问道："吴江是人才之地，见高识广，定然不同。请问贵邑有三高祠，还是哪三个？"钱青答言："范蠡、张翰、陆龟蒙。"

专诸是历史上有名的刺客，为春秋时吴国人，曾帮助吴公子光刺杀吴王僚。后来，苏州人为纪念其壮举专门将一条巷子命名为"专诸巷"。《醒世通言》卷二十《张廷秀逃生救父》中有位开玉器铺的王员外就自我介绍："我家住在专诸巷内天库前，有名开玉器铺的王家。"

小说为了突出苏州厚重的历史文化，有时还穿插一些故事传说来加深读者对苏州的印象。如《喻世明言》卷三十四《李公子救蛇获称心》讲述的是一个充满奇幻色彩的神话故事。公子李元因救下一条小蛇，被西海龙王请至龙宫，受到了盛情款待；后来，又在小龙女的帮助下，窃得考题高中金榜，还被授予吴江县令等职。为了营造浓厚的历史文化氛围，作者在结尾处写道："直至如今，吴江西门外有龙王庙尚存，乃李元旧日所立。"

苏州独特的文化氛围中充溢着浓郁的书香墨韵、文人雅趣。明中叶以后，很多文人纵情自适，醉心于笔墨丹青、古董珍玩、清歌丽曲，甚至影响了整个世风。

《警世通言》卷二十六《唐解元一笑姻缘》写道：唐伯虎科举失意后，遂绝意功名，放浪诗酒，人都称他为唐解元。苏州城里的人如能求得唐解元诗文字画，片纸尺幅，便如获重宝。他所画的画，尤其抢手。他将平日心中的喜怒哀乐，都寓之于丹青。每画出一幅画，人们就争相以重价购之。他也颇为得意地写下《言志诗》："不炼金丹不坐禅，不为商贾不耕田。闲来写幅丹青卖，不使人间作业钱。"以此来抒发自己的情怀。

唐解元一日坐在阊门游船之上，就有许多斯文中人，慕名来拜，出扇求其字画。解元画了几笔水墨，写了几首绝句。那闻风而至者，其来愈多。

凌濛初《初刻拍案惊奇》卷一《转运汉遇巧洞庭红 波斯胡指破鼍龙壳》中描写一个叫文若虚的年轻人，虽起初不务正业，却也"琴棋书画，吹弹歌舞，件件粗通"。他第一次做生意，是到北京去贩卖扇子：

见人说北京扇子好卖，他便合了一个伙计，置办扇子起来。上等金面精巧的，先将礼物求了名人诗画，免不得是沈石田、文衡山、祝枝山拓了几笔，便值上两数银子。中等的，自有一样乔人，一只手学写了这几家字画，也就哄得人过，将假当真的买了，他自家也兀自做得来的。

《初刻拍案惊奇》卷二十七《顾阿秀喜舍檀那物 崔俊臣巧会芙蓉屏》中写道：

姑苏城里有一个人，名唤郭庆春，家道殷富，最肯结识官员士夫。心中喜好的是文房清玩。……其时有个御史大夫高公，名纳麟，退居姑苏，最喜欢书画。郭庆春想要奉承他，故此出价钱买了这幅纸屏去献与他。高公看见画得精致，收了他的。

苏州人的丝竹之才和曲艺修养也闻名于天下，因为苏州有着评弹等曲艺的悠久传统，许多苏州人自幼学习，成人后或为宦家清客，或作曲艺教习，在当地形成了人人习曲的浓厚风气。由于苏州的曲艺文化积淀深厚，因而苏州人表现出很高的艺术水准。

《醒世恒言》卷二十《张廷秀逃生救父》中描写苏州子弟张廷秀兄弟被人诬陷、谋害，抛入长江之中，浙江绍兴府孙尚书府中的戏班师父潘忠领着行头前往南京去演戏，恰好路经此地将之救起。潘忠因戏班中唱生角的哑了喉咙，正要寻个后生顶替。见廷秀人物标致，声音响亮，且又年纪相仿，心下暗喜道："若教此人起来，到好个生脚。"潘忠便动员廷秀跟他学戏。

> （廷秀）遂应承了潘忠，就学个生角。他资性本来聪慧，教来曲子，那消几遍，却就会了。不勾数日，便能登场。扮来的戏，出人意表，贤愚共赏，无一日空闲。

的确，像张廷秀这样谙熟苏州曲艺文化的青年才俊，在明清时期的苏州当不在少数。

第五节　商人文化形象为苏州城市形象增光添彩

冯梦龙和凌濛初在"三言""二拍"中用通俗小说的形式对苏州商人进行了文学呈现，我们从中感知了晚明时代苏州商业的繁盛和经商之风的浓郁，也对小说中的苏州商人有了一个直观的了解。他们以"儒商"居多，既有儒者的道德和才智，又有商人的财富与成功，是儒客的楷模、商界的精英。他们注重个人修养，诚信经营，有较高的文化素质，注重合作，具有较强的责任感。他们有的坚定果敢、勇于闯荡、甘冒风险；有的诚实守信、重义轻利、注重商业信誉；有的谙熟经商之道、买贱卖贵、眼光独到；有的勤奋努力、吃苦耐劳、服务周到。他们形象各异，生动鲜明，姿态万千。

一、"三言二拍"中苏州商人文化形象刻画的社会历史背景

苏州自古以来就经济繁荣、商业昌盛，经商之风深入人心。尤其是到了明代中叶以后，苏州进入极盛时期。明代嘉靖朝以后应天巡抚移驻苏

州，苏州成为当时全国农业最发达的地区，手工业也极为兴盛，丝织业为全国三大中心之一。而商业尤为发达，市肆鳞比，牙行相望，万商云集，百货充溢，是"红尘中一二等富贵风流之地"。其商业繁荣之盛况，我们从明代苏州著名的文人唐伯虎所写的《阊门即事》一诗中可窥见一斑："世间乐土是吴中，中有阊门更擅雄。翠袖三千楼上下，黄金百万水西东。五更市贾何曾绝，四远方言总不同。若使画师描作画，画师应道画难工。"

而且，从现有的许多史料记载中我们可以发现，明代苏州一地工商业人口已占相当多的数目：

城中与长洲东西分治，西较东为喧闹，居民大半工技。金阊一带比户贸易，负郭则牙侩辏集。……城中妇女习刺绣。滨河近山小人最力穑，耕渔之外，男妇并工捆屦辫麻织布采石造器梓人甓工垩石工，终年佣外境。

郡城之东皆习机业。工匠各有专能。匠有常主，计日受值；有他故则唤无主之匠代之，曰唤代。无主者黎明立桥以待。……什百为群，延颈而望，如流民相聚，粥后俱各散归。若机房工作减，此辈衣食无所矣。[1]

苏州自元明之后，又是商业资本集中之区，其地繁华富丽，堪称东南胜会。莫照的《苏州赋》对此给予了非常形象具体的描绘：

苏州拱京师以直隶，据江浙之上游，擅田土之膏腴，饶户口之富稠；文物萃东南之佳丽，诗书衍邹鲁之源流，实江南之大郡。……至于治雄三寝，城连万雉，列巷通衢，华区锦肆，坊市鳞列，桥梁栉比。梵宫莲宇，高门甲第；货财所居，珍异所聚；歌台舞榭，春船夜市；远土巨商，它方流妓，千金一笑，万钱一箸。所谓海内繁华，江南佳丽者。[2]

城市的繁荣和商业的发达，为苏州商人提供了一个天然的经商舞台，使他们八仙过海，各显神通，加上他们经商有术，谙熟经营之道，他们犹如鱼儿游进广阔的大海一样，在商海中左右逢源。

明清时期，由于苏州作为商业重镇的地位已相当突出，经商之风便相沿成习，成为人们谋生的重要手段，所以相对于国内其他地区而言，苏州人的贱商思想也非常淡薄。清人黄省曾在《吴风录》中对此曾做过这样生动的描述：

自沈万三秀好广辟田宅，富累金玉，沿至于今，竞以求富为务。书生

---

[1] 傅衣凌：《明清时代商人及商业资本》，人民出版社1980年版，第11页。
[2] 傅衣凌：《明清时代商人及商业资本》，人民出版社1980年版，第93页。

惟藉进士为殖生阶梯，鲜于国家效忠。……至今吴中缙绅大夫多以货殖为急，若京师官店，六郭开行债典，兴贩盐酤，其术倍刻于齐民。[1]

用今天的话来说，就是当时苏州的许多官吏和读书人经商"下海"的特别多，甚至形成一种风气。而作为社会上层的官僚、士大夫都纷纷以"货殖为急"，其他阶层的市民百姓就更不待说了。《吴郡志》称："其民不耕耨而多富足，中家壮年，无不商贾以游者。由是商贾以吴为都会，五方毕至，鬻市杂扰。"《苏州府志》也有这方面的具体记载：

盛泽：居民蓄阜，以绵绫为业，商贾贩缯，远近辐集。……绫绸之业，宋元以前，惟郡人为之。至明熙宣间，邑民始渐事机丝，犹往往雇郡人织挽。成弘以后，土人亦有精其业者，相沿成俗，于是盛泽黄溪四五十里间，居民悉逐绫绸之利。

张瀚在《松窗梦语》卷四中也提及当时苏州市民百姓逐利致富的情形：

自金陵而下控故吴之墟，东引松常，中为姑苏，其民利鱼稻之饶，极人工之巧，服饰器具足以炫人心目，而志于富侈者，争趋效之。

另外，在苏州的某些地方，还有个不成文的规矩：年轻人长到十七八岁便要外出经商。如《苏州府志》卷三记载：湖中诸山，"以商贾为生，土狭民稠，民生十七八，即挟赀出商。楚卫齐鲁，靡远不到，有数年不归者"[2]。同样的情形在归有光的笔下也有所提及："洞庭人依山居，仅仅吴之一乡，然好为贾，往往天下所至，多有洞庭人。"[3]

"三言""二拍"的作者冯梦龙和凌濛初，一个是土生土长的苏州人，另一个则出生在毗邻苏州的湖州，他们长期生活在市井里巷中间，抱着为市井细民写心的创作宗旨，与社会上各阶层的人们有过广泛的接触，耳濡目染了当时社会中掀起的这股重商、经商之风，自然对一切了如指掌，耳熟能详，并且触发了各自的创作欲望和冲动，他们用通俗小说的形式予以形象的再现。所以，冯梦龙在《醒世恒言》卷七《钱秀才错占凤凰俦》中以一种赞赏的口吻描写了这番情景：

太湖七十二峰，唯洞庭山。东洞庭曰东山，西洞庭曰西山，两山分峙

---

[1] 傅衣凌：《明清时代商人及商业资本》，人民出版社1980年版，第92页。
[2] 傅衣凌：《明清时代商人及商业资本》，人民出版社1980年版，第96页。
[3] 傅衣凌：《明清时代商人及商业资本》，人民出版社1980年版，第97页。

湖中……话说两山之人，善于货殖，八方四路，去为商为贾，所以江湖上有个口号，叫作"钻天洞庭"。

这无疑是对苏州商人当时勤于经商现实的一个真实写照。

二、"三言二拍"中苏州商人的成长经历和敬业精神

在中国传统社会各阶层"士农工商"的排列顺序中，商人一直处于末尾，其地位是最低下的。他们唯利是图，锱铢必较，不择手段，见钱眼开；他们拥有雄厚的经济实力，过着奢华富裕的生活；他们交通权贵，颐指气使，一般的官吏对他们也束手无策。因此，他们也最受人非难、指责。如元末明初诗人张昱的《估客》诗写道：

不用夸雄盖世勋，不须考证六经文。孰为诗史杜工部？谁是玄经扬子云？马上牛头高一尺，酒边豪气压三军。盐钱买得娼楼宿，鸦鹊鸳鸯醉莫分。[1]

此诗对商人给予了莫大的讽刺，讥讽他们没有功劳，没有文化，不须立功，不须读书，只知追欢买笑，醉生梦死。但经商其实不是一件容易的事，并不是与生俱来或谁都能轻而易举获得成功的。"孔子门下三千弟子，只子贡善能货殖，遂成大富。"要成为一个真正合格的商人，必须从小接受严格的指点和训练，必须能够经受各种挫折的考验，必须具备吃苦耐劳和勇于冒险的品格，必须掌握各种与经商有关的专门知识，必须具有心无旁骛的献身精神，最后，必须取得足以证明自己能力的成功——赚取大量的金钱。

《初刻拍案惊奇》卷八《乌将军一饭必酬 陈大郎三人重会》入话中描写的苏州商人王生，就是这方面的一个典型：

且说近来苏州有个王生，是个百姓人家。父亲王三郎，商贾营生。……王生自幼聪明乖觉，婶母（杨氏）甚是爱惜他。不想年纪七八岁时，父母两口相继而亡。多亏得这杨氏殡葬完备，就把王生养为己子，渐渐长成起来，转眼间又是十八岁了。商贾事体，是件伶俐。

王生生于商贾之家，耳濡目染的熏陶，使其从小就有很好的经商意

---

[1] 张昱：《可闲老人集》卷三，浙江鲍士恭家藏本。

识。但由于父母早亡,其经商技能主要是由其婶母培养、引导的。虽然长到十八岁时,他对经商之事已非常精通,但其婶母还是觉得他在这方面历练不够,要求他外出经商,以经风雨见世面,得到更大的锻炼。不料王生第一次出门经商就出师不利,碰上一伙强盗,携带的货物被抢劫一空。当他狼狈不堪地回到家里时,其婶母不仅没有责怪他,反而鼓励他再次出外经商。当王生畏缩不前,只想在家附近做些买卖时,杨氏口气坚决地教训他:"男子汉千里经商,怎说这话?"并且要求他"务要趁出前番的来",给他灌输一种永不放弃的敬业精神。于是,王生第二次踏上了外出经商之路,结果再度失利,遇上了同一伙强盗,财物又被抢个精光。

  王生泪汪汪地走到面前,哭诉其故。难得杨氏是个大贤人,又眼里识人,自道侄儿必有发迹之日,并无半点埋怨。……过得几时,杨氏又凑起银子,催他出去,道:"两番遇盗,多是命里所招。命该失财,便是坐在家里,也有上门打劫的。不可因此两番,堕了家传行业。"王生只是害怕……杨氏道:"我的儿,大胆天下去得,小心寸步难行……只索放心前去。"王生依言,仍旧打点动身。

  杨氏的劝告和开导,真可谓苦口婆心,也给王生增添了经商的勇气和信心,使他清楚地认识到,想成为一个合格的商人,必须经受挫折和煎熬,必须具备"大胆天下去得,小心寸步难行"的冒险精神,才能最终取得事业的成功。王生听从杨氏的劝告,第三次出门经商,虽然仍没躲过被打劫的厄运,但他因此阴错阳差地发了笔意外之财,其数额除抵消之前的所有损失外,还有大大的赢余。在经历了三次磨难后,王生终于成为一个合格的商人:"自此以后,出去营运,遭遭顺利。不上数年,遂成大富之家。"这个颇具传奇色彩的故事,其隐义是相当明显的,那就是要成为一个合格的商人,必须百折不挠,勇于面对失败和挫折,同时具备披荆斩棘的冒险精神。而在这个过程中,长辈的指导和鼓励也是必不可少的。

  元杂剧《东堂老劝破家子弟》中的东堂老李茂卿是个锐意进取、往来奔走的商人,他在回顾自己坎坷的经商经历时,感慨万千地说了这样一段话教育他的儿子:

  那做买卖的,有一等人肯向前,敢当赌,汤风冒雪,忍寒受冷;有一等人怕风怯雨,门也不出……我则理会有钱的是咱能,那无钱的非关命。咱人也须要个干运的这经营。虽然道贫穷富贵生前定,不来咱可便稳坐的安然等。……想着我幼年时血气猛，为蝇头努力去争。哎哟使得我到今来一身残病。我去那虎狼窝不顾残生。我可也问甚的是夜甚的是明，甚的是雨甚的是晴。我只去利名场往来奔竞，那里也有一日的安宁？投至得十年五载我这般松宽的有，也是我万苦千辛积攒成。往事堪惊！

几乎每一个商人他们成功的背后，都有着与此相类似的辛酸。不在年轻时努力进取的商人，便不会取得后来的成功。这段话可看作商人敬业精神的一份宣言书：那就是经商的成功与否由人不由命，只有具备敬业精神的商人才能成功；而赚钱与否和赚钱多少，更是衡量一个商人成功与否的标志。

《初刻拍案惊奇》卷一《转运汉遇巧洞庭红 波斯胡指破鼍龙壳》中的商人文若虚的经商经历也许是对上述东堂老所说的那段话的最好诠释。

成化年间，苏州府长洲县阊门外有一人，姓文名实，字若虚。生来心思慧巧，做着便能，学着便会。……看见别人经商图利的，时常获利几倍，便也思量做些生意，却又百做百不着。一日，见人说北京扇子好卖，他便合了一个伙计，置办扇子起来。……拣个日子，装了箱儿，到了北京。岂知北京那年自交夏来，日日淋雨不晴，并无一毫暑气，发市甚迟。

好不容易等来天晴，生意开张：

开箱一看，只叫得苦。元来北京历沴却在七八月，更加日前雨湿之气，斗着扇上胶墨之性，弄做了个"合而言之"，揭不开了。用力揭开，东粘一层，西缺一片，但是有字有画值价钱者，一毫无用。止剩下等没字白扇，是不坏的，能值几何？将就卖了做盘费回家，本钱一空。频年做事，大概如此。不但自己折本，但是搭他做伴，连伙计也弄坏了。故此人起他一个混名，叫作倒运汉。

但文若虚这个"倒运汉"并没有在失败面前倒下，变得一蹶不振，仍然振作精神，继续他的经商营生。在一次海外贸易中，他先是抓住吉零国人对洞庭红橘的稀罕和币值的差价有别这一千载难逢的良机，不断地抬高红橘的价格，牟取了八百多倍的暴利。在返航途中，他又在不经意间捡到了一只大龟壳，在众客商的冷嘲热讽声中，他却眼光独到，坚持把此物带回国内，最终被识货的波斯胡商以五万两银子的高价买了下来，着实发了一笔横财，摇身一变成了"转运汉"。"从此，文若虚做了闽中一个富商，就在那边取了妻小，立起家业。"小说虽然采用戏剧化的手法，写他的"倒运"颇为彻底,写他的"转运"也颇为夸张,但隐藏在故事背后的作者的寓意也是非常显豁的:一个商人只要不被经商的风险压倒,不因倒运的挫折屈服,而是坚持不懈地继续去努力,终有一天会获得转运的机会。而一旦"转运"的机会终于来临,以前的种种"倒运"之事,看起来也只不过是对商人敬业精神的一种考验罢了。

三、"三言二拍"中苏州商人的思想观念和道德伦理观

随着重商之风的日益兴起,晚明社会各阶层的分化裂变也日益剧烈,"士商混杂""四民不分"的现象愈加明显。明朝前期宣德年间,全国生员(秀才)才三万人,到晚明则增至五十万之众。人多路狭,仕途淘汰率相当高,那些业儒不达的读书人,功名权位不成,便转求金钱财富,混迹商场了。南宋时徽州被誉为"程朱阙里"和"东南邹鲁",宗奉朱子之学,"徽为朱子阙里,彬彬多文学之士,其风埒于邹鲁"[1],"我新安为朱子桑梓之邦,则宜读朱子之书,取朱子之教,秉朱子之礼,以邹鲁之风自待,而以邹鲁之风传之子若孙也"[2]。但到了明清之际,此风日见衰微,以致"徽州风俗,以商贾为第一等生业,科第反在次着"。明清徽州已是一个商业社会,"新都业贾者什七八"[3],造就了明清最大的商帮"徽商",以致"无徽不成镇"。同时,儒士从商,抬高了商人群体的整体地位,而且也把儒家的某些思想道德观念或多或少地带入这个群体,使商人的文化素质有所改善。比如苏州洞庭东、西山一带的大商贾往往有比较高的文化素养,他们中的许多人能用理性思维来指导自己的商贸活动。明代正统年间有一位修撰施槃为洞庭商人王惟贞作"阡表",称王数世经商,深谙积蓄之术,"智足以变通,勇足以决断,仁能取予,强能自守",是"我朝之陶朱、计然也"。明代苏州还有许多弃儒就贾的商人,他们都能将儒家的一套道理用到"贾道"上去,比较快地掌握商业活动的规律,又能利用儒家的一些警句格言律己,突破小商小贩的某些短视行为,使他们在商业竞争中处于有

---

[1] 乾隆《绩溪县志》卷三学校,清乾隆二十一年刻本。
[2] 吴翟辑撰:《茗洲吴氏家典》,刘梦芙点校,黄山书社2006年版,第3页。
[3] 汪道昆撰:《太函集·卷十六·阜成篇》,胡益民、余国庆点校,黄山书社2004年版,第372页。

利地位。冯梦龙和凌濛初敏锐地察觉到当时社会上所发生的这些变化，他们力图通过通俗小说的创作来加以引导、教化。于是在他们的笔下，"诚实为本""信义为先""诚心正意"的商人往往具有良好的商业信誉，拥有众多的顾客，招揽更多的生意，赚取更多的商业利润。

《醒世恒言》卷十八《施润泽滩阙遇友》中的主人公施复是一个诚实经商、具有良好商业信誉的商人典型。施复是苏州府吴江县盛泽镇一个种桑养蚕、织丝卖绸的小商人。有一天在做完丝绸买卖生意回家的路上，他偶然拾到了六两多银子，虽然也有所犹豫，但他最终没有将之据为己有，而是不要任何酬谢地交还给同他一样朴实善良的失主朱恩。他的这一豪爽之举自然让朱恩感激涕零，终生难忘。六年之后，当施复前往洞庭山采买桑叶途经滩阙时，巧遇了朱恩，朱恩不仅慷慨地赠予他大量的桑叶，而且热情地款待他，并因此使他躲过了一场覆舟的灭顶之灾。施复自此经商买卖步步顺利，经营规模不断扩大，并很快发家致富。虽然在小说中作者将这一切归结为天意和"好人有好报"，但我们如果换一个角度来看待施复的这一善举，何尝不能这样认为：经商的成功与否应该是与商人的智谋和道德二者的完满结合紧密相连的，幸运的商人必须以道德的提升来得到经商的回报和恩赐。这是一个妥善处理经商与做人的原则：商人的本性是唯利是图，但君子好财，取之有道。不义之财不能取，坑蒙拐骗之事不能做，这是给所有从事商业活动的人的一个警醒。

与此同时，晚明社会发达的工商业还激起了人们发财的欲望，而这种欲望也带来了人们对自我价值的重新审视。于是，"三言二拍"中某些商人身上便有一种新的闪光的特质，这种特质就是新的时代赋予他们的人格自尊和自信。比如在婚姻方面，大部分商人都希望能与士人联姻，以此来改善和提高商人的地位和处境，赢得更多的尊重。《醒世恒言》卷七《钱秀才错占凤凰俦》中的苏州洞庭商人高赞，既是个"惯走湖广，贩卖粮食"赚取大量资本，经商致富的商人；同时还是个有思想、有见地的商人。他对"家无读书子，官从何处来"的现实看得很透彻。他虽然广有钱财，衣食无忧，但与士人相比，他始终觉得低人一等，他要想方设法改变自己的身份和处境。他清楚地意识到自己已没有条件"转业"了，于是就把希望寄托在儿女身上，以求下一代能改变"富而不贵"的身份。因此，他处心积虑，在一对儿女幼小时就"请个积年老教授在家馆谷，教着两个儿女读书"。女儿秋芳"资性聪明,自七岁读书,至十二岁,书史皆通,写作俱妙",长到十六岁时,如花似玉,人见人爱。高赞便"不肯将他配个平等之人,定要拣个读书君子、才貌兼全的配他","有多少豪门富室,日来求亲的。高赞访得他子弟才不压众,貌不超群",他都婉言回绝了。择婿时,"别家相媳妇,他偏要相女婿",非常地深谋远虑。当钱青替颜俊上门来相亲时,高赞对钱青的"面试"既简捷又周全,"考题"不过二道:一是"外才",即外貌长相;二是"内才",即学问功底。考试的结果当然令他十分满意。高赞之所以要考"内才",而且还特地请出儿子的业师来当考官,主要是为了测试未来的女婿是否真正有学问,是否有希望在科举上取得功名,这才是他择婿的真正目的。

高赞在择婿一事上所表现出的雄心和志向显然与明代中叶后"天下之士多出于商""后世商之子方能为士"的"士商对流"的情况有关。史料表明,明清之际有财力进学、顺利走完漫长科举之路的学子,多少与富商的帮助有关。有不少仕进的读书人,本身即商人出身,上代经商发财之后,子孙才有机会读书发达。同时,高赞的这一举动更带有富裕了的商人阶层一心想要进入社会上层的强烈心理。他那种急切希求提高自身社会地位的愿望,使他能够大胆地怀疑与否定传统的意识形态,以新的思想和价值标准来衡量事物。在传统文化的价值体系中,富与贵是统一的,它是个体生存价值实现的标志。不同的社会身份,意味着不同的社会地位。士的使命是入仕,及第中官后理所当然应该大富大贵。学而仕、仕而贵、贵而富,这是传统文化所设计的实现个体生存价值的理想模式。而按照官本位文化的逻辑,商与仕是无缘的,即使富有无比,也无贵可言。因此,士天然地就与富贵联系在一起,而商只能富而不贵。但事实上明代中叶以后,商贾们通过经商营业不仅获得了相当于,甚至远远超过高贵阶层的收入,而且在拥有了雄厚的财力后并不满足于富而不贵的地位,有的通过对自己子女读书识字财力的投入及嫁女择婿机会的把握,获得了改换门庭、荣宗耀祖的回报。高赞就是这方面的典型。

四、"三言二拍"中苏州商人的经商技巧和经商谋略

"三言二拍"中所描写的苏州商人,他们经商的手段与今天相比虽然

还显得很原始很幼稚，经商的技巧也不是非常娴熟和高超，但其中确也触及了某些商业法则和经商技巧，这些商业法则和经商技巧在某种程度上还常常能左右他们商业的成败与顺逆。"三言二拍"的作者通过对苏州商人的经商谋略及经商技巧的文学呈现，让我们清楚地了解到，处于资本主义萌芽时期的商人们是如何巧妙地运用他们的经商计谋和技巧获利发财的。

"因地有无以通贸易，视时丰歉以计屈伸"，经商的本质就是要在商品的买卖中赚取差价，获得利润，这就要求经商者事先对市场供求关系的变化有清楚的了解，对商品价格的起落变化了然于心，贱价买进，高价卖出，把握好时机，才能有利可图。

《初刻拍案惊奇》卷一《转运汉遇巧洞庭红 波斯胡指破鼍龙壳》里的苏州商人文若虚，就是一个善于利用地区差价、时效差价进行海外商业活动并获取可观商业利润的出色商人。他初涉生意场，由于不了解市场需求的变化而盲目经营，只能以失败告终。但他"吃一堑，长一智"，又敢冒风险。他仅凭一两银子买了一筐洞庭红橘，就搭乘海船去海外经商。在海外，他抓住吉零国人对洞庭红橘的稀罕和币值差异的商机，不断地抬高红橘的价格，拿腔作势，时不时地摆出一副惜售、不肯售的架势，吊人胃口，牟取了八百多倍的暴利，显示出他作为一个商人的精明，以及随机应变、千方百计获取商业利润的性格特点。而当他在返航途中拣到一只大龟壳，众客商都取笑他拣了个累赘、无用之物时，他眼光独到，坚信此物"好歹有一用处，决不是弃物"。大龟壳被带回国内后，识货的波斯胡商一眼就看出其价值连城，千方百计想出钱收买它。此时文若虚清楚地意识到大龟壳"奇货可居"的价值，他显得是那样的乖巧、伶俐，从容不迫，一会儿装聋作哑，默不作声，一会儿顾左右而言他，以退为进，最终讨得五万两价银，着实发了一笔横财。其实文若虚成功地完成洞庭红橘和大龟壳这两笔大买卖的交易，与其说是他一种时来运转，不如说是他经营策略的成功。他充分运用了"物以稀为贵"的交换原则，在买卖商品的过程中牢牢地把握住供求关系变化的时机，待价而沽，买贱卖贵，从中获取可观的商业利润。

同样商人对市场走势的准确判断是十分重要的。他必须时刻注意市场行情的起落变化，通过多种渠道收集商业信息，使自己"知己知彼"，审时度势，有的放矢地去经营某些适销对路的商品，才能有利可图。因此，商人必须重视商业行情,必须分析市场的走势,眼光独到,这是确保商人经商获利的一种很有效的营销策略。

《转运汉遇巧洞庭红 波斯胡指破鼍龙壳》一文中以张大为首的四十余个专做海外生意的苏州商人,他们对海外市场的供需情况就非常了解,他们往往用国内出产的丝绸织物、绫罗绸缎去海外换回大量的奇珍异物、珠宝玛瑙,赚取高额的商业利润。小说中写道:

> 元来这边中国货物,拿到那边,一倍就有三倍价。换了那边货物,带到中国,也是如此。一往一回,却不便有八九倍利息?所以人都拼死走这条路。……那久惯漂洋的带去多是绫罗段匹,何不多卖了些银钱回来,一发百倍了?看官有所不知,那国里见了绫罗等物,都是以货交兑,我这里人也只是要他货物,才有利钱。若是卖他银钱时,他都把龙凤、人物的来交易,作了好价钱,分两也只得如此,反不便宜。

由此可见,这些从事海外贸易的苏州商人,他们对国内外市场行情的起落变化是多么熟悉和精通。

俗语说:"与人相对而争利,天下之至难。"经商获利有时要费尽心机,伤透脑筋,但经营者只要懂得"迂直之计",善于谋划迂直的人际关系,靠过硬的产品质量、优质的服务和良好的信誉,靠对复杂的人情世故的了悟和参透去经商,也许就容易许多。《醒世恒言》卷二十《张廷秀逃生救父》中的张权是一个做木匠活的工匠,他在苏州阊门外开了爿打造、出售木制家具的店铺,"生意顺溜,颇颇得过"。可不巧遇上了天灾,别人连肚子都填不饱,哪里还有本钱去买他的家具? 这使他的家庭和生意一下都陷入了困境。有一天,一个叫王员外的富人偶然从他家门前走过,瞧见他门首摆列的家具做得十分精致,产生了浓厚的兴趣。张权立即上前热情地与他打招呼,并说明这些家具都是他亲手制作的。"木料又干又厚,工夫精细,比别人不同",如果存心想买,价格还可以便宜些。王员外对他的第一印象非常好,主动提出要张权上门去为他打造家具,张权当即满口承应下来。第二天他就带上两个儿子前往王员外家做木匠活。父子三人按主人吩咐的样式,"动起斧锯,手忙脚乱,直做到晚。吃了夜饭,又要个灯火,做起夜作,半夜方睡。一连做了五日,成了几件家火",王员外逐件仔细观看,连声喝彩道:"果然做得精巧!"张权这种良好的服务意识,自然赢得了王员外的信任和好感,也得到了王员外优厚的工钱奖赏。以至于两人后来关系亲密,做了亲戚,又成了儿女亲家。王员外更是大力资助张权,让他弃了木匠行当,另开一个大布店,扩大经营规模。其实,张权的经商之道很简单,也很实用,那就是靠过硬的产品质量、周到的服务和良好的人际关系去赢得信誉,赢得顾客,获取商业利润。

以上我们从四个侧面对"三言二拍"中所描写的苏州商人文化形象进行了一番理性的分析和梳理,既明确感知了晚明时代苏州商业的繁盛和经商之风的浓郁,也直观地了解了小说中的苏州商人:他们有的坚定果敢、勇于闯荡、甘冒风险;有的诚实守信、重义轻利、注重商业信誉;有的谙熟经商之道、目光长远、具有很强的前瞻意识;有的勤奋努力、吃苦耐劳、服务周到。他们形象各异,生动鲜明,姿态万千,依靠自己的辛勤劳作和聪明才智,为苏州经济文化的发展添光增色。冯梦龙和凌濛初用通俗小说的形式为我们进行了形象的再现,可谓栩栩如生,弥足珍贵。

第六节　文化昌盛　人物风流

苏州水乡的绮丽风光和悠久的人文传统,孕育了一批风流才子和风云人物,并且夯实了苏州这座城市深厚的文化底蕴。

"明清时期,苏州被视为人文之渊薮,文化昌明,人才辈出。在这里,状元成了'特产',进士、举人多如繁星,文化巨族耀人眼目,文化在这里产生了从来没有过的魅力与诱惑。"[1]如《醒世恒言》卷十七《张孝基陈留认舅》入话中叙述,有个贵人,官拜尚书,家财万贯。他生有五子,却只让长子读书,其余四子都很不高兴,以为自己所作的营生"非上人之所为"。那个老者知道后说:"世人尽道读书好,只恐读书读不了。读书个个望公卿,几人能向金阶跑。"此语实有感而发,非过来者岂能言?

苏州府的登科之盛,在明清时代确实是冠绝天下,清代曾任江苏巡抚的陈夔龙就盛赞苏州的状元人数,他说:"苏浙文风相将,衡以浙江一省所得之数,尚不及苏州一府。其他各省,或不及十人,或五六人,或一二人。"(《梦蕉亭杂记》卷二)据研究者统计,有明一代,共89科会试,苏州生员被录取为进士者1075人,约占进士总数24866人的4.32%。清代自

---

[1] 许振东:《苏州作为叙事场景的建构与特性——以17世纪白话小说为例》,《明代文学研究国际学术研讨会论文集》,南开大学出版社2006年版,第485页。

顺治三年（1646年）开科至光绪三十年（1904年）废止，正、恩会试114个状元，苏州一府就占去26个。此外，苏州府还考取了13个会元，6个榜眼，12个探花，658个进士，为全国之冠。难怪当时人将状元视作苏州的"土特产"向人夸耀。[1]

一、才子本色

在明清小说中苏州籍文人几乎成为才子的代名词，"三言二拍"中写到的才子有许多是苏州人。《醒世恒言》卷七《钱秀才错占凤凰俦》写道："却说苏州府吴江县平望地方，有一秀士，姓钱名青，字万选。此人饱读诗书，广知今古，更兼一表人才。"这段描写颇有代表性，写出了苏州才子既饱读诗书又外貌出众的特点。

《警世通言》卷二十六《唐解元一笑姻缘》中的唐伯虎则呈现出苏州才子风流倜傥的本色。他因受科考舞弊案牵连，问革还乡后便绝意功名，放浪诗酒。某日他坐在阊门游船上，"倚窗独酌，忽见有画舫从旁摇过，舫中珠翠夺目。内有一青衣小鬟，眉目秀艳，体态绰约，舒头船外，注视解元，掩口而笑"。须臾船过，他神荡魂摇，尾随追到无锡，改名华安在华府家中做伴读，最终用他的聪明、机智赢取秋香的芳心。事成之后他对秋香实话实说："吾为小娘子傍舟一笑，不能忘情，所以从权相就。"作者就此评论道："他此举虽似情痴，然封还衣饰，一无所取，乃礼仪之人，不枉名士风流也。"至今吴中仍把此事传作风流话柄。

唐伯虎少年时已"漫负狂名"，弘治年间中乡试第一名。正当他于功名踌躇满志时，却因会试中被牵进一桩科场舞弊案，被逮下狱，继遭罚黜，失去了仕进的希望。回到苏州后他以卖画为生，过着"益放浪名教外"的生活。对于他来说，经历了科场案的耻辱后，他便对科举、权势、荣名，对缙绅社会所尊奉的价值体系采取了蔑视和对抗的态度，并有意识地强化自己"狂诞"的形象。后世产生的许多关于他的虚构的传说，也正表明了他的性格中的确存在才子风流的个性特征。

唐伯虎"少有隽才，性豪宕不羁，家贫不问产业，好古文辞，行实放

---

[1] 沈道初：《略论吴地状元的特色》，中央民族大学出版社1999版，第199—207页。

旷。筑室桃花坞中，读书灌园，家无担石，而客尝满座。风流文采，照映江左"，"吾吴伯虎唐先生，以风流跌宕，擅名一时"。黄鲁曾《续吴中往哲记》说他"幼小聪明绝殊，凡作选诗，肖古人之风雅，然性则旷远不羁。补府学生，与张梦晋为友，赤立泮池中，以手激水相斗，谓之水战"。史料中还记载了这样一件事：

与张梦晋、祝允明皆任达放诞，尝雨雪中作乞儿鼓节，唱莲花落，得钱后沽酒于野寺中痛饮，曰"此乐惜乎不令太白知之"。

这样怪诞的举动确是少见的。由于仕途绝望、生活坎坷，唐伯虎开始放浪起来。在读书作画的同时，他经常喝酒，把自己灌得酩酊大醉；且也确有夜宿青楼，携妓狂饮，为妓女作诗作画之类的事发生。唐伯虎与祝允明的生活态度一样，轻狂、好酒色。唐寅诗集中有一些诗是写给歌妓的，包括《花酒》《寄妓》《哭妓徐素》《代妓者和人见寄》《玉芝为王丽人作》等。陈继儒《太平清话》记载："唐伯虎有《风流遁》数千言，皆青楼中游戏语也。"但此书久已失传，不明所以。唐伯虎的绘画作品中有不少歌妓图，包括历史题材的《孟蜀宫伎图》、《李端端落籍图》（画扬州名妓李端端与诗人崔涯的故事）、感叹身世的《秋风纨扇图》等。《题自画红拂妓卷》表现唐代传奇《虬髯客传》中红拂妓慧眼识英雄的故事，多以此来感叹自己怀才不遇。唐伯虎有《落花诗》30 首，其中多处流露出怀才不遇的哀伤，如"多少好花空落尽，不曾遇着赏花人"，"无限伤心多少泪，朝来枕上眼应枯"，等等。

因此，冯梦龙将"一笑姻缘"故事演绎到唐伯虎身上，虽说十分离奇，但也确有道理。以风流倜傥和潇洒不羁为其标准的才子形象，各种版本的唐伯虎故事所突出表现的也大抵不外乎恃才傲物、游戏人间的才子本色，其间一脉相传的无不是唐伯虎对传统道德的藐视和对世俗规范的颠覆。能抛弃体面，逾越名教，赤裸裸地追求幸福，追求爱情，追求个性自由的，在吴中才子中间，只有唐伯虎够得上条件。唐伯虎的放浪形骸，即使在身后，想来也只有他具备承受这类风流传闻的胆量。

唐伯虎的所作所为既与主流社会的价值观念大相径庭，而他的风流韵事又为一般大众所艳羡和津津乐道，其微妙之处的确耐人寻味。

其实，"三言"中演绎的唐伯虎"一笑姻缘"故事所传达的就是一种下层民众的集体潜意识，其中，落拓士人将唐伯虎当作自己的隔世知音，而世俗民众则将唐伯虎的才子风流当作自己茶余饭后的谈资。他们不仅包容了唐伯虎身上所有的不检点，反而更将他引娼挟妓、眠花宿柳的行为看作才子的本色与特权。或许中国古代的世俗生活实在太沉重了吧，无论是落拓士人也好，世俗大众也罢，他们都需要一个桀骜不驯的形象来表达自己被压抑已久的愿望，也需要为自己的理想寻找一个具体的寄托。唐伯虎民间形象的形成，一方面固然是因为在唐伯虎身上的确不乏"龙虎榜中名第一，烟花队里醉千场"的诗酒癫狂的豪气，另一方面也反映了下层民众对一种卸下包袱、任情适性的诗意化生活的向往与追求，他们在"风流才子"的塑造中传达出自己被深深压抑着的潜意识，附会在唐伯虎身上，则使之更加生动感人。从这个角度上说，唐伯虎的形象其实是无数次集体创作的结果——对照民间传说中唐伯虎的喜剧形象与现实生活中唐伯虎的悲剧宿命，大悲大喜之间，却让我们对古代读书人的命运多了一丝惺惺相惜之情。

《醒世通言》卷二十《张廷秀逃生救父》中张廷秀兄弟身上展示出的则是另一种类型的苏州才子的书生本色——忍辱负重、苦尽甘来。张廷秀兄弟因被人陷害，差点丢了性命。后来张廷秀被进士出身、官为礼部主事的邵爷收养，邵爷慧眼识才，当即收拾好书房，延请先生让廷秀安心读书。廷秀学业虽然因故荒废多时，但他昼夜勤学苦读，埋头两个多月，做出来的文章，犹如锦绣一般。邵爷非常满意。那年正值乡试之期，他便援例入监。到秋闱应试，中了第五名正魁。邵爷高兴得眉开眼笑。廷秀这时想要回苏州救他的生父。邵爷劝解道："你且慢着！不如先去会试。若得连科，谋选彼处地方，查访仇人正法，岂不痛快！……如今若去，便是打草惊蛇，必被躲过，可不劳而无功，却又错了会试！"廷秀见说得有理，只得依允。

而其弟张文秀也被河南府有一个唤作褚卫，年纪六十开外，并无儿女，专在江南做贩布营生的商人收养。在褚卫家张文秀跟着宗师专心读书，考童生试时文秀带病去赴试，便得入泮。常言道："福至心灵。"文秀入泮之后，对自己有更高的要求，"我如今进身有路了，且赶一名遗才入场。倘得侥幸联科及第，那时救父报仇，岂不易如翻掌！"有了这般志气，少不得天遂人愿，科考三场下来，他名标榜上，赴过鹿鸣宴，便回到家中拜见父母。喜得褚长者老夫妻眉开眼笑。那时亲邻庆贺，宾客填门，把文秀好不奉承。

之后两人到京城会试。待到春榜发放，兄弟俩俱位列百名之内。殿试过后，两人都位列二甲之中。观政过后，廷秀被朝廷推选为南直隶常州府推官；文秀考中庶吉士，留在翰林院供职。兄弟俩赴任后查明了冤案，救出生父，阖家团圆。最终"廷秀弟兄俱官至八座之位，至今子孙科甲不断"。

二、人物风流

在苏州历史发展的进程中涌现出一大批才子、奇人，演绎了精彩的人生篇章。

《二刻拍案惊奇》卷三十三《杨抽马甘请杖 富家郎浪受惊》入话中描写明朝永乐年间少师姚广孝的传奇人生。他是僧人出身，法名道衍，本贯苏州人氏。他在十几岁的时候，剃度出家做了和尚。随后的几十年时间里，姚广孝仔细钻研佛法，学习风水学，成为民间的一位隐士，甚至被很多人看成和诸葛亮、刘伯温齐名的"仙人"。因此，他虽是个出家人，却广有法术，兼习兵机。太祖朱元璋分封诸王，各选一高僧给诸王作护卫，朱棣意识到姚广孝是个非同寻常之人，便以诚相邀，将姚广孝请进燕王府辅佐自己。

道衍私下对燕王说道："殿下讨得臣去作伴，臣当送一顶白帽子与大王戴。""白"字加在"王"字上，乃是个"皇"字，他藏着哑谜，说辅佐他做皇帝的意思。燕王也有些晓得他不凡，果然面奏太祖，讨了他去。后来赞成靖难之功，出师胜败，无不未卜先知。……燕王真正大位，改元永乐。道衍赐名广孝，封至少师之职。虽然受了职衔，却不肯留发还俗，仍旧光着个头，穿着蟒龙玉带，长安中出入。

有一天，成祖皇帝御笔亲差他到南海普陀洛伽山进香，少师坐上大样官船，沿着大运河南下，不则数日，来到苏州码头，泊船在姑苏馆驿河下。苏州是他的父母之邦，他有心要上岸观风察俗，明察暗访。

他屏去从人，独自一人穿着直裰，只做野僧打扮，从胥门走进街市上来，却因冲撞了吴县县丞曹官人的轿子，被应捕们按倒在地，打了二十大板。等到地方官吏们知晓他的不凡来头，一个个跪地叩头求饶时，少师不仅不恼怒，还笑嘻嘻地从袖中取出一个柬帖来与各官看，原来上面写的是他之前所作的一首诗，共四句："敕使南来坐画船，袈裟犹带御炉烟。无端撞着曹公相，二十皮鞭了宿缘。"待地方官看罢，少师又哈哈大笑道："此乃我前生欠下他的。昨日微服闲步，正要完这夙债。今事已毕，这官人原没甚么罪过，各请安心做官罢了，学生也再不提起了。"众官员由衷地赞叹少师的大度宽怀，尤其佩服他能推测过去、预见未来之事的本领。实在是一个奇异之人。

《二刻拍案惊奇》卷三十九《神偷寄兴一枝梅 侠盗惯行三昧戏》叙述了苏州神偷懒龙靠奇巧智谋偷盗的奇特人生。

小说开头写道：

> 嘉靖年间，苏州有个神偷懒龙，事迹颇多。虽是个贼，煞是有义气，兼带着戏耍，说来有许多好笑好听处。

在苏州亚字城东玄妙观前第一巷住着一个人，他自号懒龙，人们也称呼他懒龙。懒龙生得身材小巧，胆气壮猛，心机灵变，为人慨慷，被誉为人间第一偷。懒龙性格古怪，不但伎俩巧妙，还有几件稀奇本事。他从小就会穿着靴在壁上行走，又会说十三省的方言，夜间可以通宵不睡，日间可以连睡几日，不茶不饭，像陈抟一般。有时他放开肚皮大吃，酒数斗饭数升还不够一饱；有时他连续几天不吃不喝，也不觉得饿。他的鞋底用稻草灰做衬，走起路来绝无声响。与人相扑，轻舒猿臂，倏忽如风。他所到之处，偷盗一旦得手，就画一枝梅花在墙壁上，在黑处用粉写上白字，在粉墙上则用煤写黑字，所以人们又叫他"一枝梅"。

懒龙干的虽是偷盗行径，却有值得称道之处。他不去奸淫别人家妇女，不入良善与患难之家，答应人家的承诺，绝不失信。而且仗义疏财，偷来的东西随手散与贫困穷苦之人。他最爱去薅恼那些悭吝财主、无义富人。因此，所到之处，人多倚草附木，成行逐队来皈依他，义声赫然。懒龙常常对人笑道："吾无父母妻子可养，借这些世间余财聊救贫人。正所谓损有余补不足，天道当然，非关吾的好义也。"

有一天，他听说有一个大商人将千金存放在织人周甲家，懒龙打算去盗取。酒后错认了地方，他误入一户贫穷人家，房内只有一张桌子，别无长物。他看见贫家夫妻对食，盘餐萧瑟。丈夫满面愁容，对妻道："欠了客债要紧，别无头脑可还，我不如死了罢！"妻子道："怎便寻死？不如把我卖了，还好将钱营生。"说罢，夫妻俩泪如雨下。懒龙忽然跳将出来，对夫妻二人说道："你两个不必怕我，我乃懒龙也。偶听人言，来寻一个商客，错走至此。今见你每生计可怜，我当送二百金与你，助你经营，快不可别寻道路，如此苦楚！"夫妻素闻其名，拜道："若得义士如此厚恩，吾夫妻死里得生了！"懒龙出门而去，只用一个更次工夫，就带回来一个布囊，里面装有两百两银子，乃是懒龙当晚盗取的商人财物。夫妻俩格外欣喜，在家中写个懒龙牌位，将他奉事终身。

苏州河道里停泊的船上有个福建公子，喜爱炫富，令手下人将衣被放在船头上曝晒，锦绣灿烂，观者无不啧啧称羡。内中有一条被，乃是西洋异锦，非常珍稀，懒龙设法巧取到手，送给穷人使用。

邻境无锡有个知县，贪婪异常，秽声狼藉。有人便对懒龙说："无锡县官衙中金宝山积，无非不义之财。何不去取他些来，分惠贫人也好？"懒龙听说后，当即动身前往无锡，晚间潜入官舍中，看到那里面果然藏着无数的金银财宝。他从中盗取一个装满精金白银的小匣，临走时他想道："官府衙中之物，省得明日胡猜乱猜，屈了无干的人。"就摸出笔来，在官舍的箱架边墙上，画上一枝梅花。过了两三日，知县清点宦囊，发觉一只专放金子的小匣儿不见了，里面有两百余两金子，价值一千多两银子。他立即传唤一班眼明手快的应捕，进衙来察看贼迹。众应捕看见了壁上画的一枝梅花，便知道是苏州城里神偷懒龙所为。知县恼羞成怒，写下捕盗批文，差遣两名应捕，拿着关文，关会长洲、吴县二县知县，务必捉拿懒龙到官。

懒龙使出神通手段，潜回无锡，神不知鬼不觉地在半夜里剪下知县小孺人的头发，将一盘发髻放在知县的官印箱里，把知县吓得魂飞魄散。知县只好连忙掣签去唤前日差往苏州下关文的应捕回来销牌，无可奈何地吃下这个哑巴亏。

后来懒龙恐怕时间一长被人算计，就收手不再偷盗，实实在在地靠卖卜度日，栖身于一寺庙中数年，竟得善终。他虽然做了一世剧贼，却并不曾犯官刑、刺臂字。作者在小说中感慨道：

似这等人，也算做穿窬小人中大侠了。反比那面是背非、临财苟得、见利忘义一班峨冠博带的不同。况兼这番神技，若用去偷营劫寨，为间作谍，那里不干些事业？

而今世上只重着科目，非此出身，纵有奢遮的，一概不用。所以有奇巧智谋之人，没处设施，多赶去做了为非作歹的勾当。若是善用人材的，收拾将来，随宜酌用，未必不得他气力，且省得他流在盗贼里头去了。

谁道偷无道？神偷事每奇。更看多慷慨，不是俗偷儿。

《二刻拍案惊奇》卷三十二《张福娘一心贞守 朱天锡万里符名》叙述了一桩为儿孙取名的奇人奇事。

宋朝时苏州有一个官员朱景先，淳熙丙申年间，任四川茶马司使。他有个公子朱逊，年已二十，聘下的妻室范氏，是苏州大户人家的闺女，未曾娶过门，朱公子便随父到四川生活。那公子青春年盛，衙门独处无聊，便先娶下成都张姓女子福娘为妾。

妻室范氏得知此事后，便要求朱家必须停妾娶妻，否则亲事告吹。朱家无奈之下只得答应，将福娘劝回娘家居住。不久，朱景先任满回到苏州。成亲后的朱逊纵欲过度，不久即一命呜呼。范氏虽与他做了四年夫妻，倒有两年夫妻不同房，寸男尺女皆无。朱景先又只生下这么个公子，儿子一死只当绝代了。

没想到的是朱家离蜀四十天后，福娘产下一子，恰是朱逊的遗腹子。福娘生下儿子后，就甘贫守节，誓不嫁人。儿子长到七八岁时，福娘送他上学读书，所习诸书，一览成诵。福娘益发将希望寄托在儿子身上，期盼儿子有朝一日能认祖归宗。

后来朱景先通过旧役健捕胡鸿，获知福娘生下儿子之事，便嘱托蜀地留制使与后任四川茶马司使王少卿，要他们设法护送福娘母子回苏州。

福娘母子回到苏州后：

朱景先问张福娘道："孙儿可叫得甚么名字？"福娘道："乳名叫得寄儿，两年之前，送入学堂从师，那先生取名天锡。"朱景先大惊道："我因仪部索取恩荫之名，你每未来到，想了一夜，才取这两个字，预先填在册子上送去。岂知你每万里之外，两年之前，已取下这两个字作名了？可见天数有定若此，真为奇怪之事！"……那朱景先忽然得孙，直在四川去认将来，已此是新闻了。又两处取名，适然相同，走进门来，只消补荫，更为可骇。传将开去，遂为奇谈。后来朱天锡袭了恩荫，官位大显，张福娘亦受封章。

四川、苏州两地相隔万里之遥，音信阻隔，神奇的是朱天锡的母亲、爷爷为他取了同一个名字，也算是奇人奇事了。

三、男女情爱缠绵悱恻

"江南的风光几乎在所有的才子佳人小说中不同程度地得到描述，简直成了爱情小说的温床。"[1]苏州因为热闹繁华，山美、水美、人美，才引来无数才子佳人的聚首，才引出或欢或喜、或悲或戚的巧合妙遇，才引发一段段缠绵悱恻的爱情故事。

《喻世明言》卷二十八《李秀卿义结黄贞女》入话叙述了梁山伯与祝英台凄美的爱情故事。常州义兴人祝英台，自小通书好学，闻余杭文风最盛，欲往游学。其哥嫂止之曰："古者男女七岁不同席，不共食，你今一十六岁，却出外游学，男女不分，岂不笑话！"祝英台回答道："奴家自有良策。"于是她裹巾束带，扮作男子模样，走到哥嫂面前，连她的哥嫂也辨认不出。游学期间她遇到苏州才子梁山伯，便与他同馆读书，甚相爱重，两人结为兄弟，日则同食，夜则同卧。如此三年，英台衣不解带，山伯屡次疑惑盘问，都被祝英台用言语支吾过去。三年后，两人学业期满，相别回家，临别时祝英台约梁山伯两个月后来她家相见。

离祝英台家三十里外有个安乐村，村中有个马姓大富翁，听闻祝英台贤慧，就让媒婆上门与她哥哥议亲。她哥哥一口许下亲事，纳彩问名过后，约定来年二月娶亲。但祝英台心有所属，她苦苦等待梁山伯来向她吐露曲衷，谁知梁山伯有事，稽迟在家。祝英台只恐哥嫂疑心，不敢推阻婚事。梁山伯直到十月方才去拜访祝英台，他走进祝英台家的中堂，只见祝英台红妆翠袖，别是一般妆束。山伯大惊，方知祝英台原来是假扮男子，自愧愚鲁不能辨识。寒暄过后，便谈及婚姻之事。祝英台将哥嫂做主，已许婚马氏之事如实相告。梁山伯自恨来迟，懊悔不迭。回到家中，梁山伯相思成疾，奄奄不起，至年底抱憾而亡。临终前他嘱咐父母，要将他葬于安乐村路口。不久祝英台出嫁，婚轿行至安乐村路口，忽然狂风四起，天昏地暗，舆人不能前行。祝英台举眼观看，但见梁山伯飘然而来，说道："吾为思贤妹一病而亡，今葬于此地。贤妹不忘旧谊，可出轿一顾。"英台果然走出轿来。

---

[1] 周建渝：《才子佳人小说研究》，台湾文史哲出版社1998年版，第82页。

忽然一声响亮，地下裂开丈余，英台从裂中跳下。众人扯其衣服，如蝉脱一般，其衣片片而飞。顷刻天清地明，那地裂处只如一线之细。歇轿处，正是梁山伯坟墓。乃知生为兄弟，死作夫妻。再看那飞的衣服碎片，变成两般花蝴蝶，传说是二人精灵所化，红者为梁山伯，黑者为祝英台。其种到处有之，至今犹呼其名为梁山伯、祝英台也。后人有诗赞云："三载书帏共起眠，活姻缘作死姻缘。非关山伯无分晓，还是英台志节坚。"

梁山伯与祝英台化作两只蝴蝶，它们自由地飞，快活地飞，它们一会儿飞到花间，一会儿飞到湖上，无论飞到哪里，它们总是在一起，形影不离。这便是梁山伯与祝英台传奇又感人的爱情故事。

《二刻拍案惊奇》卷三《权学士权认远乡姑 白孺人白嫁亲生女》讲的是明朝有一位官员，姓权，名次卿，表字文长，乃是南直隶宁国府人氏，少年登第，官拜翰林编修之职。权翰林生得仪容俊雅，性格风流，所事在行，诸般得趣，真乃天上"谪仙"，人中玉树。他自登甲第，在京师为官一载有余。"京师有个风俗，每遇初一、十五、二十五日，谓之庙市，凡百般货物俱赶在城隍庙前，直摆到刑部街上来卖，挨挤不开，人山人海的做生意。"官员中有清闲好事的，便换了官服，穿上便衣，带上一两个管家长班出门，闲逛庙市，收买好东西旧物事。

权翰林在庙市上偶然一眼瞟去，看见一个色样奇异的盒儿，用手去取来一瞧，乃是个旧紫金钿盒儿，却只有一个盒盖。他把包在外边的纸儿揭开来一看，里头衬着一张红字纸。他取出定睛一看，上面写道："大时雍坊住人徐门白氏，有女徐丹桂，年方二岁。有兄白大，子曰留哥，亦系同年生。缘氏夫徐方，原籍苏州，恐他年隔别无凭，有紫金钿盒各分一半，执此相寻为照。"他便笑道："立议之时到今一十八年，此女已是一十九岁，正当妙龄，不知成亲与未成亲。"

再说钿盒的来历。苏州有个旧家子弟，姓徐名方，别号西泉，是太学中监生。为争取个人前程，留寓京师多年。在下处岑寂，央媒娶下京城白家之女为妻，生下一个女儿，因是八月中诞生的，取名丹桂。同时，白氏之兄白大郎也生一子，唤作留哥。白氏女人家性子，只护着自家人，况且京师的人不知外方头路，不喜欢攀扯外方亲戚，她便一心要把女儿丹桂许配给侄儿。徐太学自是寄居的人，早晚思量回家，要留着结下路亲眷，十分不情愿。后来，徐太学选官做了闽中二尹，打点回家赴任，就带了白氏出京。白氏心愿不遂，眷恋骨肉之情，瞒着徐二尹私下写个文书，不敢自作主张许他侄儿婚事，只把一个钿盒儿分至两处，留与侄儿做执照，指望他年重到京师，或是天涯海角，做个表证。

二尹在闽中做了两任官后回到故乡，白氏也跟随他定居苏州。

权翰林自从断了弦，告病回家，一年有余，尚未续娶，心绪无聊，便来到吴门散心，意图寻访美妾。因怕府县官员知道他的到来，车马迎送，酒礼往来，拘束得不耐烦，假装自己是个游学秀才。他借寓在城外月波庵隔壁静室中。庵里有个老尼唤作妙通师父，年已六十开外，专在各大家往来，礼度娴熟，世情透彻。看见权翰林一表人物，虽然不晓得他是埋名贵人，只认他作青年秀士，并看出他不是平凡之人，不敢怠慢，时常叫香公送茶来，或者请他到庵中清话。权翰林也略把访妾之意，在妙通面前提及，妙通说自己是出家之人不管这种闲事，权翰林也就作罢。

七月七日乞巧节之日，权翰林身居客邸，孤形吊影，闲步走出静室来。新月之下，只见一个素衣的女子走入庵中。权翰林急忙尾随在那女子身后。只见妙通师父出来接着，女子未叙寒温，就将一炷香在佛前烧起。妙通道："佛天保佑，早嫁个得意的丈夫。可好么？"女子道："休得取笑！奴家只为生来命苦，父亡母老，一身无靠，所以拜祷佛天，专求福庇。"妙通笑道："大意相去不远。"女子也笑将起来。妙通摆上茶食，女子吃了两盏茶，起身作别而去。

权翰林随后问老尼道："（此女子）穿着淡素！如何夜晚间到此？"妙通道："今晚是七夕牛女佳期，他遭着如此不偶之事，心愿不足，故此对母亲说了来烧炷夜香。"权翰林又问："他母亲是什么样人？"妙通道："他母亲姓白，是个京师人，当初徐家老爷在京中选官娶了来家的。且是直性子，好相与。对我说，还有个亲兄在京，他出京时节，有个侄儿方两岁，与他女儿同庚的，自出京之后，杳不相闻，差不多将二十年来了，不知生死存亡。时常托我在佛前保佑。"权翰林听着，呆了一会，想道："我前日买了半扇钿盒，那包的纸上分明写是徐门白氏，女丹桂，兄白大，子白留哥。今这个女子姓徐名丹桂，母亲姓白，眼见得就是这家了。那卖盒儿的老儿说那家死了两个后生，老人家连忙逃去，把信物多掉下了。想必死的后生就是他侄儿留哥，不消说得。谁想此女如此妙丽，在此另许了人家，可又断了。那信物却落在我手中，却又在此相遇，有如此凑巧之事！或者倒是我的姻缘也未可知。"

权翰林趁机向老尼说道："那孺人正是家姑，小生就是白留哥，是孺人的侄儿。"权翰林次日便一路寻访至徐家，白孺人错认侄儿，将其留在府中。权翰林回到书房中，仔细琢磨："特地冒认了侄儿，要来见这女子，谁想尚未得见。幸喜已认做是真，留在此居住，早晚必然生出机会来，不必性急，且待明日相见过了，再作道理。"

权翰林自遇见桂娘之后，时常相遇，便眉来眼去，彼此有情。他终日如痴似狂，拿着一管笔写来写去，茶饭懒吃。桂娘也日日无情无绪，恹恹欲睡，针线慵拈。这些多被白孺人看在眼里。但两个人只是各自专心，碍人耳目，不曾做甚手脚。一日，权翰林来到白孺人住处，恰好遇着桂娘梳妆已毕，正待出房。他当面迎着，致礼道："久闻妹子房闱精致，未曾得造一观，今日幸得在此相遇，必要进去一看。"说罢不由分说，往门里一钻，桂娘只得也走了进来。权翰林看见室内无人，便一把抱住桂娘道："妹子慈悲，救你哥哥客中一命则个！"桂娘不敢声张，低声道："哥哥尊重。哥哥不弃小妹，何不央人向母亲处求亲？必然见允，如何做那轻薄模样！"权翰林道："多蒙妹子指教，足见厚情。只是远水救不得近火，小兄其实等不得那从容的事了。"桂娘正色道："若要苟合，妹子断然不从！他日得做夫妻，岂不为兄所贱！"她挣脱身子，往门外便走，却是云鬟扭歪，两鬓散乱。

事后白孺人与妙通商议女儿的婚事，提出只要"他家有半扇金盒儿，配得上的就嫁他"。权翰林手上恰巧有这半扇金盒儿，可谓千里姻缘，一朝美满。这时京中报人特来报权翰林高升，他得意扬扬地对白孺人说道："侄儿是假，钿盒却真。说起来实有天缘，非可强也。"妙通趁热打铁道："老孺人，姻缘分定，而今还管甚侄儿不侄儿，是姓权是姓白？招得个翰林学士做女婿，须不辱没了你的女儿！"白孺人应允道："老师父说得有理。"大家立刻欢天喜地，祝贺这对新人有情人终成眷属。

第三章　大运河文化之扬州城市文化

扬州是世界遗产城市、世界美食之都、东亚文化之都、国家历史文化名城和具有传统特色的风景旅游城市，位于江苏省中部、长江与京杭大运河交汇处，有"淮左名都，竹西佳处"之称，又有着"中国运河第一城"的美誉，被誉为"扬一益二""月亮城"。扬州，古称广陵、江都、维扬，建城史可上溯至公元前486年，是首批国家历史文化名城之一，中国大运河扬州段入选世界遗产名录。

"三言二拍"中描写扬州城市文化的小说有以下十一篇，占小说集篇目总数的二十分之一（表四）。

表四　"三言二拍"中与扬州城市文化相关联的小说

小说名称	卷次	篇名	总篇目数
警世通言	5	吕大郎还金完骨肉	4
	31	赵春儿重旺曹家庄	
	32	杜十娘怒沉百宝箱	
	35	况太守断死孩儿	
醒世恒言	6	小水湾天狐诒书	5
	21	张淑儿巧智脱杨生	
	24	隋炀帝逸游召谴	
	32	黄秀才徼灵玉马坠	
	37	杜子春三入长安	
初刻拍案惊奇	23	大姊魂游完宿愿 小姨病起续前缘	1
二刻拍案惊奇	15	韩侍郎婢作夫人 顾提控掾居郎署	1

第一节 运河商旅文化枢纽之地

大运河孕育了扬州,扬州与大运河一起生生不息。公元605年,隋炀帝构建了庞大的"Y"字形运河网,以洛阳为中心,东北抵涿郡,东南延伸至江南,沟通了五大水系,扬州处于交通文化枢纽地位。扬州是盛唐的经济中心,自古有"扬一益二"之说,更有"天下三分明月夜,二分无赖是扬州"之叹。扬州作为繁华都市,延续了将近两千年,为诗人骚客所讴歌,但这一切都与扬州的大运河交通文化枢纽之地位密不可分,它沟通南北,使扬州成为"重江复关之隩,四会五达之庄"(鲍照《芜城赋》)。这里也是《红楼梦》和"三言二拍"等小说、传奇故事创作的舞台——江淮要冲、南北襟喉,河中樯橹如麻,岸上做买做卖,真是个繁华去处。林黛玉因史湘云说起南边的话,便想到"父母若在,南边的景致,春花秋月,水秀山明,二十四桥,六朝遗迹……"她的父亲林如海曾在扬州任盐业御史。这个二十四桥也是唐朝诗人杜牧曾经心心念念的"二十四桥明月夜"。在大运河扬州段与长江的交汇处是瓜洲古渡,宋代王安石曾泊舟于此,眺望"钟山只隔数重山",生发出"京口瓜洲一水间"的感慨。也是在瓜洲,杜十娘最终怒沉了百宝箱。

扬州作为大运河商旅文化之枢纽,沟通大江南北,在"三言二拍"的多篇小说中都有具体的体现。

《警世通言》卷五《吕大郎还金完骨肉》中的吕大郎因儿子在赛神会上走失,气闷不过,就外出做生意去,顺便打探儿子的消息。有一天,他行至陈留这个地方,偶然去坑厕出恭,拾得一个青布搭膊,内有两百两银子。当他走到南宿州,住在一家客店时,他无意中遇到了之前丢失搭膊的商人陈朝奉,两人闲论起江湖生意之事。

吕玉便问:"老客尊姓?高居何处?"客人道:"在下姓陈,祖贯徽州。今在扬州闸上开个粮食铺子。敢问老兄高姓?"吕玉道:"小弟姓吕,是常州无锡县人,扬州也是顺路。相送尊兄到彼奉拜。"

几天后,两人来到扬州闸口,吕玉将拾得的银子交还给了陈朝奉。让他意想不到的是,他多年前走失的儿子恰巧被陈朝奉用三两银子买回家,如今已一十三岁了,在学堂中上学。吕玉百感交集,喜得父子团圆。在此篇小说中，扬州成了南北商人往来经商的集聚之地，其运河交通的文化枢纽地位非常突出。

《警世通言》卷三十二《杜十娘怒沉百宝箱》中杜十娘从京城妓院中自我赎身，与李甲一路南下，准备在苏、杭胜地，权作浮居。他们行至潞河，舍陆从舟，恰好有瓜洲差使船要沿运河南下，他们跟船主讲定船钱，包了舱口。没几天工夫，差使船行至瓜洲，大船停泊岸口，李甲另外雇了民船，准备继续南下。在瓜洲渡口，因风雪阻渡，舟船不能开行。而其夜在扬州经营盐业的徽州富商孙富恰巧也泊舟瓜洲渡口，他生性风流，惯向青楼买笑，红粉追欢，觊觎上杜十娘的美色。他找到李甲，意图用千金将杜十娘占为己有，最终杜十娘在瓜洲渡口上演了怒沉百宝箱的人间悲剧。

在此篇小说中，扬州的瓜洲渡口成了大运河南下北上船舶航行的接驳处，上下客的中转站，可见其交通文化枢纽地位的重要性。

《警世通言》卷三十五《况太守断死孩儿》叙述吏员出身的况钟，被礼部尚书胡濙荐为苏州府太守，在任一年，百姓呼为"况青天"。他因丁忧回籍，圣旨夺情起用，特赐驰驿赴任。他坐船行驶至扬州仪真闸口，忽闻小儿啼哭声出自江中，他猜想是溺死之儿的哭声。他便让随行的下属官吏前去查勘，只见一个小小蒲包，浮于水面，里面装着一个用石灰腌过的已死婴儿。有个叫包九的，在仪真闸上当夫头，将亲眼所见向况钟做了交代，最终况钟在扬州府仪真县将"死孩儿"案查个水落石出，使奸恶之徒支助得到应有的惩处。

此篇小说透露出明清时代官员从京城到苏浙一带去赴任，他们所乘坐的官船沿着大运河进发，中途一般都会经停扬州，然后再继续前往赴任之地。

《醒世恒言》卷六《小水湾天狐诒书》叙述唐玄宗时，长安有一个年轻人叫王臣，他家庭富裕，童仆多人，一家人安居乐业。不想遭遇安禄山兵乱，潼关失守，天子西幸。王臣便弃下长安房产，收拾细软，带着母妻婢仆，避难于杭州小水湾，置买田产，经营过日。后来听闻京城克复，道路宁静，他便触发了思乡之情，决定返回长安寻访亲朋故友，重整旧业，作全家归乡之计。他收拾行囊，带上仆人王福，辞别母亲、妻子，走水路从杭州直至扬州，再从旱路赶到长安。

那扬州隋时谓之江都，是江淮要冲，南北襟喉之地。往来樯橹如麻，岸上居民稠密。做买做卖的，挨挤不开，真好个繁华去处。

由于狐妖从中作梗，乱传家书，王臣母亲接到儿子要他们归乡的书信后，立即将在杭州的一应田地屋宇、什物器皿，尽行变卖，然后雇下一只官船，离开杭州，由嘉兴、苏州、常州、润州一路北上，出了大江，往前进发，行船到扬州。与此同时，王臣也接到家书，要他去杭州与家人团聚。他也离开长安，兼程而进，来到扬州码头上。两路人马在扬州不期而遇，颇觉诧异。后来得知是狐妖从中作梗的真相，一家人只好拨转船头，再回杭州，入籍定居于此。

在此，扬州成了南来北往的人们坐船前行的必经枢纽之地。

第二节　盐商文化汇聚之地

民间有谚语："两淮盐，天下咸。"扬州地处南北流向的大运河与东西流向的长江交汇之处，得天独厚的地理区位使其迅速发展成为两淮盐业的运营中心，并带来樯橹如麻、商贾云集的繁荣景象。在古代扬州历史上，盐业始终是一个支柱产业，它直接影响到扬州城市的发展，"扬州繁华以盐盛"便是其生动写照和典型概括。在明代以前，我们从历史文献上所见到的扬州盐商仅是个别的、零散的，尚未形成一个群体。扬州盐商群体的形成，是伴随着明代商品经济的发展而产生的。《明史·食货志》记载：洪武时期，全国产盐最多的两淮、两浙两个盐区，每年办大引盐（每引盐400斤）为572400余引，约占全国引盐数的一半。陕商、晋商及徽商开中食盐之地更多的是在两淮盐区。两淮盐区为全国最大盐区，交通方便，至行盐地便捷，费用省，行盐地域广，人口稠密，易于销售，盐利最厚。盐商常常奔波于边地与扬州之间。有个别的商人干脆移家于扬州。自此以后，陕商、晋商和徽商逐渐成为扬州盐商重要组成部分，扬州盐商群体开始产生。[1]

扬州还是徽州盐商的聚集地，以徽商为主的盐商塑造了扬州风俗的侈丽个性。扬州系著名产盐区，也是两淮盐商活动的主舞台，徽商因专卖、垄断盐业而豪富，其对华靡生活的追求，直接影响到扬州人的物质生产方

---

[1] 朱宗宙：《明清时期盐业政策的演变与扬州盐商的兴衰》，《扬州大学学报》（人文社会科学版）1997年第5期，第30—35页。

式和风俗走向。如盐商为迎接銮驾，孝敬皇帝，赢得恩宠和赏识，不惜一掷千金，兴建园林；或因吟花弄月、趋附风雅而大兴土木，建园筑亭，极池、石、台、榭之美。

所谓徽商，盖指以新安江流域为中心的安徽徽州府一带的商人。关于徽商产生的地理背景，顾炎武《天下郡国利病书》曾转引明代《徽州府志》云：

> 徽郡保界山谷，土田依原麓，田瘠确，所产至薄，独宜菽麦红虾籼，不宜稻粱。壮夫健牛，田不过数亩，粪壅缛栉，视他郡农力过倍，而所入不当其半。又田皆仰高水，故丰年甚少，大都计一岁所入，不能支什之一。小民多执技艺，或贩负就食他郡者常十九……田少而直昂，又生齿日益，庐舍坟墓不毛之地日多。山峭水激，滨河被冲啮者，即废为沙碛，不复成田。以故中家而下，皆无田可业，徽人多商贾，盖其势然也。

徽商产生的社会历史背景也同样有迹可循。明代徽州地区赋税之重，常常让人无法承受，其滥得富名，实商贾惹的祸。"其弊孔开之，由一二大贾积赀在外，有殷富名，致使部曹监司议赋视他郡往往为重。其实商贾虽有余赀，多不置田，田业乃在农民。赋繁役重，商人有税粮者，尚能支之，农民骚苦矣。"高额的赋税负担，再加上土地不足、人口众多，遂迫使农民必须从事其他的产业。而农家副业、地方特产又较为发达。因此，明代徽州人大多掌握一定的手工技艺，其手工业也颇有名，徽墨、徽纸、徽漆、刻书，木、茶之产也盛。但这几种手工业的供需数量都是很有限的，有时还受到封建乡族势力的干涉而无法发展。这样，在无田可耕、无工可做的现实环境下，徽州人只好向外流浪、迁徙。此外，自宋元以后，中国南北经济的相互依存关系的密切及南北物产交换的频繁，数量已颇为可观。从地理上看，徽州正好处在东南经济要冲的苏浙的中心，交通便利。以前徽州人贩卖自己的手工业品，曾获得过不少商业上的经验，现在凭借这些有利条件，更容易吸引徽州人从事商业活动。故云：徽州多商贾。其情形从明人张瀚在《松窗梦语》中一段简洁的描述可窥见一斑：

> 自安太至宣徽，其民多仰机利，舍本逐末，唱櫂转毂，以游帝王之所都，而握其奇赢，休歙尤伙，故贾人几遍天下。良贾近市利数倍，次倍之，最下无能者，逐什一之利。其株守乡土而不知贸迁有无，长贫贱者，则无所比数矣。

其中，祁门一县"服农者十三，服贾者十七"；而"休宁百姓，强半经商"，其南乡的商山，以及黟县的宏村等，都是徽商密集的地区。与此同时，许多徽商通过自己多年的苦心经营，积累了大量的资产。谢肇淛《五杂组》卷四云："富室之称雄者，江南则推新安，江北则推山右。新安大贾，鱼盐为业，藏镪有至百万者，其他二三十万，则中贾耳。"经商的巨大收益也是吸引徽州人从事商业活动的一个诱因。

因此，在明代各地域性商人中，徽商尤其是徽州盐商的财力是最为雄厚的，他们的影响也是非常广泛的。冯梦龙和凌濛初所生活的苏州、湖州这两座城市，又都是徽商的势力范围，为他们的小说创作在感受时代氛围、获取写作素材、塑造人物形象等方面都提供了有益的创作基础。自然，他们笔下出现众多的徽州盐商形象也就顺理成章了。

在明清时期，扬州还是风流的"销金锅子"，文化昌盛，温柔富贵，最宜享受快乐人生。明代的扬州青楼习俗与徽州盐商的享受快乐人生有密切的关系。由于扬州是徽州盐商萃居的城市，按徽州俗例，男子长到十六岁就要出门去做生意，因此，男子往往年满十二三岁，就得在家乡完婚，然后外出经商，有时需要几年、十几年，甚至几十年，才能返乡省亲。因此，新安商人在娶妾、宿娼方面一反悭吝故习，往往不惜挥金如土。明代中叶以后，盐商虽然大多举族迁居扬州，但追芳逐艳的欲望随着财富的愈益增多而更为变本加厉。此外，明人沈德符在《万历野获编》一书中曾指出：扬州娼家别出心裁，对所蓄雏姬"教以自安卑贱，曲事主母"的处世原则，故此，即使是狮吼在堂，动辄醋海扬波，对广陵姬妾也往往尚能容忍。相渐成习，扬州城里便形成了"养瘦马"的风俗。至迟到万历年间，"要娶小，扬州讨"，成为举国上下竞相追逐的时髦风尚。

因此，真正使扬州美女乃至扬州青楼名噪一时的，是明清时期客居扬州的盐商及其时"养瘦马"的习俗。明清时期，盐商是促成扬州青楼业繁盛的最主要动因。明清时期扬州盐商的豪奢在历史上是出了名的，据嘉庆《两淮盐法志》载，连雍正皇帝都感叹：

奢靡之习莫甚于商人。闻各省盐商内实空虚，而外事奢靡。衣服屋宇，穷极华靡；饮食器具，备求工巧；俳优伎乐，恒舞酣歌；宴会嬉游，殆无虚日；金钱珠贝，视为泥沙。甚至悍仆豪奴，服食起居，同于仕宦，越礼犯分，罔知自检，骄奢淫佚，相习成风。各处盐商皆然，而淮扬为尤甚。

盐商花费大量金钱于狎妓游乐之上，青楼经营者便投其所好，利用盐商附庸风雅的心理，大量培养艺伎，教之以诗书礼仪和琴棋书画，以供盐商消遣享乐。"正是在徽州盐商的刺激下，扬州青楼文化发展并繁荣起来。"[1]

其时培养艺伎的行当，有个专门的名字，叫作"养瘦马"——扬州娼家对所蓄雏妓"教以自安卑贱，曲事主母"，相渐成习，形成了扬州的"养瘦马"风俗。这些大盐商往往是客居扬州，他们在家有妻室，在扬州则"需要"置妾室。为适应这种盐商生活的需要，避免家庭矛盾，一些生意人就看好了"养瘦马"的行当。这样一来，扬州"瘦马"就成了纳妾者竞相聘娶的理想人选，并逐渐闻名于世。这些养成的"瘦马"，一小部分做了富人家的姬妾，更多的则流落烟花，成为明清时期青楼的主力军。随着盐商的暴富，"养瘦马"之风在扬州愈演愈烈，从明朝后期万历前后始，四方商贾仕宦，买妾皆称扬州。扬州姬妾成了纳宠者趋之若鹜的理想人选，"要娶小，扬州讨"在大江南北尽人皆知。在明代万历年间，就有人把广陵姬妾与维扬之盐、淮阴之粮、浮梁之瓷、建阳之书等地方物产相提并论。而明代后期扬州"养瘦马"的利润很丰厚，初买童女时不过十几贯钱，到其出嫁时，多达几百贯。一般百姓见有利可图，竞相仿效，甚至把自己的女儿也往这方面培训。

扬州的青楼文化更具独特性，扬州历史上的青楼俨然闻名四方，繁华富丽、人文荟萃、风流雅集，是美女和才子云集的地方，也是有情人寻找和存放真性真情的地方，是自由平等、身心放松地享受精神文化娱乐的地方。从上面的分析中我们可以看出，在扬州青楼文化的发展史中，活跃其间的各色人等，都或多或少地和文化发生一些关联，和青楼有着直接关系的歌舞、绘画、书法、饮食等艺术形式，都曾得到长足发展，而与青楼有着间接关系的养花业、铜镜业、脂粉业、服装业、旅游业等，也都曾是扬州的主要消费产业，他们共同为扬州城市的繁荣贡献了诸多力量。所以扬州的青楼文化是扬州发展史上不可忽略的重要一环。

就这样，扬州商业的繁荣，盐商生活的奢靡和行为的放纵，频频出现在明清小说中，而扬州盐商在"三言二拍"中更是得到了浓墨重彩的刻

---

[1] 郑群：《儒士商贾与扬州青楼文化的发展》，《扬州大学学报》（人文社会科学版）2011年第1期，第92—94页。

画。因为"明代扬州盐商已经成为当时社会上一个声名显赫的独特阶层，备受人们关注。提到扬州，小说家们就会自然联想到那里的盐商，想到明代的扬州盐商具有不同于其他阶层，不同于其他商人的个性特征"[1]。

《警世通言》卷三十二《杜十娘怒沉百宝箱》中的孙富，"徽州新安人氏。家资巨万，积祖扬州种盐"，是个典型的扬州盐商。

(他)年方二十，也是南雍中朋友。生性风流，惯向青楼买笑，红粉追欢，若嘲风弄月，到是个轻薄的头儿。

李甲离开京城后，因惧怕他父亲的威严，不敢贸然携带杜十娘回家，只好暂去苏杭寄居。坐船行至扬州瓜洲渡口，他遇见了也在此停舟待发的盐商孙富。在听到杜十娘悦耳的歌声时，孙富凭借他"青楼买笑，红粉追欢"的经历断定歌者必非良家，等到窥见杜十娘国色天香的娇艳面容时，他立刻魂摇心荡，迎眸注目。于是他仗着钱财开始实施自己以利诱惑李甲再骗娶杜十娘的计谋。

孙富垂涎于杜十娘的美色，想把她弄到手。然而，孙富与李甲萍水相逢，要想轻而易举把杜十娘弄到手，谈何容易。孙富便通过"感情上的亲近、心理上的窥探、动机上的掩饰、言语上的打动"等手段，最终使李甲昧着良心将杜十娘转卖给他。

孙富先是想方设法接近李甲，以寻可乘之机。为此，他故作风雅，倚窗高吟《梅花诗》："雪满山中高士卧，月明林下美人来。"引李甲出面，"乘机攀话"，互道姓名，"又叙了些太学中的闲话，渐渐亲熟"，与李甲形成初步接触。孙富又邀李甲酒肆一酌，仍是"先说些斯文中套话，渐渐引入花柳之事"。孙富的这些话题似乎并不直接涉及正题，但又都与正题有关，他采用了话题"就近转移"的方法，以图与李甲建立心理接触。酒酣耳热之后，他和李甲"说得入港，一发成相知了"。孙富得知杜十娘是烟花之辈后，便认为有机可乘，占有欲更加强烈。他向李甲剖析娶杜十娘回家后的利害关系，阐述得颇为"入情入理"，最后亮出底牌：他愿意以一千两银子买杜十娘过来。他的一番"巧为诳说"果真在涉世未深的李甲那儿起了效果。

孙富凭借其巨万家资以千金来买美色的行为是其追求世俗生活享受的

---

[1] 蒋朝军：《苏州与扬州：最是红尘中一二等富贵风流之地》，上海古籍出版社2014年版，第110页。

一个重要表现，也是明清时期扬州徽州籍盐商"饱暖思淫欲"做派的生动体现。孙富是个卑鄙奸诈、虚伪邪恶的小人。他垂涎杜十娘的美色，是个淫恶之人；他用计结识李甲，是个卑鄙、狡黠之人；他玩弄伎俩，拆散李甲和杜十娘的姻缘，是个无耻淫荡之人。他在满口"仁义道德"的幌子下，干着见不得人的勾当，作者对这一形象是持憎恨和厌恶态度的：

孙富自那日受惊，得病卧床月余，终日见杜十娘在傍诟骂，奄奄而逝。人以为江中之报也。

从孙富觊觎美色，离间李、杜两人关系的所作所为，可以看出当时一部分扬州盐商身上所具有的三个明显特征：一是他们大多为富不仁，二是家资巨万，三是好色享乐。

《醒世恒言》卷三十七《杜子春三入长安》中叙述隋文帝开皇年间，长安人杜子春，家住城南，世代在扬州做盐业生意，有万万贯家资，千千顷田地，是扬州城中的大财主。他经营盐业发迹后，便在扬州"造起一座园亭，重价构取名花异卉，巧石奇峰，妆成景致。曲房深院中，置买歌儿舞女，艳妾妖姬，居于其内。每日开宴园中，广召宾客"。极尽享乐之能事。可好景不长，家中的钱财很快便被他挥霍一空，他只得：

卖田园，货屋宅。那些债主，见他产业摇动，都来取索。那时江中芦洲也去了，海边盐场也脱了，只有花园住宅不舍得与人，到把衣饰器皿变卖。……（后来）少不得又把花园住宅出脱。

杜子春在扬州做了许多时豪杰，一朝狼狈，再无面目存坐得住，悄悄的归去长安祖居，投托亲戚。……岂知亲眷们都道子春泼天家计，尽皆弄完，是个败子，借贷与他，断无还日。为此只推着没有，并无一个应承。

后来有个老者先后三次分别资助他三万两、十万两、三十万两银子，让他在扬州好好经营盐业，但他前两次仍然恣意挥霍，很快一贫如洗，直到得到老者第三次资助后，他才幡然醒悟：

到得扬州，韦氏只道他止卖得些房价在身，不勾撒漫，故此服饰舆马，比前十分收敛。岂知子春在那老者眼前，立下个做人家的誓愿，又被众亲眷们这席酒识破了世态，改转了念头，早把那扶兴不扶败的一起朋友尽皆谢绝，影也不许他上门。方才陆续的将典卖过盐场客店，芦洲稻田，逐一照了原价，取赎回来。果然本钱大，利钱也大。不上两年，依旧泼天巨富。又在两淮南北直到瓜州地面，造起几所义庄，庄内各有义田、义学、义冢。

不论孤寡老弱,但是要养育的,就给衣食供膳他;要讲读的,就请师傅教训他;要殡殓的,就备棺椁埋葬他。莫说千里内外感被恩德,便是普天下那一个不赞道:"杜子春这等败了,还挣起人家。才做得家成,又干了多少好事,岂不是天生的豪杰!"

小说作者通过杜子春前后的遭遇,对扬州盐商的特点及扬州消费型城市的特征把握得相当精准。杜子春第一次在扬州破产后,他把家中金银耗尽,屯盐卖完,借贷无门,就将江中芦洲、海边盐场都脱手典当了,衣饰器皿也变卖了,只有花园住宅不舍得与人。他第三次得到老者所赠的三十万银子后,又陆续将先前典卖出去的盐场客店、芦洲稻田,逐一照了原价,取赎回来。再造起几所义庄,庄内设有义田、义学、义冢,专门去抚恤那些孤寡贫弱之人。"屯盐""江中芦洲""海边盐场""花园住宅"等,这些都是扬州盐商财大气粗、财势雄厚的标签和象征;而"两淮南北直到瓜州地面"则体现出扬州盐商经营盐业的势力范围之广大;建造义学,附庸风雅,则是扬州盐商资助书院的投影。

在《二刻拍案惊奇》卷十五《韩侍郎婢作夫人 顾提控掾居郎署》中凌濛初还刻画了一个在扬州经营盐业,一生只在"乌纱帽""红绣鞋"两件事上不争银子,其余诸事都悭吝的徽州盐商形象。

家住太仓做小本买卖的江家生下一个女儿,名唤爱娘,年方十七岁,容貌艳丽。有一天,有个徽州盐商坐船贩卖食盐经过她家门前,偶然间瞥见爱娘的美色,就想娶她做妾。徽商让媒婆到江家去说亲,"情愿出重礼,聘小娘子为偏房"。媒婆巧舌如簧道:"这个朝奉只在扬州开当中盐,大孺人自在徽州家里。今讨去做二孺人,住在扬州当中,是两头大的,好不受用!"江老夫妻要讨三百两彩礼,不承想徽商慕色心重,二三百两聘礼,根本不在话下。他如数下了财礼,拣个好日子娶了爱娘开船前往扬州。

回到扬州,正当徽商要与爱娘亲热之际,蒙眬中见一个金甲神人,将瓜锤扑打在他的脑袋上,对他说道:"此乃二品夫人,非凡人之配,不可造次胡行!若违我言,必有大咎!"徽商惊醒,遂放下欲念,认爱娘做个干女儿,等待寻个好姻缘配她,图个往来。事有凑巧,有个韩侍郎带领家眷去外地上任,舟过扬州,夫人有病,要娶个偏房,就便服侍夫人,停舟在扬州关下。徽商听说韩侍郎要娶妾,巴不得成就。韩侍郎对爱娘十分中意。徽商便不争财物,反倒赔嫁妆,只贪个纱帽往来,便自心满意足。徽商受了韩侍郎三四百金礼物，又增添嫁妆，大吹大擂，将爱娘送到官船上来。韩侍郎与爱娘一路相处，甚是相得。到了京中，不料夫人病重不起，一应家事尽嘱爱娘掌管。爱娘将家事管理得井井有条，胜过夫人在日。内外大小，无不喜欢。韩侍郎满心欢喜，拣个吉日，立她为继房。恰遇弘治改元覃恩，韩侍郎就将爱娘江氏入册上报朝廷，请下了夫人封诰，从此内外俱称夫人了。

此篇小说中扬州盐商形象的特征非常鲜明：一是娶妾买色，毫不吝啬，一掷千金；二是非常喜欢结交朝廷官员，壮大自己的势力。明清时期，官商勾结，寻找官场靠山，是扬州盐商经营盐业、赚取大量钱财的不二法门。官与商彼此都是心照不宣的。

第三节　风流皇帝隋炀帝的文化传说之地

隋炀帝杨广青年之时曾担任灭陈主帅，旋即又出任扬州总管，坐镇江都长达十年之久，对南方相当熟悉，诸多南方士人为之效力，因而扬州可谓是杨广的政治基本盘。在杨广还不是太子，策划阴谋夺嫡时，他便把江南作为自己的退身之地，一旦事败便逃到江都，割据东南。因此，来自关中的君主隋炀帝杨广对扬州情有独钟也就情有可原了。

开皇十年（590年），晋王杨广奉命赴江南任扬州总管，与杨素一起平定江南高智慧的叛乱，杨素后封越国公。杨广从镇并州改镇扬州，在镇守江南期间稳定叛变局势颇有成效，政绩突出。杨广由此赢得了朝野赞颂和隋文帝夫妇的欢心，也有了争夺太子之位的本钱。

杨广早在南征陈朝的时候，就对江南风物十分欣赏。其父杨坚称帝后，杨广又做了十年扬州总管。扬州在隋唐两代十分繁华，号称"人生只合扬州死"。后来更有"腰缠十万贯，骑鹤下扬州"的说法，把到扬州与当大富翁和做神仙相提并论，可见扬州城的魅力之大。隋炀帝对这样的锦绣风流之地，自然是十分沉迷。后来，他当了皇帝，依然很怀念在扬州的日子，连看到官中挂着描绘扬州的图画，都注目久之，流连不已，于是便有了隋炀帝三下扬州并导致他最终命丧扬州的故事和文化传说。

隋炀帝登上皇位后，为了控制全国，并且让江南的物资能较方便地运到北方来，同时自己又能轻松地到各地去游玩，便开始开凿五千余里的大运河。运河的修筑分以下几个步骤。先从洛阳西苑到淮河南岸的山阳（今江苏淮安），开通了一条叫"通济渠"的运河，即从洛阳引谷水、洛水入黄河，再引黄河水入淮河；再从山阳到江都（今江苏扬州），疏通并凿深、加宽了春秋时期吴王夫差开的一条叫"邗沟"的运河，即将淮河和长江连接了起来。这样一来，从洛阳到江南的水路交通就十分便利了。此后，又从洛阳的黄河北岸到涿郡（今北京），开通一条叫"永济渠"的运河；接着，从江都对面的京口到余杭（今浙江杭州），开通一条叫"江南河"的运河。这四条运河连接起来，就成了一条贯通南北的大运河，加强了都城和富饶的河北、江南的联系，对我国经济、文化的发展和国家的统一，起到了重要的作用。

隋炀帝在位十四年，四处巡游就达十一年。有了运河，他光江都就巡游了三次，为此命人建造了龙舟及各种各样的船只数万艘。一路上，隋炀帝和萧皇后分别乘着两艘四层高的大龙船，船上装饰得像宫殿一样金碧辉煌；接着是皇妃宫女、王公贵族、文武百官分乘几千艘彩船；最后是卫兵乘坐的及装载后勤物品的几千艘大船。这样庞大的船队在运河里排开，前后竟绵延了两百多里。

八万多个民工，专门为船队拉纤。船队在运河里行驶，岸边有骑兵护送；船队一旦停下来，当地的州县官员就逼着百姓办酒席"献食"。

隋炀帝即位时，正是隋朝蒸蒸日上之际。隋炀帝妒贤嫉能，滥杀无辜，每年都要役使几百万民工，人民不堪重负，只有起来反抗。隋炀帝的倒行逆施，很快就将隋王朝葬送掉，他自己也在江都被禁军将领宇文及杀死。

《醒世恒言》卷二十四《隋炀帝逸游召谴》叙述了隋炀帝登基后沉迷女色，造迷楼，制任意车，极尽声色犬马之乐；征召役夫五百四十三万余人，昼夜开掘下扬州的运河，荒淫无度，最终被司马德戡胁迫，自经而死的惨痛故事。

小说写道：

晋王广，为扬州都总管，生来聪明俊雅，仪容秀丽。

帝自素死，益无忌惮，沉迷女色。一日顾诏近侍曰："人主享天下之富，亦欲极当年之乐，自快其意。今天下富安，外内无事，正吾行乐之日也。今宫殿虽壮丽显敞，苦无曲房小室，幽轩短槛。若得此，则吾期老于其中也。"

后来楼阁建成，隋炀帝赐名曰"迷楼"，"诏选良家女数千以居楼中。帝每一幸，经月不出"。接着他又让大夫何稠制作御女车。

车之制度绝小，只容一人，有机伏于其中。若御童女，则以机碍女之手足，女纤毫不能动。……帝曰："卿任其巧意以成车，朕得之，任其意以自乐，可命名任意车也。"

某日夜晚，隋炀帝在宫中偶然瞥见殿壁上悬挂的广陵图，触景生情，便动了再下扬州的念头。

（帝）乃命征北大总管麻叔谋为开河都护……诏发天下丁夫，男年十五以上、五十以下者皆至，如有隐匿者斩三族。凡役夫五百四十三万余人，昼夜开掘，急如星火。又诏江淮诸州，造大船五百只，使命促督。民间有配著造船一只者，家产破用皆尽，犹有不足，枷项笞背，然后鬻卖子女以供官费。到得开河功役渐次将成，龙舟亦就。

帝御龙舟，萧后乘凤舸。于是吴越取民间女年十五六岁者五百人，谓之殿脚女，至龙舟凤舸。每船用彩缆十条，每条用殿脚女十人，嫩羊十口，令殿脚女与羊相间而行。时方盛暑，翰林学士虞世基献计，请用垂柳栽于汴渠两堤上。一则树根四散，鞠护河堤，二则牵舟之人庇其阴，三则牵舟之羊食其叶。上大喜，诏民间献柳一株，赏一匹绢。百姓竞献之。又令亲种。帝自种一株，群臣次第皆种，方及百姓。时有谣言曰："天子先栽，然后百姓栽。"栽与灾同音，盖妖谶也。栽毕，取御笔写赐垂柳姓杨，曰杨柳也。

帝自达广陵，沉湎滋深，荒淫无度，往往为妖祟所惑。

小说作者在文末对隋炀帝这一系列的所作所为感叹道：

十里长河一旦开，亡隋波浪九天来。锦帆未落干戈起，惆怅龙舟不更回。

在明清小说诸如齐东野人编演的《隋炀帝艳史》、袁于令的《隋史遗文》、褚人获的《隋唐演义》中还叙写了隋炀帝一而再、再而三下扬州不能为外人所道破的秘密就是去赏琼花。

琼花是我国的千古名花。宋朝的张问在《琼花赋》中描述："俪靓容于茉莉，抗素馨于蘼葡，笑玫瑰于尘凡，鄙荼蘼于浅俗。唯水仙可并其幽闲，而江梅似同其清淑。"的确，琼花以它那淡雅的风姿和独特的风韵，更有关于琼花的种种富有传奇浪漫色彩的传说和迷人的趣闻逸事，博得了世人的厚爱和文人墨客的不绝赞赏，被称为稀世的奇花异卉和"中国独特的仙花"。而在民间流传最广的就是隋炀帝为了赏琼花三下扬州的文化传说。

关于扬州琼花的传说大致有三种版本，而且都与隋炀帝相关联。第一种传说是说隋朝扬州东门外有一座小村落，住着一个名叫观郎的小伙子。一天，观郎正在河边散步，突然见到一只白鹤被箭射伤后跌落在水面挣扎。他赶紧跳下水去把白鹤救上岸，带回家替它包扎伤口。在他的精心照料下，白鹤很快就养好伤，重新飞上了天。后来，观郎结婚时，白鹤衔来一粒种子表示祝贺。种子埋入土里，长出了一株琼花，每隔一个小时就变换一种颜色，流光溢彩，赏心悦目，世上独一无二。隋炀帝听说后，便来扬州看琼花，待到隋炀帝一行到了土台前，琼花却突然凋谢了。隋炀帝气得拔剑欲砍琼花，这时琼花树放出万道光芒，刺瞎了隋炀帝随从的眼睛。接着，天上飞来一只白鹤驮起观郎飞向天空。隋炀帝吓得连夜逃回城里。没过多久，观郎聚集一些开运河的苦工，投奔了瓦岗军。他带着一支人马赶回城里，把隋炀帝和大臣们都杀了。后来，人们看见白鹤又飞来，把观郎带到西方去了。

第二种传说的内容是隋炀帝有个妹妹叫杨琼，十分美丽。荒淫的隋炀帝居然打起了妹妹的歪主意，但杨琼坚决不从，羞愤自尽。隋炀帝为掩盖真相，把妹妹的尸体运送到扬州安葬。杨琼埋葬的地方，长出了一株奇异的花卉，开出了几十朵盘子大的花朵，颜色洁白如玉，花团锦簇，花香袭人。人们从来没有见过这种花，便称之为"琼花"。后来，隋炀帝听闻后前来观赏，琼花却迅即凋落。隋炀帝大怒，用剑砍树。奇怪的是，隋炀帝死后第二年，琼花树老根上又长出了新枝。

第三种传说讲的是汉代有一个道号叫蕃的道姑来到扬州，把白玉埋在地里，后长出一棵仙树，树上开的花洁白如玉。后来，人们在此建造道观，取名"蕃观"，又因种玉得花，所以把这花称为琼花。隋炀帝下扬州看琼花时，琼花却奇怪地衰败，炀帝大怒，砍倒琼花树。暴君死后，琼花抽枝发芽，重新绽放。

其实，隋炀帝下扬州看琼花的文化传说，大多出自明清以后的小说，其中最有影响力的有《隋唐演义》《说唐》等。如《隋唐演义》第四十七回："看琼花乐尽隋终，殉死节香销烈见。"在这里，琼花已不仅仅是自然界的一种名花，而是已被人格化了的有情之物。它对劳动人民无限同情，对昏君隋炀帝无限憎恨；它不畏强暴，不畏权势；它爱憎分明，有灵有情，成了美好事物的象征。

虽然小说是虚构的，但其影响远远超过正史，成为一个经典的文学传说。其实，直到隋炀帝死在扬州之前，琼花还没有出现。琼花的出现，一般认为是在宋代。宋代诗人王禹偁一直被公认为描写扬州琼花的第一人，他是宋太宗至道二年（996年）来扬州当知府的。这时候离隋炀帝死亡的大业十四年（618年）已过去378年了，所以我们说，隋炀帝来扬州是不可能看到琼花的。以上不过是后人对隋炀帝荒淫无道残暴统治予以强烈谴责的一种情感寄托罢了。

第四节　酿造温馨浪漫气息的情爱文化之都

扬州从隋唐直至明清，一直都是繁华富丽之处、人文荟萃之地、风流雅集之所，是美女和才子云集的地方，也是有情人寻找和存放真性真情的地方，是自由平等身心放松地享受精神文化娱乐的地方。正是在这样的富贵风流之地，上演了一出出才子佳人温馨浪漫的爱情婚恋剧目。

《醒世恒言》卷二十一《张淑儿巧智脱杨生》叙述了书生杨延和与萍水相逢的民女张淑儿之间一段患难见真情的婚恋故事。

明朝正德年间，有个叫杨延和的举人，他祖上流寓南直隶扬州府做客，遂定居在扬州江都县。他生得肌如雪晕，唇若涂朱，真正是神清气爽第一品的人物。他文才天纵，学问凤成，七岁能书大字，八岁能作古诗，九岁精通时艺，十岁进了府庠，次年考得第一补廪。他苦志读书，十九岁便中了乡试第二名。于是变卖一两处房产作为上京盘缠，与六个乡同年，一路进京去会试。

一行人前行到河南府荣县，住宿在宝华禅寺中，不想寺中贼僧见财起意，杀人越货。杨延和凭着他的机灵，侥幸逃脱，避难于一个老妪家中，而老妪与宝华禅寺贼僧暗中勾结，狼狈为奸，为虎作伥。杨延和可以说是才脱虎穴，又落狼窝，幸得老妪小女张淑儿仁智兼全，救他于危难之中。杨延和对此万分感激，又见张淑儿温柔贤淑，美貌可人，便当场发自肺腑地向张淑儿发誓："受你活命之恩，意欲结为夫妇，日后娶你，决不食言。"

他到京会试，中了第二名会魁；接着殿试，中了第一甲第三名，入了翰林院。他先是通过相厚会试同年舒有庆之父——山东巡按舒琰，将宝华禅寺贼僧杀人越货一案查个水落石出，为六个乡同年报了冤仇。接着他不食前言，又让其叔杨小峰前去说亲，将张淑儿母子接到扬州居住。等到杨延和荣归故里，旋即与张淑儿结成美满姻缘。后来两人生下儿子，又中辛未科状元，子孙荣盛。可谓才子佳人，鱼水相谐。

《警世通言》卷三十一《赵春儿重旺曹家庄》叙述败家子曹可成在勤劳善良的女子赵春儿宽广胸怀的感化下，浪子回头，重振家业，夫妇伉俪情深的感人故事。

扬州府城外有个曹家庄，庄上曹太公是个大户之家，只生一位小官人曹可成。曹可成自小纳粟入监，娇生惯养，生性放纵，专一穿花街，串柳巷，吃风月酒，用脂粉钱，挥金如土，人人都唤他叫"曹呆子"。

他结交了一个叫赵春儿的名妓，在她家一住整月，撒漫使钱。两个人如胶似漆，一个愿讨，一个愿嫁，神前罚愿，灯下设盟。曹可成要给春儿赎身，鸨母索要银子五百两，他用偷梁换柱的手法如数给付。

后来曹可成家发生变故，父丧妻死，曹可成穷困潦倒，赵春儿时常接济他，可他依然不知稼穑艰难，大手大脚地花钱，银子一到手就很快花光。赵春儿心上虽思念他，却也不去招惹他上门。约莫十分艰难时，她又让人送些柴米之类，小小周济他。

光阴似箭，不觉三年服满。赵春儿备了三牲祭礼、香烛纸钱，到曹氏坟堂祭拜。她又拿出五十两银子，交与可成买房。择了吉日，她打叠细软，带着随身服侍的丫鬟翠叶，与可成结婚成亲。

春儿自此日为始，在家吃长斋，朝暮纺织自食。但可成仍是一副公子哥的做派，坐吃山空，生活难以为继。春儿气恼不住，骂他几句，又给他寻一条吃饭的出路，让他做训蒙先生，教村里十来个村童读书识字。可成有了前车之鉴，浪子回头，专心于教书，枯茶淡饭，甘之若饴。

这样平静的日子一晃就过了十五年。有一天，可成进城，撞见当年与他同坐监、同拨历的学友殷盛，正乌纱皂靴，乘舆张盖而来。一打听才知道，原来殷盛已选官浙江按察使经历，起身赴任，排场热闹非凡。可成深受刺激，便向春儿提出自己也要去选官。这正中春儿下怀，她挪开绩麻的篮儿,指着地下对他说道:"我嫁你时,就替你办一顶纱帽埋于此下。"可成从地下锄出一个大瓷坛,内中都是黄白之物,不下千金。可成感激涕零,即刻和春儿一道带上银子上京听选,吏部投了文书,有银子使用,立马就选得官职。初任是福建同安县二尹,后来升了本省泉州府经历,宦声大振,又升任广东潮州府通判直至太守。

正当可成在官场上一路升迁之际,他又听从春儿的规劝,从官场及时抽身,夫妻衣锦还乡。三任宦资约有数千金,可成赎回旧日田产房屋,重振门庭,为宦门巨室。

作者在篇末感叹道:"这虽是曹可成改过之善,却都亏赵春儿赞助之力也。"赞美赵春儿是"如此红颜千古少"。

《醒世恒言》卷三十二《黄秀才徼灵玉马坠》叙述了扬州秀才黄损与扬州佳人韩玉娥两人传奇而又浪漫的爱情故事。

乾符年间,年方二十一岁的扬州秀才黄损,生得丰姿韶秀,一表人才,兼之学富五车,才倾八斗,被人称为才子。原是阀阅名门,因父母早丧,家道零落。父亲只给他留下一块羊脂白玉雕成的马儿,唤作玉马坠,色泽温润,镂刻精工。黄损自幼爱惜,佩戴在身。有一天他在市上闲游,被一个老者将此坠相讨而去。老者遂将其悬挂在黄丝绦上,挥手而别,其去如飞。

荆襄节度使刘守道,平昔慕黄生才名,聘他为幕宾。黄损乘舟前往,一路搭船,行至江州,又转乘韩姓徽商开往蜀中的巨舟。夜里忽闻舟中传出悦耳的筝声,黄生推篷而起,悄然从窗隙中窥之,见舱中一幼女年未及笄,身穿杏红轻绡,云鬟半鬟,娇艳非常,纤手如玉,抚筝而弹。黄生顿时神魂俱荡,如逢神女仙妃,在舱中辗转不寐,吟成小词一首,从窗隙中投进去。舱中弹筝女取而观之,赞叹不已,亦心慕黄生不已。两人乘夜深人静之际,隔窗对话交流,细语密言:

女问生道:"君何方人氏?有妻室否?"黄生答道:"维扬秀才,家贫未娶。"女道:"妾之母裴姓,亦维扬人也……"黄生道:"既如此,则我与小娘子同乡故旧,安得无情乎?幸述芳名,当铭胸臆。"女道:"妾小字玉娥,幼时吾母教以读书识字,颇通文墨。昨承示佳词,逸思新美,君真天下有心人也。愿得为伯鸾妇,效孟光举案齐眉,妾愿足矣。"

两人约定十月初三日,水神生日那天,到舟中私订终身。不承想约会当天船缆断裂，舟覆人散。韩玉娥有幸被扬州妓女薛琼琼的鸨儿薛媪救下，薛媪因为女儿琼琼以弹筝充选，入宫供奉，买舟前往长安探女路经此处。韩玉娥于是跟随薛媪来到长安。恰值大比之年，黄损到长安应试，一举成名，除授部郎之职。在薛媪的穿针引线之下，他与韩玉娥夫妻重会，结为连理。

而作者为了在文中渲染黄、韩这对有情人婚恋经历的神奇、浪漫，在情节关键之处多次穿插进老者、胡僧及玉马坠等神人、神物，让他们发挥神奇的功效。后黄损官至御史中丞，玉娥生三子，并列仕途，夫妇百年偕老。

《初刻拍案惊奇》卷二十三《大姊魂游完宿愿 小姨病起续前缘》叙述了女子兴娘只为一个字"情"所重，死后假妹妹庆娘之形，与她的心上人兴哥幽期密会，又让妹妹庆娘续其前缘嫁给兴哥，最终喜结连理。

元朝大德年间，扬州有个富人姓吴，曾做防御使之职，人都叫他吴防御，生有二女，一个叫兴娘，一个叫庆娘。邻居有个崔使君，与防御往来甚厚。崔使君生有一子，名曰兴哥，与兴娘同年所生。两家早早为兴哥和兴娘定下娃娃亲，崔公以一只金凤钗作为聘礼。定盟之后，崔公合家到远方为官去了。

崔家一去一十五年，彼此音信断绝。此时兴娘已是一个一十九岁的如花似玉的妙龄少女，其母要她另嫁他人。兴娘则一心专盼崔生归来，没有另嫁的想法。她心中长怀着忧虑，渐渐地饭食减少，忧愁成疾，半载而亡。临入殓时，其母手持崔家原聘的那只金凤钗，替她插在髻上，抬去郊外将她殡葬。

兴娘死后两个月，兴哥回到扬州，向吴防御述说了家中的变故。当他得知兴娘已亡故时，感伤不已。他举目无亲，便在吴防御家居住下来。夜间熟睡之际，兴娘假妹子庆娘之形，前来与他相会，情意绵绵地向他诉说相思之苦，两人解衣就寝，两厢情浓。

两人诚恐好事多磨，佳期另阻。一旦声迹彰露，亲庭罪责，便想到去崔父旧仆金荣那儿遮人眼目。于是，他们叫了只小划子船来到瓜洲。又在瓜洲另雇了一只长路船，渡过江，走润州，奔丹阳，来到吕城，投宿在金荣家。

两人在金荣家安心住了将近一年，"庆娘"因思念父母，与兴哥商量后重新返回扬州。兴哥与庆娘定情之夕，只见庆娘含苞未破，仍是处子之身。兴哥才知兴娘只是一个"情"字为重，不忘崔生，假庆娘之形，了却她对兴哥的思念之情。

兴哥感兴娘之情不已，将金凤钗拿到市场变卖，卖得钱钞二十锭，尽买香烛楮锭，赍到琼花观中命道士建醮三昼夜，以报兴娘的恩德。此后崔生与庆娘年年到兴娘坟上拜扫，后来崔生出仕，讨了前妻封浩，遗命三人合葬。

以上四个发生在扬州的才子佳人的爱情故事，有几点共同之处。一是男主人公都为书生，博学多才，相貌俊朗。杨延和、黄损科举及第，在朝为官；曹可成和崔兴哥虽经历磨难，但也凭借自身的才学，踏入官场，入仕为官。他们都成功地跻身士人的行列，光宗耀祖。二是女主人公都美貌多姿，温柔多情，心地善良，情感专一，她们与各自的意中人或是历经磨难，有情人终成眷属；或是九死一生，经历富有传奇色彩的遭遇后，最终夫妻团聚，皆大欢喜。而且她们不仅婚姻美满，在丈夫功成名就后，还子孙荣盛，并列仕途，夫妇百年偕老。三是才子爱佳人的美貌贤淑、温柔可人、善解人意；佳人喜才子的英俊潇洒、才华过人、情意绵绵。他们大多一见钟情，心有所属，感情专一，因为姻缘巧合，演绎出一段段轰轰烈烈的爱情故事。这从一个侧面印证了扬州不仅风光绮丽，且人物妖娆。自古有扬州出美女的佳话。又因饮食恬淡，故女子肤色多细腻、白皙而微红，正所谓"钟灵毓秀"。再加上扬州自古就是风流蕴藉之地，从广陵到江都再到扬州，从来都是才子佳人汇聚之处，可谓"江南自古富庶地，风流才子美名扬"。

第四章　大运河文化之北京城市文化

"三言二拍"中涉及的北京城市文化形象,与杭州、苏州乃至扬州相较而言显得略微单薄一些,通常只是将其作为小说故事叙述的线索或叙事因素植入小说文本之中,有时也突出其京师风俗和城市风貌的特征,凸显其作为明清时期皇城的不凡气派与不可动摇的地位。

"三言二拍"中涉及北京城市文化的小说主要有以下九篇(表五)。

表五　"三言二拍"中与北京城市文化相关联的小说

小说名称	卷次	篇名	总篇目数
喻世明言	40	沈小霞相会出师表	1
警世通言	11	苏知县罗衫再合	3
	24	玉堂春落难逢夫	
	32	杜十娘怒沉百宝箱	
醒世恒言	10	刘小官雌雄兄弟	1
初刻拍案惊奇	14	酒谋财于郊肆恶 鬼对案杨化借尸	1
二刻拍案惊奇	3	权学士权认远乡姑 白孺人白嫁亲生女	3
	37	叠居奇程客得助 三救厄海神显灵	
	38	两错认莫大姐私奔 再成交杨二郎正本	

北京作为城市的历史可以追溯到 3000 年前。自公元前 1045 年起,北京城为蓟、燕等诸侯国的都城。秦汉以来,北京地区一直是中国北方的重镇,先后称为蓟城、燕都、燕京、大都、北平、顺天府等。五代辽金时期,北京地区的地缘环境发生很大的变化。此前北京一直处于中原王朝的边缘

地带，而且是中原王朝与游牧民族的交界地区，城市职能以军事为主，加之经常成为战场，经济和商业并不发达。公元938年，辽朝以北京为陪都；公元1153年，金朝以北京为中都，北京的城市职能发生重大变化，城市地位大为提高。

元朝定都北京并称之为大都，当时城市格局呈长方形。元大都经济繁荣，是全国的政治中心和经济中心。元末农民起义，朱元璋派徐达北伐，率军攻下大都。洪武元年（1368年）八月，考虑到已经选定南京作为首都，而大都的建筑规制远超南京，会在事实上形成"僭越"，朱元璋改大都为北平，并下令拆毁宫殿。时任工部主事的萧洵奉命到北平巡视，他目睹了元故宫的美丽深邃、流辉溢彩，并在《故宫遗录》中做了如下记载：

> 凡门阙楼台殿宇之美丽深邃，阑槛琐窗屏障金碧之流辉，园苑奇花异卉峰石之罗列，高下曲折，以至广寒秘密之所，莫不详载。

后来，驻守北平的燕王朱棣通过靖难之役，从侄儿建文帝手中夺取了帝位。考虑到北京的战略地位，"北枕居庸，西峙太行，东连山海，南俯中原，沃壤千里，山川形胜，足以控四夷、制天下，诚帝王万世之都也"（《明太宗实录》卷一八二），最终于永乐四年（1406年）闰七月，朱棣下诏从次年开始重新修建北京城。

修建北京的工程得到了全国的大力支持。永乐四年朝廷下诏从全国征集木材和砖瓦，"分遣大臣采木于四川、湖广、江西、浙江、山西"，"督军民采木"；命泰宁侯陈珪、北京刑部侍郎张思恭"督军民匠砖瓦造"。同时从全国各地调集工匠和军士，"命工部征天下诸色匠作"，"俱赴北京听役"。明朝甚至还从国外征集能工巧匠，征"交阯（越南）诸色工匠七千七百人至京"（《明太宗实录》卷七一）。

兴建北京城耗费巨大。为将湖南一带的木材运至北京，朝廷派"十万众入山辟道路，召商贾，军役得贸易，事以办"。修建皇宫所需的砖瓦，"在外临清砖厂，京师琉璃、黑窑厂，皆造砖瓦，以供营缮"。永乐六年（1408年），朱棣"命户部尚书夏原吉自南京抵北京，缘河巡视军民运木造砖"（谈迁：《国榷》卷十四），对运输和工程进度进行监督。《利玛窦中国札记》也记载：

> 经由运河进入皇城，他们为皇宫建筑运来了大量木材、梁柱和平板……这样的木排来自遥远的四川省，有时是两三年才能运到首都。其中

有的一根梁就价值三千金币之多,有些木排长达两英里。

可以说,通过大运河的沟通连接,大量建筑材料和人力资源源源不断输入北京。

从永乐五年(1407年)开始至永乐十八年(1420年)结束,修建紫禁城和扩建北京城的工程得以竣工。同年十一月,朱棣"以迁都北京诏天下",次年正月"奉安五庙神主于太庙。御奉天殿受朝贺,大宴","大祀天地于南郊",标志着北京再一次成为中原王朝的首都。

因此,大运河开凿之后,有效地保障了国家的统一和南北之间的经济文化交流,被誉为政治之河、经济之河和文化之河。作为明清时期国家首都的北京,更是从中受到了巨大的滋养,甚至有"北京是大运河上漂过来的城市"的说法。

第一节 浓郁的京师风俗与都市文化风貌

明清时的北京城作为一国之都城,规模宏大,气势不凡。它的建筑宏伟、壮观,充分体现了古代的皇权统治地位。而且北京城以故宫为中心,道路呈网状,体现了中国古代"天圆地方"的理念。北京是个"宏伟"的"世界大都会","城高墙厚""楼阁相直",城中商店林立,百货充塞于市,"行走于街市之中,如入幻境"。北京的市场沿街道布设,形成了几个主要的市场区。明初的市主要集中在皇城四门、东四牌楼、西四牌楼、钟鼓楼,以及朝阳门、安定门、西直门、阜成门、宣武门附近。明初为了招商,在上述城门附近修建了民房、店房,称作"廊房"。从廊房的分布可知,商业市场区主要在北京城的西部。随着社会经济的发展,市场区不断增多,而且地区分布也有变迁。最主要的有正阳门里棋盘街、灯市、城隍庙市、内市和崇文门一带的市场。大明门(皇城南门,清改为大清门)前棋盘街,"百货云集",由于"府部对列街之左右","天下士民工贾各以牒至,云集于斯,肩摩毂击,竟日喧嚣",一派热闹景象。这显然是因为位置居中,又接近皇城、宫城,来往人多,商业自然繁荣。灯市"在东华门王府街东,崇文街西,亘二里许。南北两廛,凡珠玉宝器以逮日用微物,无不悉具。衢中列市棋置,数行相对,俱高楼……市自正月初八日起,至十八日始罢"。在开市之日,"货随队分,人不得顾,车不能旋,阗城溢郭,旁流百廛",也是热闹异常。城隍庙市在西城西南隅,"月朔、望、念五日,东弼教坊,西逮庙廊庑,列肆三里。图籍之曰古今,彝鼎之曰商周,匜镜之曰秦汉,书画之曰唐宋,珠、宝、象、玉、珍、错、绫、锦之曰滇、粤、闽、楚、吴、越者集"。证明这里是明清北京城的古董市场,规模宏大,生意兴隆。内市是皇亲贵族购物的市场,"禁城(紫禁城)之左(东),过光禄寺(东安门内街北)入内门,自御马监以至西海子一带,皆是。每月初四、十四、廿四三日,俱设场贸易"。也就是说,内市在东安门里,每月有三天的交易时间,多为高档商品,有貂皮、狐皮、平机布、棉花、酒、宝石、金珠、药材、犀象等。崇文门为里城南墙东边城门,是北京诸城门中征税最多的一处。尤其是万历初年规定,凡进城货物一律"赴崇文门并纳正、条、船三税",使崇文门一带也形成一个繁华的市场区。明清两代,运河进城也只有崇文门一线,水陆交通方便,商业自然繁荣。

逛庙会是北京传统的民俗文化活动。庙会又称庙市或节场,是一种集吃喝玩乐于一体的民间性娱乐活动。由于起源于寺庙周围,所以叫"庙";又由于小商小贩们看到烧香拜佛者多,就在庙外摆起各式小摊赚他们的钱,渐渐地又成为定期的活动,所以叫"会"。庙会多在春节举办,各种各样的民间艺术表演、丰富的京味小吃和民间工艺品是最吸引人的地方。秧歌、高跷、旱船、舞狮、玩钢叉、弄虎棍、打锣鼓,更有舞"中幡"者,将一面缎质红旗系在7米长、碗口粗的竹竿上,一会儿用手,一会儿用臂,一会儿用嘴,一会儿用额,抛起又接住,十分惊险。北京最具文化特色的庙会有地坛庙会、龙潭庙会、白云观庙会和大观园庙会。

北京的胡同也是地方风情的集中展示区,"胡同"这个名称是1267年元代建大都沿袭下来的,至今已有700多年历史。所以,北京胡同是久远历史的产物,它反映了北京历史的面貌,是有丰富内容的。胡同成为北京街巷的地方特色,北京规划整齐的建筑格局造就了胡同。北京的胡同,大小星罗棋布,共有七千余条,胡同的走向大多是正东正西或正南正北,横竖笔直,布局像棋盘。常言道:"有名胡同三百六,无名胡同似牛毛。"北京的胡同名称各异,每一个名称背后都有其独特的来历。

以上这些北京的城市风貌和风俗在"三言二拍"涉及北京城市文化的多篇小说中有具体的描绘。比如《警世通言》卷二十四《玉堂春落难逢夫》中就写到明朝正德年间京城"人烟凑集,车马喧阗,富贵繁华"的热闹景象：

（王景隆和王定）二人离了寓所，至大街观看皇都景致。但见：人烟凑集，车马喧阗。人烟凑集，合四山五岳之音；车马喧阗，尽六部九卿之辈。做买做卖，总四方土产奇珍；闲荡闲游，靠万岁太平洪福。处处胡同铺锦绣，家家杯罩醉笙歌。

公子喜之不尽。忽然又见五七个宦家子弟，各拿琵琶弦子，欢乐饮酒。公子道："王定，好热闹去处。"王定说："三叔，这等热闹，你还没到那热闹去处哩！"二人前至东华门，公子睁眼观看，好锦绣景致。只见门彩金凤，柱盘金龙。王定道："三叔，好么？"公子说："真个好所在。"又走前面去，问王定："这是那里？"王定说："这是紫禁城。"公子往里一视，只见城内瑞气腾腾，红光闪闪。看了一会，果然富贵无过于帝王，叹息不已。

《警世通言》卷三十二《杜十娘怒沉百宝箱》开篇描写了北京城"北倚雄关，南压区夏，真乃金城天府，万年不拔之基"，是一个气势雄伟的形胜之地。

扫荡残胡立帝畿，龙翔凤舞势崔嵬。
左环沧海天一带，右拥太行山万围。
戈戟九边雄绝塞，衣冠万国仰垂衣。
太平人乐华胥世，永永金瓯共日辉。

这首诗单夸我朝燕京建都之盛。说起燕都的形势，北倚雄关，南压区夏，真乃金城天府，万年不拔之基。当先洪武爷扫荡胡尘，定鼎金陵，是为南京。到永乐爷从北平起兵靖难，迁于燕都，是为北京。只因这一迁，把个苦寒地面变作花锦世界。

《二刻拍案惊奇》卷三《权学士权认远乡姑 白孺人白嫁亲生女》写到了京城赶庙市的热闹场景：

京师有个风俗，每遇初一、十五、二十五日，谓之庙市，凡百般货物俱赶在城隍庙前，直摆到刑部街上来卖，挨挤不开，人山人海的做生意。那官员每清闲好事的，换了便巾、便衣，带了一两个管家长班，出来步走游看，收买好东西、旧物事。朝中惟有翰林衙门最是清闲，不过读书下棋，饮酒拜客，别无他事相干。

第二节　老北京胡同里的妓院文化

北京的胡同多如牛毛，独独八大胡同闻名中外，因为当年这里曾是花街柳巷的代名词。其实，老北京人所说的"八大胡同"，并不专指这八条街巷，而是泛指前门外大栅栏一带，因为在这八条街巷之外的胡同里，还分布着近百家大小妓院。只不过当年，这八条胡同里的妓院多是一等、二等的，妓女的"档次"也比较高，所以才如此知名。老北京城的妓院分若干等级。最早的妓院分布在内城，多是官妓。现东四南大街路东有几条胡同，曾是明朝官妓集中地，如演乐胡同，是官妓乐队演习奏乐之所。内务部街在明清时叫勾栏胡同，是由妓女和艺人扶着栏杆卖唱演绎而来的。以后"勾栏"成为妓院的别称。明清时期，当官的和有钱的宴饮时要妓女陪酒、奏乐、演唱，叫作"叫条子"，在妓女一方，则叫"出条子"。青楼的发展历史是一段女子遭人蹂躏的历史，但也从一个角度反映了老北京的过去。

《警世通言》卷二十四《玉堂春落难逢夫》叙写了王公子在京城里一路闲逛，离了东华门继续前行，走到春院胡同，进了鸨母一秤金开的一家妓院，与头牌妓女玉堂春一见倾心，如胶似漆，千金散尽，最终被逐出妓院的惨状。

小说一上来便渲染了妓院里"调脂弄粉，黄金买笑"的氛围：

走至本司院门首。果然是：花街柳巷，绣阁朱楼。家家品竹弹丝，处处调脂弄粉。黄金买笑，无非公子王孙；红袖邀欢，都是妖姿丽色。正疑香雾弥天蔼，忽听歌声别院娇。总然道学也迷魂，任是真僧须破戒。

接着叙写老鸨一秤金得知王景隆是当朝王尚书的公子，囊中广有金银，便热情相邀王公子到书房小叙，让妓院花魁玉堂春接待王公子，上演了一出以钱易色的风流剧目。文中对妓院诱客、接客，销人钱财的伎俩进行了淋漓尽致的生动展示：

公子相让，进入书房。果然收拾得精致，明窗净几，古画古炉。公子却无心细看，一心只对着玉姐。鸨儿帮衬，教女儿捱着公子肩下坐了，分咐丫鬟摆酒。只见杯盘罗列，本司自有答应乐人，奏动乐器。公子开怀乐饮。……公子（对王定）附耳低言："你到下处取二百两银子，四匹尺头，再带散碎银二十两,到这里来。"……公子看也不看,都教送与鸨儿,说:"银两尺头,权为令爱初会之礼;这二十两碎银,把做赏人杂用。"……鸨儿假意谦让了一回,叫玉姐:"我儿,拜谢了公子。"……公子与玉姐肉手相搀,同至香房,只见围屏小桌,果品珍羞,俱已摆设完备。公子上坐,鸨儿自弹弦子,玉堂春清唱侑酒。弄得三官骨松筋痒,神荡魂迷。……公子直饮到二鼓方散。玉堂春殷勤伏侍公子上床,解衣就寝,真个男贪女爱,倒凤颠鸾,彻夜交情,不在话下。

北京东四牌楼南边有条本司胡同。本司就是教坊司,本司胡同北有演乐胡同,南有内务部街(明、清叫勾栏胡同)。《警世通言》卷三十二《杜十娘怒沉百宝箱》描写了明代万历年间北京教坊司胡同里开设的一家妓院,将京城妓院是"销金窝"的情形同样做了生动的描述。小说叙写太学生李甲援例入于北雍。因在京坐监,无所事事,便与同乡柳遇春监生同游教坊司院内,结交上院中花魁杜十娘。

那杜十娘,自十三岁破瓜,今一十九岁,七年之内,不知历过了多少公子王孙。一个个情迷意荡,破家荡产而不惜。院中传出四句口号来,道是:

坐中若有杜十娘,斗筲之量饮千觞;
院中若识杜老媺,千家粉面都如鬼。

却说李公子,风流年少,未逢美色,自遇了杜十娘,喜出望外,把花柳情怀,一担儿挑在他身上。那公子俊俏庞儿,温存性儿,又是撒漫的手儿,帮衬的勤儿,与十娘一双两好,情投意合。……初时李公子撒漫用钱,大差大使,(鸨母)妈妈胁肩谄笑,奉承不暇。日往月来,不觉一年有余,李公子囊箧渐渐空虚,手不应心,妈妈也就怠慢了。古人云:"以利相交者,利尽而疏。"……妈妈也几遍教女儿打发李甲出院,见女儿不统口,又几遍将言语触突李公子,要激怒他起身。公子性本温克,词气愈和。妈妈没奈何,日逐只将十娘叱骂……

杜十娘被骂,耐性不住,便回答道:"那李公子不是空手上门的,也曾费过大钱来。"妈妈道:"彼一时,此一时,你只教他今日费些小钱儿,把与老娘办些柴米,养你两口也好。……你对那穷汉说,有本事出几两银子与我,到得你跟了他去,我别讨个丫头过活却不好?"……十娘道:"娘,你要他许多银子?"妈妈道:"若是别人,千把银子也讨了。可怜那穷汉出不起，只要他三百两，我自去讨一个粉头代替。"

后来李甲在杜十娘及柳遇春的帮助下，设法凑齐了三百两银子，才替杜十娘赎身，两人离开了妓院这个"销金窝"，准备到苏杭一带浮居。

第三节　运河北端起点处的集镇文化风情

京杭大运河最北端的一段运河是从北京到通州，一般称为通惠河，自昌平县白浮村神山泉经瓮山泊（今昆明湖）至积水潭、中南海，自文明门（今崇文门）外向东，在今天的朝阳区杨闸村向东南折，至通州高丽庄（今张家湾村）入潞河（今北运河故道），长 82 千米；通州到天津称北运河，长 186 千米；通惠河通州段是中国大运河最北方的河段，开凿于公元 13 世纪末（元代初期），长约 5 千米。通惠河通州段沿岸分布着明清时期几个著名的运河文化小镇，其中名气最大的要数以下三个：

一、张家湾

在京杭大运河中，张家湾是通惠河河口的重要码头，素有"大运河第一码头"之称。

通州古镇张家湾，位于北京东南约 30 千米，距通州城约 6 千米。因潞河、凉水河、萧太后河、通惠河四水在这里汇合，有如手指分开，张家湾正位于掌心之位，故自古以来就是水陆重要码头。

古时候它是大运河最北端的大码头，南来北往的客商都要在这里歇歇脚，后来因通惠河河口北移，运河淤积才逐渐衰落。"船到张家湾，舵在里二泗""游人络绎、不夜笙歌"描述的就是过去张家湾和里二泗码头的盛景。

张家湾，当地人亲切地称它为张湾，是个多水汇合之地。自元朝张瑄试行海运漕粮抵达张家湾起，到清朝光绪二十六年（1900 年）漕运停止的近七百年间，张家湾一直是商贾云集、漕运发达的水陆重要码头，故有"大运河第一码头"之称。

既然是第一码头，为什么叫张家湾呢？据当地人说，张家湾的"张"字来源于元代归顺朝廷的大海盗张瑄。金代并没有张家湾这个地方，金的统治者大力发展漕运，在通州建立漕运管理机构，当时漕运船只都要经过张家湾才能到达通州。因此，附近的居民就看准了商机，在沿河两岸投资建房开店，逐渐形成了村落。最早该区域名叫长店。后来，元灭了金，元大都对粮食的需求主要依赖南方，但当时南方到大都的漕运颇为艰难。元朝统治者命令被招安的张瑄和朱清"造平底船六十只，运米四万六千石，从海道至京师"。张瑄的船队溯潞河北上，停船于长店，使长店成为重要的码头和物资集散地，由于长店不是正式名称，遂改名为张家湾。

元明时期，张家湾的地位举足轻重，盐米商旅，万国贡赋，内外官绅，皆船经此地，换车入京。明嘉靖七年（1528年），巡漕御史吴仲，力主疏挖通惠河，通惠河河口北移通州城后，为保证漕粮运输，客船仍然规定在张家湾停泊。因此，虽然北京、通州、张家湾在历史上都做过大运河的北端，但在金、元、明三代，京杭大运河的北端都是在张家湾，它作为北端的历史更长，漕运贡献也更大。

元代当通惠河漕运繁忙及水量不足之时，南方漕米和贡物由张家湾码头下船，再陆运至京城。

《喻世明言》卷四十《沈小霞相会出师表》中叙写山东济宁府的冯主事上京补官，带着被迫害的沈炼之子沈襄一同前往北京讼理父冤。冤案洗脱后，沈襄先奉父亲灵柩到张家湾觅船装载，然后返身又到北京，拜见了母亲徐夫人，拜谢了冯主事，再起身赶到张家湾，雇了一只官座船，沿运河一路南行，将父亲的灵柩运回家乡绍兴安葬。

从文中的叙述可知，张家湾应是从北京出城后，由水路向南方进发的起航处，官私船只都是从那儿起锚一路沿大运河南下的。

《警世通言》卷十一《苏知县罗衫再合》叙述永乐年间北直隶涿州书生苏云自小攻书，学业淹贯，二十四岁时一举登科，殿试二甲，除授浙江金华府兰溪县大尹。苏云携带夫人郑氏前往南方赴任，他们从张家湾雇船出发，沿着大运河一路南行，"苏知县同家小下了官舱。一路都是下水，渡了黄河，过了扬州广陵驿，将近仪真"。

《醒世恒言》卷三十六《蔡瑞虹忍辱报仇》叙述扬州秀才朱源中了进士，殿试三甲，选官武昌知县，前往赴任。

一日领了凭限，辞朝出京。原来大凡吴、楚之地作官的，都在临清张家湾雇船，从水路而行，或径赴任所，或从家乡而转，但从其便。那一路都是下水，又快又稳；况带着家小，若没有勘合脚力，陆路一发不便了。每常有下路粮船，运粮到京，交纳过后，那空船回去，就揽这行生意，假充座船，请得个官员坐舱，那船头便去包揽他人货物，图个免税之利，这也是个旧规。

从小说叙述的内容可知，当时官员由朝廷除授地方官职后，离京去南方赴任，大多是从运河北端的第一码头张家湾坐船南下的。

《二刻拍案惊奇》卷三十八《两错认莫大姐私奔 再成交杨二郎正本》叙述了张家湾有个居民徐德，在北京城里做长班。妻子莫大姐，生得大有姿色，且是兴高好酒，醉后就要趁着风势撩拨男子，一来二去就与风月场中人的邻居杨二郎勾搭成奸。有一天醉酒后她又被她的姑舅之亲——生性淫荡的郁盛奸骗得手。郁盛见莫大姐专情于杨二郎，便心生歹念，打听得临清渡口驿前乐户魏妈妈要买粉头，就将莫大姐以八十两银子卖给她。徐德得知妻子的下落后，就到兵马司告状，将妻子解救回家，并情愿当官休妻，立了婚书让与杨二郎为妻。莫大姐称心如意，嫁给了旧时相识，自此收心学好，竟与杨二郎白头偕老。

小说中写到的莫大姐从张家湾被卖到临清妓院当妓女；临清渡口驿前乐户魏妈妈来张家湾买粉头，将莫大姐以八十两银子买到手；莫大姐的另外一个邻居到临清去嫖妓，嫖宿的对象正巧是她，邻居回京后又把她被拐卖的信息告知她丈夫徐德，才使她最终得以解救。而故事发生的这一切，都与张家湾作为大运河北段起始端第一码头密不可分，从张家湾到临清，水路航运一路畅通，交通非常便捷。

二、潞河

潞河，位于通县（现为通州区），潞河景色是地地道道的北京风物。燕京有八景，通县也有八景，多与潞河有关，如柳荫龙舟、二水会流、长桥映月、碧水环城、漕艇飞帆、风行芦荡、白河涣舟等。

潞河也称白河、北运河，北通北京，东南通天津，与南北大运河相接，可达杭州；经海河，可出渤海海口。潞河曾是京都生命之河。元代京城大都，内城分50坊，有户籍约10万户，各类市集30多处；外城居住着商人和外国人。"百司庶府之繁，卫士编民之众，莫不仰给于江南。"盐、茶、米、粟、麻、丝，明清之大木、金砖，都得靠南方运来。俗曲《上京》中所云"来到通州运粮河"，即潞河又一名称也。京都所需南方物资，无论海运、河运，都从直沽（天津）中转到京通。京津盛传的民间传说"高亮赶水"的高梁河，也是与潞河相通的。现西直门外仍有高梁桥遗迹。

潞河通航持续影响着现代京都生活。开设在通州东大街的清真糕点店大顺斋，就是晚明崇祯年间，从南京随漕运北上的回民刘大顺创设的，至今仍以老店名驰誉京津。通州大顺斋初创时，不过是烘制糖火烧等小吃的小店。至今这种火烧仍是名品，年上市量竟达20万斤。

《警世通言》卷三十二《杜十娘怒沉百宝箱》中李甲与杜十娘离开京城，就是在潞河下船，舍陆从舟，一路乘舟，沿着大运河顺流而下来到瓜洲码头的。

《初刻拍案惊奇》卷十四《酒谋财于郊肆恶 鬼对案杨化借尸》叙述嘉靖年间山东人丁戌，客游北京，途中遇一壮士，名唤卢疆，见他为人慷慨，性格轩昂，两人意气相投，结为兄弟。没过多久，卢疆因偷盗事犯，被关进府狱。丁戌到狱中探望，卢疆便倾心托付，将盗得的千金银子存放何处告知丁戌。丁戌见财起意，用三十两银子买通狱吏，将卢疆谋害。自此丁戌白白地得了千金，逍遥自在地在北京受用了三年，而后前往潞河，搭船回山东老家。

《二刻拍案惊奇》卷三十七《叠居奇程客得助 三救厄海神显灵》中的程宰在辽阳经商多年，在海神的暗中指点下发财致富。衣锦还乡时他从旱路赶到潞河，在此坐船沿运河南下，返回家乡。

从以上三篇小说的内容叙述可知，明清时代的人们离开北方（京城），大多是选择从潞河坐船沿着大运河去往北京以南的各个地方。

三、河西务

公元608年，隋炀帝开凿大运河，河西务因紧靠运河西岸而得名。元朝定都北京以后，军需官俸无不仰给江南，河西务便成了出入京都的水路咽喉，因而，历代朝廷在这里设置的钞关、驿站、武备等各种衙门曾多达十三个，最高官阶为正三品，足见其地位之显要。明隆庆六年（1572年），河西务始建砖城。此后的数百年间，因其繁华而素有"京东第一镇"

和"津门首驿"之称。

从地理位置上看，河西务坐落在津京两地中间，是个小有名气的大镇、古镇。京杭大运河就是沿着镇的东西两侧穿行南下的。

明清时期，河西务镇街上大小店铺一家挨着一家，招牌幌子星罗棋布，生产生活用品商店应有尽有，小镇颇显繁华的景象，二、四、六、九集日更是热闹非常。许多有名望的店铺字号，至今仍然历历在目，它们都拥挤在主干街道由窄街子往东横街子往西的中心地段。如：万和号、天利兴、德聚勇、德昌号、增盛记、义聚隆、三义合、福海居；窄街子以西有恒源酒店，后街有兰记药铺、义和成铁铺等。

每年正月十五日元宵节，即灯节，这一天，是河西务镇一年之中最热闹的时候，各种花会由周边各村庄向镇上集中，从早到晚，大街小巷人山人海，拥挤得水泄不通。高跷会、小车会、中幡、大鼓，一拨接着一拨，各档花会尽显其能，相互争斗。家家门口摆茶桌，放鞭炮。晚上，各家店铺门前挂上各式各样的花灯，争奇斗艳，照得街道红彤彤的。

农历四月二十八娘娘庙庙会，五月初一药王庙庙会，又是一个个欢快的日子，烧香磕头、求神拜佛的人络绎不绝，加上唱大戏，耍杂耍。各种物品云集到庙会上来卖，另是一番景象。

河西务有许多特色小吃，如枣茶汤、糜子面糕、桂花味凉糕、黄米面炸糕、花生粘、三角芝麻糖、小豆腐等。

《醒世恒言》卷十《刘小官雌雄兄弟》记述了宣德年间，有一老者刘德，家住河西务镇上，夫妻两口，年纪六十开外，并无弟兄子女。他家中有几间房屋，数十亩田地，门前又开一个小酒店儿。刘公平昔乐善好施，极肯周济人的缓急，收留了一对落难的异姓兄妹，分别将他们改名为刘方、刘奇，自己也得善终。小说对河西务镇的"舟楫聚泊""车马络绎不绝"有一段精彩的描述：

这镇在运河之旁，离北京有二百里田地，乃各省出入京都的要路。舟楫聚泊，如蚂蚁一般；车音马迹，日夜络绎不绝。上有居民数百余家，边河为市，好不富庶。

由于小镇商业繁荣，刘方、刘奇两人抓住商机：

把酒店收了，开起一个布店来。四方过往客商来买货的，见二人少年志诚，物价公道，传播开去，慕名来买者，挨挤不开。一二年间，挣下一个老大家业，比刘公时已多数倍。讨了两房家人，两个小厮，动用家伙器皿，甚是次第。

从中可见，河西务占据运河要路，过往客商络绎不绝，促使其城镇兴旺，商业繁荣，成为出入京都的水路咽喉，其"京东第一镇"的美誉绝非浪得虚名。

下篇：「三言二拍」中大运河文化之舟船文化

舟者，船也。舟船在我国的制造和使用历史源远流长。《淮南子》曰："见窾木浮而知为舟。"《易经》曰："刳木为舟，剡木为楫。"这些都是极其简易的舟船。到了战国初期，出现了大量的船棺墓葬，舟的普及和重要性可见一斑。当时的楚国，建立了历史上第一支强大的舟师，号称"浮江万里，带甲百万"。而到隋唐时期，隋炀帝乘坐的龙舟，代表了当时载客木帆船的最高水平。龙舟全长59米，宽15米，高达13米。福建出土过一艘建造于13世纪的远洋木帆船，长24.3米，宽9.15米，虽只是残体，但它展现了宋元时期泉州造船业的发达与航海技艺的高超。

古人对舟船的认识，起先仅限于交通工具，然而历史的沧桑必然要舟船负载起文化的厚重。从"窗含西岭千秋雪，门泊东吴万里船"到"孤帆远影碧空尽，唯见长江天际流"，更有"只恐双溪舴艋舟，载不动，许多愁"这样的千古绝唱。舟船的意象，代表着离别、漂流之意，古代的士大夫们一旦面对世事的险恶，往往生发隐世之意，陶渊明就有"实迷途其未远，觉今是而昨非。舟遥遥以轻飏，风飘飘而吹衣"的吟唱，舟船成为他们追寻精神寄托的乌托邦之木。

舟船作为一种文化载体，也同样受那些热爱生活、感怀美好事物的人们所青睐。鲁迅就曾这样描述故乡的舟船生活："夜间睡在舱中，听水声橹声，来往船只的招呼声，以及乡间的犬吠鸡鸣，也都很有意思。"吴冠中也喜欢画舟，他喜欢的是"野渡无人舟自横"，孤舟闲漂在寂寞的水面，静穆入画。

"三言二拍"的作者冯梦龙和凌濛初都生活在江南水乡地区，深受江南水乡地理环境的影响，因此，他们在小说创作中经常描写"舟船"这个具有水乡特色的文化意象。舟船文化意象的呈现，不仅是因为舟船作为江南地区最为常见的交通工具之一，被小说作者有意或无意地反复写进作品中，同时，还因为小说作者努力发掘舟船本身所具有的丰富文化内涵，因而有意让舟船意象来参与小说内容的构建，进而生成小说故事中不可或缺的情感因素。

明清时期，舟船与社会各阶层人士的生活息息相关。舟船的独特品性使它成了负载人类情感与理想的心灵之舟，而从世俗走向艺术，从实用走向审美。"三言二拍"中的舟船文化内容丰富，有漂泊之舟、离情之舟、超俗之舟、仕宦之舟、乘兴之舟等，而舟船文化在小说家笔下更是表现手法各异,焕发出无穷的艺术魅力。

　　"三言二拍"中的舟船作为一种独特的文化审美意象,凝聚着人们驾舟行船的切身体验和日常的生活感受,反映了人类的志趣情感和文化精神,乃是小说家的心境、情绪的寄寓和外化形式。

第五章 舟船"渡"的文化意蕴

"渡"的本义是渡过，即过水的意思。"渡"，在《说文解字》中的解释为"济"也。"渡"还有以下三层引申义：一是由此到彼，引渡，渡过难关；二是转手，移交；三是过河的地方，即渡口、渡头。

从"渡"的"由此到彼，引渡"的含义来考察，舟船存在的最基本的意义在于使对立与分离的两岸联系起来，使相互隔绝的空间得以勾连，充分发挥其"渡"的功能。同时，舟船在各处水域之间游走，使其成了小说故事的多发地带和情缘的多生场所，因而舟船也成了小说故事展开的基本场景之一。

在"三言二拍"中，小说家首先充分地书写了舟船由此到彼的"渡"的功能。

舟船在"三言二拍"中得到充分的书写，这首先得益于明清时期水陆交通的发达，尤其是江南地区，发达的水运网络和完善的道路交通既为居民的生活提供了方便，同时也为士人的文化行为提供了便利的自然和社会条件。与水密切相关的舟船是人们日常生活中不可或缺的重要的交通工具，如举子进京赶考，官员去外地赴任，商人贩货经商，老百姓进香请愿、走亲访友等，都经常以舟船为交通工具，由此也生发出相关的舟船文化意象。

第一节 舟船承载士子进京赶考

在"三言二拍"中随处都可见到"雇船""觅船""行船""下船""上岸"等字样，这些都是当时人们用船的体现。选择运河舟船交通的人也各式各样，上至达官贵人，下至平民百姓，有进京赶考的、当官赴任的、旅游的、进香请愿的，发达的运河交通网络为运河区域的人们提供了极大的便利。

　　封建时代举子参加科举考试，最便捷的交通工具就是舟船，尤其是上京城参加会试，士子们更是大多乘舟前去赶考。"三言二拍"中涉及举子上京城科考的城市主要有两座——杭州和北京，它们正好位于京杭大运河南北两端的起航处或终点处，因此，士子前往赶考，自然乘舟是最便捷、最舒适的出行选择。

　　"三言二拍"中涉及士子上京城参加科考的小说篇目及相关描写出现的频率非常高，这些士子大多坚信自己满腹才华的最好施展舞台就是科场，希冀在科场上一显身手，朝为田舍郎，暮登天子堂。因此，他们是带着对自身才华的自负踏上去京城的征途的，中间虽然遭遇了各种各样的挫折、坎坷和艰难，各自的心理也历经了煎熬和伤痛，但他们最终大多科举及第，谋得一官半职，甚至身居高位，光宗耀祖。因此，舟船承载的是他们对未来人生的希望和梦想。

　　《喻世明言》卷二十三《张舜美灯宵得丽女》叙写越州人张舜美，年方弱冠，是一个英俊标致的秀士，风流未遇的才人。因乡试乘舟前来杭州，没能中选，便淹留在邸舍中，半年有余。正逢着上元佳节，他走上街头去游玩，看热闹。偶遇了貌美如花的女子刘素香，两人一见钟情，相约私奔他乡。私奔途中两人失散，在杭州倏忽三年，又逢大比，张舜美考中首选解元。他又乘舟一路赶往京城，进士及第，除授福建兴化府莆田县尹。他谢恩回乡，路经镇江，与心上人刘素香在大慈庵重逢，有情人终成眷属。此后他官至天官侍郎，子孙贵盛。

　　《警世通言》卷七《俞仲举题诗遇上皇》叙写南宋贫士俞良，字仲举，成都府人。他幼丧父母，日夜苦读诗书，满腹经纶。恰逢春榜动，选场开，朝廷广招天下人才，他乘舟赴临安应举。来到临安，在贡院前桥下由孙婆开的一个客店中安歇。科考后几天朝廷放榜，他跋涉八千余里路来到临安，指望一举成名，怎奈时运未至，金榜无名。他心中非常苦闷，眼中落泪，又囊中羞涩，只得流落临安街头。后在丰乐楼上题写一首《鹊桥仙》词，被微服出巡的太上皇高宗皇帝慧眼相识。高宗皇帝授意孝宗圣旨御批赐他衣锦还乡，任命他为成都府太守，加赐白金千两作为路费。他也在众人的前呼后拥中，荣归故里。

　　《警世通言》卷十七《钝秀才一朝交泰》叙述明朝天顺年间，福建延平府将乐县的马万群，官拜吏科给事中。因抨击太监王振专权误国，被削籍为民。其子马任，字德称，聪明饱学，他只道功名能唾手可得，自十五岁进科场，至二十一岁，三科不中。马德称因贫困至极，只得去投靠其在杭州府做二府的表叔，于是搭船上路，直至杭州。不承想其表叔刚刚在十日之前病故。他无奈又乘船到京口，欲要投靠在南京衙门做官的故旧。幸而天无绝人之路，有个运粮的赵指挥，要请个门馆先生同往北京，一则陪话，二则代笔。马德称闻知此事遂央人举荐，赵指挥接纳了他，择日便请他乘舟同往北京。途中遇黄河决口，他半饥半饱，忍饥挨饿地来到北京城里，无路可走，只得蜗居在真定府龙兴寺大悲阁中抄写《法华经》艰难度日。后来他在夫人六英小姐的全力资助下于寺中刻苦温习功课，来春科考中了第十名会魁，殿试二甲，选为庶吉士。随后他在官场平步青云，直做到礼、兵、刑三部尚书，六英小姐封一品夫人。所生二子，俱中甲科，簪缨不绝。

《警世通言》卷二十四《玉堂春落难逢夫》叙写王景隆在南京乡试高中第四名，他便迫不及待地邀约几个朋友，雇了一只船，拜了父母，辞别兄嫂上北京去参加会试。会试三场过后，一举中金榜二甲第八名，刑部观政。三个月后，朝廷选派他做了真定府理刑官，一年任满，复命还京。后来王景隆官至都御史，妻妾俱有子，后子孙繁盛。

《警世通言》卷三十一《赵春儿重旺曹家庄》叙写扬州府城外有个曹家庄，庄上曹太公是个大户之家，只生小官人曹可成一个独子。曹可成人才出众，百事伶俐。只有两件事非其所长，"一者不会读书，二者不会作家"。他吃喝嫖赌，败光了祖上留下的家产。幸亏贤妻赵春儿平时通过勤劳绩麻，积下黄白之物不下千金，预先悄悄地埋藏于地窖中，十五年并不露半字。后来曹可成浪子回头，试图以监生的身份上京谋取官职，立即得到赵春儿的大力支持，于是"雇下船只，夫妻两口同上北京"。曹可成到京后往吏部投了文书，由于用银子上下打点，很快就选到了官职。他起初任福建同安县二尹，旋即擢升为泉州府经历。他官声大振，且京中用钱谋为，公私两利，又升任广东潮州府通判。适值朝觐之年，太守进京，官职空缺，上司欣赏他的才干，让他执掌府印。贤妻赵春儿感慨万千道："三任为牧民官，位至六品大夫，太学生至此足矣。"

《醒世恒言》卷二十一《张淑儿巧智脱杨生》叙写正德年间，有个举人叫杨延和，祖上流寓南直隶扬州府地方做客，便定居于扬州江都县。赶上朝廷会试之年，他与六个乡同年结伴，一路乘舟上京，去参加会试。在山东兖州府码头上，各家的管家打开银包，兑换了许多铜钱，露了财。前行到河南府荥县附近时，被和尚强盗打劫，还差点丢了性命。幸得民女张淑儿小姐出手相救，他才逃过劫难。后来他途中巧遇叔父杨小峰，在其相助之下，一路赶到京城参加会试，高中第二名会魁，殿试他又中了第一甲第三名，做了翰林学士。他衣锦还乡，兑现诺言，娶张淑儿为妻，生下儿子，又中辛未科状元，从此子孙荣盛。

《醒世恒言》卷三十二《黄秀才徼灵玉马坠》叙述唐朝乾符年间，扬州秀才黄损，年方二十一岁，生得俊逸韶秀，一表人才，兼之学富五车，才高八斗，同辈之中，推为才子。黄秀才得到胡僧相助的盘缠，乘舟前往长安参加会试。但一路上他始终牵挂心上人韩玉娥，不去温习经史，也不去静养精神，终日串街走巷，寻觅圣僧，早出晚回，闷闷不已。试期已到，黄损踏入考场，举笔一挥，不假思索。金榜开时，他榜上有名，被朝廷授部郎之官职。黄损历经波折最终与玉娥结为夫妇。后黄损官至御史中丞，与玉娥生下三子，三子都位列仕途，黄氏夫妇百年偕老。

《初刻拍案惊奇》卷十六《张溜儿熟布迷魂局 陆蕙娘立决到头缘》叙写浙江嘉兴府桐乡县秀才沈灿若，年方二十岁，是嘉兴有名的才子。他容貌出众，胸襟旷达。正值大比之年，科举开考。他收拾行装，乘舟上杭州应试，考中了第三名经魁。接着他与同年商议会试一事，五人夜住晓行，乘舟很快来到京师。因夫人英年早逝，沈灿若心中抑郁不快，考试草草收场，自然名落孙山。过了三个年头，他再次上京应试，踌躇满志，全力以赴，果然金榜题名，传胪三甲。后来他被朝廷任命为江阴知县，领了官凭，带了后娶之妻陆蕙娘起程赴任。恰值同年方昌出差苏州，他竟坐了方昌的官船前去上任。后来一直做到开府而止。与蕙娘生下一子，亦高登科第，家族自此长盛不衰。

第二节　舟船承载官员去外地赴任

古时士子科举及第后，大多能捞到一官半职，除了留京在朝廷任京官外，便会由吏部除授地方官职，而他们离京去外地赴任，大多是选择乘舟坐船前往任职之地的。有些官员遇到官职升迁或贬谪，去任所往往也会选择沿运河水路出行。在这里舟船承载的是他们对仕途平坦、官运亨通的理想和愿望。而且寄托了官员赴任途中在水路上一旦遭遇不测，也能逢凶化吉、遇难成祥的美好祝愿。

《喻世明言》卷二十七《金玉奴棒打薄情郎》叙写杭州书生莫稽，年方二十，一表人才，饱读诗书。只因父母双亡，家穷未娶，入赘团头金老大家，与金玉奴结为夫妻。金玉奴勉励丈夫刻苦读书。凡古今书籍，不惜价钱买来给丈夫温习；又不吝供给之费，请人会文会讲；又出资财，教丈夫结交延誉。莫稽由此才学日进，名誉日起，二十三岁时连科及第，选授无为军司户。临安到无为军是一水之地，莫稽偕妻登舟赴任，行舟来到采石江边，想起入赘团头家之事，闷闷不悦，忽然心生恶念："除非此妇身死，另娶一人，方免得终身之耻。"于是莫稽趁妻不备，将其带到船头，并狠心地将她推堕江中。

事有凑巧，莫稽移船去后，刚好新上任的淮西转运使许德厚，泊舟于采石北岸，将金玉奴从江中救起；了解了事情的真相后许德厚认她为义女。不一日许德厚到淮西上任，无为军正是他所管辖的地方，许德厚恰好成了莫稽的上司，于是上演了一出"金玉奴棒打薄情郎"的闹剧。经过许德厚的一番开导后，莫稽悔过自新，与金玉奴和好如初。

《喻世明言》卷三十四《李公子救蛇获称心》讲述了宋神宗熙宁年间，汴梁人李懿，由杞县知县除金杭州判官。李懿到家收拾行李，只带两个仆人，乘舟到杭州赴任。

《喻世明言》卷四十《沈小霞相会出师表》叙述济宁府冯主事丁忧在家，此人最有侠气，暗中帮助沈小霞伸张父亲被严嵩父子构陷屈死一案，待到沈父冤案昭雪，他方从济宁沿大运河乘舟上京补官。

冯主事因为赤胆出手相救沈襄一事，轰动京城，人们纷纷赞誉其气节与义气，后来累官至吏部尚书，好人有好报。严嵩父子则恶人有恶报，严嵩被罢官，严世蕃落得个身首异处的下场。

《警世通言》卷十一《苏知县罗衫再合》写了永乐年间，北直隶涿州县书生苏云自小刻苦读书，学问广博，二十四岁时一举登科，殿试二甲，除授浙江金华府兰溪县大尹。苏云回家住了数月后，上任的期限已到，便择日起身赴任。苏云贪图一笔坐舱钱，在管家苏胜的唆使下，携带夫人郑氏到张家湾乘坐客货两用船前往。苏知县同家小下了官舱，一路都是下水，渡过黄河，过了扬州广陵驿，将到仪真时，因船年久失修，又带货太多，发起漏来，只好重新雇船。恰巧遇上水盗兼私商的徐能，他揽下山东王尚书府中的一只大客船，装载客人，南来北往地做生意。他手下一伙帮手，赵三、翁鼻涕、杨辣嘴、范剥皮、沈胡子，都不是良善之辈。徐能见苏云携带许多箱笼财宝，又见苏夫人貌美如花，便起了劫财劫色的歹念。

徐能撑开船头，拽起满篷，将船倒转驶入黄天荡。黄天荡是荒野之处，船行至湖荡中，徐能及他手下的一帮歹徒就干起杀人越货的勾当。苏云差点人财两空，其赴任的过程可谓险象环生，历经波折。但好在否极泰来，夫妻团圆，子孙官运亨通。

《警世通言》卷二十二《宋小官团圆破毡笠》叙述了昆山范举人被朝廷选派到浙江衢州府江山县做知县，他要物色一个能写会算的人做助手。正好本地有一个旧家子弟宋金，他擅长"书通真草，算善归除"，范知县一眼就相中了他，当日就留他于书房之中，取一套新衣与他换过，同桌而食，好生优待。择个吉日，范知县与宋金下了官船，同往任所。自昆山启程，都是水路，舟到杭州，便走旱路前往江山县上任。

《警世通言》卷三十五《况太守断死孩儿》中的况钟原是吏员出身，因富有才干，被礼部尚书胡濙赏识，荐拔为苏州府太守，在任一年，百姓呼为"况青天"。他因丁忧回籍，圣旨夺情起用，特赐他驰驿赴任。当其所坐之船行至仪真闸口，他还机智地破获了一起命案。

《醒世恒言》卷二十八《吴衙内邻舟赴约》讲的宋神宗年间，官员吴度，汴京人氏，进士出身，除授长沙府通判。吴通判任满后升任扬州府尹。扬州的吏书差役带着马船，直至长沙迎接他赴任。吴度收拾行装，辞别僚友启程。下了马船，一路顺风顺水。几天以后，舟船航行到江州，巧遇官员贺章，他祖贯建康（今江苏南京），进士出身，由钱塘县尉升任荆州司户，乘舟带领家眷前去赴任，为大风所阻，也暂驻江州。在两家船只紧邻停泊的间隙，上演了一出吴度的儿子吴衙内与贺章的女儿贺小姐在船舱中明修栈道、暗度陈仓的爱情喜剧。

《醒世恒言》卷三十六《蔡瑞虹忍辱报仇》叙写明代宣德年间，南直隶淮安府江安卫指挥使蔡武，升任湖广荆襄等处游击将军。蔡武次日就吩咐家人蔡勇，在淮安钞关雇了一只民船，留一房家人看守老屋，其余童仆都带着前往任所。择了吉日，备猪羊祭河，辞别亲戚，起身下船。艄公扯起帆篷，由扬州一路进发奔赴湖广荆襄任所。

《初刻拍案惊奇》卷二十二《钱多处白丁横带 运退时刺史当艄》中的唐僖宗朝江陵人郭七郎，其父是江湘一带做水运生意的大商人，他也随船跑运输。父亲死后，他继承了巨万的家资，广置产业，有鸦飞不过的田宅，贼扛不动的金银山，乃楚城富民之首。有一年他上京城去讨债，并且打算在那儿觅个前程，买个官职，终身受用。京城有个大商人张全，诨名张多宝，在京都开几处典当库，又有几所缣缎铺，专一放官吏债，与各级官员非常热络，花费五千缗，替郭七郎买得粤西横州刺史的官职。郭七郎耀武扬威前去赴任，意外遭遇舟船倾覆，他的官诰也落入江中，无法去补官，最后只落得重操旧业，在船上替人做篙工水手的下场。

《初刻拍案惊奇》卷二十七《顾阿秀喜舍檀那物 崔俊臣巧会芙蓉屏》叙述的故事是，元朝至正年间真州人崔俊臣，家道富厚，自幼聪明，写字作画，冠绝一时。娶妻王氏，美貌可人，读书识字，写算皆通。夫妻两个真是才子佳人，一双两好，恩爱异常。辛卯年，他以父荫得官，任浙江温州永嘉县尉，偕妻赴任。在真州闸边，他雇了一只苏州大船，惯走杭州航路的，便带了家奴使婢，乘船一路进发。待行至苏州地方，一日吃酒高兴，把箱中带来的金银杯觥之类，拿出来与王氏欢酌。却被船家在后舱瞧见，就起了不良之心。落得人财两空。

这则故事透露了这样一个信息：古代官员沿大运河乘舟赴任，常常不是一帆风顺的，途中往往会遭遇水盗，可谓险象环生。

《二刻拍案惊奇》卷七《吕使者情媾宦家妻 吴大守义配儒门女》叙写宋代饶州德兴县有个官员董宾卿，绍兴初年，官拜四川汉州大守，全家赴任。不想做官没几年，就死在官任上。其长子元广，有祖荫在身，未及调官，暂且在汉州守孝。三年服满，其妻祝氏又死，遗有一女。元广就在汉州娶了一个富家之女做了继室，后带妻女乘舟前往临安补官，被朝廷任命为房州竹山县令。

过了三年，考满，又要进京，他便携带家眷顺流东下。幸喜竹山到临安虽是路途遥远，却自长江下了船，乃是一水之地。舟到临安，董元广便一病不起，死在官任上。

《二刻拍案惊奇》卷十五《韩侍郎婢作夫人 顾提控椽居郎署》中韩侍郎

是个正直忠厚的大臣。初春时节，韩侍郎带领家眷前往衙署赴任，乘舟路经扬州，夫人有病，要娶个偏房服侍夫人，停舟在扬州钞关下，经媒婆穿针引线娶了江爱娘为妾。到了京中，夫人病重不起，一应家事尽让侍妾爱娘掌管。爱娘将家事调理得井井有条，胜过夫人，韩侍郎甚是心满意足。

《二刻拍案惊奇》卷二十六《懵教官爱女不受报 穷庠生助师得令终》叙述湖州府靠近太湖边有个地方叫作钱箦，有一个老秀才高愚溪，为人忠厚，生性古执。有一天，高愚溪正在侄儿家闲坐，忽然一个公差上门禀报道："福建巡按李爷，山东沂州人，是他的门生。今去到任，迂道到此，特特来访他，找寻两日了。"原来高愚溪在沂州做学正时，李巡按是童生新进学，家里贫穷，他便出资助他读书。李担任朝廷要职后，为了表达对高愚溪当年慷慨相助恩情的感谢，赴任途中特地从杭州乘舟到湖州来探望老师，并且回报给老师一大笔金钱和物资。

第三节　舟船承载各阶层人士游乐或投亲靠友

京杭大运河自北向南绵延近1800千米，沿岸风景名胜多不胜数，文物古迹星罗棋布。而且大运河流经的众多城市都是著名的历史文化名城，在每一座城市里都或多或少地留下令人向往、流连忘返的名胜古迹，吸引着各个阶层的人们前往游玩、观赏。上至帝王后妃、王公大臣、文人士子，下至贩夫走卒、平民百姓都加入出游的队伍，游山玩水，陶冶性情。在"三言二拍"中涉及各阶层的人们赏玩、游乐的描写内容还是不胜枚举的。在这里舟船成了人们游山玩水、陶冶性情的最佳载体。

《喻世明言》卷三《新桥市韩五卖春情》入话写道：隋炀帝宠萧妃之色，萌生了带宠妃去扬州看美景的念头，于是任用麻叔度为帅，征集天下民夫百万，开凿一条一千余里的大运河，役死人夫无数；他造凤舰龙舟，使宫女牵引之，两岸乐声闻于百里。隋炀帝开凿大运河的原始动机不过是个人"游幸"的需要，即所谓"出于君王游幸之私意"。在大运河尚未全线贯通时，通济渠与邗沟刚开通，隋炀帝便乘龙舟，率领皇后妃嫔、文武百官、僧尼道士和大批兵士，大张旗鼓，浩浩荡荡地前往其最早的封地江都（今江苏扬州）巡游去了。隋炀帝荒淫奢靡，先后去扬州巡游了三次，最后也死在了扬州。

正话则叙述临安府郊外有个市场叫新桥，富商之子吴山因为父母管束得紧，便在离新桥五里之地的灰桥市中另外开了一个丝绸铺，趁便自由自在地游乐一番。他每日早晨到铺中卖货，天晚回家。忽然有一天走进铺中，他看见屋后河边泊着两艘驳船，船上堆放了许多箱笼、桌、凳等家具，四五个人直接将货物搬入吴山的铺中。原来这人家是隐名的娼妓，又叫作"私窠子"，家中别无生意，只靠这一本账。吴山被娼妓金奴的美色迷惑，和她淫乐缠绵，幸亏其家人及时识破这家人的暗娼行径，才使吴山迷途知返。

《喻世明言》卷二十三《张舜美灯宵得丽女》中越州人张舜美，年方弱冠，是一个英俊聪明的秀士、风流未遇的才人。他因乡试来到杭州，没有中选，遂淹留在邸舍中半年有余。逢着上元佳节，他关闭房门来到街头游玩，邂逅貌美如花的女子刘素香，两人一见倾心。因怕父母干涉他们的婚姻，刘素香提议："你我莫若私奔他所，免使两地永抱相思之苦，未知郎意何如？"张舜美大喜曰："我有远族，见在镇江五条街开个招商客店，可往依焉。"但出城时由于慌不择路，两人走散了。刘素香趁天未明，赁舟沿运河北上，数日之后到达镇江，她便打发舟钱登岸，在一个尼庵中落脚。而张舜美在杭州继续攻读，倏忽三年过后又逢大比，张舜美考中解元。数日后，他带上琴剑书箱，上京会试。一路风餐露宿，乘舟至镇江，将欲渡江，忽遇狂风大作，他只好移舟傍岸，稍待风息，等待的过程中恰巧与刘素香重逢于尼庵中。两人抱头恸哭。接着张舜美带着刘素香一路乘舟至京，高中进士后，除授福建兴化府莆田县尹。两人谢恩回乡，路经镇江，去尼庵感谢老尼的成全之恩。然后回到杭州，面见双方父母，最终成就美满姻缘。

《喻世明言》卷三十四《李公子救蛇获称心》叙写宋神宗熙宁年间，汴梁官员李懿，由杞县知县升任杭州判官。其子李元，学习儒业，但科举不第，意兴阑珊，只想游山玩水，放松身心。他听从父命到杭州团聚，收拾琴剑书箱，沿路觅船，由运河南下，很快行舟到扬子江畔。他一路饱览江山美景，渡江至润州，迤逦到常州，再来到苏州吴江。

李元在舟中看见吴江风景，不减潇湘图画，心中大喜，令泊舟近长桥之侧。他登岸上桥，来到垂虹亭上，凭栏而坐，眺望太湖晚景。李元观之不足，忽见桥东一带粉墙中有个殿堂，乃是吴江著名古迹——三高士祠。

李元欣赏完太湖风光后，便乘舟往杭州进发。在其父府衙中住了数日后，他又辞别父亲还乡。他与仆人王安乘舟离开杭州，过长安坝，至嘉禾，近吴江。先前所欣赏的山色湖光，又呈现在他的眼中，他便流连忘返。到长桥时，正好夕阳西下，李元教舟子将行舟暂停，以尽情观赏景物。第二天一早他上岸独步，登垂虹亭，凭阑伫目。遥望湖光潋滟，山色空濛。"风定渔歌聚，波摇雁影分"，甚是惬意。

《警世通言》卷十七《钝秀才一朝交泰》叙述明朝天顺年间，福建延平府将乐县有个官员马万群，官拜吏科给事中。因抨击太监王振专权误国，被削籍为民。其子马任，表字德称，聪明饱学。德称家中贫困至极，无门可告。他突然想起有个表叔在浙江杭州府做二府，湖州德清县知县也是其父亲门生，不如去投奔他俩。他收拾好行装，搭船上路，直至杭州。但他两处都没有投靠着，又到南京寻找在衙门里做官的熟人，便乘船到京口，欲要渡江，怎奈江上刮起大西风，木船寸步难行。他历经波折来到南京，幸而天无绝人之路。有个运粮的赵指挥，要请个门馆先生同往北京，一则陪话，二则代笔。德称闻知，遂央人举荐。赵指挥接纳了他，择日请他下船同行。途中遭遇黄河决口，德称有一顿没一顿，半饥半饱，直挨到北京城里，举目无亲，只得在真定府龙兴寺大悲阁中替人抄写《法华经》度日。但他还坚持在寺中温习课业，来春科考中了第十名会魁，殿试二甲，考选庶吉士。后来他官运亨通，官至礼、兵、刑三部尚书，曾经给他帮助的六媖小姐官封一品夫人。所生二子，俱中甲科，簪缨不绝。

《警世通言》卷二十六《唐解元一笑姻缘》叙述唐解元有一天坐在苏州阊门游船之上看风景，忽见有画舫从旁边摇过，舫中珠翠夺目。内有一个青衣丫鬟，眉目秀艳，体态绰约，舒头船外，注视解元，掩口而笑。须臾画舫远去，唐解元神荡魂摇，正要叫童仆去觅船追赶，只见河里恰好有一只船儿摇将过来。他也不管那船载没载人，把手相招，乱呼乱喊。等到那船渐渐驶近，舱中一人走出船头，叫声："伯虎，你要到何处去？这般要紧！"解元一看，不是别人，却是好友王雅宜，便道："急要答拜一个远来朋友，故此要紧。兄的船往那里去？"雅宜道："弟同两个舍亲到茅山去进香，数日方回。"解元道："我也要到茅山进香，正没有人同去，如今只得要趁便了。"船工知是唐解元，不敢怠慢，急忙撑篙摇橹。船行不多时，望见那只画舫就在前面。唐解元吩咐船工，尾随那只画舫而行。众人不知其故，只得依他。次日到了无锡，见画舫摇进城里。唐解元同雅宜等人登岸，进了城，撇开众人，独自一个去找寻那画舫，最终在华学士府中抱得美人归。

《警世通言》卷二十八《白娘子永镇雷峰塔》叙写宋高宗绍兴年间，杭州临安府有一个店小二许宣，清明节将近，为祭奠祖宗，他准备好了纸钱到保叔塔寺去烧香。他离开店铺，先在西湖景区游逛了一圈：入寿安坊、花市街，过井亭桥，往清河街后铁塘门，走过石函桥、放生碑，来到保叔塔寺。烧完香，吃斋罢，别了和尚，他又开始闲逛：过西宁桥、孤山路、四圣观，探访林和靖坟，又到六一泉闲走。突然云生西北，雾锁东南，天上落下微微细雨，渐大起来。正是清明时节雨纷纷。许宣走出四圣观找寻游船，只见张阿公摇着一只船过来。许宣坐上游船，准备在涌金门上岸。船一会儿工夫就摇到丰乐楼附近，这时碰上白娘子也要搭船，于是上演了许宣与白娘子离奇而又凄美的爱情故事。

《警世通言》卷三十二《杜十娘怒沉百宝箱》中杜十娘跳出妓院这个"烟花寨"后，与李甲离开京城，坐船沿着大运河南下，"于苏、杭胜地，权作浮居"。李甲同杜十娘行至潞河，舍陆从舟，坐上去瓜洲的差使船，讲定船钱，包了舱口。几天过后，船行至瓜洲渡口，大船停泊码头，李甲另雇了民船，安放行李。其时仲冬中旬，月明如水，李甲和杜十娘坐于舟首。李甲道："自出都门，困守一舱之中，四顾有人，未得畅语。今日独据一舟，更无避忌。且已离塞北，初近江南，宜开怀畅饮，以舒向来抑郁之气。恩卿以为何如？"杜十娘道："妾久疏谈笑，亦有此心，郎君言及，足见同志耳。"李甲乃带着酒具来到船首，与杜十娘铺毡并坐，传杯交盏。饮至半酣，李甲执卮对杜十娘道："恩卿妙音，六院推首。某相遇之初，每闻绝调，辄不禁神魂之飞动。心事多违，彼此郁郁，鸾鸣凤奏，久矣不闻。今清江明月，深夜无人，肯为我一歌否？"杜十娘雅兴勃发，遂开喉顿嗓，取扇按拍，呜呜咽咽，哼唱元人施君美《拜月亭》杂剧中《状元执盏与婵娟》一曲，名《小桃红》。真个"声飞霄汉云皆驻，响入深泉鱼出游"。但乐极生悲，同在渡口泊船的徽商孙富横插一杠，毁掉了杜十娘千辛万苦即将争取到的美满婚姻。

《醒世恒言》卷六《小水湾天狐诒书》叙述唐玄宗时，长安人王臣，略知书史，粗通文墨，好饮酒，善击剑，走马挟弹，尤其所长。他自幼丧父,侍奉老母,娶妻于氏。同胞兄弟王宰,膂力过人,武艺出众,充羽林亲卫。家庭富饶,童仆多人,在长安安居乐业。不想安禄山兵乱,潼关失守。天子西幸。王臣自知在长安立不住脚,便弃下房产,收拾细软,携母妻婢仆,前往江南避难。沿着大运河一路南下,来到杭州,在小水湾处置买田产,经营过日。后来听闻京城克复,道路宁静,王臣想要返回长安寻访亲友,整理旧业。他告知母亲后,即日收拾行囊,带上家人王福,辞别母妻,由水路直至扬州码头。

那时的扬州是江淮要冲,南北襟喉之地,往来樯橹如麻。岸上居民稠密,做买做卖的,挨挤不开,真好个繁华去处。当下王臣舍舟登陆,一路游山玩水,夜宿晓行,玩得不亦乐乎。

《醒世恒言》卷二十四《隋炀帝逸游召谴》讲述了隋炀帝登基后沉迷女色,造迷楼,制任意车,极尽声色犬马之乐;征召民夫五百四十三万余人,昼夜开掘下扬州的运河。运河开凿通行后,隋炀帝御龙舟,萧后乘凤舸。于吴越间取民间女子年十五六岁者五百人,谓之殿脚女,至龙舟凤舸。每船用彩缆十条,每条用殿脚女十人,嫩羊十口,令殿脚女与羊相间而行。时方盛暑,翰林学士虞世基献计,请用垂柳栽于汴渠两堤上。一则树根四散,鞠护河堤,二则牵舟之人庇其阴,三则牵舟之羊食其叶。隋炀帝大喜,诏告民间:献柳一株,赏一匹绢。百姓争相献之。隋炀帝亲自种植垂柳一株,群臣次第皆种,再及百姓。时有谣言曰:"天子先栽,然后百姓栽。"栽与"灾"同音,盖妖谶也。栽毕,隋炀帝赐垂柳姓杨,曰"杨柳"。

隋炀帝自从下扬州后,游山玩水,宴集赏花,沉湎酒色,荒淫无度,最终落得国破人亡的悲惨结局。

《初刻拍案惊奇》卷一《转运汉遇巧洞庭红 波斯胡指破鼍龙壳》叙写明代成化年间,苏州府长州县阊门外的文实,字若虚。他生来心思慧巧,做着便能,学着便会。琴棋书画,吹弹歌舞,件件粗通。看见别人经商图利,时常获利几倍,便也思量做些生意,一日,见人说北京扇子好卖,他便拉了一个伙计,置办扇子起来。上等扇子金面精巧,他先将礼物求了名人诗画,请沈石田、文衡山、祝枝山拓了几笔,便值上数两银子。中等的,自有一样乔人,一只手学写这几家字画,也就哄得人过,将假当真的买了,他自家也能做得来。下等的无金无字画,将就卖几十钱。他拣个日子装了箱儿,来到北京贩卖,顺便在京城看看风景,开开眼界。

有一天,几个走海贩货的邻居,做头的无非张大、李二、赵甲、钱乙一班人,共四十余人,合伙将出海做生意。他知晓后便思忖道:"一身落魄,生计皆无。便附了他们航海,看看海外风光,也不枉人生一世。况且他们定是不却我的,省得在家忧柴忧米的,也是快活。"正在思索之际,恰好张大来看望他。张大名唤张乘运,专一做海外生意,眼里识得奇珍异宝,且秉性爽直,肯扶持好人,所以乡里给他起了个诨名,叫张识货。文若虚和他寒暄后,便把此意一一与他说了。张大道:"好,好。我们在海船里头不耐烦寂寞,若得兄去,在船中说说笑笑,有甚难过的日子?我们众兄弟料想多是喜欢的。"就这样,文若虚跟着张大等人一起漂洋出海,既饱览了海外的异域风光,还撞大运般地发了一笔横财,可谓一举两得。

《初刻拍案惊奇》卷十二《陶家翁大雨留宾 蒋震卿片言得妇》叙写明代成化年间,浙江杭州府余杭县有一个书生蒋震卿,心性倜傥佻挞,顽耍戏浪,不拘小节。他喜欢游玩山水,一去便是经年累月,不肯待坐家中。有一天他突然想到:"从来说山阴道上,千岩竞秀,万壑争流,是个极好去处。此去绍兴府隔得多少路,不去游一游?"恰好乡里有两个客商要去绍兴做生意,他就邀约了同伴搭船同行。船过了钱塘江,他又搭了夜船,一夜到了绍兴府城。两客商自去做买卖,他便兰亭、禹穴、蕺山、鉴湖,各处风景名胜挨个涉足观赏,玩得不亦乐乎、心满意足。

《初刻拍案惊奇》卷十八《丹客半黍九还 富翁千金一笑》讲的是松江有一个姓潘的富翁,是个国子监监生。有一年秋天,他来到杭州西湖游玩,租一个下处住着。只见隔壁园亭里住着一个远来的客人,带着家眷,也来游湖。远来的客人行李甚多,仆从齐整,其女眷长得格外美丽。远来的客人天天雇佣天字一号的大湖船,摆盛酒,吹弹歌唱俱备,携带女眷下湖,浅斟低唱,觥筹交错。满桌摆设酒器,多是些金银奇巧式样。晚上归寓,灯火辉煌,赏赐无算。潘富翁在隔壁寓所,看得呆了,想道:"我家里也算是富的,怎能够到得他这等挥霍受用?此必是个陶朱、猗顿之流,第一等富家了。"心里羡慕,互通信息,与他往来相拜,结果落入骗子的圈套,被其骗得人财两空。

《初刻拍案惊奇》卷三十四《闻人生野战翠浮庵 静观尼昼锦黄沙弄》叙述湖州黄沙巷秀才闻人生,祖籍绍兴。正月中旬正是梅花盛放的时节。他有一个好朋友，雇了一只游船，邀请闻人生前往杭州游玩，顺便去西溪赏梅花。闻人生禀过母亲，与好友乘舟一日夜就到了杭州。好友又叫船家把船开往西溪。泊船岸边，闻人生与好友步行上崖，叫仆从们挑了酒盒，相掣而行。行走约有半里多路，只见一个松林，多是合抱不交的树。林中隐隐现出一座尼庵——翠浮庵，周围一带粉墙包裹，向阳两扇八字墙门，门前一道溪水，甚是僻静。闻人生在庵中邂逅因身子怯弱在此出家的小尼静观。静观婀娜多姿，清新脱俗，两人一见倾心。闻人生便假借尼庵清幽僻静，在此读书备考，演绎了一出男欢女爱的情爱喜剧。

《二刻拍案惊奇》卷三《权学士权认远乡姑 白孺人白嫁亲生女》中的权翰林生得仪容俊雅，性格风流，诸事在行，诸般得趣，真乃是天上"谪仙"，人中玉树。他自登甲第，在京师为官一载有余。

权翰林自从断了弦，告病回家，一年有余，尚未续娶，心绪无聊，便想到前往吴门，一则散散心，二则寻访美妾。他乘舟来到苏州，假说是个游学的秀才，借寓在苏州城外月波庵隔壁的静室中。七夕之夜，他身居客邸，孤形吊影，想着"牛女银河"之事，好生无聊。乃高声歌咏宋人汪彦章《秋闺》词，并走出静室来闲步。新月之下，只见一个素衣女子走入庵中。他急忙尾随其后，在黑影中闪着身子仔细打量那女子。女子是出生在京城的徐氏之女丹桂，生得一貌倾城。他便一见倾心，在尼庵妙通师父的穿针引线下，经过一番波折，最终抱得美人归。

第四节　舟船承载香客进香请愿

在"三言二拍"中有多篇小说描写了各阶层的人士信仰佛教，利用运河之便，坐船乘舟自觉自愿地去寺庙烧香请愿，虔诚地拜佛或求神，以满足自己的各种愿望或需求。

一、进香请愿

《警世通言》卷二十二《宋小官团圆破毡笠》叙述正德年间，苏州府昆山县居民宋敦，原是官家之后。夫妻二人靠着祖遗田地，收些田租过日子。他年过四十，还不曾生得一男半女。为了得子，就去各处烧香祈子，做成黄布袱、黄布袋装裹佛马楮钱之类。烧过香后，悬挂于家中佛堂之内，甚是志诚。邻居刘有才长宋敦五年，已四十六岁了，也无子息。听说徽州有盐商为求子嗣，新建陈州娘娘庙于苏州阊门之外，香火甚盛，祈祷不绝。刘有才恰好是做水上载客生意的，要驾船往枫桥接客，顺便前去烧一炷香，却不曾做得布袱布袋，就向宋家告借。

  宋敦与妻子说起到苏州进香之事，妻子也赞成。宋敦于佛堂挂壁上取下两副布袱布袋，留下一副自用，将一副借与刘有才。宋敦坐上刘有才的航船，顺风顺水，花了半天工夫，就到达苏州，舟泊枫桥，第二天顺利地到庙里进了香。果真福至心灵，宋敦不久就生下儿子宋金，刘有才生下女儿刘宜春。经过一番波折后，两家还结成了儿女亲家。

  而且此后宋金沿袭烧香拜佛这一家俗，每早必进佛堂中拜佛诵经，宜春也虔诚向佛，夫妻同诵，到老不衰。后享寿各九十余，无疾而终。

  《警世通言》卷二十五《桂员外途穷忏悔》叙述元朝天顺年间，苏州府吴趋坊住着一个长者施济，其父施鉴，为人谨厚志诚，治家勤俭，不肯枉费一文钱。生施济时年已五十余岁，由于晚来得子，爱惜如金。施济年逾四十，尚未生子。三年孝满，妻严氏劝其置妾，施济不从，每天虔诚诵读《白衣观音经》，并刊本布施，许下心愿："生子之日，舍三百金修盖殿宇。"期年之后，严氏怀有身孕，生下一个男孩，三朝剃头，夫妻说起还愿之事，遂取名施还，到弥月做了汤饼会。施济又携带了三百两银子，来到虎丘山水月观音殿里烧香礼拜，感谢观音菩萨的保佑和眷顾。

  《警世通言》卷二十六《唐解元一笑姻缘》中唐解元有一个好友王雅宜，开船前往茅山进香，驶过阊门码头，正巧唐解元在阊门游船之上，急着另觅船只去追寻丫鬟秋香。唐解元问好友王雅宜："兄的船往那里去？"雅宜道："弟同两个舍亲到茅山去进香，数日方回。"解元便灵机一动道："我也要到茅山进香，正没有人同去，如今只得要趁便了。"可见许多苏州市民常常是利用水乡便利的水上交通前往佛道圣地去烧香拜佛的。

  《初刻拍案惊奇》卷八《乌将军一饭必酬 陈大郎三人重会》苏州府吴江县有个商民，复姓欧阳，生下一女一儿。儿子年十六岁，未婚。女儿长到二十岁，虽是小户人家，倒也生得貌美如花，就赘本村陈大郎为婿，家道不富不贫，在门前开小小的一爿杂货店铺，买卖日用杂货过日子。陈大郎结婚已经好几年了，并不曾生得一男半女，夫妻两个发下心愿，要往南海普陀洛伽山观音大士处烧香求子。

此事尚商量未决,一日,欧阳姐弟被唤去服侍外婆,谁料前往崇明途中失去了音信。一年后,陈大郎坐船独自前往普陀进香还愿,偶遇深感陈大郎一饭之恩的乌将军。在乌将军的帮助下,夫妻二人重聚。

从此大郎夫妻年年坐船到普陀进香,因为在乌将军落难时陈大郎曾经向他施以援手,所以每次去南海普陀洛伽山烧香,乌将军都差人从海道迎送,赠以重金。

《二刻拍案惊奇》卷一《进香客莽看金刚经 出狱僧巧完法会分》讲述苏州太湖洞庭山中有一个寺庙,收藏有白居易手抄的《金刚般若经》一卷,直至明代嘉靖年间依然保存完好,首尾不缺。凡是吴中贤人士大夫、骚人墨客赏鉴过的皆有题跋在上,就是四方名公游客,也多赞叹顶礼,膜拜激赏。留题姓名日月的,不计其数。算是千年来的稀奇古迹。

嘉靖四十三年(1564年),吴中发大水,田禾淹尽,寸草不生。因米价飞涨,山僧辨悟打算将此件宝物拿到城中寻个识古董的人家,当些米粮度过荒年。等到来年有收成,再图赎回。辨悟将宝卷当入苏州城里山塘街上相国府,当得米五十石。

一日,恰逢观世音生日,辨悟过湖来观音山进香,事毕,便来拜相国府严都管。严都管见了辨悟道:"来得正好!我正要寻山上烧香的人捎信与你。"辨悟道:"都管有何分付?"都管道:"我无别事,便为你旧年所当之经,我家夫人知道了,就发心布施这五十石本米与你寺中,不要你取赎了,白还你原经,去替夫人供养着,故此要寻你来还你。"辨悟听了,喜之不胜,合掌道:"阿弥陀佛!难得有此善心的施主,使此经重还本寺,真是佛缘广大,不但你夫人千载流传,连老都管也种福不浅了。"都管道:"好说,好说!"随去禀知夫人,请了此经出来,奉还辨悟。夫人又交代都管:"可留来僧一斋。"都管遵依,设斋宴请了辨悟。

辨悟笑嘻嘻捧着经包,千恩万谢返回寺庙中去。刚走到下船的埠头,正直山上烧香众人,坐满一船,正待开航。辨悟也搭上船一同起航。船中的香客你说张家长,我说李家短。不一会儿工夫,船行至太湖中央,辨悟对众人道:"列位说来说去,总不如小僧今日所遇施主,真是个善心喜舍、量大福大的了。"众人道:"是那一家?"辨悟道:"是王相国夫人。"众人中有人问道:"这是久闻好善的,今日却如何布施与师父?"辨悟指着经包说:"即此便是大布施。"众人道:"想是你募缘簿上开写得多了。"辨悟道:"若是有心施舍,多些也不为奇。专为是出于意外的,所以难得。"众人道:"怎生出于意外?"辨悟就把去年如何当米、今日如何白还的事说了一遍,道:"一个荒年,合寺僧众多是这夫人救了的。况且寺中传世之宝正苦没本利赎取,今得奉回,实出侥幸。"众人见说一本经当了五十石米,好生不信,有的说:"出家人惯说天话,那有这事?"有的道:"他又不化我们东西,何故掉谎? 敢是真的。"又有的道:"既是值钱的佛经,我们也该看看,一缘一会,也是难得见的。"要辨悟取出宝卷来看。辨悟见这伙香客多是些乡村父老,便道:"此是唐朝白侍郎真笔,列位未必识认,亵亵渎渎,看他则甚?"他拗不过香客的看经热情,正当他要将宝卷展示给众人一饱眼福时,却出了点小意外。经历一番波折后,寺庙至今依然收藏此宝卷,为众多香客所膜拜。

《二刻拍案惊奇》卷三十三《杨抽马甘请杖 富家郎浪受惊》入话中叙述了这样一个故事:有一天,成祖皇帝御笔亲差少师姚广孝到南海普陀洛伽山进香,少师坐上大样官船,沿着运河一路向南进发,不过数日,便来到苏州码头上,将船停泊在姑苏馆驿河下。苏州是他父母之邦,他进城后,饶有兴致地体察苏州城里的风俗民情,还一不小心挨了别人的一顿揍,但他仍然乐在其中。

第五节　舟船承载商人贩货经商

自明清以来,随着大运河两岸手工业、商业较为发达的城镇出现并发展起来,手工业的兴起,商品流通的扩展,使得商人队伍逐渐扩大,经商人数日益增多。当时从亲王勋爵、官僚士大夫到一般的市民百姓都经营商业,从事商品买卖活动,经商风气已弥漫到社会的各个角落、各阶层人士的身上。商品经济的发展,城市的繁荣,新型的资本主义萌芽的出现,促成了一个全新的市民阶层的兴起,同时也对传统的"重本抑末""重农轻商"的观念产生了冲击,对广大市民的思想道德、审美价值产生了影响。广大市民摆脱了传统的士农工商的等级观念,公开言私言利。崇商、逐利、重财已成为当时盛行一时的社会风气。

"三言二拍"中有数量众多的作品以商人为主角或在小说情节中穿插了

商人的经商生活、经商谋略及家庭婚姻生活等内容，表现当时的商人充分利用大运河便捷的水上运输条件，贩运各种生产、生活物资，经商开店、长途贩运，赚取大量的金钱财富，从而发家致富。舟船在此承载的是商人们对生意兴隆、商路平坦、发财致富的希冀和渴望。

《喻世明言》卷一《蒋兴哥重会珍珠衫》中的徽州新安县人氏陈大郎，年方二十四岁，生得一表人才，父母双亡后，便凑了二三千金本钱，到襄阳贩籴些米豆之类，每年常走一遭。每次陈大郎都在襄阳雇下船只，装载粮食完备，不到两个月就将粮食运载到苏州府枫桥米豆交易市场。那枫桥是柴米牙行汇聚之地，很快他就将粮食销售一空。一日，陈大郎去赴一个同乡人的酒席，席上遇到襄阳商人蒋兴哥，他从广东贩些珍珠、玳瑁、苏木、沉香之类物品到苏州发卖。他久闻"上说天堂，下说苏杭"，好个大码头所在，便有心要来走一遭，做一回买卖。可见苏州作为当时商品经济发达的城市，非常能吸引全国各地的客商利用苏州所处的大运河水运的优势，进行商品交易活动，使商人有利可图，同时也促进了城市经济的发展和繁荣。

《喻世明言》卷三《新桥市韩五卖春情》叙述宋朝临安府，去城十里，地名湖墅；出城五里，地名新桥，是运河沿岸的一个商业小镇。新桥市上有个富商吴防御，生有一个独子，名叫吴山。吴防御在自家门前开一个丝绵铺，家中放债积谷，果然是金银满箧，米谷成仓！他还在离新桥五里，地名灰桥市的市场上，新造一所房屋，让儿子吴山也开设一个丝绵铺，另拨两个主管协助吴山料理生意。家中收下的丝绵，借运河水运的便利，发到铺中卖与在城中的机户。吴山每日早晨到铺中卖货，天晚回家，生意兴隆，赚取可观的利润。

《喻世明言》卷二十八《李秀卿义结黄贞女》叙写南京应天府上元县有个黄公，以贩线香为业，兼带卖些杂货，往来于江南江北之间经营自己的生意。

他心地善良，买卖公道，因为妻子早亡，他就把女儿黄善聪假充外甥带在身边一起做买卖。黄公去世后，黄善聪就和隔壁客房中住着的同是应天府人氏的贩香客人李英结为异姓兄弟，合伙做生意，彼此照应。两人轮流一人往南京贩货，一人住在庐州发货、讨账，甚相友爱。后来两人在守备太监李公的热情牵线下结成伉俪，并且靠着勤劳经商，财富日渐增多，最终成为京城中富室。夫妻相爱，连生二子，后代皆读书显达。

《警世通言》卷五《吕大郎还金完骨肉》叙述常州府无锡县东门外，有个小户人家，生有三个儿子，老大叫吕玉。吕玉因为儿子走失，心情郁闷，向大户人家借了几两本钱，驾船前往太仓、嘉定等地方收购棉花布匹，运到各处去贩卖，顺便寻访儿子的下落。一直持续到第五个年头，儿子依然杳无音信。吕玉告别妻子王氏，又到外面去做经纪。途中遇到个大本钱的布商，交谈中间，布商察觉吕玉买卖通透，便带上他前往山西进货，把那边的绒毛货物运到南方来发卖，从中赚取差价。有一天吕玉沿运河贩运货物来到扬州闸口，将在陈留县拾得的银子交还给当地的商人陈朝奉。吕玉也因为这个善意的举动在陈朝奉家找到了失踪多年的儿子，而且后来还和陈朝奉结成儿女亲家。自此，生意日渐兴隆，家庭和睦。

《警世通言》卷二十二《宋小官团圆破毡笠》描述正德年间，苏州府昆山县居民刘顺泉从祖上开始就驾一只大船，利用运河之便揽客载货，赚得许多水脚银子，成就一个十全的家业，妥妥地靠在船上做运输生意发起家来。他驾驶的船只，本身也值几百金，整船都是由香楠木打造的。而且江南水乡之地，多有靠从事这种水上运输生意发家致富的。

《警世通言》卷三十三《乔彦杰一妾破家》叙写宋仁宗明道元年（1032年），杭州有一个商人乔俊，字彦杰，自幼年丧父母，长得魁伟雄壮，好色贪淫。乔俊拿出三五万贯资本，专一在长安崇德收丝，往东京发卖，再贩枣子、胡桃等杂货从水路运回杭州出售，赚取利差。明道二年（1033年）春，乔俊在东京卖完丝，买了胡桃、枣子等货，坐船一路开行到南京上新河停泊，正要继续行船，遭遇大风，开船不得。忽见邻近商船上坐着一个美妇春香，生得肌肤似雪，髻挽乌云。乔俊一见，心甚爱之，花一千贯文财礼，便与此美妇勾搭成奸。次日天晴，风平浪静，大小船只一齐开行。乔俊在运河上坐船航行了五六日，才抵达杭州北新关码头，歇船上岸，叫一乘轿子抬着春香，来到自家门首，不料与家中妻子发生冲突。乔俊因为贪恋美色，弄得有家难奔，有国难投，将好好的一个富裕家庭折腾干净。

《醒世恒言》卷七《钱秀才错占凤凰俦》描写苏州太湖东西两山之民，善于货殖，八方四路，赶去为商为贾，所以江湖上有个口号，叫作"钻天洞庭"。其中西洞庭山有个富商高赞，少年时就跟着长辈专走苏州—湖广这一水上航线贩卖粮食，赚取了大笔的钱财。后来家道殷实，他在家中开起两个解库，雇佣四个伙计负责经营，自己就待在家中享受生活，日子过得有滋有味的。

《醒世恒言》卷十《刘小官雌雄兄弟》叙述明代宣德年间，有一老者刘德，家住运河岸边的河西务镇上。这镇在运河之旁，离北京有两百里田地，乃各省出入京都的要路：舟楫聚泊，如蚂蚁一般；车音马迹，日夜络绎不绝。镇上有居民数百余家，以边河为市，家庭富庶。刘德夫妻两人，年纪六十有余，并无弟兄子女。老两口在自家门前开一个小酒店，招待往来的客商。刘公平昔乐善好施，极肯周济人的缓急，所以生意兴隆。

他收留了两个家贫无依的异姓兄弟刘奇、刘方，教他俩经营酒店业务。兄弟二人自从刘公去世后，同眠同食，情好愈笃。凭借对市场的研判，他们把酒店关了，开起一个布店来。四方往来客商纷纷前来买货交易，又看到两人少年志诚，物价公道，经商的好名声四处传扬，慕名来买者，挨挤不开。由于经营有方，一两年间，两人挣下一个老大的家业，家产比刘公在世时翻了好多倍。

《醒世恒言》卷十八《施润泽滩阙遇友》描述苏州府吴江县离城七十里有个乡镇盛泽镇，镇上所住居民众多，风俗淳朴，俱以蚕桑为业。男女辛勤劳作，络纬机织之声，通宵达旦。市镇两岸绸丝牙行，有千百余家，远近村庄织成的绸匹，都拿到镇上来交易。四方商贾纷纷前来收购，蜂攒蚁集，挨挤不开，路途无伫足之隙。这里真正可誉为锦绣之乡、绫罗之地。江南养蚕所在甚多，唯此镇最盛。

嘉靖年间，盛泽镇上的居民施复，在家中开一张绸机，每年养几筐蚕儿，妻络夫织，日子过得很舒坦。这镇上都是温饱之家，织下绸匹，必积至十来匹，最少也要五六匹，方才上市交易。那大户人家积得多的便不上市，都是牙行引客商上门来收购的。施复是个小个体经营者，本钱少，织得三四匹绸布，便去市上交易。有一天他织成四匹绸布，到一个相熟的绸布行进行交易，只见店门口一拥而上许多卖绸的蚕户，屋里还坐着三四个客商。施复分开众人，把绸布递给店老板，店老板解开包袱，逐匹翻看，用秤称了重量，讲定价钱，递与一个客商道："这施一官是忠厚人，把些好银子与他。"那客商真的只拣细丝银子，付与施复。施复又讨价还价，多争取到了几钱银子，随后向主人家拱一拱手，叫声有劳，转身回家。施复在回家途中捡到了别人丢失的六两多银子，分毫不动地交还给失主。好人有好报，从此施复每年养蚕，收益颇丰。一来蚕种拣得好，二来有些时运。凡养的蚕，并无一个绵茧，缲下丝来，细圆匀紧，洁净光莹，没一根粗细不匀的。每筐蚕，又比别人家分外多缲出许多丝来。他织出的绸拿到牙行去交易，客商见丝绸光彩润泽，都增价竞买，每匹总能比他人多卖出一些银子。因有这些顺溜，几年间，他就增添了三四张绸机，家中富裕，邻里都称呼他"施润泽"。施家之富，冠于一镇。夫妇二人，各寿至八十开外，无疾而终。

《醒世恒言》卷二十《张廷秀逃生救父》中江西南昌府进贤县的张权离开故土，搬到苏州阊门外皇华亭侧边开个制作木器的店铺。张权自从来到苏州，生意顺溜，日子过得颇为惬意。后来因逢着荒年，只得让两个儿子休学，也教他们学做木匠活儿。两个儿子天性聪明，不消几日，就学会了木器制作，且做得精细，比积年老木匠做的活儿还胜几分。有一天住在专诸巷开玉器铺的王员外要做一副嫁妆，还要做些桌椅书橱之类的木器。他有的是好木料，但提出的唯一要求就是要把木器活儿做得坚固、精巧。王员外大有来头，积祖豪富，家中有几十万家私，传到他手里，他又开起一个玉器铺儿，愈加富裕，人见他有钱，都称他王员外。王员外虽然是个富商，做人倒也谦虚忠厚，乐善好施。张权父子三人按王员外吩咐的样式，动起斧锯，手忙脚乱，从早做到晚。吃了夜饭，又点个灯火，做起夜作，半夜方睡。一连做了五日，做成几件家具，请王员外来验收，王员外逐件仔细查验，连声喝彩道："果然做得精巧！"就这样，张权靠着辛勤劳作，再加上手艺过硬，赢得了富家大户的青睐，木器加工生意滚滚而来，赚取了可观的收入。

《醒世恒言》卷三十五《徐老仆义愤成家》叙述嘉靖年间，浙江严州府淳安县锦沙村，村上有一姓徐的农家，弟兄三人。长子徐言，次子徐召，各生得一子；老三徐哲，浑家颜氏，生有二男三女。他弟兄三人，奉着父亲遗命，合锅儿吃饭，并力耕田。挣下一头牛儿，一匹马儿。徐家还有一个老仆阿寄，年已五十多岁。阿寄因父母先后去世，无力殡殓，故此卖身在徐家。他为人忠谨小心，朝起晏眠，勤于劳作。后来因为老三去世，老大、老二吵着分家，见阿寄年老体弱，就把他分给孤儿寡母的老三家。阿寄人穷志不穷，对颜氏表态道："老奴年纪虽老，精力未衰，路还走得，苦也受得。那经商道业，虽不曾做，也都明白。三娘急急收拾些本钱，待老奴出去做些生意，一年几转，其利岂不胜似马牛数倍！就是我的婆子，平昔又勤于纺织，亦可少助薪水之实。那田产莫管好歹，把来放租与人，讨几担谷子，做了桩主，三娘同姐儿们，也做些活计，将就度日，不要动那资本。营运数年，怕不挣起个事业？何消愁闷。"颜氏问道："你打算做甚生意？"阿寄道："大凡经商，本钱多便大做，本钱少便小做。须到外边去，看临期着便，见景生情，只拣有利息的就做，不是在家论得定的。"颜氏便将家中簪钗衣饰，悄悄叫阿寄去变卖，共凑了十二两银子，交给阿寄。

阿寄离开老家，筹划着做什么生意合适，他了解了市场行情后，便有了主意："闻得贩漆这项道路颇有利息，况又在近处，何不去试他一试？"他径直赶到庆云山中采漆之处，就在牙行里住下。购买一批生漆后，想道："杭州离此不远，定卖不起价钱。"遂雇船运往苏州。这时苏州正遇缺漆之时，见他的货到了，犹如宝贝一般，不出三日，卖个干净。一色都是现银，并无一毫赊账。除去盘缠使用，足足赚个对合有余。贩完漆后，他打听到苏州枫桥籼米供过于求，卖不出价钱，寻思道："这贩米生意，量来必不吃亏。"遂购买了六十多担籼米，载到杭州发卖。那时是七月中旬，杭州有一个月不下雨，稻苗都干坏了，米价腾涌。阿寄在每一担上加价二钱，又赚到了十多两银子。后来他获知贩漆的人都以为杭州路近价贱，都跑到远处去贩漆，杭州市面上生漆反而时常短缺。阿寄得到这个消息，喜之不胜，星夜赶到庆云山，进了一批生漆贩到杭州，不消三两日，全部卖完。计算本利，果然比先前多赚了几两银子。阿寄又长途水上运输生漆到兴化地方发卖，利息比苏杭两处又多出不少。卖完了货，他打听到那边米价一两三担，粮斗又大，想到杭州正在闹粮荒，遂装载一大船米运至杭州，准准籴了一两二钱一石，大赚了一笔。阿寄经营灵活，凡贩卖的货物，一定获利颇丰。他连做了几笔买卖，就赚到了两千余金。阿寄让徐老三家中兴后，依旧出去经营买卖做生意。他不再专做贩漆的生意，但闻有利息的便做。十年以后，让徐老三家财源滚滚，家私巨富。

《醒世恒言》卷三十七《杜子春三入长安》叙述隋文帝开皇年间，长安城中有个富家子弟杜子春，家住城南，祖上世代在扬州做盐业生意。家中有万万贯家资，千千顷良田。杜子春依仗着父祖的产业，天天花天酒地，一掷千金，最终坐吃山空。

后来他得到一个神仙老翁前后四十三万银子的资助，重新在扬州做起盐业生意，精打细算经营商业，陆续将过去典卖出去的盐场客店、芦洲稻田，逐一取赎回来。果然本钱大，利钱也大。不上两年，依旧泼天巨富。他又在两淮南北直到瓜洲地面，造起几所义庄，庄内设有义田、义学、义冢。不论孤寡老弱，凡是要养育的，他就提供衣食供养；要读书的，他就延请师傅教授；要殡殓的，他就备棺椁埋葬他人。发财后，他乐善好施，潜心修道，最终得道成仙。

《初刻拍案惊奇》卷一《转运汉遇巧洞庭红 波斯胡指破鼍龙壳》叙写明代成化年间，苏州府长洲县阊门外的居民文若虚，他生来心思慧巧，做着便能，学着便会。琴棋书画，吹弹歌舞，件件在行。他看见别人经商图利，时常获利好几倍，便也思量做一些生意。有一天他听人说北京扇子好卖，他便带上一个伙计，制作起各种扇子。上等扇子是金面的，精巧无比，扇面上请名人画上诗画，大多模仿的是沈石田、文衡山、祝枝山的文墨，价值数两银子；中等扇面的，他自己亲手摹写名人字画在扇面上，以假乱真地去卖；下等扇面无金无字画，也能卖几十钱。他拣个好日子将扇子装了箱儿，沿运河坐船运到北京去发卖。只可惜北京那年，自入夏以来，日日淋雨不晴，并无一毫暑气，发市甚迟。再加上雨湿之气，粘着扇上的胶墨，弄做了个"合而言之"，粘揭不开。用力揭开，东粘一层，西缺一片，凡是有字有画卖得出价钱的扇子，反而一钱不值。他只得贱价卖了扇子用作盘缠返回苏州，不仅没有赚到钱，还折了不少本。后来他跟随一帮从事海外贸易的客商出海做远洋生意，无意间捡到个大鼍龙壳，带回国内，卖给一个波斯大商人，发了一笔横财。

《初刻拍案惊奇》卷八《乌将军一饭必酬 陈大郎三人重会》入话中写到苏州有个王生，父亲王三郎，商贾营生；婶母杨氏，孤孀无子，他们一同居住。王生自幼聪明乖觉，婶母甚是爱惜他，不想长到七八岁时，他父母相继而亡。多亏得这杨氏殡葬完备，就把王生养为己子，渐渐他长大成人，对商贾之道颇为精通。

有一天，杨氏对他说道："你如今年纪长大，岂可坐吃箱空？我身边有的家资，并你父亲剩下的，尽勾营运。待我凑成千来两，你到江湖上做些买卖，也是正经。"王生欣然道："这个正是我们本等。"杨氏拿出千金银两，交付与他。王生与一伙商人商定，到南京去做生意。他先将几百两银子置办了些苏州货物。拣了日子，雇下一只长路的航船，行李包裹收拾停当,别了杨氏起身,在船上烧了神福利市,就开船上路。不承想水路上他两次遭遇水盗的拦路抢劫,只得空手而归。

等到他缓过气来后,杨氏又凑起银子,催促他继续出去经商,并且说道:"两番遇盗,多是命里所招。命该失财,便是坐在家里,也有上门打劫的。不可因此两番,堕了家传行业。"王生只是害怕。杨氏道:"侄儿疑心,寻一个起课的问个吉凶,讨个前路便是。"果然寻了一个先生到家,接连占卜了几处做生意,都是下卦,唯有南京是个上上卦。杨氏道:"我的儿,'大胆天下去得,小心寸步难行。'苏州到南京不上六七站路,许多客人往往来来,当初你父亲、你叔叔都是走熟的路,你也是晦气,偶然撞这两遭盗。难道他们专守着你一个,遭遭打劫不成? 占卜既好,只索放心前去。"王生依言,果断收拾行装踏上经商之途。

由于他的坚持不懈,这次外出经商虽然再次遭遇水盗的抢劫,但幸运的是,他捡到了水盗丢下的一船苎麻,打开来一看,里边包着成锭的白金,共有五千两有余。他虽然遭受三番惊恐,却意外地得此横财,将损失的本钱加倍地赚回来,不胜之喜。自此以后,他出去经商,遭遭顺利,不过数年,就成大富之家。

正话叙述苏州府吴江县有个商民,复姓欧阳,母亲是本府崇明县曾氏,生下一女一儿。女儿二十岁了,虽是小户人家,倒也生得有些姿色,就赘本村陈大郎为婿,家道不富不贫,在门前开小小的一爿杂货店铺,往来交易,赚钱过日子。

《二刻拍案惊奇》卷十五《韩侍郎婢作夫人 顾提控掾居郎署》描写了一个徽州商人在扬州经营盐业,发了横财后,他就饱暖思淫欲。他看上了卖饼江家的女儿爱娘,只因爱娘长得颇有姿色。徽商就让媒婆到爱娘家说亲。媒婆对爱娘的父母说道:"这个朝奉只在扬州开当种盐,大孺人自在徽州家里。今讨去做二孺人,住在扬州当中,是两头大的,好不受用!亦且路不多远。"江老夫妻道:"肯出多少礼?"媒婆道:"说过只要事成,不惜重价。你每能要得多少,那富家心性,料必勾你每心下的,凭你每讨礼罢了。"商人慕色心重,下了三百金的彩礼,爱娘的父母也就应允了。徽商拣个好日子娶过门去,就将爱娘开船带往扬州居住。

《二刻拍案惊奇》卷三十七《叠居奇程客得助 三救厄海神显灵》叙述徽州商人程宰,世代儒门,少时习读诗书。"却是徽州风俗,以商贾为第一等生业，科第反在次着。"正德初年，与兄程宷带上数千金银子，到辽阳去经商，贩卖人参、松子、貂皮、东珠之类的东北特产到南方销售。但几年下来，由于经营不善，耗折了资本。

时来运转，他冥冥之中遇到了辽阳海神，海神为他指点迷津，暗暗助他经商营业。海神让他本着人弃我取、人取我予的原则，以低价购买他人急于脱手的货物，并在最恰当的时机出手，从而赚取高额利润。

己卯初夏，有个药商贩药材到辽东，诸药多卖尽，独有黄柏、大黄两味药销售不掉，各剩下千余斤。那卖药的见无人买，就打算贱价出售。海神叮嘱程宰道："你可去买了他的，有大利钱在里头。"程宰去问一问价钱，的确非常便宜，于是他将身边积有的十来两银子，尽数把那批药买了下来。果真没隔几日，辽东发生瘟疫，这两种药各药店多卖缺了，一时价钱腾贵起来，程宰及时出手将药销售一空，卖得银子五百余两，大赚了一笔。

过了几日，有个荆州商人贩彩缎到辽东，途中彩缎遭雨淋湿，多发斑点，没有一匹颜色完好的。荆商日夜啼哭，唯恐彩缎卖不出去，只求低价抛售。海神又催促程宰道："这个又该做了。"程宰将前日所得五百余两，买下五百匹彩缎，荆商大喜而去。程宰买下彩缎不到一个月，江西宁王朱宸濠造反，杀了巡抚孙公，东南一时震动。朝廷急调辽兵前来征讨，飞檄到来，急如星火。军中戎装旗帜之类，急需缎匹织造，而且需求量很大。一时间缎匹价钱腾贵起来，只要买得到，好歹不论。程宰原来所买下的这些斑斑点点的彩缎立刻成了抢手货，价格涨了三倍。这一回买卖操作让他足足赚取银子千金。

庚辰秋间，又有个苏州商人贩布三万匹到辽阳，陆续卖去了两万三四千匹。还剩下六千多匹，忽然接到家信，母亲死了，急切要回去奔丧。海神再次对程宰道："这件事又该做了。"程宰两番得利，心知灵验，马上去跟苏商谈价钱。苏商归心似箭，便贱价卖给了程宰。程宰遂用千金尽数买下这六千多匹布。第二年三月，武宗皇帝驾崩，天下人都要吊丧。辽东远在塞外，地不产布，人人要穿白衣，一时买不到这么多白布。于是市场上一匹粗布，就卖出七八钱银子的价格。程宰这六千匹布很快销售一空，他从中又赚取三四千两银子。这样的生意他逢着便做，一做就赚钱，而且利润非常丰厚。短短四五年间，他就赚到了五七万两银子，然后乘舟衣锦还乡，乡人皆羡慕不已。

第六章　发迹变泰型舟船文化

运河交通的便捷离不开运河交通工具——各类船只的支持，种类繁多、大小不一的各类船只纵横航行，担负着商旅和货物的来往转输。"三言二拍"描写了众多的运河船只，有专载人载货的长途运输大船，如《初刻拍案惊奇》卷五《感神媒张德容遇虎　凑吉日裴越客乘龙》中的大座船，满载行李辎重后，还载了"家人二十多房，养娘七八个，安童七八个"，虽然行李沉重，一日还可行"百来里路"；《醒世恒言》卷三十二《黄秀才徼灵玉马坠》中写到的巨舟，分为前舱、中舱、后舱。前舱盛货物，主人、家眷住在中舱，后舱船工水手住，可见此船的规模之大。有固定起航时间和往返路线的航船，又叫堂船，相当于现在的公交车和班车；也有随叫随走的"便船"，相当于现在的出租车。有捕快的缉捕船，称为快船；有在运河上巡哨、稽查的哨船；还有官家大型画舫，"舫中珠翠夺目"。鉴于当时运河运输业的发达，运河上还出现了一家几代都从事运河运输业的情况。《警世通言》卷二十二《宋小官团圆破毡笠》中的刘有才，"积祖驾一只大船，揽载客货，往各省交卸。趁得好些水脚银两，一个十全的家业，团团都做在船上。就是这只船本也值几百金"。在千里运河上，官船和民船、货船和客船、大船与小舟络绎往返，为我们展现了一幅绚丽多彩的运河交通繁忙画卷。

运河作为最重要的黄金水道，在交通繁忙、商旅络绎的同时，也出现了很多船匪水盗，如张稍、陈小四、徐能等，这些人为了钱财在运河上杀人越货，丧尽天良，在某种程度上也从反面反映出运河交通的兴旺。

在近代铁路出现之前，陆运和水运是古代中国两种基本的交通方式，水运比起陆运更具优势，如《醒世恒言》卷十《刘小官雌雄兄弟》中刘公说的那样："陆路脚力之费，数倍于舟，且又劳碌。"又如《醒世恒言》卷二十《张廷秀逃生救父》中苏州王宪往京城解粮，"随便持些玉器，到京发卖，一举两得"。

《醒世恒言》卷三十五《徐老仆义愤成家》中的老仆阿寄以十二两的本钱在运河沿线的新安江、杭州、苏州、兴化等地来回做油漆和籼米的生意。还有徽商主要来自徽州，但他们的生意范围遍布运河沿线的各个城镇。更有跨越数省做生意的，如西安商人杨复往东南地区的漳州经商，苏州商人"贩布三万匹到辽阳"等。

经运河流通的商品数量非常巨大。如前文所提到的专在运河上揽运客货的大船、巨舟，形制巨大，可运载的货物数量非常可观，而且从事这种大船运输的不是个别人，而是"江南一水之地，多有这行生理"。除此之外，还有一些小型船只和本来不是从事商品货物运输的船只，比如官船、漕船也纷纷包揽客货，运载逐利。而且无论大船小船，还是官船民船，都是装满货物，"满载""一大船""满满的"这样的词在"三言二拍"中随处可见。运河运输业的发达正反映了运河流通商品数量之多。

运河上著名的船闸、码头和渡口，如苏州的枫桥和浒墅关、南京的燕子矶、镇江的京口、扬州的瓜洲、淮安的淮关、通州的张家湾等也多次在"三言二拍"中出现，因地处要冲，过往客商密集，也都形成了比较繁华的集镇。[1]

以往人们对舟船的理解仅仅是一种拓展人类活动范围、帮助人类行走和运输物资的交通工具。而伴随着人类社会的发展和人们文学素养的提高，舟船被赋予的意义也越来越丰富，它逐渐由一种交通工具演变为具有诸多文化内涵的文学意象。

第一节 "发迹变泰"的文化内涵及文学渊源

"发迹变泰"是一种古已有之的理想追求和精神寄托，又是一种神秘又模糊不定的生存状态，人人都希望能够发迹变泰，平步青云，但这种理想并不是所有人都能实现的。

"发迹"一词，通常解释为人"由卑微而得志通达，或由贫困而富足"，汉代就已经出现了。《史记》卷一百一十七《司马相如列传》封禅文

---

[1] 李想：《略论"三言二拍"所蕴涵的运河文化》，淮阴工学院学报 2012 年第 6 期，第 9—13 页。

曰:"后稷创业于唐尧,公刘发迹于西戎。"又卷一百三十《太史公自序》曰:"秦失其政,而陈涉发迹。"也作"发跡"。《文选》汉扬子云(雄)《解嘲》曰:"公孙创业于金马,骠骑发跡于祁连。"《汉书》卷八十七下《扬雄传》作"发迹"。

"变泰"一词源于《周易》的《泰卦》,"犹言否极泰来,发迹腾达"。"发迹变泰"即由穷到达,由闭塞不通的"否"转化为通畅安宁之"泰"的过程。

简单来说,"发迹变泰"就是指人的命运或遭际"由贫入富"或是"由贱到贵"。由卑而贵和由贫入富都属于"发迹变泰"的范畴。

"发迹变泰"作为一种思想观念,有着久远的历史积淀和广泛的文学影响。翻开历史,不胜枚举的由贫贱到富贵的真实人物映入眼帘:备受后母虐待的舜,乃庶民之子,出身微贱,最后成为部落首领,"五帝"之一。这种社会地位的天壤之别用"发迹变泰"来形容是并不为过的。同样的发迹者还有后稷、伊尹、百里奚、越石父等人。到了战国时期,甚至出现了以苏秦、张仪为代表的,凭借个人奋斗改变自身社会地位的文人阶层。

自汉伊始,"发迹变泰"者更见壮观,武有开朝立代的汉高祖刘邦,文有司马相如。后来的开国之君"发迹变泰"者还有黄袍加身的宋代赵匡胤及明代朱元璋。这些真实的发迹故事成为当时及后人生活中的希望与力量。同时,也为古代的文学创作提供了丰富的素材。

然而,作为文学创作的一种题材类型的"发迹变泰"是兴起于宋代的说话技艺,《都城纪胜》记载:"说话有四家:一者小说,谓之银字儿,如烟粉、灵怪、传奇。说公案,皆是搏刀赶棒,及发迹变泰之事……"首先,这与当时的经济发展水平是紧密相关的。隋唐以前,商品交换活动主要是在县级以上的城市中进行。而到了宋代,经营方式多样化,商业资本空前繁多,社会各阶级、各阶层,都被卷入商品大潮之中,与商品交换和流通发生了或多或少的联系。蓬勃繁荣的商品经济促使各阶层人物一展身手,因而出现了许多由贫而富,甚至瞬间发财的人。

以《夷坚志》为例,如《夷坚志癸卷第三·独脚五通》:

吴十郎者,新安人。淳熙初,避荒,挈家渡江,居于舒州宿松县。初以织草履屦自给,渐至卖油。才数岁,资业顿起,殆且巨万。

同卷,《宝叔塔影》:

忠训郎王良佐，居临安观桥下。初为细民，负担贩油，后家道小康，启肆于门，称王五郎。

从这两个例子可见，宋代市民的发财机会是很多的，"发迹变泰"也不是特别困难。

宋代赵匡胤因黄袍加身而一跃成为万人之上、引领江山的皇帝，这是十分令人倾慕的发迹。对于宋代人来说，它不是一个无凭无据的传说，而是一个真实、诱人的事迹，使人们相信"发迹变泰"是可能的，自己或许就是下一个幸运儿。这为发迹故事提供了很好的舆论氛围。于是，"发迹变泰"作为文学的一种题材类型从宋代开始不断繁衍。

宋人编的《五代史平话》就分别大篇幅地讲述了黄巢、朱温、石敬瑭、刘知远、郭威等人的发迹故事。宋元时期出现的敷衍后汉高祖刘知远的发迹作品不仅有《新编五代史平话》和《刘知远诸宫调》，还有早期南戏的重要剧目《白兔记》及元代刘唐卿的杂剧《李三娘麻地捧印》。

元杂剧中涉及"发迹荣显"的作品有张国宾的《汉高祖衣锦还乡》《薛仁贵衣锦还乡》，关汉卿的《昇仙桥相如题柱》，王仲文的《淮阴县韩信乞食》，庾吉甫的《会稽山买臣负薪》和《中郎将常何荐马周》等。南戏中有《苏秦衣锦还乡》(《金印记》)《朱买臣休妻记》《史弘肇故乡宴》等作品。尤其是明代流传的赵匡胤发迹的《飞龙传》，到清代演变为《飞龙全传》，表明"发迹变泰"类型的文学至明代已进入了重要的发展阶段。

然而，在这些作品中，"发迹"主要是构建整个故事的一个重要情节，其作用是为故事主要表达的宗旨做基石，因此，我们尚不能说这些故事的主题是"发迹变泰"。但可以肯定的是，这些故事经过人们历代口耳相传，从史实演变成民间说唱的戏曲、话本，"发迹变泰"从人物传记等史实类作品中的一个构成要素，逐渐发展成为一种独特的题材类型，在被宋元说话艺人长期广泛的讲说过程中，慢慢树立了一种新的文学范式，并直接影响了后来明代白话短篇小说的编辑创作。其中"三言二拍"的创作受到这种影响就非常明显。

"三言二拍"中大量的发迹作品，已经构成了一个较为完整、独立的故事类型。这不仅表现在可观的"数量"上，更重要的是，"发迹变泰"已经有了属于自己的"套路"：落魄不堪往往是主人公的出场形象；接着是挥之不去的厄运缠身，走投无路；在饱受人间冷暖之际，总会有"伯乐"赏识英雄，伸以援助之手；最后机缘巧合之下，身价倍增，享受"变泰发迹"之乐。在这种套路之下，闪动的主角有落魄的文人士子，有街市上的游侠儿武人，亦有卑微已久的商人小贩，形形色色，组成了"发迹变泰"这一大家庭。[1]

"三言二拍"中与大运河相关的属于"发迹变泰"这一题材类型的作品有多篇。其中，属于传统"富与贵缺一不可"的作品有：《喻世明言》卷十一《赵伯升茶肆遇仁宗》、卷二十一《临安里钱婆留发迹》；《警世通言》卷六《俞仲举题诗遇上皇》、卷十七《钝秀才一朝交泰》，共有四篇。

另一类，是"由贫入富"的共有七篇：《警世通言》卷二十二《宋小官团圆破毡笠》、卷二十五《桂员外途穷忏悔》；《醒世恒言》卷十八《施润泽滩阙遇友》、卷三十五《徐老仆义愤成家》；《初刻拍案惊奇》卷一《转运汉遇巧洞庭红 波斯胡指破鼍龙壳》、卷八《乌将军一饭必酬 陈大郎三人重会》；《二刻拍案惊奇》卷三十七《叠居奇程客得助 三救厄海神显灵》。

第二节 "发迹变泰"舟船小说的类型

在"三言二拍"所叙写的"发迹变泰"类小说中，根据发迹者的身份，可以划分为武人发迹类型、文人发迹类型和商人发迹类型三类。

在"三言二拍"中，与大运河舟船文化相关的武人发迹类型的小说有一篇，就是《临安里钱婆留发迹》。

文人发迹类型的小说有三篇：《赵伯升茶肆遇仁宗》《俞仲举题诗遇上皇》《钝秀才一朝交泰》。

商人发迹类型的小说有七篇：《宋小官团圆破毡笠》《桂员外途穷忏悔》《施润泽滩阙遇友》《徐老仆义愤成家》《转运汉遇巧洞庭红 波斯胡指破鼍龙壳》《乌将军一饭必酬 陈大郎三人重会》《叠居奇程客得助 三救厄海神显灵》。

武人发迹故事是在前人旧篇的基础上，经冯梦龙加工雕琢而成的。文人发迹故事虽也是在旧有题材上进行再创作的，但渗透的明代痕迹比较明显，甚至有冯氏的原创作品《老门生三世报恩》。再观商人发迹故事，小说

[1] 刘宇恒：《试论"三言二拍"中发迹变泰故事类型中的人物群像》，黑龙江大学2009年硕士论文。

篇目明显增多，同时显现出晚明时代商人已经成为文学作品的主角，证明商人的社会地位有了一定的提高，从侧面反映出人们的思想观念开始有了转变，人们不再"耻言商"，甚至出现"徽州风俗，以商贾为第一等生业，科第反在次着"的情况，人们积极踊跃地投入商海之中。"三言二拍"是在明代商品经济繁荣发展这一特定的社会文化背景下产生的，就必然会自觉不自觉地渗透着这个时代的气息和文化意识。商人发迹类型的故事充分说明了明代商品经济的繁荣发展，并折射出在商品经济冲击下传统思想观念的动摇及新的思想价值观念的萌动，人们的关注热点逐步发生了转移。

下面我们分别对这三种类型的故事做一些分析。

一、武人发迹类故事

武人发迹类小说《喻世明言》卷二十一《临安里钱婆留发迹》中，主人公钱婆留在未出生之际就显示了自己非同一般之处，他的母亲怀他时，"家中时常火发"，要救时，"又复不见"。母亲临生他之时，其父钱公"遥见一条大蜥蜴……头垂及地，约长丈余，两目熠熠有光"，要将他溺死，幸得王婆认定这是祥瑞才救了他的性命。幼时他于一石镜中看到自己身着王者衣冠。其好友二钟两兄弟在小阁中见"丈余长一条大蜥蜴，据于床上，头生两角，五色云雾罩定"。种种神奇的征兆与术士廖生所言"必当大贵，光前耀后"相吻合。不过实事求是地讲，这些描写掺杂了许多荒诞不经的内容，自然不足为信。如果结合小说本身的叙述，我们还是可以梳理出钱婆留发迹的蛛丝马迹的。

婆留到十七八岁时，顶冠束发，长成一表人材；生得身长力大，腰阔膀开；十八般武艺，不学自高。虽曾进学堂读书，粗晓文义，便抛开了，不肯专心，又不肯做农商经纪。在里中不干好事，惯一偷鸡打狗，吃酒赌钱。家中也有些小家私，都被他赌博，消费得七八了。

于是钱婆留利用大运河河港众多的畅通水系，与顾三郎等人事先将船泊于芦苇丛中，在一条河港里抢劫了王节使的座船，所得财物，众人均分。因婆留出力最多，他多分得一份，共得了三大锭元宝，百来两碎银及金银酒器首饰十余件。

后来他又与顾三郎一伙在江湖上贩盐盈利，赚取了许多金钱财帛。唐僖宗乾符二年（875年），黄巢起兵，攻掠浙东地方，杭州刺史董昌出下募兵榜文。钱婆留听闻后摩拳擦掌，跃跃欲试。董昌见他伟岸魁梧，武艺高强，便拜他为裨将，军前听用。由于战功卓著，他被朝廷任命为杭州刺史。后来唐王禅位于梁，梁王朱全忠改元开平，封钱镠为吴越王，又授他天下兵马都元帅的头衔。钱镠虽受王封，其实与皇帝行动无二，一样的出警入跸，山呼万岁。

由此可以看出，钱婆留起初的处境是非常窘困的，他虽然具有腾飞的潜质，却施展不开，只能做混吃蹭喝、偷鸡摸狗的市井无赖。他不学无术，"惯一偷鸡打狗，吃酒赌钱"，甚至还做了强盗劫钱去赌。但他没有像一般劫匪那样为了自身安全而滥杀无辜，反而命令众人"休杀害他性命"。

结合"三言"中的其他作品，我们可以发现武人发迹类型小说中主人公的生活状况、社会地位及社会评价都是很差的。然而，这些并不影响听众和读者对他们的喜爱，因为他们率真的性格，因为他们胆大的作风，因为生活在底层的他们更接近自己，更因为他们最后的成功给了自己希望。尽管这些人物同属"发迹变泰"类型，他们却以各种不同的面貌、姿态牵引着人们的心。站在统治千年的儒家思想文化氛围环境中，这群人物的性格和行为显然是为社会主流所排斥、厌恶的。但也正因为如此，他们的出现更令人耳目一新。正是他们惊动了寂静已久的儒家"阳春白雪"的文学湖面，添了几道波澜，慢慢地又漫延开去。

我们可以体会到，对这样一群与传统道德价值观全然背离的市井之徒，作家并没有口诛笔伐，似乎还存有一丝欣赏和羡慕。因为"人们歌颂德行，但人们却憎恨它，躲避它，它是冷冰冰的，而在这个世界上人们必须使自己安乐舒适。……你晓得为什么我们看见虔诚的人这样冷酷，这样讨厌和这样的难以亲近吗？因为他们勉强要实行一件违反天性的事……德行使人肃然起敬；而尊敬是不愉快的。德行令人钦佩；而钦佩是无乐趣的。"[1]儒家的传统思想正是如此，讲究德行，它纵然是高尚的，却无法让人快乐，它会束缚人们的天性，令人变得无法亲近，作为"神"一样被顶礼膜拜。作者正是通过钱婆留这些人释放了自然的天性，想做什么做什么，随心所欲，忽视道德和旁人的眼光，注重的是实际利益，饿了就偷，

---

[1] 狄德罗：《拉摩的侄儿》，江天骥译，商务印书馆1981年版，第48—49页。

因为作为人首先要活着，他们真正地在走自己的路。

别人眼中的"里中无赖子"钱婆留，听二钟劝他同去抗贼立功，便"磨拳撑掌，踊跃愿行"，凭借自己的雄才大略发了迹，做了开国公。从他的发迹中，我们看到了人们抗争命运、寻求自我人生的意识倾向。

在小说中，他是市民羡慕的英雄好汉，在征战中智勇双全、心思缜密，成就一番大业，对有活命之恩的王婆也知恩图报。之前的"小恶"与这诸多英雄善举相比，似乎渺小得微不足道。正是这样优缺点并存的人物才更加真实，更加立体化、多层次化。这样的人物就是因为展现了其性格的优劣种种，才变得耐人欣赏，而且他们都以独特的性格、举止，成为"这一个"不能代替的典型，留在我们的人物画廊中变得更加迷人。

二、文人发迹类故事

与武人的"异相"这一主要发迹预示元素不同，在文人发迹的故事中，揭示其发迹必然命运的主要元素首先是"梦"，其次是卦辞。《赵伯升茶肆遇仁宗》《俞仲举题诗遇上皇》《钝秀才一朝交泰》这三篇文人发迹类的小说都或多或少包含了上述的发迹元素。

《喻世明言》卷十一《赵伯升茶肆遇仁宗》中的赵旭（字伯升）千里迢迢从成都赶到东京来参加科举考试，因答卷时将"唯"字的"口"字旁写成"厶"字旁，被仁宗皇帝黜落，他"吁嗟涕泣，流落东京，羞归故里"。光阴荏苒，一年过后，有一天，仁宗皇帝半夜时分，做了一个梦，梦见一个金甲神人，坐驾太平车一辆，上载着九轮红日，直至内廷。他猛然惊觉，乃是南柯一梦。第二天朝堂上仁宗皇帝宣问司天台苗太监曰："寡人夜来得一梦，梦见一金甲神人，坐驾太平车一辆，上载九轮红日，此梦主何吉凶？"苗太监奏曰："此九日者，乃是个'旭'字，或是人名，或是州郡。"仁宗曰："若是人名，朕今要见此人，如何得见？卿与寡人占一课。"

原来苗太监曾遇异人，传授诸葛马前课，占问最灵。当下奉课，奏道："陛下要见此人，只在今日。陛下须与臣扮作白衣秀士，私行街市，方可遇之。"仁宗依奏，卸龙衣，解玉带，扮作白衣秀才，与苗太监一般打扮。出了朝门来到御街及各处巷陌闲转。半晌工夫驾临到有名的樊楼。仁宗皇帝与苗太监上楼饮酒。再行到状元坊，两人入茶肆坐下喝茶，忽见白壁之上，有词两首，语句清佳，字画精壮，落款："锦里秀才赵旭作。"仁宗失惊道："莫非此人便是？"仁宗想起前因，私下对苗太监说道："此人原是上科试官取中的榜首，文才尽好，只因一字差误，朕怪他不肯认错，遂黜而不用，不期流落于此。"于是恍然大悟，授予赵旭西川五十四州都制置的官职。

赵旭乌纱帽到手后由衷地感慨道："我状元到手，只为一字黜落。谁知命中该发迹，在茶肆遭遇赵大官人，原来正是仁宗皇帝。"

《警世通言》卷六《俞仲举题诗遇上皇》叙写南宋朝贫士，成都府人俞良（字仲举），"亦因词篇遭际，衣锦还乡"。他日夜勤攻诗史，满腹文章。时当春榜动，选场开，广招天下人才，他赴临安应举。无奈时运未至，金榜无名。他流落杭州，每日上街只买酒吃，消愁解闷。有一天他走到众安桥下，遇见一个算命先生，就请那先生算上一命。算命先生对他说道："解元好个造物！即目三日之内，有分遇大贵人发迹，贵不可言。"俞良听后自然半信半疑。

再说太上皇宋高宗忽得一梦，梦游西湖之上，见毫光万道之中，却有两条黑气冲天，竦然惊觉。至次早，宣个圆梦先生来，说其备细。圆梦先生奏道：

乃是有一贤人流落此地，游于西湖，口吐怨气冲天，故托梦于上皇，必主朝廷得一贤人。应在今日，不注吉凶。

太上皇闻之大喜。于是高宗皇帝授意孝宗圣旨御批赐俞良衣锦还乡，任命他为成都府大守，加赐白金千两作为路费，俞良也在众人的前呼后拥中，荣归故里。

《警世通言》卷十七《钝秀才一朝交泰》中的马任（表字德称）聪明饱学。时值乡试之年，忽一日，他请算命先生算了一命，算命先生道：

只嫌（你）二十二岁交这运不好，官煞重重，为祸不小。不但破家，亦防伤命。若过得三十一岁，后来到有五十年荣华。只怕一丈阔的水缺，双脚跳不过去。

果真算命先生的预言在马德称以后的人生征途上都得到了应验。他后来参加科考中了第十名会魁，殿试二甲，选为庶吉士，并且在官场上平步青云，直做到礼、兵、刑三部尚书。

在"普天之下，莫非王土；率土之滨，莫非王臣"的封建专制统治下，社会各阶层把"学成文武艺，货与帝王家"作为自己的最高荣誉和价值取向。不过，文人和武人的发迹心态是大不相同的。文人、武人都通过各自不同的方式汇聚到天子脚下。然而，即使同朝为官，地位也是不平等的。中国自古就是"崇文"的社会。政治的权柄主要掌握在文人手里。历代的仕途之路，都为文人提供了法律制度上的保障。从汉的察举，晋的九品中正，到隋唐至清的科举制，想踏入国家政治决策中心的宫廷之内，得以瞻仰天颜，唯有倚靠读书，"学而优则仕"。"宰相必用读书人！"皇帝注重儒臣如此，武人的境遇可想而知。这一情况一直到清代都没有改变，"他们宁愿做最低等的哲学家（即文官），也不愿做最高的武官……文官要远远优于武官"[1]。

自古以来封建时代的文人士子一直都有着"我辈岂是蓬蒿人"的雄心壮志。为了光耀门楣，成就功名，无数的文人士子涌进科考的角斗场，惨痛落败者难计其数，正是"成也科举，败也科举"！赵伯升出了考场，他自信满满："我必然得中也。"俞良久欠房钱，还对王婆叫嚣道："我有韩信之志，你无漂母之仁。我俞某是个饱学秀才，少不得今科不中来科中。"钝秀才马德称也是自幼就立誓"若要洞房花烛夜，必须金榜挂名时"。这种自负、坚定的宣言也只有在文人发迹的故事中才能频频看到。然而实际上，当这些自视清高的士子功名蹭蹬、沉郁下僚时，他们也会不顾斯文扫地做出与市井游民一样的行径。俞良科场失意后，每天混吃蹭喝，"被人憎嫌"。喝茶、算命没钱，他竟然还无赖般理直气壮地说："我只借坐一坐，你却来问我茶？""等我发迹，一发相谢。"客栈孙婆赶他走，他反而勒索道，"再与我五贯钱，我明日便去"。这与史弘肇、郭威偷狗后要失主赎回的性质并无二致。他的理所当然就是源于文人盲目的思想优越感。

"三言二拍"中文人和武人的发迹变泰多是偶然的。或是误打误撞得人赏识，或是如有神助，或是巧遇皇帝，等等。本来，发迹是可喜可庆的美事，可是，文人发迹比武人发迹增添了更多的悲剧性。这是因为文人较之武人更需要在封建的政治体制内生存。倘若这一体制不能接纳，文人的生活境地将较之武人更窘迫。武人发迹类作品中的主人公多为闲汉，他们少

---

[1] 利玛窦：《利玛窦中国札记》，何高济、王遵仲、李申译，中华书局1983年版，第一卷第59—60页。

有文人的荣辱观和远大抱负，即使没有发迹，他们也可以一如既往地生活下去。社会周遭对他们的评价也不会愈演愈烈，因为他们"始终如一"。但对于文人来说，他们的人生全部交付给了科举和政治。一旦失败，将会承受极为残酷的社会压力。

钝秀才马德称屡试不第，人们"把他做妖物相看。倘然狭路相逢，一个个吐口涎沫，叫句吉利方走"。其惨淡之景让人悲怆不已。俞良更是因科场名落孙山，衣食无着，走投无路之下，欲了结此生。命运的玩笑没有开得太久，转瞬间的扶摇直上恰恰是因为皇帝的一个梦。对于俞良来说，这是幸运。然而，对于天下无数的士子们来说，这无疑是个莫大的悲剧。郁郁不得志的学富五车之士何止俞良、赵旭等人，他们的腾达并不是因为他们的卓越之才，而是因为掌控他们仕途命脉者的一个离奇的梦，或仅仅是因为一个个人的喜好。这种命运的不确定性与非自主性就是几千年来中国文人士子大大的不幸！

三、商人发迹类故事

"三言二拍"中商人发迹类型的七篇小说大多与商人充分利用大运河便捷的水上交通运输，发挥舟船拉货载客的有利条件密不可分。这七篇小说描写的商人经商致富的情形可分为三种类型。一是勤劳致富型，以《施润泽滩阙遇友》《徐老仆义愤成家》为代表；二是"掘藏"致富型，以《宋小官团圆破毡笠》《桂员外途穷忏悔》《乌将军一饭必酬 陈大郎三人重会》为代表；三是"识宝"致富型，以《转运汉遇巧洞庭红 波斯胡指破鼍龙壳》《叠居奇程客得助 三救厄海神显灵》为代表。

我们先分析勤劳致富型的商人发迹变泰故事。

我国古代商品交换活动，起源甚早。《周易·系辞下》记载："神农氏作，……日中为市，致天下之民，聚天下之货。交易而退，各得其所。"也就是说，在《周易》成书时期便有了商人。而在商代就已经有了用于商品交换的贝币了。可见中国的商人和商业活动产生之早。然而，尽管商人经商活动历史悠久，是社会经济生活必不可少的重要一环，但是，统治者崇农抑商的传统，造成了整个社会"耻言商耻言利"的风气。到了商业发达的明代，朱元璋还颁布了贱商令，商贾之家只可穿布，农民之家但有一人为商贾者，就都不许穿绸纱。中国的传统文人以言利、言商为耻，他们习惯于对"经商求利者"采取不屑一顾的鄙薄态度，在自己的"道德文章"里很少客观公正地展现商人的生活和理想。所以，作为社会末流的商人，竟然坦荡地走入文学作品中并成为主角，这一现象本身就是十分值得人们研究和探讨的。

从"三言二拍"叙写的关于商人发迹的七篇小说《宋小官团圆破毡笠》、《桂员外途穷忏悔》、《施润泽滩阙遇友》、《徐老仆义愤成家》、《转运汉遇巧洞庭红 波斯胡指破鼍龙壳》、《乌将军一饭必酬 陈大郎三人重会》入话、《叠居奇程客得助 三救厄海神显灵》可以看到，商人发迹的描写手法与文人、武人大不相同。大多数发迹的文人和武人，都有着预示命运的梦或卦辞，他们就是在这种"名已注定"的前提下，从"否"入"泰"的。而商人的发迹，除了"命运发迹者"，如杜子春、文若虚、王生，还有一些不是由"命"而来的，他们往往是种善因，得善果，勤劳致富。《警世通言》卷二十二《宋小官团圆破毡笠》中的宋金，因其父一心向善，在求子途中救了一位和尚，于是才有了他的出世及后来的富贵。《醒世恒言》卷十八《施润泽滩阙遇友》的施润泽，本是做小本经营的，他在拾到六两银子的时候，将心比心，在原地苦等失主。六年后，因桑叶不够，他前往洞庭山采买，在太湖滩阙机缘巧合遇见失主朱恩，随后不让他杀生款待自己，结果连救了自己两次，后来他生意也越做越好。最后，在买房和修房的过程中，他又锦上添花，掘得几千金。还有《叠居奇程客得助 三救厄海神显灵》中的商人程宰和《徐老仆义愤成家》中的商人阿寄，他们突破了不劳而获的暴富观念，通过自己兢兢业业的经商营业由贫入富。

反面的例子是《警世通言》卷二十五《桂员外途穷忏悔》的桂富五，他因生意"本利俱耗"得施济救助，住入施家，腊月初一烧纸奠酒之时，忽见白鼠绕树而走，遂意外掘得一千五百金。他虽然通过"掘藏"而一夜暴富，但他忘恩负义、恩将仇报，最终受到恶报，亦无由发迹。

"三言二拍"中之所以会出现大量勤劳致富、发迹变泰的商人形象，首先是因为人们的思想观念发生了重大变化。人们不再以商为耻，反而将它作为谋生，甚至追求高水平生活的一种理所当然的手段。《初刻拍案惊奇》卷八《乌将军一饭必酬 陈大郎三人重会》入话中的王生，自幼父母双亡，跟随婶母生活。长大之后，婶母对他说，不可"坐吃山空"，建议他"到江湖上做些买卖"，这也是"正经"。可见，这个时期的商业在社会上的地位有了很大提高，从商似乎也是一种"正途"。其次是因为整个明代社会充斥着浓重的商业气息，一些敏锐的思想家提出了反映时代现状、适应时代发展需求的反传统的重商新思想。李贽在《焚书》卷二《又与焦弱侯》为商人鸣不平：

> 且商贾亦何可鄙之有？挟数万之资，经风涛之险，受辱于官吏，忍诟于市易。辛勤万状，所挟者重，所得者末。

明代改革家张居正甚至提出了"资商利农"的主张。对于"商业"重要性的重新审视，自底层市民至上层少数精英学者，已经形成了一股思想浪潮。

最具代表性的是《醒世恒言》卷三十五《徐老仆义愤成家》这篇小说。小说本事出自明代田汝成所写的《阿寄传》，冯梦龙在此基础上根据嘉靖年间浙江淳安发生的一桩真实事件改写成小说。小说叙述徐家兄弟嫌弃老三死后留下的孤儿寡母，于是决定分家，把"费衣食的老头"阿寄推给了老三的遗孀颜氏，使老三家原本艰难的生活雪上加霜。获知此事的仆人阿寄暗下决心"我偏要争口气，挣个事业起来，也不被人耻笑"。阿寄所说的"事业"就是商业，他认为经商不但可以提高人的社会地位，"不被人耻笑"，甚至还会为他"争口气"获得尊严！不服气的阿寄主动请缨，他首先想到的赚钱方式便是"经商营业"。他拿着主母变卖首饰所得的十二两银子辗转于苏、杭等地，审时度"市"，"生意行中，不曾着脚"的阿寄凭着小本倒卖米、漆等物，赚了五六倍利息回到家，颜氏高兴得只望"免得饥寒便够了"，而阿寄仍然继续贩卖货物，获利越来越多，直至买下一千亩田，为颜氏挣下了一份老大的家业，大大提高了颜氏一房的经济生活水平。不过，他并没有止步于此、守田耕种，依旧马不停蹄地在大运河周边的城镇来回奔波，勤谨经商，最终给主人家带来滚滚的财源。

我们在商人发迹变泰这一类型的故事里还看到了"掘藏"致富的故事和商人形象。尽管勤劳是中华民族的传统美德，然而还是有一些人仍然梦想着易如探囊取物的顷刻之富，通过"掘藏"发财致富在我国可以说是由来已久的。比如晋朝干宝的《搜神记》，在卷十一和卷十八中分别记载了这样两则故事：

> 郭巨，兄弟三人，早丧父。礼毕，二弟求分，以钱二千万，二弟各取

千万。巨独与母出居客舍，夫妇佣赁，以给供养。居有顷，妻产男。巨念与儿妨事亲，一也；老人得食，喜分儿孙，减馔，二也；乃于野凿地，欲埋儿。得石盖，下有黄金一釜，中有丹书，曰："孝子郭巨，黄金一釜，以用赐汝。"于是名振天下。

魏郡张奋，家巨富，忽衰死财散，遂卖宅与黎阳程应。应入居，举家疾病，转卖邺人何文。文先独持大刀，暮入北堂梁上坐，至一更中，忽有一人，长丈余，高冠赤帻，升堂呼问曰："细腰。"细腰应诺。其人曰："舍中何以有人气？"答曰："无之。"便去。须臾，复有一高冠青衣者；次之，又有高冠白衣者。问答并如前。及将曙，文乃下堂中，因往向呼处，如向法呼细腰，问曰："向赤良冠谓谁？"答曰："金也。在堂西壁下。""青衣者谁巴？"曰："钱也。在堂前井西五步。""白衣者谁巴？"曰："银也。在堂东北角柱下。"问："君是谁？"答方："我，杵也。今在灶下。"及晓，文按次掘之，得金、银各三百斤，钱千余万。烧去杵。由此大富，宅遂清宁。

冯梦龙和凌濛初对这种"掘藏"致富的故事也兴趣浓烈，并且一脉相承。《宋小官团圆破毡笠》、《桂员外途穷忏悔》、《乌将军一饭必酬 陈大郎三人重会》入话这三篇小说中有两篇是从正面来表现商人"掘藏"致富的情形的。在《宋小官团圆破毡笠》中，主人公宋金受人馋谤，从主人家被逐出，生活困厄，蒙邻人刘有才收留，在跑运河的舟船上做帮工。因他手脚勤快，为刘有才夫妻所赏识。女儿刘宜春也爱上宋金，两人遂结为夫妇。一年后，宋金与刘宜春所生的爱女夭折，宋金哀痛过度，得了绝症，被刘有才嫌弃，并且趁其不备于行船之际将他抛弃于池州五溪一个荒僻的山崖上。但天无绝人之路：

宋金走到前山……见一所败落土地庙，庙中有大箱八只，封锁甚固，上用松茅遮盖……打开箱看时，其中充牣，都是金玉珍宝之类。原来这伙强盗积之有年，不是取之一家，获之一时的。宋金先把一箱所蓄，鬻之于市，已得数千金。恐主人生疑，迁寓于城内，买家奴伏侍，身穿罗绮，食用膏粱。余六箱，只拣精华之物留下，其他都变卖，不下数万金。就于南京仪凤门内买下一所大宅，改造厅堂园亭，制办日用家火，极其华整。门前开张典铺，又置买田庄数处，家僮数十房，出色管事者十人，又蓄美童四人，随身答应。满京城都称他为钱员外，出乘舆马，入拥金资。

宋金"掘藏"发迹后到仪真寻觅妻子，在河边见宜春麻衣素妆，深为感动，他假意央媒求聘，探得宜春对他的挚爱深情，就扮作富翁搭船。在船上他对宜春说出了事情的来龙去脉，两人重新团聚。刘有才夫妇也愧恨交加，后来双方和好，"子孙为南京世富之家"。

在《乌将军一饭必酬 陈大郎三人重会》入话中，苏州商人王生继承父辈经商的传统，听从婶母杨氏的建议，拿着杨氏准备的千金本钱踏上经商之途。他听说南京好做生意，就先将几百两银子置办些苏州货物，拣个好日子，雇下一只长路的航船，扬帆起航。可是航路上凶险莫测，他先后两次遭遇水盗的拦路抢劫，每次都本利巨亏，空手而归。但他在杨氏的不断鼓励下，仍然不畏艰险，第三次外出经商虽然再次遭遇水盗的抢劫，幸运的是，他捡到了水盗丢下的一船苎麻，打开来一看，里边包着成锭的白金，共有五千两有余。他虽然遭受三番惊恐，却意外地"掘藏"得此横财，将损失的本钱加倍地赚回来，不胜之喜。自此以后，他出去经商，遭遭顺利，不过数年，就成大富之家。

另外，中国传统的"识宝"思想在"三言二拍"商人发迹类故事中也得以体现。识宝传说是我国民间传说中一个流传年代相当悠久、作品数量十分可观的门类。和氏璧、隋侯珠的故事大家最为熟悉，之后历代的识宝故事延续不断。晚唐人裴铏著《传奇》中《崔炜》一篇，便有胡人识宝买宝的情节。受明万历年间周玄暐《泾林续集》所述的胡商买宝影响，凌濛初重新创作了《转运汉遇巧洞庭红 波斯胡指破鼍龙壳》这则故事。主人公文若虚看到别人经商致富，羡慕不已，就走大运河水路运了一批扇子到北京去发卖。由于碰上京城阴雨连绵的糟糕天气，扇子几乎卖不出去，他不仅没有赚到钱，还折了不少本。后来他跟随一帮从事海外贸易的客商出海做远洋生意，在一个荒岛上无意间捡到一个大鼍龙壳，带回国内，卖给一个波斯大商人，发了一笔横财。

按照小说的叙事，文若虚闲逛之时拾得"大鼍龙壳"做个物证，为的是向外人证明自己到过海外，见过此等大龟所言非虚。没料想被波斯胡商"识为至宝"，并高价买走，文若虚由此发迹。

而《叠居奇程客得助 三救厄海神显灵》是"三言二拍"中商人识宝而发迹类型中的又一种形式。辽阳海神就是指点徽州商人程宰经商的"识宝"人，但辽阳海神"识"的不是金银财宝，而是市场供求关系这一商业经营之"宝"。

徽州商人程宰，与兄程棻带上数千金银子，到辽阳去经商，贩卖人参、松子、貂皮、东珠之类的东北特产到南方销售。但几年下来，由于经营不善，耗折了资本。时来运转，他冥冥之中遇到了辽阳海神，海神为他指点迷津，暗暗助他经商营业。海神让他本着人弃我取、人取我予的原则，以低价购买他人急于脱手的货物，并在最恰当的时机出手，从而赚取高额利润。程宰先后做了三笔生意，他所贩的药材、彩缎、布匹，都是卖主急于脱手而市场上又没人敢收购的商品。他以极低的价格买进，等到一场突来的变故带来新的市场需求，于是，"滞货"变成了"市场宠儿"，他获得了暴利。因为有海神送上的"经商宝典"，每次他都能赚取高额利润。短短四五年间，他就赚到了五七万两银子，然后衣锦还乡，让乡人羡慕不已。

总体来看，商人发迹变泰较之文人和武人有着更为鲜明的时代特征，这是那个时代的经济发展水平所赋予的。恩格斯曾说巴尔扎克的《人间喜剧》"汇集了法国社会的全部历史，我从这里，甚至在经济细节方面（如革命以后动产和不动产的重新分配）所学到的东西，也要比从当时所有职业的历史学家、经济学家和统计学家那里学到的全部东西还要多"[1]。这就意味着像《人间喜剧》这样的经典之作蕴藏着丰富的经济矿藏。同样，"三言二拍"中的商人发迹故事也真实、逼真地反映了晚明时代的经济生活。当文人和武人继续走着千年的仕途之路时，商人们走上了新的道路，繁荣的商品经济从多方面推进、影响了整个社会的发展。

第三节 "发迹变泰"舟船小说的文化意蕴

"发迹变泰"题材之所以广受关注，是因为多重文化意蕴和社会心理之上的对于"富"和"贵"的向往，使人们对于迅速获取富贵的方式——"发迹变泰"倍感兴趣。"发迹变泰"题材的兴盛也体现出底层大众改变自身命运的迫切愿望。同时获得"发迹变泰"机会的不可预知性滋生了一种对于幸运过度渴望的大众心理，人们都希望自己是那个幸运儿。

[1] 恩格斯：《马克思恩格斯选集》，人民出版社1966年版，第445—446页。

一、武将发迹变泰故事的文化意蕴

在社会动乱的年代里,许多出身寒微,但又有雄才大略、非凡本领的人物,在群雄逐鹿中,经过艰辛的奋斗,终于称霸天下,成为开国君主。他们的这些发迹变泰故事,自然而然地能够引起广大群众强烈的兴趣与向往。在这种情况下,以他们为主人公,表现他们发迹变泰的小说便应运而生了。

我国古代对这些英雄人物的发迹变泰,往往采用感生和真身显应等文化形式加以表现。

在中国古代文化中,有一种学说,叫"感生说"。感生说,起初是因为古代劳动人民对生育原理的无知,后来更演化成为,为某位天神赋予的灵魂而降生的人。这些"无上"的光环,一般都出现在帝王之身,由此古时候,皇帝也被称为"天子"。天子,也就是所谓的"天之子"。

据中国古代典籍记载,最被认可的感生说人物共有七位,分别是炎帝神农氏、黄帝、颛顼、尧、舜、禹,最后一位是刘邦。

炎帝,感神龙而生。相传炎帝的母亲任姒(有蟜氏之女),又名女登,一天在玩耍时,忽然看到天空金光闪闪,一条巨龙腾空而下,身体立刻就有了感应。后来任姒怀孕一年零八个月后生下一个红球。红球在田地里滚了几滚,接着裂为两半,中间坐着一个胖乎乎的男婴,长着人的体形,龙的容颜,头上还长着两只青龙角。这便是炎帝出生的传说。

黄帝,感电光而生。轩辕黄帝的出生,也是极富传奇色彩。相传黄帝的母亲附宝,有一天晚上,看见一道电光环绕着北斗枢星。随即,那颗枢星就掉落了下来,附宝由此感应而孕。怀胎二十四个月后,生下一个小儿,这小儿就是后来的黄帝。

颛顼,感长虹而生。相传,颛顼也是古代的四大帝王之一。他的母亲女枢,有一次梦见一条直贯日月的长虹飞入腹中,由此怀孕而生颛顼,据说颛顼生下时头戴干戈,并有"圣德"字样。

尧,感赤龙而生。尧作为古代英明君王之一,位列"五帝"。不仅他的出生过程极为神奇,连他的母亲庆都也是个奇人,相传常有朵朵黄云环绕在她的头顶。当她嫁给黄帝的曾孙帝喾以后,黄云愈堆愈多。有一天,庆都到河边去游玩,忽然见到赤龙自天而降,风吼雨号,回到宫中不久便怀孕,经过十四个月后生下尧。尧相貌不凡,有十尺之高,粗眉大眼,目光炯炯有神。

禹,感红果而生。相传禹母修己,年龄已过三十,还没有生育。一日,修己到玲珑山下汲水,看到水边有一颗红果,随手拾起。此时,忽觉眼前一亮,一颗流星迎面而来,修己慌乱中把那颗红果吞入口中,回家后,没过多久竟然怀孕了。怀胎十三个月后,禹仍未出生。鲧就为修己做了剖宫产而生下禹,史曰:"修己背坼而生禹。"禹生下来胸口上就有状如北斗之形的黑痣,两足心也有个像"己"字的纹路,于是鲧为禹起名文命。

刘邦,感蛟龙而生。相传,刘邦的母亲有一次在田间劳作累了,便在一水塘堤坝上闭目小憩,梦与天神不期而遇。逢上雷电交加,天色阴暗,其父太公到塘坝接应其母,只见一条蛟龙蟠于母身。龙光很是耀眼,太公再定睛看时,龙不见了,他也没当回事,不承想,回到家后刘邦的母亲就怀孕了。随之,汉高祖就出生了,开创了汉朝四百年基业。

"感生说"均由古代的传说而来,有着浓厚的神话气息。如今看来,必为荒诞之谈。而中国的古代神话,作为中华文明的一部分,也是五千多年来文化灿烂的一种存在,我们不能将其束之高阁,有时候玩味起来,也是极有趣味。"这些感生神话的产生,一方面是原始图腾崇拜的反应以及受天人感应思想的影响的结果;另一方面也因为远古时期生产力低下,人的认识能力不足,而生育与妊娠之间相隔的时间又太久,致使远古人类很难把生育与现实联系起来。除此之外,还有很大的一部分原因就是通过感生神话在民族内部的流传,使本民族神圣的由来得到全体成员的一致认同,然后从这种异乎寻常的民族起源中,顺理成章地推断出一个结论——本民族的存在是最顺应天意的,本民族的血统是最神圣的。"[1]"这些感生的上古帝王及伟人,在我们现在的人看来,都觉得荒诞不经;但在古人不但不觉得奇怪,且因而增加对那个帝王或伟人的崇拜。"[2]"感生神话,在我们现在看来,固不值识者一笑;但在古人思想中,以为一个伟人产生,非

---

[1] 王秋萍:《感生神话——中国门第观的文化渊源》,《青海师范大学学报》(哲学社会科学版)2006年第5期,第103—106页。
[2] 王治心:《中国宗教思想史大纲》,东方出版社1996年版,第19页。

有特异的奇迹,不足以表示他的伟大。"[1]

总之,感生和真身显应是我国古代小说表现英雄人物"发迹变泰"的主要手法之一,它总是力图揭示这些英雄人物命运历程中个别中的一般,偶然中的必然。

《喻世明言》卷二十一《临安里钱婆留发迹》中钱母因蜥蜴而感生钱婆留,同时,钱婆留在睡觉时也显露其真身是一条大蜥蜴。其实在古时人们经常把蜥蜴误认为是鳄鱼。"蜥蜴一类爬虫,在分类学上与鳄为同纲,而形态更极为相似(古人描写鳄鱼,常说其形"似蜥蜴")。"[2]在蜥蜴这一物种之中却有一类有翼能飞的飞蜥,它主要分布在我国的闽、桂、滇等地方。而这种飞蜥在古代被称为应龙,在《淮南子》和班固的《答客戏》中都有关于应龙的记载。"上古时代,生物分类本不严格。蜥蜴与鳄鱼形相似,虽大小不同,但蜥蜴却酷似刚出壳的幼鳄。所以在古人眼中蜥蜴亦归龙属。"[3]小说这样描写其实是为钱婆留日后的发迹变泰做一个铺垫,它是我国传统文化信仰的一种遗留。

这种感生和真身显应其实是远古时代图腾崇拜的遗留表现。图腾崇拜是一种原始的宗教信仰,英国著名的民族学家J.G.弗雷泽认为,"每一个氏族成员都以不危害图腾的方式来表示对图腾的尊敬。这种对图腾的尊敬往往被解释为是一种信仰,按照这种信仰,每一个氏族成员都是图腾的亲属,甚至是后代,这就是图腾制度的信仰方面"[4]。龙是中华民族的一个标志性图腾。龙图腾是一个复合型的图腾,这种复合图腾"是以一个氏族或一个部落的图腾为基础,组合其他氏族或部落的某一部分,形成自然界中不存在的虚幻的生物。这种图腾也可称之为组合图腾"[5]。而根据有关专家的研究,他们大多认为龙形象的基调是鳄鱼。

《临安里钱婆留发迹》中钱母因蜥蜴而感生将钱婆留诞下,钱婆留的真身又是一条大蜥蜴,而蜥蜴形似鳄鱼,归龙属科,属于龙图腾崇拜的范畴。这与古人以动物比拟君王将相有关。原始人类认为人与动物图腾之间

[1] 王治心:《中国宗教思想史大纲》,东方出版社1996年版,第20页。
[2] 何新:《神龙之谜——东西方思想文化研究与比较》,延边大学出版社1988年版,第310页。
[3] 何新:《神龙之谜——东西方思想文化研究与比较》,延边大学出版社1988年版,第311页。
[4] 海通:《图腾崇拜》,何星亮译,广西师范大学出版社2004年版,第2页。
[5] 何星亮:《图腾文化与人类诸文化的起源》,中国文联出版公司1991年版,第385—386页。

有着某种特殊的血缘亲属关系，他们可以相互渗透、感应和转化，动物图腾可以使人拥有独特的勇气和技能，冥冥之中受到某种神秘力量的感召和触动。在武人发迹的这篇小说里，像钱婆留这样的君王的人生轨迹是从低贱走向高贵，真身作为一种奇异的征候预示着他日后交运发迹，也是众人能够慧眼识珠发现英雄于穷困潦倒之际的一个有力凭借。

二、文人发迹变泰故事的文化意蕴

"仕而优则学，学而优则仕"是儒家为士人设计的实现自己人生价值的最基本的途径。隋朝建立之后，便开始实行科举取士的选官制度。隋之后的唐，一方面继续实行了一系列的限制门阀氏族的措施，另一方面，也积极地推行科举制度。科举制度的施行使得大批的布衣之士、草莽之人和贫贱之士都有了发迹变泰的可能性。

科举制度的施行为儒家子弟实现"修身齐家治国平天下"的人生理想提供了可能性。因此其对士人的诱惑也是越来越大，唐之后的宋朝和明朝都延续了隋唐时期的科举取士的选官制度。然而，科举考试在激起士人积极入仕的高度热情，提供相对公平的竞争机会的同时，却又无情地将他们抛入一个十分窘迫的境地之中，这就是参加科举考试的士人太多而实际被录用的举子则相对较少，大多数的士子都不免落第。并不是每一个落第的士子都胸无点墨，而是在这样一个残酷的现实面前，能力并不是唯一的决定因素。

这些士子在考试时的临场发挥，以及考官的喜恶都影响着他们的命运。因此，科举考试充满了变数。也正是这些变数的存在，使得科举考试蒙上了一层神秘的外衣，充满了宗教意味。这种神秘的宗教意味，主要体现在术数文化观念对科举考试的影响。

所以，在"三言二拍"叙写文人发迹变泰的故事中，术数文化观念已经悄悄地渗透进小说故事的叙事文本里。而这种术数文化大体包括占梦、命相术等形式。

（一）占梦

占梦是人们根据梦景来预卜人事的吉凶祸福的一种神秘的文化现象。恩格斯在《路德维希·费尔巴哈和德国古典哲学的终结》一书中，根据北美的原始人资料,分析他们的梦魂观念,最后得出结论:"在远古时代,人们还完全不知道自己身体的构造,并且受梦中景象的影响,于是就产生了一种观念:他们的思维和感觉不是他们的活动,而是一种独特的、寓于这个身体之中、而在人死亡时就离开身体的灵魂的活动。"在论述人的思想起源的问题时候说:"野蛮人发明了灵魂,为的是要解释梦景的现象。"[1]原始社会的人们,通过对梦的思考产生了灵魂的观念。他们认为:"梦者,精神之运也。人之精神往来,常与天地流通。而祸福吉凶皆运于天地,应于物类,则由其梦以占之,固无逃矣。"[2]在古人这一思想的影响下,占梦便应运而生了。

《警世通言》卷十一《赵伯昇茶肆遇仁宗》中仁宗皇帝"梦一金甲神人,坐驾太平车一辆,上载九轮红日,直至内廷。……苗太监奏曰'此九日者,乃是个'旭'字'"。

苗太监这里用的释梦方法为拆字法。"拆字法,即把梦象分解成汉字的笔画,然后再根据笔画组成的汉字来解释梦意和说明人事,这也是释谶等方术常用的方法。"[3]同时"九"也是中国古代数字中最大的数字,暗示着赵旭以后会发迹变泰,位极人臣。

此外,《警世通言》卷六《俞仲举题诗遇上皇》中也有类似的情节。使用隐含吉凶祸福的梦景,作为推动小说情节发展的动力,是古代小说家常用的艺术手法之一。俞仲举落第,穷困潦倒,在酒店中吃酒耍赖不交钱,在旅馆中又受到店主孙婆的辱骂。作为一个文人其遭遇可谓悲惨,但在其最悲惨的时候,太上皇宋高宗夜得一梦,"梦游西湖之上,见毫光万道之中,却有两条黑气冲天"。于是太上皇宋高宗便更换衣装,微服出巡,在酒肆的墙壁上看到了俞良的《鹊桥仙》词,暗合了梦境,便授意儿子宋孝宗封俞良为成都府太守,让他衣锦还乡。因此,太上皇宋高宗之梦不仅仅是改变俞良命运的关键,也是推动故事情节往前发展的动力。

《喻世明言》卷二十二《木绵庵郑虎臣报冤》中,贾似道在年轻的时候曾经梦到自己乘龙飞天,不料被一勇士打落,坠入坑堑之中,那个勇士的

---

[1] 恩格斯:《路德维希·费尔巴哈和德国古典哲学的终结》,载《马克思恩格斯全集》第21册,人民出版社1998年版,第315页。
[2] 王昭禹:《周礼详解》,载《四库全书》第91册。
[3] 万晴川:《中国古代小说与方术文化》,中国社会科学出版社2005年版,第226页。

背心绣着"荥阳"二字。《占梦书》曰:"梦见乘龙王(上)天,三代富贵。梦见乘龙,大富得官。梦见乘龙,富贵王侯,吉。"[1]贾似道的这个梦暗示其将会依靠着姐姐贾妃之力,做到宰相。但是在失宠之后,则会死在郑虎臣之手。这是借鉴了释梦法中的象征法。象征法一般是以民族长久积淀起来的意象为思想基础的,我国古代积淀的象征意象有马、龙等意象。象征法"即把梦象转换成为它所象征的东西,然后根据这些东西解释梦意合人事。梦象的具体转换,是以本民族的审美习惯为基础的"[2]。

总之,"三言二拍"中人物的许多梦境都是人物心理因素造成的。尤其是落魄不第的书生,他们渴望科举及第,"朝为田舍郎,暮登天子堂",在万般无奈的情况下,他们只能借助梦境来改变穷困潦倒的现实处境,梦想有朝一日能得到贵人的相助,飞黄腾达,发迹变泰。梦的运用使得小说情节变化多端,富有生气,同时,当小说家遇到难题时也常用梦的方法来解释。梦的存在为小说的虚构世界和人们的现实世界提供了联通的可能性。

(二) 命相术

命相术包括相术和命理术两种形式。"这门古老的术技由于免遭秦火,在西汉时期已形成了热潮,从史书记载并参之以古小说来看,相术已开始影响到宫廷政治生活,皇帝常命相士为自己的宠臣看相,宫中选妃要由相士把关,政治决策要参考相士的意见。"[3]而且命相术观念在民众中得到广泛的普及,渗入人们日常生活的各个角落。

《警世通言》卷六《俞仲举题诗遇上皇》中,俞良落第,流落杭州,衣食无着。有一天他在众安桥边的茶坊中吃茶,遇到算命先生"如神见"。俞良说自己的出生年月日时,算命先生算罢说道:"解元好个造物!即目三日之内,有分遇大贵人发迹,贵不可言。"

算命先生根据俞良的出生年月日时推算到了俞良何时能发迹,这便是根据命理术推演的。"命理术,往往分成两大流派:一派是以人出生时星宿(如金、木、水、火、土五星)所在黄道十二宫的位置来提算禄命,俗称'五星术',一派是以人出生时的年、月、日、时四柱八字推算禄命,俗称

---

[1] 李零、刘乐贤:《周公解梦书》,《中国方术概观·杂术卷》,人民中国出版社1993年版,第56页。

[2] 万晴川:《中国古代小说与方术文化》,中国社会科学出版社2005年版,第227页。

[3] 万晴川:《命相·占卜·谶应与中国古代小说研究》,中国文联出版社2000年版,第55页。

'子平术'。从历史发展来看，二者相比，'子平术'的影响更深，流传更广。"[1]这种子平术又叫四柱术，是唐宋之际在两位命理大师李虚中和徐子平的直接推动下才最终定型的。

小说中的算命先生"如神见"在给俞良算命的时候便是根据俞良的出生年月日时，推算出他的八字（四柱）。八字是用八个天干地支的字来记录人出生时辰的一种方法。如某人如果是1981年9月2日中午11点35分出生的，那么他的八字便是辛酉（年柱）、丙申（月柱）、癸未（日柱）、戊午（时柱）。"如神见"知道俞良的八字之后，再根据阴阳五行相生相克的原理，最终推算出其在数日之内便会发迹。

这种命理术算命的形式，在《警世通言》卷十七《钝秀才一朝交泰》表现得更加明显。马德称去书铺买书，在书铺的隔壁看到一个算命店，开店的是号称"张铁口"的算命先生，马德称向张先生拱手道：

"学生贱造，求教。"先生问了八字，将五行生克之数，五星虚实之理，推算了一回，说道："尊官若不见怪，小子方敢直言！"马德称道："君子问灾不问福，何须隐讳。"……先生道："小子只据理直讲，不知准否？贵造'偏才归禄'，父主峥嵘，论理必生于贵宦之家。"……先生道："五星中'命缠奎壁'，文章冠世。"……先生道："只嫌二十二岁交这运不好，官煞重重，为祸下小。不但破家，亦防伤命。若过得三十一岁，后来到有五十年荣华。只怕一丈阔的水缺，双脚跳不过去。"

这里，算面先生用了"四柱术""五星术"和阴阳五行的方法对马德称的一生做了推算。张铁口用"四柱术"并结合阴阳五行相生相克的原理算得马德称"偏财归禄"及其一生的荣辱沉浮。"这平平无奇的八个字居然能蕴含人一生的荣辱兴衰，说起来着实让人匪夷所思，但在古人看来，这一切都顺理成章。……中国古典哲学中有两个重要的概念，一是'阴阳'，一是'五行'。'五行'出自《尚书·洪范》，分别为金、木、水、火、土，这五种基本元素相生相克，就构成了丰富多彩的物质世界。'阴阳'出自《周易》，所谓'一阴一阳之谓道'，这个'道'便是天地宇宙的基本规律。既然整个世界都受阴阳五行规律的支配，生存在这个世界上的人自然也不例外。古代命理学认为，只要破译出蕴含在四柱八字中的阴阳五行密码，便

---

[1] 张荣明：《方术与中国传统文化》，学林出版社2000年版，第11页。

能解读命运，预测未来。这就是四柱推命的奥义所在。"[1]

算面先生接着用"五星术"对马德称的文采方面做了一个大体的描述。"五星术"又叫"星命数"，是星命家以人出生时的星宿所在的黄道十二宫的位置来推算人的禄命的一种方法，其中的"五星"指的是人在出生时辰所值的水星（辰星）、木星（岁星）、金星（太白）、火星（荧惑）和土星（填星）。王充曾在《论衡·命义》中说："（人）所禀之气得众星之精……得富贵象则富贵，得贫贱象则贫贱。……贵或秩有高下，贫或资有多少，皆星位尊卑大小之所授也。"与四柱术相比，五星术在小说中出现得较少。

在这篇小说中，算命先生"张铁口"充分运用命术中的各种方法为马德称算命，准确地预测了他的一生。冯梦龙在话本的结尾部分也说"可见万般皆是命，半点不由人"，因此，作者对命术也是深信不疑的。其他的文人发迹变泰类的话本小说还运用了占卜（《赵伯昇茶肆遇仁宗》）、相面（《穷马周遭际卖䭔媪》）等各种形式的算命方法，并且这些术士的话都一一应验了，充分地显示出传统文化思想对科举考试及文人命运的影响。

三、商人发迹变泰故事的文化意蕴

商人发迹变泰与文人和武人的发迹变泰有所区别，文人和武人的发迹变泰多有一些梦境、卦象和真身显应等谶应现象的存在，而商人的发迹变泰更多地体现了中国自古以来的一些传统文化思想和观念。

（一）因果报应的传统文化思想

"三言二拍"中工商业者的发迹多是用因果报应的思想来进行劝惩教化，工商业者的发迹也反映了晚明的时代特色，有着鲜明的时代气息。

中国固有的报应思想是建立在"天道观"的基础之上的，因此，自古便有"善有善报，恶有恶报"的俗语。

中国古籍中有许多关于善恶果报的描述，如《尚书·汤诰》曰："天道福善祸淫"；《尚书·伊训》曰："惟上帝不常，作善降之百祥，作不善降之百殃"；《周易·坤》曰："积善之家，必有余庆；积不善之家，必有余

---

[1] 仲林：《方术》，重庆出版社2006年版，第49页。

殃";《国语·周语》曰:"天道赏善而罚淫";《韩非子·安危》曰:"祸福随善恶";《曾子》曰:"人而好善,福虽未至,祸其远矣;人而不好善,祸虽未至,福其远矣";等等。这些话虽未将善恶当作福祸的直接结果,但仍然将善恶作为福祸的主要根源。在早期的典籍中还有"结草""衔环"报恩的故事,已经初步形成了善恶果报的思想。

善恶果报也是佛教用以说明世界一切关系的基本理论。它认为世间的一切事物都由因果关系支配,强调每个人的善恶行为必定会给自身的命运带来影响,产生相应的回报,善因善果,恶因恶果。"佛教果报观的一个重要内容,就是六道轮回。在佛家看来,众生因为业力的作用而流转于欲界、色界、无色界三界,循环转生于天、人、畜生、饿鬼、地狱、阿修罗六道,如此生死相续,因果相依,形成佛家的果报轮回观念。"[1]佛教的果报报应观念是在因果报应的基础上形成的生命转化的学说,它说生命犹如车轮一样不停地回转,永无止境。佛教的果报轮回观念在中土传播的过程中,迅速地与中国传统文化中固有的善恶果报思想相融合,发展成为一种具有中国特色的因果报应思想,并作为中国传统文化中极为重要的一部分,长期影响着中国人的整个精神世界。同时这种因果报应观念还影响到了中国古代小说的创作。在唐传奇中因果报应的情节已经成为小说的重要组成部分。到了宋代的话本小说中,宣扬因果报应思想的作品越来越多。而明代的通俗小说创作同样继承了这一传统。"三言二拍"中宣扬因果报应的语汇随处可见,如"种瓜得瓜,种豆得豆。天网恢恢,疏而不漏"(《喻世明言》卷三十八)。"殃祥果报无虚谬,咫尺青天莫远求"(《喻世明言》卷一)。"举心动念天知道,果报昭彰岂有私"(《警世通言》卷五)。"善恶到头终有报,只管来早与来迟"(《警世通言》卷二十,《二刻拍案惊奇》卷二十八)。"善有善报,恶有恶报,不是不报,时辰未到"(《醒世恒言》卷三十四)。"一报还一报,皇天不可欺"(《初刻拍案惊奇》卷三十二)。[2]

《警世通言》卷二十五《桂员外途穷忏悔》中的桂员外在贫困的时候得到了邻居施济的慷慨救济,并暂住于施家老宅之中。一次偶然的机会,桂员外挖到了施鉴为儿子施济留下的银子,并据为己有。在施济死后,桂员外带着银子离开施家,沿着浙东运河到绍兴会稽县做生意去了。后来施

---

[1] 俞晓红:《佛教与唐五代白话小说研究》,人民出版社2006年版,第349页。
[2] 付震震:《"三言二拍"发迹变泰作品研究》,陕西理工学院2011年硕士论文。

家落败，施济的妻子严氏带着儿子施还去投靠桂员外，想得到他的帮助。但发迹之后的桂员外竟然忘恩负义，拒绝收留施家母子。后来桂员外家也败落，其妻子与儿子投胎做了狗，来偿还前生欠的债。"善有善报，恶有恶报，不是不报，时辰未到"的因果报应观念在此篇作品中淋漓尽致地展现出来。

与此形成鲜明对比的是"积善之家，必有余庆"，如果一个商人行善助人，他便会得到回报，发迹致富。在《醒世恒言》卷十八《施润泽滩阙遇友》一篇中，施润泽在街头捡到一个钱包，他并没有将钱包占为己有，而是将心比心想到失主丢失钱包后的处境，于是他在街头耐心地等待失主，并将钱包还给了失主朱恩。六年后当施润泽去太湖的洞庭山采买桑叶的时候，在一户人家也丢了钱包，这家的娘子叫住施润泽，并把钱包爽快地还给了他，原来这户人家正是朱恩的家。在朱恩的帮助下，施润泽很顺利地采买到了桑叶。当施润泽想要回家的时候，朱恩苦劝其再住一晚，结果又救了施润泽一命。可以说，施润泽之前的善行决定了自己后来的善报。《初刻拍案惊奇》卷八《乌将军一饭必酬 陈大郎三人重会》的故事与《施润泽滩阙遇友》的故事情节相类似，都是善行得到了善报。

（二）品德为先的商业伦理文化

在"三言二拍"的商人发迹致富的故事中，商人发迹的原因主要不是一些难以把握的客观因素，诸如由于好运而偶然得到的神秘宝物或他人的帮助等，而是一些合乎逻辑的主观原因，如良好的品德、高超的经商技巧等，这样的发财梦无疑更具现实性、可模仿性和可操作性。具体而言，首先，作者反复强调良好的品德是商人得以发家的前提。如《醒世恒言》卷十《刘小官雌雄兄弟》中的刘氏兄弟因做生意志诚不欺、物价公平而发家致富，《醒世恒言》卷十八《施润泽滩阙遇友》中的施复则因重义轻利而终得回报，这些都是明代商业伦理文化在小说作品中的具体体现。

从"三言二拍"中的商人发迹故事来看，我们很容易形成一种认识，即发家主人公在品格上没有任何问题，他们是普通人，而且多是普通人中的好人。如《施润泽滩阙遇友》中的施复拾金不昧，惜老怜贫；《初刻拍案惊奇》卷一《转运汉遇巧洞庭红 波斯胡指破鼍龙壳》中的文若虚存心忠厚。可以毫不夸张地说，在商人发家的故事中，良好的品德几乎成为他们发家致富的先决条件，他们的发迹大多是好人好报的结果。

同时小说中的一些商人诚实不欺,应验了"刻薄不赚钱,忠厚不折本"的俗语。"三言二拍"中那些描写商人发家的作品反复渲染诚实不欺的美德,"诚实为本""信义为先"的商人往往具有良好的商业信誉,拥有众多的顾客,可招揽更多的生意,赚取更多的商业利润。

《醒世恒言》卷十《刘小官雌雄兄弟》中的刘德父子正是这方面的典型。刘德是一个开小酒店的商人,他平昔好善,极肯济人。凡来吃酒的,偶然身边银钱缺少,他也不十分计较。或有人多付了钱,他也只取原价,余下的定然退还,分毫不肯苟取。"因他做人公平,一镇的人无不敬服,都称为刘长者。"

他的两个义子后来也秉承了他的这种道德规范和经商准则,"开起一个布店来,四方过往客商来买货的,见二人少年志诚,物价公道,传播开去,慕名来买者,挨挤不开。一二年间挣下一个老大家业,比刘公时已多数倍"。

讲究诚实不欺是普通商人致富的一条规律,也是他们的行为准则。刘公之所以致富,与他们的诚实信义、用商业信誉去赢得顾客密不可分。

(三) 勤劳节俭的传统文化美德

在中国传统文化中,勤劳节俭是很重要的观念,人们一向信奉勤俭才可以持家,乃至发家。"三言二拍"中的商人发家故事也反复强调勤劳节俭对于经商成功的重要作用,"富贵本无根,尽从勤里得"就是这一思想的高度概括。

《醒世恒言》卷三十五《徐老仆义愤成家》中的阿寄是一个临老才学做生意的商人,但最终赚得厚利,替主母挣下一大片家业,在很大程度上得益于他的勤奋、吃苦耐劳和节俭的品质。经商伊始,阿寄手中只有十二两银子作本钱,但他靠着自己的吃苦精神,足迹遍及庆云山、杭州、苏州、兴化等地,本着"本钱多便大做,本钱少便小做……见景生情,只拣有利息的就做"的经营理念,不到一年,就"长有两千余金"。同时,阿寄尽管赚了大钱,却非常节俭,从不乱花一文钱,"自经营以来,从不曾私吃一些好饮食,也不曾私做一件好衣服"。正因为勤劳和节俭,所以阿寄的经商取得了极大的成功,十年之外就使主母"家私巨富",难怪连作者也不禁为之感慨"富贵本无根,尽从勤里得"。

《醒世恒言》卷十八《施润泽滩阙遇友》中施复的发家也是靠勤俭,夫妻二人"省吃俭用，昼夜营运"，于是"不上十年，就长有数千金家事"。施复的发家历史同样真切地告诉我们只有靠自己的辛苦、勤奋、节俭才能致富。

（四）重情重义的做人准则

中国传统观念认为在商人的世界里情和利如水火不相容，商人经常会为了求利而忽视和牺牲感情。古代闺怨诗中有一个重要的内容是"商妇怨"，此类作品往往由情入手，在情与利的矛盾对应中通过商人的取舍来突出他们唯利是图、薄情寡义的特征。如宋代文人江开的《商妇怨》云：

春时江上廉纤雨，张帆打鼓开船去，秋晚恰归来，看看船又开。嫁郎如未嫁，长是凄凉夜。情少利心多，郎如年少何？

其中"情少利心多"五字乃全词点睛之笔，一语道破了女主人公怨愤的原因，也表达了作者的批判态度。相比之下，《醒世恒言》卷三《卖油郎独占花魁》则突破了传统观念对商人的偏见，不仅向读者展现了商人重情轻利的一面，而且证明了重情可以为商人带来财富。在《卖油郎独占花魁》中，秦重开始只是一个拥有三两银子作本钱的卖油小商贩，因为偶然目睹了花魁娘子莘瑶琴的风姿，不禁为之神魂颠倒，所以他想方设法赚足十两银子以获得接近莘瑶琴的机会。一个以三两银子起家的小商人却舍得用十两银子去见心仪的妓女一面，这种想法和举动足以证明秦重的痴情与执着。凭着一股素朴的韧性，在几经波折后，秦重终于如愿以偿，可是莘瑶琴在接待秦重时，认为他不是"有名称"的子弟，心中甚不情愿，于是干脆喝得酩酊大醉，对秦重不理不睬。面对如此冷遇，秦重并未因自己已经付出的银子去强迫莘瑶琴，而是彻夜不眠、细心周到地照顾醉酒的美娘。这一夜的相聚使莘瑶琴初步感受到了秦重的温存体贴，在临走时，她取出二十两银子送与秦重作资本。一年之后，莘瑶琴遭吴八公子戏弄，又被秦重相救，她也终于决定以身相许，"满月之后，美娘将箱笼打开，内中都是黄白之资，吴绫、蜀锦何止百计，共有三千余金，都将钥匙交付丈夫，慢慢的买房置产，整顿家当"。至此，秦重的家业日渐兴旺。

《卖油郎独占花魁》其实讲的就是一个"麻雀变凤凰"的故事，与以往不同的是，变凤凰的不是妓女，而是一个卖油的小商贩。秦重之所以能一朝飞上枝头变凤凰，完全得益于他身上那种重情轻利的人格，其名字的谐音便是"情种"。在中国商贾小说塑造的商贾群像中，卖油郎秦重不愧是一个"志诚君子",一个懂感情、重感情的生意人,他的出现打破了人们认为商人都是经济动物,只重利、不重情的传统偏见,同时也表明了晚明重情的社会心理。

"重情"可以为商人带来意想不到的财富,"重义"也会给予商人丰厚的回报。《醒世恒言》卷十八《施润泽滩阙遇友》叙写嘉靖年间吴江盛泽镇的施润泽,是一个自己养蚕、抽丝、织绸、卖绸的小手工业者,一日骤然拾得六两银子,不由得满心欢喜。但是在义与利的天平上,我们很快就看到了倾斜,他仔细思量了一番之后,毅然把拾到的六两银子交还给失主朱恩。如果情节至此便截住,我们可以说施润泽还是位忠厚之人,但后面的情节是,自此之后,施复每年养蚕,大有利息。施复在一次买桑叶的途中巧遇失主朱恩,他不仅在朱恩的帮助下采买到了需求的桑叶,还因此躲过了一场覆舟之灾。于是,施复的生意越做越大,"不上十年,就长有数千金家事",最后,"施复之富,冠于一镇。……至今子孙蕃衍,与滩阙朱氏,世为姻谊"。

故事情节的发展清楚明白地向读者传递着这样的信息:施复因拾金还银的"义"举而感动天地,所以能顺利发家。另外,该篇作品开头即道:"只因亦有一人曾还遗金,后来虽不能如二公这等大富大贵,却也免了一个大难,享个大大家事。正是:种瓜得瓜,种豆得豆,一切祸福,自作自受。"在施复还银之后,又有人议论:"这人积此阴德,后来必有好处。"由此可见,作者立意的重心是在重义轻利、终得回报的道德说教上。重利轻义、见利忘义已是社会对商人的一般看法,随着明代商品经济的日益繁荣,金钱至上的观念强烈冲击着社会既有秩序,生活在商业气息浓厚的城市中的冯梦龙、凌濛初,对于部分商人在物欲的恶性膨胀下而大肆破坏社会道德的基本信条,应当是有深刻认识的。为了匡扶世风,他们唯有通过在小说中塑造以"义"自律、"不义之财不取"的商人形象,并给予他们好结局的方式来正道人心。[1]

(五)灵活多样的商业营销文化

"三言二拍"的作者在叙述商人发迹致富的故事时,还突出强调——高超的经商技巧也是商人发家致富的重要保障。小说描写了商人许多高明

---

[1] 裴香玉:《三言二拍中的商人发家故事及其文化意蕴》,湘潭大学2006年硕士论文。

的商业经营技巧，反映了那一特定时代的商业营销文化。如《醒世恒言》卷三十六《徐老仆义愤成家》中的阿寄最后能帮助主人挣下泼天家业，与他善于捕捉市场信息、注意加速资金周转等经营技巧是直接相关的。

"三言二拍"中体现的商业营销文化概括起来有以下四个方面：

一是善于捕捉市场信息。

商业行情与市场信息对每个商人来说，都是至关重要的。如同一商品，哪里价格高，哪里价格低；某种商品去何处买（卖）有利，去何处买（卖）无利；当前市场上哪些货物短缺，哪些货物滞销；某些商品何处丰产，何处歉收；等等。商场如战场，瞬息万变，这就要求经商者事先对市场供求关系的变化有清楚的了解，对商品价格的起落变化了然于心，并把握好时机，巧妙地予以利用，才能有利可图。

《醒世恒言》卷三十五《徐老仆义愤成家》中的阿寄，就是一个周旋于市场、在市场上屡战屡胜的出色经营者。阿寄最初所做的生意是贩漆与贩米，第一次买卖是从浙江庆云山购漆运到苏州发售，没想到苏州当地"正遇在缺漆之时"，他将漆销售一空，"足足赚个对合有余"。这笔生意做完后，他"打听得枫桥籼米到得甚多，登时落了几分价钱"，遂籴了六十多担籼米，载到杭州出脱，那时杭州正在闹干旱，米价腾涌，于是又赚了十多两。欢喜之余，阿寄又特意去打听当地的漆价，因为杭州离产漆的庆云山较近，所以一般商人都死守"路近价贱"的观念，不愿去杭州而直接将漆贩至远处销售，这种共同的心理反而造成了漆在杭州时常短缺的局面，导致漆价上涨，阿寄便瞅准这机会做上一笔，"计算本利，果然比起先这一帐又多几两，只是少了那回头货的利息"。所以，阿寄决定还是要把漆贩到远处去卖，此次不在苏杭发卖，径至兴化地方，结果所得利息比这两处都好。卖完了货，阿寄在掌握杭州粮食荒歉这一信息的基础上，"打听得那边（指兴化地方）米价一两三担，斗斛又大"，他毫不迟疑就"装上一大载米至杭州"，再获厚利。阿寄发家致富的经验便是牢牢地抓住市场，准确及时地掌握市场信息，他来往于杭州、苏州、兴化这几个地方，哪一个地方需要什么商品，哪一种商品能赢利，他都心知肚明。由此可见，除了勤俭的品质，善于捕捉市场信息也是阿寄经商获利的一个重要因素。

善于捕捉市场信息还表现在商人有敏锐的嗅觉和独到的眼光，能抢在别人之前领先一步占领某些商品的市场制高点，这是确保商人经商获利的一种很有效的营销策略。

二是加速资金周转。

加速资金周转是经商成功的重要法宝之一，早在春秋战国时期大商人计然就深谙此道。他主张"无息币"，"财币欲其行如流水"，意即资金不能停息不动，要加速流转。"三言二拍"叙述商人发家的故事中也特别注意到了这一点。如《初刻拍案惊奇》卷一《转运汉遇巧洞庭红 波斯胡指破鼍龙壳》写破产商人文若虚出海时用别人资助的一两银子买的橘子"洞庭红"在吉零国意外地卖出了一个好价钱，共获利一千多两银子。这时，同行的商人在羡慕之余都劝他以银换货营利："你这些银钱此间置货，作价不多，除是转发在伙伴中，回他几百两中国货物，上去打换些土产珍奇，带转去有大利钱，也强如虚藏此银钱在身边，无个用处。"

小说表现了商人这样一种可贵的认识：财富只有在一刻不停地流通中，才能实现增值，若老是积压在手中，则不是生财之道。可惜的是，文若虚却道："我是倒运的，将本求财，从无一遭不连本送的。今承诸公挈带，做此无本钱生意，偶然侥幸一番，真是天大造化了，如何还要生利钱，妄想甚么？万一如前再做折了，难道再有洞庭红这样好卖不成？"从这番话中我们可以发现，文若虚除了胆小怯弱，脑子里还缺乏资金周转的意识。与此形成鲜明对比的是，《醒世恒言》卷十八《施润泽滩阙遇友》中的主人公施复在偶然拾到六两多银子后就开始了加速资金周转、不断扩大再生产的构想："如今家中见开这张机，尽勾日用了。有了这银子，再添上一张机，一月出得多少绸，有许多利息。……积上一年，共该若干，到来年再添上一张，一年又有多少利息。算到十年之外，便有千金之富。……"尽管施复并没有将这六两多银子据为己有，但此种经营意识始终贯彻于他发家致富的全过程。施复家本来只有一张绸机，后来因为他织出的丝绸质量优于别家，所以屡获其利。施复马上利用这些资本增添了三四张绸机，生产规模开始日益扩大，家中也颇饶裕。"那年又值养蚕之时，才过了三眠，合镇阙了桑叶"，施复不是坐以待毙，而是积极地想办法让资金运转起来。他听说洞庭山桑叶有余，就不辞辛苦地联合十多家邻居前往购买桑叶，途中幸得失主朱恩相助，于是"蚕丝利息比别年更多几倍"。丰厚的利润使施复产生了进一步扩大再生产之心，"欲要又添张机儿"，但苦于"家中窄陋，摆不下机床"，于是他贱价买下邻舍的两间房屋，正当他准备择吉铺设机床之时，竟从买下的房屋中掘出"千金之数"，夫妻二人好不欢喜，并以此为基础，开起了三四十张绸机，把家业收拾得十分完美。

值得一提的是，作者在小说末尾还设计了一个"银子会跑"的故事，这个故事在宣扬"富贵由天"时运观的同时，也从侧面强调了资金不能停息不动，而要加速流转，如此方可使财富增值。故事大概内容是，老汉薄有寿在门首开个糕饼、馒头等物的点心铺子，日常用度有余，积至三两，便倾成一个锭儿。其老婆孩子气，常把红绒束在银锭中间，又恐露人眼目，于是缝在一个暖枕之内，数年之后共积得八大锭。一日，老汉梦见枕边走出八个白衣小厮，腰间俱束红绦，在床前商议道："今日卯时，盛泽施家竖柱安梁，亲族中应去的，都已到齐了，我们也该去矣！"老汉梦中问那八个小厮是谁，从何处来，小厮答道："我们自到你家，与你只会得一面，你就把我们撇在脑后，故此我们便认得你，你却不认得我。"老汉心中挂欠无子，见其清秀，欲要认他们做个干儿，不料八个小厮笑道："你要我们做儿子，不过要送终之意。但我们该旺处去的，你这老官儿消受不起！"道罢，一齐往外而去，后来老汉亲自证实，那八锭银子确实"跑"到了施复家中。老汉薄有寿不懂货币流通的规律，以致原本属于他的财富"跑"到了精于以资本生利的施复手中。

《醒世恒言》卷三十五《徐老仆义愤成家》中的阿寄也非常注意加快资本周转的速度，想方设法不让银子在身边闲置，每次做买卖去时是购货发售，返程时也必定要贩批货物回来卖出。他之所以只在杭州卖过一次漆，行情变化固然是重要的原因，而"少了那回头货的利息"更使他心疼。尽管利润高于苏州，但资本少周转一次，这仍然不能算最佳经营方案。

三是巧妙地进行商业宣传。

由于商品经济的发展，商业竞争也日益激烈，为了使自己免遭破产，商人不仅要善于捕捉市场信息、注意加速资金周转，还必须善于利用各种机会进行商业宣传，这样才能更快地打开经商之门。

《喻世明言》卷三十九《汪信之一死救全家》入话中的两个小故事能充分说明这一点。

第一个故事是说高宗皇帝有一天出游西湖，在苏堤旁的酒肆尝了宋五嫂烹煮的一碗鱼羹，当即赐金钱百文。此事一时传遍整个临安府，引起轰动。王孙公子、富家巨室人人都来买宋五嫂的鱼羹吃，宋五嫂顿时生意兴隆，也因此成巨富。第二个故事是说高宗皇帝有一次散步，经过一座精雅的酒肆，看见店里墙上挂了一首《风入松》词，便随手改动了几个字，于是马上又引起巨大的轰动，游人纷纷前来观赏。店家利用顾客的这种好奇心理，大肆招揽生意，每天将络绎不绝的游客吸引到店里饮酒吃饭，其家亦致大富。这其实就是商业经营中的"名人效应"，经商者抓住千载难逢的良机，巧借名人之名广泛进行商业宣传，从而招揽了众多的顾客，最终获利丰厚。

再如《醒世恒言》卷三《卖油郎独占花魁》中的秦重被义父朱十老赶出家门之后欲复姓为秦，按照规矩，"有前程的，要复本姓，或具札子奏过朝廷，或关白礼部、太学、国学等衙门，将册籍改正，众所共知"，然而秦重身为一个卖油的小贩，其复姓之事，恐怕是无人知晓的。于是，聪明的秦重"把盛油的桶儿，一面写个大大'秦'字，一面写'汴梁'二字，将此桶做个标识，使人一览而知"，"以此临安市上，晓得他本姓，都呼他为秦卖油"。秦重此举不仅帮助自己恢复了本姓，并且利用这个机会为自己的生意做了一次免费的广告宣传，因此，他很快就积攒到了与莘瑶琴相处一宵的花柳之费。

四是薄利多销。

《醒世恒言》卷三《卖油郎独占花魁》中秦重的经商策略除了巧妙利用机会进行商业宣传，还有薄利多销，不以利小而不为的经营理念。秦重所卖的油是每家每户天天都要使用的日用消费品，但他定价合理，买卖公道，对顾客以诚相待，热情友善，从而赢得了顾客的信任。因此，卖油虽然是种毫不起眼的小买卖，利润也薄，但由于客源众多，需求数量很大，涓滴俱纳，获利仍然很可观。其实在这种薄利多销的背后，是商人的"放长线钓大鱼"，是他们积小钱为大钱、积小胜为大胜的一种精明之举。

（六）"以富求贵"的官本位文化心态

商人在发家致富以后的表现又如何呢？"三言二拍"诸篇描写商人发家的作品中首先向读者形象地展示了商人在发家之后通过科举、捐纳等各种方式向官场发展的情形。商人在发家之后向官场进军的第一大途径便是参加科举考试。如《喻世明言》卷二十八《李秀卿义结黄贞女》的结尾写道："秀卿自此遂为京城中富室，夫妻连育二子，后来读书显达。"曾以三两本钱起家，后来获得爱情和生意双重胜利的秦重（《醒世恒言》卷三

《卖油郎独占花魁》),"夫妻偕老,生下两个孩儿,俱读书成名"。靠辛勤营运致富的施润泽(《醒世恒言》卷十八《施润泽滩阙遇友》)"请个先生在家",教儿子读书。

《醒世恒言》卷七《钱秀才错占凤凰俦》尤其具有浓烈的晚明时代气息,其主要表现在:高赞作为靠经商致富的商人,有钱有势,却非要将自己美貌贤淑的女儿嫁给一个一贫如洗的读书君子;而一介寒士的钱青因为才貌双全、知书达理,不仅收获了美满的婚姻,还在高家的鼎力资助下考取了功名。其实,这是晚明时代风行一时的一种"士商对流"现象。它真实地反映出商品经济发达的晚明社会的时代风貌,体现出小说作者对晚明社会新型的士商关系的独特认识,并以此折射出晚明社会各阶层人士在思想意识、婚姻观念和文化价值追求上的新变化。

从小说所述故事中我们可以看到,高赞是一个有思想、有见地的商人,他对"家无读书子,官从何处来"的现实看得很透彻。他虽然广有钱财,衣食无忧,但与士人相比他始终觉得低人一等,他想方设法去改变自己的身份和处境。他清楚地意识到自己已没有条件"转业"了,于是就把希望寄托在一双儿女身上,以求下一代能改变"富而不贵"的身份。因此,他处心积虑,在一对儿女幼小时就"请个积年老教授在家馆谷,教着两个儿女读书"。女儿秋芳"资性聪明,自七岁读书,至十二岁,书史皆通,写作俱妙",长到十六岁时,如花似玉,人见人爱。高赞便"不肯将他配个平等之人,定要拣个读书君子、才貌兼全的配他","有多少豪门富室,日来求亲的。高赞访得他子弟才不压众,貌不超群",都婉言回绝了。择婿时,"别家相媳妇,他偏要相女婿"。当书生钱青替表哥颜俊上门来相亲时,高赞对钱青的"面试"既简洁又周全,"考题"不过两道:一是"外才",即外貌长相;二是"内才",即学问功底。考试的结果当然令他十分满意。高赞之所以要考"内才",而且还特地请出儿子的业师来当考官,主要是为了测试未来的女婿是否真正有学问,是否有希望通过科举考试求取功名。

而书生钱青则是苦苦挣扎、急需得到帮助的士人。作为一个出身书香世家的秀才,他主观上总还想保持一点士大夫所特有的那份清高矜持。但贫寒的家境、寄人篱下的处境,常使他显得力不从心,甚至还有碍他的仕途和功名。当表兄颜俊要他当"替身"去高家相亲时,他感到进退两难,身不由己，"欲待从他，不是君子所为；欲待不从，必然取怪，这馆就处不成了"。权衡利弊后，他还是硬着头皮去为人作嫁衣裳。在结亲的盛典上，别人是兴高采烈、喜形于色，他却好像做梦一般，但转念想到"我今日做替身，担了虚名，不知实受还在几时，料想不能如此富贵"，便伤感不已。显然他是为自己境况窘迫而无缘去取得功名富贵而伤感、扫兴。当阴差阳错之后，高赞选中他做上门女婿，他既得意自己作为一个谦谦君子不欺暗室、不亏行止的品行，又怕"冒此嫌疑，惹人谈笑"，迟疑不决。但一想到自己的功名前程，他便乖乖地做了高家的乘龙快婿。因为他清醒地意识到以他目前所处的窘境，在短时间内是绝难飞黄腾达的，而高家不仅成就了他一段美满姻缘，而且能在经济上给予他帮助。钱青的选择是明智的，他后来果然一举成名，同时夫妻恩爱偕老。

钱青与高家的关系是一种良好的"士商互济"关系。从士人的角度来说，他们希望在自己困难时能得到商人经济上的援助，发奋读书，考取功名；而从商人的角度来说，他们更希望通过帮助暂时落魄的士人，去换来士人发达后对自己的提携报答，以此来改变自身低下的地位。这种情形反映到男女婚姻上，便是大部分商人都希望与士人缔姻，以改善自己的地位和处境，而且希望能进入统治阶层；士人因经济拮据需要商人的金钱和资助，在门第方面做些让步，也愿意与商人缔姻。这其中起决定作用的当然是金钱，金钱扯平了门第之间的差异，填平了阶层之间的鸿沟。金钱使商人有条件与士人缔姻，并使士人愿意与商人结缘。钱青作为一个落魄的士人，急需商人的金钱助他一臂之力去考取功名，因而放弃日益衰弱的书香门第，最后与商人缔姻，做了高家的上门女婿，这完全是合乎他的人生逻辑的，也是明代中叶以后"士商对流"现象的真切反映。

在传统的中国封建社会里，社会各阶层的等级秩序是"士农工商"，商人处于最低的一个阶层，最被人看不起。在"重农轻商"观念的影响下，商人虽然赚到大笔的金钱，拥有大量的财富，过着富裕的生活，却常常受人非难。同时，历来"重本轻末"的政策还导致商人的地位非常卑微和低下，唐高祖曾立下定制："工商杂类，不得预于士伍。"因此，作为贱民的商人哪怕再腰缠万贯、财大气粗，也不能入仕，无法跻身社会上层，改变自己卑微的身份和低下的处境。而从总体上看，在中国封建时代特殊的社会形态中，士人阶层总是处于特别有利的地位，他们高高在上，颐指气使;而商人阶层则地位卑下,常常受到轻视和责难。但世界上的任何事物都不是一成不变的,也没有不可逾越的鸿沟。

明代中叶,王阳明倡导"心学",发起了思想革新运动。王学处处体现出一种自由解放的精神,他教人不以孔子之是非为是非,不靠圣人而靠自己的良知。王学经泰州学派创始人王艮的提倡和推广,逐渐深入民间,不再为士大夫阶层所专有。发展到李贽,他既对王学左派心悦诚服,又狂放不羁,最敢发惊人的议论。他崇尚自然真实,公开言私言利,使得儒家的伦理学说直接通向社会大众,深入百姓生活,许多文人学士对"人欲""私"的观念都逐渐产生了新的理解,对商人的态度也因此有所改变。另一方面,十六世纪以后商人势力的增强,经商之风的盛行,也迫使儒者对商人的社会地位和价值进行重新估价和评判。

王阳明在1525年为商人方麟作的《节庵方公墓表》中写道:"苏之昆山有节庵方公麟者,始为士,业举子。已而弃去,从其妻家朱氏居。朱故业商,其友曰:'子乃去士而从商乎?'翁笑曰:'子乌知士之不为商,而商之不为士乎?'……阳明子曰:'古者四民异业而同道,其尽心焉,一也。……自王道熄而学术乖,人失其心,交鹜于利,以相驱轶,于是始有歆士而卑农,荣宦游而耻工贾。夷考其实,射时罔利有甚焉,特异其名耳。'"[1]

王阳明的这段话最为新颖之处是肯定士、农、工、商在"道"的面前完全处于平等的地位,不复有高下之分。商贾若"尽心"于其所"业",即同为"圣人之学",决不会比士低。相反,《节庵方公墓表》中明白地指出,当时的"士"好"利"尤过于商贾,不过异其"名"而已。因此,他要彻底打破世俗"荣宦游而耻工贾"的虚伪的价值观念,为像方麟这样的"弃儒就贾"者正名。王阳明以儒学宗师的身份对商人的社会价值给予如此明确的肯定,不能不说是一件异乎寻常的大事。

而明清时期所谓"四民不分"或"四民相混"的说法,主要是针对士与商的关系而言的。明清社会结构的最大变化便是发生在这两大阶层的升降分合上面。

不但士人早已深刻地意识到这一点,商人亦然。出身于新安商人世家

---

[1] 王阳明:《王阳明全集》之三《悟真录》之六外集七(1),上海古籍出版社2015年版,第62页。

亦儒亦商的汪道昆，在《诰赠奉直大夫户部员外郎程公暨赠宜人闵氏合葬墓志铭》中说："大江以南，新都以文物著。其俗不儒则贾，相代若践更。要之，良贾何负闳儒！"[1]"良贾何负闳儒"这样傲慢的话是以前的商人想都不敢想的，它充分流露出商与士相竞争的强烈心理。

因此，在明清时期，文人便愈来愈多地注意到商人，并大力加以表现，商人渐渐成为各种文学样式中的主角，得到文人的肯定和正面描写。不过明代中叶以后虽然商人的社会地位有了很大的提高，但若就士与商的地位和价值而言，士依然是高于商的。何心隐在《答作主》中说："商贾大于农工，士大于商贾。"李维桢在《乡祭酒王公墓表》中记录了陕西商人王来聘的一段诫子孙语："四民之业，惟士为尊，然无成则不若农贾。"从明人的这些言辞中我们可以判定当时社会结构的实况，即四民的排列秩序是士、商、农、工。也就是说，晚明时代，虽然"士商混杂""四民不分"的事实有助于大大消除传统四民论的偏见，使士人阶层不再随意对商人抱着鄙视的态度，但惟士为尊、惟士为高的观念依然没有彻底消除，人们对士阶层的向往和憧憬依然热情不减。所以商人出于在士人面前的自卑心理，只要有机会，便会附庸风雅，向士人的文化靠拢，这种情况在明清的诗文小说中也多有描述。如刘大櫆在《金府君墓表》中写道，商人非常喜欢结交士人："自以托迹市廛，不获读书为憾。及见儒生文士，则悚然心亲而貌敬之。于是贤士大夫习见其内行无失，外应有余，皆乐与之交游。"[2]《钱秀才错占凤凰俦》中的商人高赞其实也是想利用嫁女择婿这个机会，努力去结交士人，向士人阶层靠拢，以此来改善自己的地位，扩大自身的影响。所以他的择婿信念非常执着，一定要拣个才貌双全的读书君子作女婿；择婿的方法也非常独特，要由他来亲自"面试"，看对方是否科举有望，"一举成名"。

正是明代中叶以后传统的四民关系已发生实质上的变化，商人阶层作为一股新兴的力量异军突起，在经济实力日益增强后，提出了新的政治要求和文化要求，高赞执着的择婿信念和奇特的择婿方法才变得合乎情理，而并非小说作者的凭空捏造、无中生有，使得士与商的结缘有了现实的可能。

[1] 汪道昆：《太函集》卷五五，黄山书社2004年版，第1146页。
[2] 刘大櫆：《刘大櫆集》卷七，上海古籍出版社1990年版，第55页。

对于明代中叶以后的士子来说，由于科举人数的不断增多，中举名额的限制，入仕显宦、富贵等身的毕竟只是少数；落魄不偶、饥寒交迫的反而居多数。大批寒士既不富，也无贵可言，急需得到其他阶层人士的帮助和提携。史料表明，晚明时代有财力进学，顺利走完漫长科举之途的学子，多少与富商的帮助有关。有不少仕进的读书人，本身即出身于商人之家，上代经商发财之后，子孙才有机会读书发达。

而高赞在择婿这件事上所表现出的雄心和志向显然与明代中叶后"天下之士多出于商""后世商之子方能为士"的"士商对流"情况密切相关，更带有富裕了的商人阶层一心想要加入社会上层的强烈心理。他那种急切希求提高自身社会地位的愿望，使他能够大胆地怀疑与否定传统的意识形态，以新的思想和价值标准来衡量事物。在传统文化的价值体系中，富与贵是统一的，它是个体生存价值实现的标志。不同的社会身份，意味着不同的社会地位。士的使命是入仕，及第中官后理所当然大富大贵。学而仕、仕而贵、贵而富，这是传统文化所设计的实现个体生存价值的理想模式。而按照官本位文化的逻辑，商与仕是无缘的，即使富有无比，也无贵可言。因此，士天然地就与富贵联系在一起，而商只能富而不贵。事实上，明代中叶后，商贾们通过经商营业不仅获得了相当于，甚至远远超过仕宦阶层的收入，而且在拥有了雄厚的财力后并不满足于富而不贵的地位。他们有的通过对自己子女读书识字财力的倾注及嫁女择婿机会的把握，获得了改换门庭、荣宗耀祖的回报。高赞就是这方面的典型。有的甚至通过贿赂官府等手段，打开仕进之路，取得朝官资格。《金瓶梅》中的西门庆就是由经济上暴富后拉拢官吏、厚赂权贵而在政治上发迹的最典型的例子。可见对于明代中叶以后的商人来说，他们不仅可以不贵而富，还能以富得贵。

由此可见，对于本身无权的商人阶层来说，要想在政治地位上得到提高，一是靠财力，二是靠联姻，而这二者又是紧密结合的。正如恩格斯所说的："结婚是一种政治行为，是一种借新的联姻扩大自己势力的机会，起决定作用的是家世的利益，而绝不是个人的意愿。"[1]冯梦龙生活在"吴中缙绅士大夫多以货殖为急"的商业气氛非常浓厚的江南名城苏州，是一

---

[1] 马克思，恩格斯：《马克思恩格斯选集》第四卷《家庭、私有制和国家的起源》，人民出版社 1972 年版，第 75 页。

个具有较强市民意识的封建文人，他对商人想要与士人结缘的这种思想意识和婚姻观念显然是持肯定态度的。"门当户对"是中国封建时代婚姻的一个重要特征。也许高赞将女儿嫁给颜俊更符合一般的常理，因为颜家也是个富户，"家业也不薄，与宅上门户相当"。而高赞偏偏以才貌取人，不注重对方的家产和钱财。他宁愿以自己的财产和宝贝女儿去倒贴一个一文不名但有才有貌的穷书生，也不愿将女儿嫁给一个才不压众、貌不惊人的富家子弟，这显示了以才貌、才情为基础的婚姻较之"门当户对"的传统婚姻的进步之处，也反映了商人阶层由于受到士人价值观的吸引，渴望由商入儒、改换门庭的心理。

当然，高赞一心要女儿嫁一个士人，一心希望未来的女婿科举及第、显亲扬名，本身也表现出新兴的市民意识无法从本质上超越官本位传统观念的客观事实，反映出明代中后期商人阶层虽然财力雄厚，势力增强，但与士大夫阶层相比仍处下风的那种自卑心理。我们从高赞对钱青的谦恭顺从、殷勤周到，结亲典礼上的奢华摆阔、炫耀夸扬中不难看出这种虚荣心和自卑感。当高赞从媒人口中听说未来的女婿有才有貌时，他一脸的谦恭，"若是令亲不屑下顾，待老汉到宅，足下不意之中，引令亲来一观"。而当他一眼瞧见钱青人物轩昂、学问高深，立即喜得手舞足蹈，"心中甚不忍别，意欲攀留几日"。临别之际，他更是谦卑有加，"仓卒怠慢，勿得见罪"，他明明对钱青有礼有节、殷勤小心，还唯恐有所怠慢。眼看娶亲的吉期将近，"高赞为选中了乘龙佳婿，到处夸扬，定要女婿上门亲迎，准备大开筵宴"。迎亲之日，"高赞家中，大排筵席，亲朋满座"，"那山中远近人家，都晓得高家新女婿才貌双全，竟来观看，挨肩并足，如看神会故事般的热闹"。而当颜俊伙同媒人骗婚的阴谋真相大白后，他虽然气愤无比，但只把怒火发向颜俊，对钱青不仅毫无怨言，反而更加恭敬顺从，又是殷勤致谢，又是"要屈贤婿同小女到舍下少住几时"，唯恐钱青不愿做他的女婿。当高赞听说钱青父母俱亡，别无亲人时，更是中其下怀，"既如此，一发该在舍下住下了，老夫供给读书，贤婿意下如何？"高赞的这一系列言行举动，无不与他唯士为尊、唯士为荣的思想有关。表面上看，高赞自感欠缺文化修养，或不如士人知书达礼，实质上为的却是实际的利害关系，即与士人结缘，能改换门庭，进入社会上层，光耀门楣，以富得贵。

因此，在《醒世恒言》中出现这么一篇生动感人、富有喜剧色彩的士商结缘的拟话本小说,既非偶然,也不是什么令人难以置信的天方夜谭。它既有深厚的历史依据,又是晚明社会时代特征的真实反映:传统的四民关系已有了重大的修正,商人的势力和影响日渐增强,"四民相混""士商对流"的现象日益普遍,金钱的巨大魔力已渗透到社会的各个角落,也制约着士人的读书应举。婚姻在一定程度上已不再是"父母之命、媒妁之言"的纯粹封建联姻,而是成为改善社会地位和经济状况的媒介。有钱无地位的商贾可以通过联姻来提高身份、以富得贵;贫穷而有地位的寒士,则能通过联姻来获得财富、考取功名,既富且贵。这是一种良好的"士商互济"关系,也是《钱秀才错占凤凰俦》这篇小说所蕴含的价值所在。

  商人在发家之后积极地通过参加科考、捐纳等方式向官场发展,集中体现了明代商人的崇官心理。这种浓厚的崇官心理是有其文化根源和社会根源的。从文化根源来说,明代商人的崇官心理正是中国封建官僚体制下官本位意识的产物。在中国古代社会政治结构中,官僚的意志就是一切,他们可以享受种种特权,正像王亚南先生所描述的那样:"长期的官僚政治,给予了做官的人,准备做官的人,乃至从官场退出的人,以种种社会经济的实利,或种种虽无明文规定,但却十分实在的特权。那些实利或特权,从消极意义上说,是保护财产,而从积极意义上说,则是增大财产。"[1]这样的情形使人们普遍产生此般心理:为官则贵,为官则富。因此,在人们的意识中,一直以来都把为官当作最优的职业选择,认为只有当官才能真正提高社会地位,才是积聚大量财富的捷径。

  作为封建社会中后期的一种重要选官制度,科举制度在实行之初并没有惠及商人。直到明清之际,商品经济的繁荣带来商人社会地位的不断跃升,一向被视为"末业"的商业也开始受到社会的重视。商人社会地位的改变也带来了官方意识的改革,此时商人或其子弟均可读书参加科考,入仕为官。然而走科举入仕之途绝非易事,没有雄厚的经济基础作为保障,很难完成举业。正如清人沈垚所描述的那样:"仕者既与小民争利,未仕者又必先有农桑之业方得给朝夕,以专事进取。于是货殖之事益急,商贾之事益重。非兄老先营事业于前,子弟即无由读书以致身通显。"[2]

  由此可知,子弟仕进之路的畅通与壅蔽,取决于父兄辈财富积累的多

---

[1] 王亚南:《中国官僚政治研究》,中国社会科学出版社1981年版,第112页。
[2] 傅衣凌:《明清时代商人及商业资本》,人民出版社1956年版,第42页。

与寡。而商人凭借其财富的优势，自然可以在科场上一展身手。所以许多商人一旦经商致富，便延师课子，希望自己的后代能通过科举踏入仕途。

商人在发家之后向官场进军的第二大途径便是捐纳，如徐老仆阿寄赚了钱之后，给主人的两个儿子"纳个监生，优免若干田役"（《醒世恒言》卷三十五《徐老仆义愤成家》）。又如王员外为女婿赵昂"纳粟入监"，后来赵昂用了许多银子谋得"山西平阳府洪同县县丞"这一肥缺（《醒世恒言》卷二十《张廷秀逃生救父》）。家资巨万的江湘大商人郭七郎（《初刻拍案惊奇》卷二十二《钱多处白丁横带 运退时刺史当艄》），在京都听人说起"朝廷用兵紧急，缺少钱粮，纳了些银子，就有官做；官职大小，只看银子多少"，便花五千两银子买了一个刺史做。据史料记载，明代捐官的风气盛行一时，具体包括捐资买官和纳粟入监两种方式。顾名思义，捐资买官指直接花钱买官，这种情形一般在国家财政遇到困难时施行。而所谓"纳粟入监"，就是向国家交纳一定的钱粮取得监生的资格入国子监读书。郭七郎的行为属于前者，而徐老仆和王员外的做法则属于后者。

第七章　水贼劫财型舟船文化

虽然明清时期不少商人通过外出经商发家致富，但并不是所有的商人都能获得丰厚的回报。不少背井离乡的商人不仅备尝乡愁之苦和奔波之累，在行商过程中他们还面临着诸多风险。"以贩运贸易为重要形式的中国传统商业，对交通运输条件的依赖性很强。商人在长途跋涉中对道路艰险感触良多。"[1]

尤其是行商，他们在水路运输途中经常会遭遇不测：一是天灾，二是人祸。天灾无法避免，面对水路运输途中可能遭受的大风急浪等，他们只能"听天由命"。但值得注意的是，在写到商人舟船遇到恶劣天气的小说情节中往往掺杂着因果报应思想，即一个商人如果向来存有良善之心，那么他在危难面前往往能够逢凶化吉。

相比"天灾"，水路运输途中的"人祸"情况更为普遍。明清通俗小说中商人水路遭劫掠的例子不在少数，甚至可能会发生人财两空的悲剧。有的盗贼明目张胆地杀人越货，如《初刻拍案惊奇》卷八《乌将军一饭必酬　陈大郎三人重会》中的王生，他三次贩货时在水路运输途中都遇到水贼，货物被抢掠一空。《初刻拍案惊奇》卷十九《李公佐巧解梦中言　谢小娥智擒船上盗》中，谢小娥家是江湖上有名的富商，一次舟船行驶至鄱阳湖口时，遇着几只江洋大盗的船，她的家人均被杀害，船上的货物也尽数被劫走，只有小娥跌入水中被一对渔民夫妻救下……这样的小说情节在明清通俗小说中相当常见。

由于明代对大运河的疏通及新的水路交通的开拓，水路交通变得异常便利，从而也促进了明代商品经济的发展与繁荣。水路交通成为上至王公贵族、下到普通百姓最常用的交通方式，商人经商、官员赴任、民众乘船

---

[1] 方立：《论明清商人对商业环境的改造》，《理论月刊》2000年第8期，第17—19页。

赏玩等都离不开舟船。尽管明代水路交通是如此发达，但水路交通的政府管理系统非常薄弱，盗贼泛滥也是明代政府治理的难题。

在"三言二拍"的舟船故事当中，"水贼劫财型"的舟船故事是非常多的，有的故事是作者在原有故事的基础之上进行加工和润色的，有的故事是作者的创作，主要有以下九篇：

《喻世明言》卷二十一《临安里钱婆留发迹》；《警世通言》卷十一《苏知县罗衫再合》；《醒世恒言》卷二十《张廷秀逃生救父》，卷三十六《蔡瑞虹忍辱报仇》；《初刻拍案惊奇》卷二《姚滴珠避羞惹羞 郑月娥将错就错》，卷十一《恶船家计赚假尸银 狠仆人误投真命状》，卷十八《丹客半黍九还 富翁千金一笑》，卷十九《李公佐巧解梦中言 谢小娥智擒船上盗》，卷二十七《顾阿秀喜舍檀那物 崔俊臣巧会芙蓉屏》。

何为水贼？ 所谓水贼，是指活动于内河流域，通过窃取或是抢夺的手段来获取他人财物的盗贼。根据王日根与曹斌的研究，明清时期的水贼主要包括五类人员："渔民""船户""沿岸居民""沿河捕役和汛兵""地方土豪或流氓"。[1]

由于明清时期人们的出行和货物运输都离不开河道和船只，水路运输的兴起也吸引了盗贼的目光，他们将抢劫目标放在了运输船只上。和海上运输的船只一样，内陆运河上的商船、渔船、盗船等往往鱼龙混杂，难以辨识，经常有盗贼的身影出没。

王士性在《广志绎》第四卷《江南诸省》中对洞庭湖的水运情况有如下的记载：

洞庭水涨，延袤八百里，盗贼窃发，乃于岳州立上江防兵备，辖三哨官兵侦治之。[2]

据记载，洞庭湖水量的增加，使得其水域可航行距离拓宽至东西、南北各八百里，然而由于该流域盗贼拦截抢劫商船和渔船的事件频发，官府不得不在洞庭湖的东北湖岸边增设哨官，以防类似事件的发生。

《天下水陆路程》第七卷"扬州府跳船至杭州府"中也有类似记载：

---

[1] 王日根、曹斌：《明清时期江河盗贼的基本来源探析》，《学习与探索》2012年第7期，第147—152页。
[2] 王士性：《广志绎》，吕景琳点校，中华书局1981年版，第89页。

嘉兴至松江船，昼去而夜不行，此路多盗。[1]

因沿途盗贼劫船事件的频发，从嘉兴往返于松江的船只仅在白天航行。无独有偶，杭州至常州段水路也有水盗出没：

烂溪、乌镇无牵路，水荡多，人家少，荒年勿往，早晚勿行。小桥多，虽有顺风，帆桅展舒费力，逆风极难。平望鹰脰湖中，风、盗宜防。[2]

水运发达的地域盗贼劫船事件也频频发生。这一现象在大运河北方河段也有所闻。《明宪宗实录》第一百六十七卷成化十三年（1477年）六月癸卯（八日）条目里有以下内容：

严捕盗之令。兵部奏：近闻通州河西务南，抵德州、临清所在盗起，水陆路阻，加以顺天、河间、东昌等府，岁饥民困……

据史料记载，通州至河西务南及山东德州至临清的大运河流域经常有盗贼出没，这大概与顺天府至河间府、山东东昌府一带饥荒四起、百姓生活潦倒难以为继的社会现状有关。

《皇明条法事类纂》第三十四卷刑部类"禁约通州至天津卫、沿途光棍、在京见行事例、枷号充军"中记载了关于大运河河西务附近的航运情况、盗贼诈财违法情况，其描述如下：

弘治二年（1489年）八月初十日，刑部尚书何等题为光棍朋谋、拷打平人、作践诈财违法事：该顺天府治中张文质奏准：本府关委监收河西务钞贯、舡料、钱钞，据舡户郭清告，系河间府沧州南皮县军籍。弘治二年六月二十二日，在于杨村河下，将河舡一只，装载芦州卫军人王山等官粮二百七十石，脚价银九两四钱，每粮一百石，另与食米五斗。本年七月初六日，行至河西务湾泊舡，将食米二斗，令在舡人王环上岸，舂捣当被光棍芦永赖，偷官粮夺去。至初十日，又被军余吕杲等四人上舡，将食米六斗，连叔郭敬并使舡人郭升，同升锁拿上岸，叫说有赃了，有银子与我五、六两饶了。……查得河西务，系商旅官民船只总会去处，多被无籍之徒，号称喇虎、光棍番子手名色，成群结党。……非但河西凶徒光棍为害，其杨村并直隶天津等处，马头地方，光棍害人尤甚。……查照在京事例通

---

[1] 黄汴：《天下水陆路程天下路程图引客商一览醒迷》，杨正泰校注，山西人民出版社1992年版，第233页。

[2] 黄汴：《天下水陆路程天下路程图引客商一览醒迷》，杨正泰校注，山西人民出版社1992年版，第206页。

行各处禁约，缘河西务等处，俱系水路冲要，商旅之所经行，军粮舡之所停泊，军民杂居，狡诈百出，中间有等无籍之徒，专一在于各处河下，窥候南来粮户，并客商舡只，到彼湾舶，欺其言语。[1]

河西务位于北京附近的通州至天津的大运河中段位置，其南边的杨村是水运交通的要道，过境船只极易受到盗贼的袭击。

江南的苏州府附近也时常发生盗贼劫船的事件，盗贼频发地如下：

嘉善由三白荡至苏州，无牵路，亦无贼，且近，可行。由泖湖、双塔船至苏州，有风、盗阻迟之忧，船大人多，雨天甚难。[2]

嘉兴府的嘉善水路路段没有牵路，也没有盗贼，但是泖湖、双塔至苏州水路路段则是风大而且盗贼肆虐。因此，该水路路段在路程书中被标记为危险路段。

淮安府所属的大运河沿岸山阳县与黄海附近的盐城县，两县间隔两百多里，被称为"太湖之险"。这里的太湖是指射阳湖，盗贼常年盘踞于此，常发生劫船事件，官府因此设立了县治和卫所。

太湖水域盗贼肆虐，尤其是位于太湖西北部的常州府湖岸等地，即现在位于宜兴市的乌溪，盗贼常常出没于该地区。其中尤其是以"淮扬常镇当南北"为主要活动地的盗贼，他们大多是从官府的追拿下逃亡至太湖的。

明代部分士绅关于太湖匪盗的记载也很能说明问题。在很长的一段时间里，太湖在江南官员及士绅心中留下的都是多盗的印象。特别是在明末清初的王朝更迭时期，由于官府对于地方的控制较为薄弱，太湖的盗匪极为猖獗，甚至出现了具有相当规模和一定势力的盗伙。[3]

综上所述，明清时期，内陆的人们出行和运送物资需要利用舟船，但是这些船舶在正常行驶时常常会遭遇出没于江河湖的盗贼的袭击。尤其是大运河和长江流域及其支流、河川、湖泊中常常有盗贼出没。从《皇明条法事类纂》中的记载可知，位于北京及通州至天津大运河中段位置的河西务是该水路路段的要地，也是易受到水盗袭击的地段。而由《明孝宗实

---

[1] 戴金：《皇明条法事类纂》下，东京：古典研究会，1966年版，第60—61页。
[2] 黄汴：《天下水陆路程天下路程图引客商一览醒迷》，杨正泰校注，山西人民出版社1992年版，第210页。
[3] 黎俊祺：《王日根、曹斌：〈明清河海盗的生成及其治理研究〉》，《海交史研究》2018年第2期，第153—156页。

录》第十六卷弘治元年（1488年）七月十二日条目中针对长江水域的盗贼内容，可知其大多是渔民出身，隐匿于江中渔船。盗贼聚集于"荒弃地方"，而"接壤山中"则是躲避官府追捕的最佳场所，因此，对于盗贼来说也是最佳的根据地。[1]

明清二代建都北京，要维持庞大政府机构的财政开支和物资消费，需要经济发达的江南、华南、长江中游等地源源不断地通过水路交通运输线将粮食、棉织品、丝绸等衣食生活资料运送到北京。这就造成了大运河水上运输一方面樯帆林立、舟楫塞港，另一方面水盗出没、伺机抢劫、伤害商客的情形。

第一节　水路盗贼兴起的原因

首先，是区位因素，即江湖河海相对于陆地的隐秘性和复杂性，给盗贼提供了更有利的窝藏据点及作案后的逃遁路线；其次，是社会因素，即商品经济的发展、人的私欲的膨胀、天灾的发生等，都对水路劫掠的发生起到了促成作用；再次，是政府管理的松懈、营塘汛兵的渎职，给予水盗劫匪可乘之机；等等。具体来说，主要有以下四个方面的原因。

一、底层船家与上层旅客（主要是官员、富商）之间贫富差距悬殊的矛盾

在"三言二拍"的舟船故事当中，舟船已经融入社会的各行各业当中，成为不可或缺的交通工具。当然，尤其到了明代中叶以后，随着商品经济的发展，各种雇佣关系出现在人们的生活当中，社会生产力也得到了空前的发展，从而也会导致社会财富的不均衡，贫富差距的加大，上层阶级与底层的普通劳动者产生了各种各样的矛盾。所以乘坐舟船的官员、富商及舟船所载的货物往往也就成为盗贼们抢劫的重点对象。底层船家承载着官员、富商这样的旅客，基于这些旅客对于环境的不熟悉，他们将船只开往人烟稀少的水域，谋害旅客并打劫旅客的财物；或者是骗子通过舟船

---

[1] 松浦章：《明代内陆河运的盗贼：河盗、湖盗、江贼》，《地方文化研究》2019年第4期，第61—69页。

设局，并由此拐卖人口或者骗取财物等。

中国自古就有"南船北马"之说，特别是在被称为"跬步皆溪，非舟莫渡"的江南泽国，水路河道的布局形态、结构功能与当地百姓的日常生计、市镇经济的发展唇齿相依，内河水运业的兴衰直接制约着江南区域市场的商品流通与市镇的发育。

明嘉靖年间，在东南沿海抵御倭寇的名将俞大猷曾如此描述江南的交通状况："常、镇、苏、松、嘉、杭、湖内之地，沟河交错、水港相通。惟舟楫之行，则周流无滞，而步行马驱，每一二里必过一桥，或百五十里，必船渡而后得济。"[1]这种湖塘密布、河港纵横的水文地理结构其实就包含了当时繁忙的商路要道。

这种繁密而通达的水路分布格局，不仅深刻影响到水乡人们的聚居形态与出行交往方式，而且极大地丰富了当地百姓的择业与营生方式。如苏州府的吴江县西濒太湖、湖荡连接，百姓生长于此，"使船如使马，老幼皆善于操舟，又能泅水"[2]。又如松江县的张泽镇上已有专门从事行舟的船户："本庄水上交通有张陆二姓民，航船各一艘，俗称张家船、陆家船。船每日载旅客，带商货驶松江郡城，早开暮返。"[3]当然，在某些水网没有完全覆盖的县镇，当地居民并非完全脱离以农作为主的土地经营。"船中之人，其于乡里有家者，辄冬出春归，归而率其天足之妇女，从事田亩。"[4]但是，"凡吴越间之有水可通者，迨农事毕，则扃门而又出矣，岁以为常"[5]。无论是"全职行舟"还是"兼职泛棹"，无不凸显出江南独特的水文环境对当地百姓谋生方式的塑造功能。"纵而为沥，横而为塘，大者为港，次者为浦，转而为泾，分而为浜，回而为湾，合而为汇，派而为沟、为漕。"[6]这种弯曲迂回、交错纵横的水文系统如同一个给养丰腴的母体，孕育着江南民间广大的船夫群体，承载着捕鱼、运货、旅游、婚丧、赶考等一系列日常生产生活事务，已成为江南城乡民众生活的基本依

---

[1] 俞大猷：《正气堂集》卷七《论宜整搠河船》，道光二十一年刻本。
[2] 同治《苏州府志》卷三《风俗》，光绪八年刊本。
[3] 中国地方志集成编辑工作委员会：《中国地方志集成·乡镇志专辑》第1册，上海书店1992年版，第537页。
[4] 徐珂：《清稗类钞》第十三册，中华书局1986年版，第6074页。
[5] 王初桐：《方泰志》卷一《水道》，嘉庆十二年刻本。
[6] 王初桐：《方泰志》卷一《水道》，嘉庆十二年刻本。

赖，几乎达到了船、人、事合而为一的连环体。

大约从明嘉靖以后，江南的商品经济不断向农村纵深发展，促使农家经营出现了明显的商品化倾向，集中体现在传统的蚕桑经济与新兴的棉作经济改变了先前以粮食作物为主体的农业结构——蚕桑压倒稻作、棉作压倒稻作。"丝棉革命"所带动起来的便是江南专业市镇经济的勃兴。各个市镇之间的棉布、丝绸、茶叶等大宗商品"往来无虚日"，舟楫塞港，街道肩摩，繁阜喧盛，斐然可观。而这一切的物流、人流、资金流、信息流的中转与集散无不仰赖于舟楫之利。"盛泽镇在二十都，去（吴江）县治东南六十里，居民以绸绫为业。明初以村名，嘉靖间始称为市。迄今民齿日繁，绸绫之聚，百倍于者。四方大贾，辇金至者无虚日，每日中为市，舟楫塞港，街道肩摩。盖其繁阜喧盛，实为邑中诸镇冠。"[1]如果没有舟船提供的交通，根本不可能形成如此繁盛的景象。在嘉善与松江之间，甚至有专门的棉纱船，壮游子在《水陆路程》卷七记载"在嘉善可搭棉纱船至松江"[2]，从这一侧面就可以看出松江棉花与嘉善魏塘棉纱凭借舟船运输而发生的对流关系。

随着市镇网络之间的商品贸易日趋发达，内河水运干线上的货物运输数量日趋庞大且价值不菲，人、货的安全日益成为客商货主最为关切的问题。一般的商人都必须通过牙人介绍来寻找可靠的船户，而船夫也要通过牙行介绍与鉴定方能使雇主安心。"雇船一事必须投牙计处，询彼虚实，忌贪小私雇，此乃客之第一要务也。"[3]的确，这涉及对一个普通船夫人品的考验问题，因为外地远商携重物巨资来此生疏之地，如不加选择地随意雇用生疏船只，难保船主不会见财起念，从而发生偷抢货品，甚至杀人越货的悲剧命案。明人祝允明在《前闻记》中就记载了此类变故："县有民将出商，既装载，民在舟待一仆久不至。舟人忽念商辎货如此，而孑然一身，仆又不至，地又僻寂，图之易耳，遂急挤之水中，携其资归。"[4]更有甚者，苏州还存在专门谋客图利的船夫。如"苏州府吴县船户单贵，水手叶新——即贵之妹夫，专谋商客，至于起家。适有徽州商人宁龙，带仆

---

[1] 谢国桢：《明代社会经济史料选编》，福建人民出版社1981年版，第69页。
[2] 壮游子：《水陆路程》卷七，万历四十五年刻本。
[3] 程春宇：《士商类要》卷二，载杨正泰《明代驿站考》"附录"，南京出版社2019年版，第294页。
[4] 祝允明：《前闻记》之《片言折狱》，中华书局1985年版，第40页。

季兴来苏买缎绢,千有余金,雇单贵船只,搬货上船。主仆二人,次日登一舟开江,径往江西而去。五日至章湾,稍船。是夜,单贵买酒买肉,四人盘桓而饮,极情劝得宁龙主仆尽醉终止。候至二更人静,单贵、叶新将船抽绑,潜出江心深处,将主仆二人丢入水中"[1]。其实,类似夺物伤人的案件之所以频繁出现,也并不能仅仅归因于船夫个人品质恶劣,它事实上还引导我们关注这样一个问题:船夫这个职业群体的生计状况究竟如何? 他们中大多数人是否因生活窘困所迫而铤而走险? 表面上看,江南市镇之间频繁的商品流通为船夫们提供了充裕的就业机会,但在这个群体内部仍然存在明显的贫富差距。"很多穷人在小船住着夫妻及子女,他们除了船上的半个甲板以御风雨日晒外,没有别的住处。在大船上,甲板下有很好的寝室与厅房。穷人的则差得多,他们在船上养小猪小鸡,还有小得可怜的园子。男人到城里去找工作帮助维持他们的小家庭,女人则在船上,靠勤劳地使用一根深垂到河底的长竿(其头上有一个用细枝编成的小篮来捞贝壳)及摆渡来往的旅客,助维持家计。"[2] 这是英国人C.R.博克舍于16世纪的广州码头所看到的一些来自江南水乡市镇的船夫的生活。由此可以想见,仰食于各市镇间物资运输的载物型船夫并非个个受益均等,收入差距广泛存在。清代李斗的《扬州画舫录》名驰海内,其中也记载了一个至孝船夫为救母命,以舟换马,取马肝为药引,医治生母的故事:"草堰陈周森,事母至孝,家贫,以舟为生,年二十未娶。母病革,祷宿于里中金龙大王庙。夜梦王坐殿上,颜色甚霁,谓曰:'尔母病用马肝一叶煎服可愈。'觉后喜有可救之药,忧无买马之资。乃奉母岸上住,卖船买马,剖其腹,得肝煎奉。"[3] 从这则故事中我们可以推测,假使陈周森迟至十五岁左右开始以舟船营生,那么到了二十岁婚娶年龄之前,也有五年多的积累的舟船营运收入。且不说完全能够自理婚娶费用,至少总有些财力可以医治母亲日常疾病,不至于沦落到卖舟换马的窘困处境,这足以说明从事普通舟船运输的小民难以借此致富。船夫的收入很低微,生活很艰苦。如新安江边严州一带,"滩高船固,船户甚劳。严州牵夫亦苦,涉水不分冬

---

[1] 宁静子辑:《详刑公案》卷一,中国戏剧出版社2000年版,第57页。
[2] C. R. 博克舍编注:《十六世纪中国南部行纪》,何高济译,中华书局2002年版,第79—80页。
[3] 李斗:《扬州画舫录》,中华书局1960年版,第98页。

夏，所得无分赌沽之费，惟应户差薪米而已，客商每与以假银"[1]。

另外，清代徐珂的《清稗类钞》中也载有船夫生意清淡之时的谋生方式："其船所至之地，男子之业为皮匠，为拉车；女子之业为缝纫，俗谓之缝穷婆。若力作，若小负贩，若拾荒，则男女老幼同任之。诚以其耐劳苦、忍饥寒，皆出于天性……故虽极人世间至污浊至艰苦之事，皆无所惮，无所避也。"[2]由此可知，单单靠舟运货物并不能维持船夫一家大小的全部生计，更何况船只之间还存在激烈竞争。而那些在竞争中败阵下来的船夫，只得在水运之外另谋琐碎生计，生活清苦可见一斑。有时，某些素质低劣的船夫难免就会铤而走险，干出杀人越货的勾当来。

二、行舟水域空间的不确定性

由于中国幅员辽阔，再加上内陆河流众多，舟船无疑成为各色人员出行活动最常见的交通工具，官员赴任、商人经商，以及旅客往返往往都要借助舟船。"三言二拍"叙述的大多数舟船故事主要发生在船舱之内，或者是整个江面之上，舟船有其他交通工具不具备的特殊空间范围。由于舟船在大运河各个水域之间游走，因此，其不确定性相应就增加了，发生在舟船上的劫骗盗财也就比在陆路上更容易得手。水路交通的兴起和大量使用，为人们的出行等一系列活动提供了便利，但也基于舟船与水域空间的隐蔽性和隔绝性，水路往往成为社会治安的"死角"。

具体而言，舟船和整个河面就是两个大的空间，这两个空间相互依存，同时这两个空间都有自身特定的格局和场景。整个河面相对于陆地而言，是与世隔绝的，再加上奇特的地理环境，如芦苇荡等水面，便会给舟船的航行增加无限的危险。而舟船行驶在河面之上，同样是孤立的，其本身的内部空间构造也有着不同的功能和作用。关于舟船内部结构的功能和作用，李萌昀指出："由于舟船结构的固定性，各色人等在舟船中的位置也相对固定，导致了舟船空间之等级秩序与文化含义的形成：船头为外，船舱为内；前舱歇男，后舱歇女；客人入舱，船户当艄。在舟船故事中，舟

---

[1] 壮游子：《水陆路程》卷七，万历四十五年刻本。
[2] 徐珂：《清稗类钞》第十三册，中华书局1986年版，第6074页。

船内部的空间界线（船头与船舱之间、前中后舱之间、船舱与船艄之间），恰与内外、男女、尊卑之间的文化界线相重合——这正是解读舟船故事之情节建构的关键。"[1]

　　舟船的犯罪现场一旦形成，犯罪者也就往往利用舟船的隔绝性和船家的身份越界来进行犯罪。"舟船的隔绝性"是指船家利用自己熟悉水路的特点，将船开往偏僻的水面之上进而行凶打劫。如在《蔡瑞虹忍辱报仇》中，陈小四将船驶向黄州水面的空阔之处；在《苏知县罗衫再合》中，徐能借机将船驶向黄天荡；在《顾阿秀喜舍檀那物　崔俊臣巧会芙蓉屏》中，船家将船驶向芦苇丛中，旅客虽然心有疑虑，但船家会利用自己熟悉水路的优势将其敷衍过去，等舟船行驶到空旷无人之地时，旅客便成为待宰的羔羊。"船家的身份越界"则是犯罪的整个过程，船家是谋财，在谋财的同时为避免声张往往会杀人灭口。船家在船艄生活和工作，想要掠夺，必须打破尊卑的观念，手持利刃前往旅客所待的船舱进行掠夺，所以尊卑的观念在此便被打破，这些水贼也就成了越界者。在描写打劫的过程时，作者的叙事非常迅速，节奏明快，短短的几百字就将整个犯罪过程写得非常完美，这样写的目的主要是展现这群盗贼经验丰富且老练，手段极其残忍，而且也从侧面展示出整个掠夺事件事发之突然，没有给人以反应的空间和时间。在《苏知县罗衫再合》中，徐能领人入侵舱口，杀了苏胜和他的妻子，这也就意味着已经突破最后一道防线，紧接着众人又杀进苏知县的船舱；在《蔡瑞虹忍辱报仇》中，陈小四一路朝蔡武的前舱杀去，杀了众随从后，身份发生完全转变，面对盗贼入侵，再大的高官在此时也没了用武之地，只能屈尊求饶。还有一类则属于"水贼占妻"，即官员携一家老小乘舟船赴任，水贼半路打劫，并将官员杀害，霸占妻女冒充官员赴任。这类小说也属于劫骗之类的舟船故事，它满足了盗贼的色欲。

　　所以在整个舟船犯罪的过程当中，侵犯者与受害者多为船家与旅客的关系，船户利用自身对于水面和舟船的熟悉，以及舟船行驶在水面上的特殊性，来进行谋财害命、劫色占妻的犯罪行为。这些行为既有自身私欲的膨胀，杀人图财的残忍，也从侧面反映出社会财富的不均衡，底层民众的困苦及尖锐的社会矛盾和阶级矛盾。

[1] 李萌昀：《舟船空间与古代小说的情节建构》，《明清小说研究》2013年第2期，第16—25页。

三、政府管理的松懈，营塘汛兵的渎职

明清时期，在地方官府服务的各类衙役中，捕役的经济状况是最为困窘的。他们往往需要自己支付侦查和缉捕盗贼的费用，而薪水的低廉使他们的日常生活都难以为继，更遑论其他。因此，捕役在执行公务过程中渎职犯法的情况，在明清的地方衙门中极为普遍，江河湖泊沿岸地区的捕役也概莫能外。如明后期士大夫陈仁锡记述：

> 内地水上之盗，皆由捕人营为督捕同知，或各卫家广捕牌票，驾飞械船只，总巡旗号内锁强盗二三名，日分捕余盗。一见重载客船，便即指曰：此是盗船。所锁之盗攀认为是。连船连人捉去旷野河荡，尽数劫之，俗名曰生弹船。又有养壮之弊：各处小盗，捕人得其常例，待其劫掠殷厚，尽数起之解官，旋即以轻罪释放。遂至捕人互相为盗，打点衙门，潜通贿赂，皆捕人为之也。[1]

从陈仁锡的记述中可以看出，以捕盗为名，从监所内提取强盗犯人，妄指过往客商船只为盗船，进而肆意劫掠，就是被称为"生弹船"的捕役劫财手法。至于养盗之说，在明清有关捕役贪赃的记述中，更是屡被提及。如雍正七年（1729年）湖南巡抚赵弘恩在查获该省衡阳地区的一件盗案中，擒获盗匪六十余名，其中包括李四、何清等捕役在内，赵弘恩因而下结论道："惯盗多以党羽充当捕役，以为耳目护符。"[2]捕役与盗贼之间的勾结，正如清末民初人陈澹然所述："今捕役视盗贼为外府，盗贼遂恃捕役为护符。"[3]以缉捕盗贼为职责的捕役反而成为盗贼的同党，猫与鼠同眠，又怎能履行好捕盗安民的职责呢？

明清时期，在内陆的江河防护体系中，除了捕役之外，尚有营汛守兵。他们也视江河湖泊为利薮，加入劫盗者的行列。明代隆庆六年（1572年）四月，安庆江防兵卒作乱。事情的起因是该处江防兵惯于为盗，往往在江中劫杀客船，后来因换防而断绝了财路。江防兵心怀愤恨，借着上官

---

[1] 陈仁锡：《无梦园初集》，载《续修四库全书·集部·别集类》，上海古籍出版社2001年版，第257页。

[2] 第一历史档案馆：《雍正朝汉文朱批奏折汇编》第17册，江苏古籍出版社1989年版，第482页。

[3] 陈澹然：《权制》卷六《军政述》，光绪二十八年本。

鞭打守城懈怠江防兵的偶然事件，发动了兵变："先是，以安庆府为江防要地，设守备武臣，督兵卒以备江盗。后武弁多令仆人冒饷，更自为盗，往往白昼杀人，掠其财。于是以戍卒与江卒更番巡警，江卒不得逞，尝怀忿恨……"[1]隆庆六年（1572年）四月参与兵变的江卒达千人之多，可以看到江卒行劫江河的规模之大，安庆江防体系腐败程度之深。安庆江卒兵变很快被镇压下去，但是，营汛守兵行劫内河水域的现象仍在各处发生。明代士大夫王同轨记载了他的亲眼所见："近年沿江用巡舡缉盗，盗不得作，而苦巡兵常自为盗。数年前，予适金陵，金陵获盗，乃其巡兵。盖往赴操江督府，遇贾舡，故称赀，劫之，赀掠殆尽。一盗着新袜，掷所着故袜于舟尾，而忘列名手本在袜中。既去，贾得，据以闻于督府。兵尚不知，呼曰：'江上盗无。'督府曰：'汝等皆盗，安得谓无？'尽以伏法。然诸处及吾郡皆然，不但金陵。"[2]王同轨是湖北黄冈人，主要生活在隆庆、万历年间，一生游历往来于江淮之间，他关于金陵巡兵为盗及"诸处与吾郡皆然"的记载应当是可信的。一般来说，营汛守兵为盗具有很强的隐蔽性，往往难于缉捕，如上引金陵巡兵的例子，若不是因为塞在袜子里的手本暴露了身份，那些行劫的巡兵可能会依然逍遥法外。康熙年间的官员徐旭旦对此评论道："设兵原以御盗，今兵不能御盗，而且有时为盗。民之苦兵甚于苦盗，盗可缉而兵之为盗不可缉也。"[3]他认为，"兵之为盗不可缉"的原因在于守将对兵丁的纵容与隐匿。实际上，汛兵为盗难以追究的另一个原因是受害者害怕打击报复而不敢报官。清初诗人钱澄之《绿林豪》一诗描绘了被汛兵劫掠的受害者因报官而惨遭报复的情形，全诗曰："江头来往绿林豪，弓箭在手刀在腰。门里劫商门外坐，捕捉公人当面过。杀人打货商船行，人人知是食粮兵。箭竿分明记名姓，官府朦胧不许问。君不见西家被劫报官知，合门拷掠血淋漓。"[4]由此可见，遇到汛兵劫抢居民，地方官员和捕役也往往缩首屏息，不敢过问。而地方士绅若出面阻

---

[1] 高汝栻：《皇明法传录嘉隆纪》卷六，载《续修四库全书·史部·别史类》，上海古籍出版社2002年版，第613页。
[2] 王同轨：《耳谈类增》卷五四《外纪盗篇·金陵巡兵》，载《续修四库全书·子部》，上海古籍出版社2002年版，第329页。
[3] 徐旭旦：《世经堂初集》卷二六《平楚管见拟万言策》，载《四库未收书辑刊》，北京出版社2000年版，第531—532页。
[4] 张应昌：《国朝诗铎》卷一〇，载《续修四库全书·集部·别集类》，上海古籍出版社2002年版，第534页。

止汛兵为非作歹,也被汛兵罗织罪名,诬为盗贼,以至于身死牢狱。[1]迨至清末,汛兵在内河水域肆行劫掠的案件仍时有发生。值得注意的是,在营汛守兵为盗的事例中,巡盐兵丁借巡缉盐枭之名劫掠商民船只的情形也较为多见。盐枭私贩是自汉代盐铁专卖以来代代有之的社会问题,明清时期,盐枭不但贩运私盐,以武力对抗官府追缉,而且他们也时时对往来水上的客商船只进行抢劫。郑若曾记载明代江南长洲县的情形是:

> 长船湾,在齐门西北,通长荡、华荡诸湖,盐盗出没。贩盐出卖,大帮而行,则为私盐船,谓之盐徒;卖尽空回,遇舟即劫,则为落盐船,谓之盗贼。是贼也,惟在大水旷野远城郭处往来,各县并同。[2]

从此段材料可以看出,盐枭将私盐出卖以后,返程途中只要遇到行舟就下手劫抢,由盐徒转而变为抢劫的盗贼。又据范景文所编《南枢志》:"天顺六年(1462)十二月,盐徒刘清、周达等往来江上为患。""正德十三年(1518)六月,南京浦子口盐徒出没,劫杀商旅。""(万历)盐盗王爱溪者纠党数百,劫杀孟河、黄港间。"[3]终明之世,盐枭横截江津的问题一直存在。因此,明清官府采取多项措施加强对盐盗活动的管理和缉捕,设立游巡防兵就是其中最为重要的举措。然而,负责游巡缉私的官兵借巡缉盐枭的名义,也从事劫掠过往客商的勾当。明末嘉善县士大夫钱士升说:"敝郡近日盗贼公行,而总巡船尤甚。此船以巡捕私盐为名,而白日剽劫,莫敢谁何。"[4]天启五年(1625),御史张启孟奏称:

> 访得沿江近海处所,有等盐徒,撑驾四桨快船,出没江洋,公然无忌。名为盐徒,实行劫掠。事发自认私贩,问罪结局事完,随复入伙肆劫商船,是盐徒即强盗也。盖缘巡盐员役或豢盗分赃,或月受常例,甚而坐驾小船,指名盘诘,打劫商货,是盐捕又一强盗矣。[5]

---

[1] 陈梓:《删后文集》卷九《金药畦传》,载《四库未收书辑刊》,北京出版社2000年版,第328—329页。

[2] 郑若曾:《江南经略》卷三下,载《文渊阁四库全书·子部·兵家类》,台北商务印书馆1986年版,第243页。

[3] 范景文:《南枢志》卷九一、卷九三、卷一七〇,台北成文出版社1983年版,第2690、2705页。

[4] 钱士升:《赐余堂集》卷七《答顾松霞公祖》,载《四库禁毁书丛刊·集部》,北京出版社1998年版,第515页。

[5] 沈国元:《两朝从信录》卷二七 张继孟《江防八要》,载《四库禁毁书丛刊·史部》,北京出版社1998年版,第564—565页。

巡盐兵役不但接受盐徒的月例，共分赃物，而且亲自参与打劫商船的行动。康熙初年，浙江杭、嘉、湖一带的巡盐兵役更是借缉私的名义，向过往船只索要酒钱及其他杂项费用；或者窥见孤客携带重金，即将其抢劫一空；甚至将盐撒入或将盐包暗掷进商旅的船舱内，名之为"生蛋包"，然后指称商船贩卖私盐，借机肆意讹诈。[1]

由上述可知，衙门捕役、营汛守兵与盐徒，都有可能参与到江河湖泊的劫掠当中，成为江湖盗贼的潜在来源。同时，他们又都是在明清整个社会运行机制下衍生的副产品。捕役与汛兵被赋予维护社会治安的重任，但是他们属于社会地位极低的吏役与军户阶层，薪俸微薄又身担弭盗的要责，再加上官府对其监督和管理的松散，使他们具有了通过与盗贼勾结谋取灰色收入的主观动机和客观条件。而行走于江湖之上的过往商旅，若遇到这种兵役为盗的情形，只能如板上鱼肉，任由其宰割。

总之，明清时期，江河盗贼的来源是多方面的，水上居民如渔户、舟子，江河沿岸的一般居住民，官府执法者如衙役、汛兵，地方土豪与势要，其他还有盐枭、粮船水手等，都是江河劫掠的可能参与者。活跃在江河湖泊的盗贼，往往游移在王朝体制的内外，他们或者释耒耜则为盗匪，弃刀戟又成良民；或者名为执法之吏役，而实系纠抢之劫盗。明清官府也注意到了这种民与盗、兵与匪之间身份的交叉和不断变换，因而通过编查保甲、设立族正管制宗族成员和严厉约束汛兵吏役等措施来限制人员的流动，以图达到消弭盗匪的目的。但是，只要社会上仍然存在大量衣食短缺的饥民，只要存于官府吏役制度和汛防制度中的诸种体制性弊病得不到妥善的解决，只要社会上仍然存在不受法律约束的特权阶层，江河湖泊中的盗匪问题就会长期存在。

四、社会各阶层人们的私欲膨胀和道德沦丧

追求物欲的满足已成为晚明时期人们的价值取向。由于商品经济的发展与商业资本的活跃，到了明代中期以后，无论身份如何，大部分的官僚、文人纷纷投入商业活动中去，士大夫从商成了全国性的普遍现象，甚

---

[1] 李之芳：《李文襄公别录》卷六《严禁兵捕假缉私盐告示》，载《四库全书存目丛书》，齐鲁书社1996年版，第632页。

至到了清朝更加盛行。社会经济领域的这种变化在思想领域则表现为明代王阳明、何心隐等开始主张反对中国传统士农工商身份差别制度的"新四民观"。黄宗羲更进一步主张"农商皆本论",这意味着要求废除当时在相当广的范围内从事商业活动主体的身份差别及这种差别所构成的制约。不仅如此,对应经济社会发展的新变化,思想理论向纵深发展的标志为更开明地对待有关欲望的正面舆论,以及出现了对私有中"私"的正面评价。当时的一些有识之士认为所有有生命的东西都不得不为维持自己的生存状态而努力,这种努力具体表现为欲。如果放任满足生活欲求,那么就会出现因私侵害他人生活的情况。"私"从人情上说是不可避免的,在黄宗羲和顾炎武的理论中,"私"扩展成了一种社会性私有的概念。正是在这一点上,人们对"公"与"私"所赋予的"善"与"恶"的道德价值也有了新的认识。在黄宗羲和顾炎武看来,"私"已经不存在道德性,从而也就不能看作否定的对象。在他们的理论里,这些"私"的概念变化可以说反映了商品生产和商业资本飞速发展的明清时期社会经济的变化。进一步也可以解释为,这是为在当时社会经济变化过程中已经拥有一定私有财产的富民阶级私有权益的一种辩护。私有已被包含在"欲"的概念里,并且把个人的问题扩展到社会的层面上。这一点反映了当时以小商品生产发达、流通活跃为特征的社会变化的一个侧面。但是另一方面,人们为了追求欲望的调和而强调"无私",也折射出随着小商品经济的成长,经济关系诉讼频繁发生、官商相连、社会阶层分化等社会矛盾的复杂性和深刻性。

从"私欲膨胀"来说,在中国的传统社会当中,许多的文人志士一直以来将钱财视为粪土,乃身外之物,向往的是内心的纯洁。人们以谈论钱财为耻,虽然钱财在人们的日常生活中起到买卖交易的作用,但钱财的社会地位并不高,这也与千百年来的小农经济有关。但是到了明中期以后,随着商品经济的发展,人们对于金钱的渴望达到了前所未有的程度,金钱的社会地位越来越高,从而导致人们私欲的膨胀,随之而来的就是社会道德的普遍沦丧,人们只是一味满足自己的私欲,不断地追名逐利,甚至做一些违法犯罪之事。

从"贫富差距加大"的角度来看,明代的运河航运促进了商业的繁荣,使少数的从商者及上层阶级的官员开始掌握大量的财富。但对底层的船户和劳动者而言,生活是极其困难和贫困的。这两者之间的贫富差距造成了不可避免的阶级矛盾。所以在明代物欲横流的社会背景之下，底层阶层的船户在为上层阶级的旅客提供运输的同时，往往会利用自己熟识水性和水路等优势，将舟船行驶到隐蔽和隔绝的地点趁机进行劫掠，谋取别人财物。这已经成为当时社会治安的难题，当然这也与乘船者不谙水路规矩和疏于防范有直接的关系。

《警世通言》卷十一《苏知县罗衫再合》中的苏云一举登科，殿试二甲，被授官为浙江金华府兰溪县大尹。本来是苏云夫妻和苏胜夫妻一同乘船前去赴任，但在途中惨遭船家劫掠。悲剧的直接原因是苏云将雇船的事宜全权交由管家苏胜打理，苏胜谙熟船家的规矩，但本身贪小便宜，竟从中收下船家的银子而怂恿苏云搭乘客船，对其中的利害全然不知。冯梦龙基于对明朝航运的熟悉，增加了船家揽官人免其官税的情节，一方面是使小说更具有真实性，另一方面也刻画出苏胜的贪婪，为日后苏云误上贼船遭劫埋下伏笔。在《初刻拍案惊奇》卷二十七《顾阿秀喜舍檀那物 崔俊臣巧会芙蓉屏》中，崔俊臣乘船行至苏州，因是官宦子弟，不懂江湖规矩，喝酒高兴便把箱中金银杯拿出喝酒，船家发现后起了不良之心。但举家搬迁，行李细软众多，遭船家盯上也无所避免。在《醒世恒言》卷三十六《蔡瑞虹忍辱报仇》中，蔡武让蔡勇雇一只船，安排妥当举家搬迁乘船赴任，不想在途中遭遇船家的觊觎。幸运的是蔡勇为武家出身，相较于苏云与崔俊臣等文弱书生而言，有着和盗贼一拼高下的可能，但让他走向生命终点的是酒瘾，可谓命中该有此劫。

从以上诸多事例不难看出，犯罪者与受害者双方的贫富差距和社会地位差距很大。面对旅客大量的财物，这些处于社会底层的船家往往就私欲膨胀，起了占有之心，从而产生水上抢劫坐船客商的行为。

第二节　"水贼劫财"舟船故事的江湖文化意蕴

江湖的产生、演变与中国社会进程是同步的。每逢社会动荡，战乱频发，灾荒连年，民不聊生，大量人口被迫背井离乡，流入市井，步入江湖。作为个体的江湖人，其力量单薄，生存能力弱小。因此，他们便以某种方式组织起来，形成江湖团体。由江湖人、江湖团体形成江湖社会、江湖文化，是一个自然而然的过程。可以说，江湖文化产生的土壤是传统农业社会，其发展演变都离不开这一层背景。

江湖人来源不一，成分复杂，三教九流，无所不有。他们浪迹天涯，居无定所。但他们也是人，也得穿衣吃饭、养儿育女。所以，他们大多有自己独特的谋生技艺。复杂的分子造就了复杂的行当。由个人而及行业、团体，构成了江湖社会复杂的网络体系。

"三言二拍"演绎的水贼劫财故事大致也反映出一些江湖文化的意蕴。下面试做一番剖析。

一、江湖的流动性

江湖中人的成分基本上是游民。游民二字意味甚广，一切身无恒业之辈均可称为游民，因为"身无恒业"，又要谋生，不得不在社会上四处奔走，流动求生。

"三言二拍"中描写的水贼大多以在大运河等水面上行舟揽客为生，漂忽不定，流动性非常强，一般人很难轻易掌握他们的行踪。

《喻世明言》卷二十一《临安里钱婆留发迹》中的钱婆留在未发迹之前，不务正业，"在里中不干好事，惯一偷鸡打狗，吃酒赌钱"。赌博输钱后，就和闲汉顾三郎到杭州城门外的水港中抢劫贪官王节使的座船，抢得三大锭元宝，百来两碎银及金银酒器首饰十余件。等到将抢来的钱财挥霍一空后，他又与顾三郎等同伙一起去贩盐为盗。行踪漂忽不定。

《警世通言》卷十一《苏知县罗衫再合》中抢劫苏云的徐能，是仪真县惯做私商的船户，居住在五坝上街。他久揽山东王尚书府中一只大客船，装载客人，南来北往，每年纳还船租银两。他领着一班船工，叫作赵三、翁鼻涕、杨辣嘴、范剥皮、沈胡子等人，都不是良善之辈。这帮人时常在运河上揽货载客，约莫有些油水看得入眼时，半夜三更悄悄地将船移动到僻静去处，谋害客人，劫掠财帛。在江湖上往来了十余年，徐能也发起了家事。

《醒世恒言》卷三十六《蔡瑞虹忍辱报仇》中的淮安府江安卫指挥蔡武，升官调任湖广荆襄等处做游击将军。他让家人蔡勇在淮关雇了一只民座船，由扬州往荆襄一路进发。而他所雇座船的艄公陈小四，也是淮安府人，年纪三十开外，雇着一班水手，共有七人，唤作白满、李癞子、沈铁鬈、秦小元、何蛮二、余蛤癞、凌歪嘴。这班人都是凶恶之徒，专在运河、长江上谋劫客商。当蔡武带着家人及大量财物下船后，"陈小四起初见发下许多行李，眼中已是放出火来，及至家小下船，又一眼瞧着瑞虹美艳，心中愈加着魂，暗暗算计：'且远一步儿下手，省得在近处，容易露人眼目'"。当船停泊至黄州江口时，众水手吃个醉饱。随后扬起满帆，舟如箭发。至一空阔之处，陈小四就开始杀人越货，谋害了蔡武，把蔡瑞虹占为己有，肆意凌辱。这帮水盗分赃后作鸟兽散。陈小四事发后弃船而逃，没处投奔，流落到池阳地面。偶值当地船户吴金运粮船上少个帮手，陈小四就在他船上做帮手。他见吴金老婆美色可餐，就用毒药将吴金谋害，与吴金老婆行奸卖俏，勾搭成奸。最终在扬州码头上被人识破真相，绳之以法。可以说陈小四及他手下的这帮船工也是驾船揽客后伺机作案、四处流窜的水盗惯犯。

《初刻拍案惊奇》卷十九《李公佐巧解梦中言 谢小娥智擒船上盗》中浔阳郡申家申兰、申春两兄弟行踪诡秘，时常在江湖上做抢劫过往商船的生意，家中货财千万，都是赃物。他们出没于鄱阳湖周围的湖荡中，伺机作案。豫章郡一个有名的富商谢翁，经常用舟载货，往来吴楚之间。有一天舟船行驶至鄱阳湖口，遇着申兰、申春这样的江洋大盗，他们各执器械，将货船团团围住。先把谢翁与谢小娥的丈夫段居贞一刀一个，结了性命。然后众人一齐动手，排头杀去。众水盗将舟中财宝金帛席卷一空，把死尸尽抛于湖中，弃船而去。

二、江湖的欺骗性

一般来讲，行走江湖的船户，"以江为眼，以湖为口"。所谓"眼"，即要像江水一样一望无际，眼界要宽，眼光要亮，这样才可通行无阻，到处为家；所谓"口"，指的是混江湖的凭嘴吃饭，要有口才，要有口艺，而湖水泱泱，深广无穷，在混世门路中，以口艺最难。他们的口号有"学到老，难学好，一生一世学不巧"。

骗局是指一人或者多人为骗取他人的财物或者重要物品而事先谋划好的圈套。由于明代经济发展迅猛，商人的数量大幅增加，社会上追逐财富欲望的风气愈加明显，江湖骗子利用各种骗术行骗屡见不鲜，各种各样的骗局也就应运而生，成为"三言二拍"表现的题材之一。

《初刻拍案惊奇》卷二《姚滴珠避羞惹羞 郑月娥将错就错》中刻画徽州府休宁县有一个专一不做好事的光棍汪锡，一味拐人骗财，利心为重。他擅长"扎火囤"，专一设局欺骗良家妇女，认作亲戚，拐骗给那些好扑花行径的浮浪子弟，引诱他们上钩，或是片时取乐，或是迷惑上了，做个外宅居住，赚他们的银子。若是某个妇女无根蒂的，他便等有贩水客人到，肯出一笔大钱，就卖去为娼。如汪锡借由舟船诱拐民女姚滴珠入囤子，与王嬷嬷一唱一和，哄骗姚滴珠下嫁吴朝奉借以赚取彩礼。在叙述的过程中，作者先让读者看到汪锡如何一步步套问姚滴珠的家庭背景，佯装自己担心姚滴珠被牵连，把滴珠带回自己的家，再让滴珠的家人来接。作为骗子，汪锡掌握了人性的特点，自己明明是加害者，却要佯装受害者的心理，并提供返家的方法，反倒让受害者觉得是好意。一旦舟船上岸，骗局立即揭开，整个行骗过程十分简短，却让人窥见了人性恶的一面。

在《初刻拍案惊奇》卷十一《恶船家计赚假尸银 狠仆人误投真命状》中，儒生王杰酒后殴打卖姜客吕大，致其昏迷，待将人救醒后颇觉不安，赠其白绢等物回家。当晚，船户周四拿了吕大的白绢、竹篮，前来王家报信，说吕大死在了船上，情急之中，王杰伙同家人胡阿虎等人，将吕大尸体掩埋。后来，王杰爱女生病，胡阿虎失了请医帖子，遭到王杰毒打。胡阿虎怀恨在心，向知县首告家主殴人伤命，致使王杰被捕入狱。一日，姜客吕大来到王家，才使案情真相大白。原来吕大自那日离开王家后，来到渡口，无意间与船户周四说起被王杰殴打的事。周四贪财，设计骗买了吕大的白绢和竹篮，又从河里捞起一具浮尸，假冒吕大，以诈取钱财。王杰不察，信以为真，加上胡阿虎的怀恨诬陷，白吃了冤枉官司。知县审明案情，当堂将王杰释放，冤情终于昭雪。周四和胡阿虎也得到应有的惩罚。这是一个以假乱真的骗局。

这篇舟船小说故事由卖姜客的争价而起，因船户周四的贪婪而发展，处处徘徊着钱的影子。比如，王杰受骗，叮嘱船家不得泄露时，靠的是"六十金银子"；王杰入狱，免遭挨打，凭的是遍散银子与"牢头禁子"。这一方面固然反映了当时社会人们聚财逐富的心理，另一方面在一定程度上也揭示了正在走向没落时期的封建社会的黑暗现实。此外，小说描写的狠仆人的"背主"行为，也反映了传统的封建道德伦理标准正在瓦解。

《初刻拍案惊奇》卷十八《丹客半黍九还 富翁千金一笑》中的丹客是一个典型的江湖骗子。在小说中，作者叙述了松江有一个潘姓富翁一日在杭州西湖游赏，遇一丹客及其妻子，因他酷信丹术，就邀他们到家炼丹，他又贪慕丹客之妻的美貌，所以乘炼丹之机，和她私通。丹客知道后，怪潘富翁修道不诚，故丹术也没有成功。一次偶然的机会，潘富翁巧遇丹客的妻子，才知她原是妓院的娼女，之前，受丹客的指使，假扮丹客的妻子，设骗局诈取钱财。由此，潘富翁终生不好丹术。小说通过潘富翁因崇尚丹术而上当受骗的故事，奉劝世人不要迷恋丹术。

小说把丹客设骗局引潘富翁上当的故事，叙写得有声有色，不露痕迹。作者在叙事手法上通过骗局的设置、破解，产生一种突转性，以增强小说的叙事趣味性。最初叙事者的策略是透过富人的所见所闻来刻画骗局之真，借由船上的场景呈现出一幅令人羡慕的行乐图像。紧接着点出丹客的铜铅做银之举，在此过程中并没有展示出女子的真实身份，直到富翁与美妾共度良宵，丹客气急败坏地表示炼丹失败是因有人行污秽之事，此时读者才可看出丹客与美妾实为一路的设局人。最后，女子才向富翁坦承并非丹客美妾，富翁方如梦初醒。

三、江湖的反社会性

江湖中人多为破产农民、手工业者，乃至僧道医卜、散兵游勇，他们从正常的社会生产生活秩序中游离出来，"既无室家之好，又无生人之乐"，只能从事种种为一般人所轻视、不齿，甚至无法容忍的卖艺、乞讨、卖身、欺骗、暴力等活动。这类人良莠杂处，不少人欺骗讹诈，流氓成性，直至行凶滋事，杀人越货，带有很大的社会破坏性。

封建时代在江湖上谋生的江湖人脱离了宗法网络，离开了农村，没有正当的职业，生活没有保障，他们漂泊江湖、浪迹四方，属于生活最不安定者之列，随时随地都有可能被卷入反社会活动。"江湖"一词既含褒义，又带贬义。它代表非正式、非官方，鱼龙混杂，规矩极严又往往不按其道，以大量互相矛盾的俗语作为处世哲学，等等。江湖人常常以"人在江湖，身不由己"等言语为自己的行为开脱，施行无法无天之事。在江湖行走，除了拥有以上所描述的行事作风外，还需要有特殊的本领，这种本领并不一定非得武功盖世，力举九鼎，更多的是要有特定的属于自己的"一招"。

不仅如此，江湖社会还包含众多的文化因子，如宗教信仰、仪式仪规、禁忌、习俗、隐语暗号等，它们构成了江湖社会多姿多彩的文化内容。江湖中人的行为，又时时处处与主流社会发生着千丝万缕的联系，有时甚至产生根本性的对抗。

而"三言二拍"中水盗劫财故事的犯案者往往都是"船家"，他们为了达到劫财劫色的目的，杀人越货，显示出人性贪婪与凶恶的一面，对社会治安产生了极大的破坏和恶劣的影响。

如《警世通言》卷十一《苏知县罗衫再合》中的官员苏云在赴任途中，遭所雇"船家"徐能一伙抢劫，所带财物被掳掠一空，自己被"全尸"抛入河中。妻子郑氏逃进慈湖尼庵，被迫丢弃刚出生的儿子。老夫人十分思念亲人，叫苏云的弟弟苏雨前往寻觅。苏雨得知哥哥死得不明不白，忧思成病，在归途中死去。而苏云幸得在河中被人救起，后淹留他乡教书。一家人历经十九年的艰难和分离后，方得团聚。

《醒世恒言》卷三十六《蔡瑞虹忍辱报仇》中的蔡武在赴任途中，被所雇"船家"陈小四等一伙水盗杀尽全家。女儿蔡瑞虹遭到污辱，被陈小四用绳勒"死"后抛在船中。恰巧商人卞福经过，救出她后纳她为妾。谁知大老婆暗算蔡瑞虹，将她偷卖给人贩子，人贩子又将她转卖于妓家。蔡瑞虹不肯接客，鸨儿又把她卖给绍兴人胡悦。蔡瑞虹盼望胡悦能给她报仇雪耻，但胡悦只是虚情假意，表面应酬。一日，胡悦带她上京买官，被人拐去银两，他便设美人局敲诈温州府秀才朱源。成亲之夜，蔡瑞虹见朱源对她殷勤相慰，忠厚善良，便揭穿了胡悦的诡计，两人相敬相爱，喜结连理。朱源考中进士，任武昌知县，在临清张家湾雇船赴任时，偶然发现陈小四的踪迹，顺藤摸瓜，将他们一网打尽。蔡瑞虹报了家仇后，沐浴更衣，留下遗书，用剪刀刺喉而死。可以说正是陈小四这样心狠手辣、丧心病狂的水盗，铸成了蔡家悲惨的结局和蔡瑞虹人生命运的悲剧。

这个故事的生活背景比较开阔，它以京杭大运河为背景，整个故事可以说都发生在京杭大运河上。小说揭示了当时社会的黑暗，表现了市民社会的三教九流、贪婪丑恶。运河既是当时社会经济的命脉与交通枢纽，就少不了聚集起各色人等，其中就包括"陈小四"式的运河上的强盗匪徒。

这些人心狠手毒、无法无天、杀人越货，是市井中的恶棍，对社会的危害极大。

《初刻拍案惊奇》卷十九《李公佐巧解梦中言 谢小娥智擒船上盗》中的水盗申兰、申春两兄弟专在江湖上盗劫来往客商，家中货财千万，都是赃物。豫章郡富商谢翁，经常用舟载货，往来吴楚之间。有一天他所载货物之舟行至鄱阳湖口，遭遇申兰、申春这样的江洋大盗。水盗们各执器械，将货船团团围住。先把谢翁与谢小娥的丈夫段居贞一刀一个，结果了性命。然后众人一齐动手，排头杀去。众水盗将舟中财宝金帛席卷一空，把死尸尽抛湖中，弃船而去。这些水盗劫财的手段残忍至极，杀人的行径令人发指。

总之，"三言二拍"中"水贼劫财型"故事的犯案者往往都为"船家"，如《苏知县罗衫再合》的徐能、《李公佐巧解梦中言 谢小娥智擒船上盗》的申兰和申春、《蔡瑞虹忍辱报仇》的陈小四、《恶船家计赚假尸银 狠仆人误投真命状》的船家周四。当然也有包含其他身份的，如《张廷秀逃生救父》的杨洪和杨江，杨洪为地方捕快；《丹客半黍九还 富翁千金一笑》的丹客则是江湖骗子。就犯罪的动机而言，不外乎"财色"二字，"见财起意"是主要动机，"劫色"则是次要诱因。《苏知县罗衫再合》总结得很到位："虽说财、色、酒、气一般有过，细看起来，酒也有不会饮的，气也有耐得的，无如'财色'二字害事。但是贪财好色的又免不得吃几杯酒，免不得淘几场气，'酒气'二者又总括在'财色'里面了。今日说一桩逸闻，单为'财色'二字弄出天大的祸来。"纵观上述几个例子，无一不是如此。

陈小四起初见发下许多行李，眼中已是放出火花来，及至家小下船，又一眼瞧见蔡瑞虹美艳，心中愈加着魂。

自古道"慢藏诲盗"，只为这三十万钱带来带去，露了小人眼目，惹起了贪心，就结伙做出这事来。

徐能正在岸上寻主顾，听说官船发漏，忙走来看，看见搬上许多箱笼囊箧，心中早有七分动火。结末又走个娇滴滴少年美貌的奶奶上来，徐能本是个贪财好色的都头，此时不觉心窝发痒，眼睛里迸出火来。

崔俊臣是宦家子弟，不晓得江湖上的禁忌，吃酒高兴，把箱中带来的金银杯觥之类，拿出与王氏欢酌，却被船家后舱头张见了，就起了不良之心。

由上述可见，底层船家难以以渡人为职，当船上的旅客所带财富显露在外时，贪婪的欲望促使他们铤而走险，谋财害命。这一切的根源都是人们贪婪欲望的膨胀及道德的沦丧。因此，由"财色"而引起的叙事模式，也成为中国古代小说及其他众多文学形式的叙事模式。在这种观念的影响下，无论是冯梦龙，还是凌濛初，都将此当作取材的根本。作为明清通俗文学代表的"三言二拍"掌握了"财色祸端"的市井人性本质，承接和延续着此类故事的框架。

第三节 漂泊之舟的文化意蕴

舟船在江上漂泊，形单影只，无所依靠，所以，舟船还蕴含着离散、漂泊的文化意蕴。这种文化意蕴早在《诗经》中就已有清晰的体现，如在《邶风·柏舟》中就写道：

泛彼柏舟，亦泛其流。耿耿不寐，如有隐忧。微我无酒，以敖以游。
我心匪鉴，不可以茹。亦有兄弟，不可以据。薄言往诉，逢彼之怒。
我心匪石，不可转也。我心匪席，不可卷也。威仪棣棣，不可选也。
忧心悄悄，愠于群小。觏闵既多，受侮不少。静言思之，寤辟有摽。
日居月诸，胡迭而微。心之忧矣，如匪浣衣。静言思之，不能奋飞。

这首诗抒写的是女子被自己的丈夫抛弃后内心的愁怨之情。诗的开篇就以舟作为意象，舟船漂泊在水中，孤孤零零，象征着女子在此时的境况下，内心无所依靠，有着无尽的漂泊之感，而自己只能是借酒消愁。面对丈夫的抛弃、群小的侮辱及兄长的冷漠，此时女子心中悲痛万分，肝肠寸断。与此同时，这首诗也体现了女子面对种种困难之后的坚强。

因此，"舟船"这一意象作为命运离合的象征，早在先秦时期就已经出现，经过千百年来的发展，古代许多文人已经能够非常娴熟地应用到自己的文学作品当中。在"三言二拍"舟船劫骗故事中，面对凶残的盗贼，受害者往往面临家破人亡的境地，有的受害者不幸惨遭杀害，有的受害者则是侥幸逃脱。对于侥幸逃脱的受害者而言，无非两种结局：一种是"破镜重圆"，另一种则是"报仇雪恨"。而在整个舟船劫骗的故事当中，水盗犯罪的时候利用舟船流动性的特点，在后续的发展过程中，舟船并没有因水盗抢劫行为的结束而消失，仍然与人物的命运息息相关，甚至成为受害者命运漂泊的承载者,同时也是受害者后续命运的见证者。以此展现出舟船这一特殊的文化意象在古典小说中的作用。

一、夫妻离合和水贼伏法

在"三言二拍"的叙事过程中,当发生水盗劫掠的事件之后,为了增强小说的可读性和故事的延展性,必有幸存者得以活下来。根据幸存者的身份,后续主要有两种发展方向:第一种是赴任官员和妻子都活了下来,以夫妻如何"破镜重圆"为主,如《苏知县罗衫再合》中的苏知县与妻子郑氏、《顾阿秀喜舍檀那物 崔俊臣巧会芙蓉屏》中的崔俊臣与妻子王氏;第二种则是幸存者仅剩妻子或者儿女,那么后续的小说情节则以"报仇雪恨"为主,如《蔡瑞虹忍辱报仇》中蔡瑞虹在受辱之后如何进行复仇、《李公佐巧解梦中言 谢小娥智擒船上盗》中谢小娥一路追凶、手刃仇家。当然无论是哪一种发展脉络,最终都以水贼伏法为结局。刘勇强指出:"在许多水贼占妻的类型作品当中,被害人得救脱险,为日后夫妻相会埋下伏笔,同时这也会制造出新的矛盾,就是如何面对妇女贞洁的问题。"[1]若是想要与以前的丈夫破镜重圆,在被水贼侵害受辱后,贞洁的问题也是最主要的问题,唯一的解决办法就是逃离水贼的控制和魔爪,并报官将水贼正法。最典型的例子就是《苏知县罗衫再合》和《顾阿秀喜舍檀那物 崔俊臣巧会芙蓉屏》这两篇小说。

这两篇小说的文本皆是水贼将乘舟的官员抛入江中或逼入江中,而欲霸占其妻子。然而乘舟的官员幸运不死,《苏知县罗衫再合》中的苏云为徽州客商陶公所救;《顾阿秀喜舍檀那物 崔俊臣巧会芙蓉屏》中的崔俊臣则是水性较好,自行投宿民家。而两个官员的妻子则顺利逃离水贼之手,苏云妻子郑氏被水盗徐能之弟徐用所救,并在好心的朱婆帮助之下顺利躲至尼姑庵,并产下一子;崔俊臣之妻王氏则趁夜逃至尼姑庵,此后化名圆慧。至此交代两人劫后余生各自开始新生活,直到中心物件出现,夫妻最终团圆。

在这两篇小说中,都有中心物件出现。《苏知县罗衫再合》的中心物件是"罗衫":郑氏产子之后将婴儿用罗衫包裹放在大树之下,后来其子恰好

---

[1] 刘勇强:《历史与文本的共生互动——以"水贼占妻(女)型"和"万里寻亲型"为中心》,《文学遗产》2000年第3期,第85—99、144页。

被水贼徐能收养，取名徐继祖，直到徐继祖长大成人，因为赶考路过涿州，巧遇苏老夫人，也就是祖母，在两相不知情下，互诉衷肠，苏老夫人赠给孙子罗衫一件，孙子徐继祖发现与自己所穿的那件一模一样，这也是双方相认的关键；《顾阿秀喜舍檀那物 崔俊臣巧会芙蓉屏》的中心物件是"芙蓉屏"：芙蓉画为崔俊臣所画，夫妻二人因水贼而分离两地，直到王氏在屏上看到那幅芙蓉画，认出是出自丈夫之手，追问之下得知是由当时劫掠的水贼顾阿秀所赠，王氏于屏上题词，后来芙蓉屏辗转来到御史大夫的手中，恰好崔俊臣因卖字画经过，御史大夫邀约他进房中相谈时，他看见芙蓉屏，至此芙蓉屏成为夫妻二人异地相认的中心物件。

"三言二拍"这类小说当中都有着"审判者"的形象。水贼劫掠舟船而导致夫妻二人分隔两地，双方特有信物的出现才使得二人得以相认和团聚，为了小说圆满的结局及小说的完整性，此时会有"审判者"的形象出现，而这类"审判者"往往会为此次的犯罪事件主持公道，促使夫妻重逢团圆，水贼伏法。《苏知县罗衫再合》的"审判者"为苏知县之子徐继祖，他从自己的亲奶奶——苏老夫人处得知劫掠的始末，记在心里，后来做官后回乡省亲之际，恰巧遇到郑氏鸣冤，在舟船上告状，徐继祖接状，此时的舟船由最初的犯罪空间演变为伸张正义的空间，也成全了母子久别重逢相聚的场景。徐继祖查明事情的真相，最终捉拿徐能等水贼处决问斩。《顾阿秀喜舍檀那物 崔俊臣巧会芙蓉屏》的"审判者"是御史大夫高公，他查案缜密谨慎，分别核对崔俊臣和王氏的说法，确认案情。最终还崔俊臣夫妇一个公道，将水贼正法。

在上述两篇故事中，舟船的离散、漂泊的文化意蕴是十分明显的，并且舟船依然在小说后续的故事中出现，还充当着重要的角色。在小说《苏知县罗衫再合》中，舟船一开始成为水贼的犯罪空间，是整个故事噩梦的开始，到最后"审判者"出现的时候，舟船既是展现法理、伸张正义的空间，也是大团圆结局的暖心空间，舟船这一意象依然与人物、事件紧密相连，承载着受害者人物的命运。

二、舟船与人物命运的流转

在"三言二拍"中，还有一些小说在叙述完舟船劫掠情节之后，舟船仍然起到对人物命运转折的推进作用，最具代表性的要数《蔡瑞虹忍辱报仇》。

在《蔡瑞虹忍辱报仇》中，冯梦龙通过利用舟船流动性的特点与蔡瑞虹的命运颠沛流离紧密相连，以此来叙写蔡瑞虹的命运多舛和她面对险恶处境时展现出来的坚强意志，也为后面成功复仇埋下伏笔。蔡瑞虹的命运坎坷与舟船的场景和航程密不可分，在小说中作者分别牵连到陈小四、卞福、胡悦、朱源等几个男性角色，前三者分别对蔡瑞虹进行侮辱和玷污，有的是直接侵略，有的是假意为蔡瑞虹进行复仇和申冤，实则是觊觎蔡瑞虹的美色，并在相处过程中将其占为己有。蔡瑞虹第一次命运的漂泊与舟船紧密相连发生在蔡瑞虹一家惨遭船家陈小四等同伙的打劫，这次变故致使蔡瑞虹顿时失去双亲和财产，并受陈小四等人玷污，从此蔡瑞虹的命运便与舟船紧密地结合起来。

第二次命运的波折则是蔡瑞虹被卞福救下并占有。卞福假意许诺为蔡瑞虹报仇，此时她已乘船到了汉阳，在这期间卞福妻子的妒忌致使她又一次江湖飘零。蔡瑞虹第三次命运的波折则是被卞福妻子贩卖到妓院后，此时的舟船已行驶到了镇江，妓院又将蔡瑞虹贩卖给胡悦，她跟随胡悦乘船来到了京师，胡悦买官不成，借蔡瑞虹来诈骗朱源。蔡瑞虹第四次命运的波折则是遇到朱源。朱源考中进士后，乘船去武昌赴任，赴任途中认出水贼陈小四，朱源缉拿众贼，陈小四等人就地伏法，此时舟船已经行驶到了扬州。

从以上蔡瑞虹被劫之后的整个人生命运轨迹来看，在整个的舟船场景当中，虽然后续的舟船场景不再居于主要地位，成为主要情节的连接桥梁，但实际上仍与蔡瑞虹颠沛流离的命运紧密联系，同时她的数次颠沛流离，也象征着她含冤待雪、漂泊无依的身世命运。舟船作为漂泊的文化意象早已有之，最早可以追溯至先秦时期，此时的命运象征是以往写作手法的延续。在文中，蔡瑞虹遭掠后，她无法自己掌握命运，只能将命运寄托于她所遇到的男子身上，同时将自己报仇的心愿也寄托在男子身上，而男子大多是觊觎蔡瑞虹的美色，或是将她占为己有，或是将她带入另一个陌生的地方进行转卖，她随着男子四处飘零着，直到自己报仇雪恨自尽而死。

当蔡瑞虹一家遭受到突如其来的变故之后，复仇的种子在她的心中萌芽，而她活下来的目的则是复仇，但无奈自己为女儿身，在当时的封建社会背景之下,女子复仇是何等艰难,所以她只能寄希望于男子。但每每遇到的男子都是垂涎她的美色,蔡瑞虹也深知自身受到了奇耻大辱,但为了复仇不得不将耻辱深藏心中,她面临的是"生存还是死去"的问题。她选择了忍辱偷生,目的就是复仇。在整个过程中蔡瑞虹几经买卖、转手,这些男性都把她当作商品或者战利品,没有把她当作真正的人来看待。刘果很好地揭示了蔡瑞虹在整个复仇过程当中的身不由己:"蔡瑞虹对于她的复仇是如此的无能为力,以至于她能做的除了简单地识别仇人的身份以外,就是吃斋念佛,对天祈祷。她既不能决定复仇的进程,更不能决定复仇的胜负。她的存在,与其说是故事中一个不具任何实际意义的象征主角,不如说是通过她的存在凸显决定她的命运的男性光芒。"[1]

遭劫后蔡瑞虹遇到的第一个男人是卞福,小说叙述他是专门经商的商人,当时救下蔡瑞虹也是出于对她美色的迷恋,在听蔡瑞虹讲述自己的遭遇之后,他并没有产生任何同情心,反而第一个念头是将她转卖,后来又利用他老练的经商头脑将她复仇之事拖延,并说服蔡瑞虹与之结为夫妇。从卞福的动机来看,这无非一场简单的交易,而对于蔡瑞虹来说,只有成婚才能完成报仇的使命,因此,她只能委身于卞福。但又招来卞福妻子的嫉妒,卞妻诱骗蔡瑞虹将她转卖给人贩子,蔡瑞虹身不由己地被当作商品买卖,甚至人贩子也来贪享她,逼她同睡,在几番抗拒之下她才得以脱险。接下来则是被花天酒地的胡悦所买,胡悦同样哄骗她为其报仇,诱使她成亲,此处舟船的情节不多,多发生在胡悦的住所,但可以看出蔡瑞虹依然无法决定自己的命运,只能跟随胡悦乘船返家或者乘船赴京师。直到在京师碰见正人君子朱源,蔡瑞虹将实情相告,最后脱险跟随朱源。此后朱源考中进士,蔡瑞虹随朱源去赴任,竟在船舱中发现了仇家陈小四,船行至扬州,朱源等人将陈小四逮捕,最后众贼伏法,蔡瑞虹得以报仇成功。此时的舟船完全成为惩治水贼的正义空间。

从整个舟船的漂泊意象来看,冯梦龙有意将蔡瑞虹的命运波折与舟船的漂泊场景紧密结合起来,借着舟船的流动性转移,也暗示了蔡瑞虹的命运如同不系之舟,随处漂泊。本以为蔡瑞虹复完仇之后便会幸福地过以后的生活,她却选择以剪刀刺喉的方式结束自己的生命,这也为整个小说抹

---

[1] 刘果:《"三言"性别话语研究——以话本小说的文献比勘为基础》,中华书局2008年版,第115页。

上了一层悲壮的色彩。蔡瑞虹的整个复仇过程，完全取决于遇到什么样的男子，这从侧面体现出古代女子的社会地位和所处的社会环境。舟船是连接两地的交通工具，从蔡瑞虹颠沛流离的航程来看，蔡瑞虹先后到过淮安、扬州、黄州、汉阳、武昌、镇江、京师、临清、扬州，最后止于武昌，整个舟船航迹既是小说叙事空间的转移，亦是蔡瑞虹漂泊命运的体现。由此可见，舟船的场景在《蔡瑞虹忍辱报仇》中除了发挥情节推衍的重要作用，还包孕着人物命运漂泊无依的文化内涵。

第八章　遇艳型舟船文化

明清时期，大运河流经的众多城市都是著名的历史文化名城，每一座城市都或多或少地有一些令人向往的名胜古迹，吸引着各个阶层的人们前往游玩、观赏。上至帝王后妃、王公大臣、文人士子，下至贩夫走卒、平民百姓，借助舟船出行的便利和舒适，加入出游的队伍，游山玩水，陶冶性情。"三言二拍"中涉及各阶层的人们赏玩、游乐的描写内容还是不胜枚举的。与此同时，舟船也往往成为出行者情缘滋生、谈情说爱的最佳载体。

第一节　舟船遇艳故事产生的缘由

明清时期的社会经济和文化相对繁荣，一些达官贵人宴赏交游成风，再加上舟船作为江南水乡最为常见的交通工具，便自然而然地成为他们出行、交游的重要载体。而封建社会青年女子则很少有机会能够走出深宅大院，在为数不多的出游活动中，她们也喜爱选择舟船作为代步工具。究其原因，大约是舟船的流动性符合赏景的动态特征，而舟船与外界的相对隔绝也保证了女性所处空间的私密性。在这种情况下，明清通俗小说中舟船遇艳故事的频繁出现也就在情理之中了。

明清时期，大量官员凭借职位的便利游乐，他们成为明清时期游乐群体的主要构成者，宦游也成为明清时期最为主要的游乐方式之一。按照官员任职的差异，明清时期的官宦游乐主要划分为三种类型：一是官员利用守卫疆土的便利，在辖区之内游玩；二是官员利用上任、觐见、公派等长距离游乐的机会，借助明清时期的国家驿站系统，在沿途周边游览；三是官员卸任之后，回本籍或者是在大好河山中游览。其中，第一种游乐方式是明清时期官员守土的共有特征。

文人雅士聚集游乐是古代一种极为常见的游乐方式,很多志同道合的文人士子聚集在一起,围绕感兴趣的话题而展开讨论,进行集会或开展娱乐活动,在很大程度上促进了知识的传递和文化的交流。同时一些文人雅士聚集在一起以文会友,在交往的过程中,也会有男女交集的情形出现,相互传递男女情爱的风流韵事也在所难免。

明清时期,商品经济的快速发展,使得商人游乐也呈现出繁荣发展之势,商人成为明清时期游乐群体的重要组成部分。很多商人往往在行商的过程中专门绕道游乐,有时贩货成为部分商人游乐的借口,这些商人或者是为人之色,或者是为景之色。在游乐过程中,商人是游乐活动的积极策划者,也是游乐活动的积极推动者,他们往往带着家眷,甚至带着一群名妓进行郊外访游,美色成为商人旅游的调剂品。明清时期商人在经营过程中常常面临较大的商业风险和商业机遇,因此,纵情娱乐成为他们的一种调解方式。尤其是商人外出经商,到达一个陌生的环境中,往往会降低日常道德约束,因此,有人批判明清时期商人游乐存在道德弱化的倾向问题。明清时期的市民主要居住于城市,因此,清新自然的近郊区成为他们游乐的常驻之地,尤其是在每年的清明节前后,踏青郊游成为市民游乐的主要活动。

明清时期,各阶层旅游呈现大众化发展趋势,表现为上至王室贵族、下至市井乡民等多种阶层。而旅游的动机呈现出多样化特点,主要为文化交流动机、山水探胜动机、社交访友动机、宗教信仰动机等多种类型。

与车马等交通工具相比,舟船更具有特殊性。舟船在水上行走,而水作为天然形成的物质,与陆地相比有很大的不同,水与陆地隔绝开来,又形成了一种天然的屏障。正是由于水的特殊性,在水上行走的舟船也成为一种特殊的交通工具,成为萍水相逢的男女们谈情说爱的绝佳场所。"舟船游赏"时,男男女女在船上萍水相逢、四目相接、暗生情愫,舟船这一媒介联系起人与人之间的情感,也推动了小说的情节发展。例如《唐解元一笑姻缘》《乐小舍弃生觅偶》《白娘子永镇雷峰塔》等皆属于此类故事。

"舟船爱恋故事"早在《诗经》中就已经有所涉及。在《诗经》中舟船作为常见的意象,往往和青年男女的爱恋联系在一起,男女双方分别在河水的两岸,只有舟船才能把他们联系起来,所以青年男女将舟船作为爱恋的象征,寄托着双方的思念及对美好生活的向往。《邶风·匏有苦叶》这首诗就是这类舟船爱恋故事的代表：

> 匏有苦叶，济有深涉。深则厉，浅则揭。
> 有弥济盈，有鷕雉鸣。济盈不濡轨，雉鸣求其牡。
> 雍雍鸣雁，旭日始旦。士如归妻，迨冰未泮。
> 招招舟子，人涉卬否。人涉卬否，卬须我友。

这首诗是女子期待情人求娶的情爱之诗，鸣雁和匏瓜都代表着结婚时所必备的礼仪，女子在渡口的河岸，焦急地等待着自己的情人归来。在文末，突然见一船只摇来，船夫以为女子要渡船，连忙招手问女子要不要渡船，女子则害羞地回答道，她只是在等她的友人。女子以等友人为借口，实则是在等自己的情人，凸显出当时女子期待而又不得，假以借口推脱之后害羞的情景。可见舟船已成为青年男女恋爱故事当中不可或缺的象征。

"三言二拍"中创作的舟船遇艳型小说主要有以下十篇：

《喻世明言》卷二十四《杨思温燕山逢故人》；《警世通言》卷二十三《乐小舍弃生觅偶》、卷二十六《唐解元一笑姻缘》、卷二十八《白娘子永镇雷峰塔》、卷三十二《杜十娘怒沉百宝箱》、卷三十三《乔彦杰一妾破家》；《醒世恒言》卷二十八《吴衙内邻舟赴约》、卷三十二《黄秀才徼灵玉马坠》；《初刻拍案惊奇》卷三十四《闻人生野战翠浮庵 静观尼昼锦黄沙弄》；《二刻拍案惊奇》卷七《吕使君情媾宦家妻 吴大守义配儒门女》。

第二节 舟船遇艳故事的三种类型

"三言二拍"中描写的舟船遇艳故事是多种多样的，概括起来大致有以下三种类型。

一、人与异类萍水相逢艳遇型

所谓异类，乃是相对于人类而言的，在现实性视野中指动物、植物等，在神话性视野中则指神仙鬼怪等观念性对象。在中国古代小说和民间故事中，经常出现人与异类婚恋，特别是凡间男子与异类女子婚恋的故事情节。人与异类的婚恋虽然都开始于邂逅，但邂逅的背后似乎包含着异类的某种目的。异类女子的目的是不同的，妖女则是为了满足私欲。因而人妖恋大多不那么融洽，即便妖鬼通过伪装、蛊惑得到人的欢心，一旦露出破绽或暴露身份，关系就不再融洽。凡人知道对方是妖鬼后就心存戒备，并且采取多种应对措施。

《白娘子永镇雷峰塔》中的许宣与白娘子在西子湖畔的艳遇属于人妖相逢艳遇的类型。在清明节上香祭拜的渡船上，许宣与白娘子不期而遇，"那妇人同丫鬟下船，见了许宣"。明代西湖上的渡船，属于构造简单的小型湖船。船舱多以竹竿木栏搭成凉棚，将斗篷覆盖其上，可容纳多名船客并坐或对坐。船体空间四面开敞，既可让船客欣赏水上风光，又能给船客提供近距离接触的机会。明代，对于平民阶层而言，尽管男女之防没有前代那么严格，但是男女之间的直接接触还是受到各种限制，因此，陌生男女在同一条船上需要特殊的机缘。当白娘子和许宣在同一条船上的时候，身体之间没有任何物理阻隔，男女有别的礼制监督变得薄弱。在有限的船体中，白娘子的风情万种在许宣面前得到了近距离的展示，由此使得许宣对她产生好感。但是，渡船的开敞与航程的短暂决定了这种男女关系是松散的，缺少进一步发展的空间条件，如果要深入，需要更为私密的空间，由此为以后的情节发展做了铺垫。

许宣在西湖游玩，不料中途遇雨，正在无处躲避之时，恰好搭上了张阿公的船。途中又遇白娘子和青青搭船，在船上，许宣见白娘子如此美貌，旁边的丫鬟也毫不逊色，便有了倾心之念。而白娘子见许宣白白净净、呆傻老实，也是心有波动。小说这样描述道："那娘子和丫鬟船舱坐定了，娘子把秋波频传，瞧着许宣。许宣平生是个老实之人，见了此等如花似玉的美妇人，旁边又是个俊俏美女样的丫鬟，也不免动念。"也正是此次的舟船避雨，牵起了两人的一世情缘，此时的舟船已经不再仅仅充当交通工具，而成了避雨的工具，脱离了原有的功能和属性，为整个的舟船故事增添了新的含义，同时为这段姻缘注入了"风雨同舟"的意蕴。在这之后，两人重新上岸，并没有因此断了联系，而是由原来的"舟船避雨"发展为"借伞还伞"，继续两人"风雨同舟"后的情缘。许宣借伞给白娘子，而后再登门拜访取伞，两次的相遇相识，更加深了许宣对白娘子的情感，小说中这样写道："当夜思量那妇人，翻来覆去睡不着。梦中共日间见得一般，情意相浓，不想金鸡叫一声，却是南柯一梦。到得天明，起来梳洗罢，吃了饭，到铺中，心忙意乱，做些买卖也没心想。"此时许宣的心中已是到了日思夜不能寐的地步了。当许宣再度登门拜访求伞之时，白娘子主动地提出内心所想，并有意结为连理，共度美好姻缘。正所谓："正是你有心，我有意。烦小乙官人寻一个媒证，与你共成百年姻眷，不枉天生一对，却不是好。"但当许宣和白娘子交往后，被连累吃了两场官司，白娘子又露出蛇妖的原形，许宣这才醒悟过来。最终白娘子在法海禅师面前真情相告："禅师，我是一条大蟒蛇。因为风雨大作，来到西湖上安身，同青青一处。不想遇着许宣，春心荡漾，按纳不住。"

许宣与白娘子的情爱，从当初的避雨到后来的取伞还伞，皆因舟船偶遇，可见舟船不仅仅是一种交通工具，在许、白二人的故事当中还扮演着重要的角色，促成了"十年修得同船渡，百年修得共枕眠"的佳话姻缘。

《杨思温燕山逢故人》中韩思厚与郑义娘本是一对恩爱的夫妻，为躲避"靖康之乱"，两人乘船从汴梁往楚淮逃难。不料舟船前行至盱眙时在水路被歹人劫掠，韩思厚侥幸走脱，义娘却落入歹人之手，面对歹人相逼，义娘不忍受辱，为保留自己对韩思厚的情意和自身的清白，最终自刎而死。但义娘的鬼魂一直在人间游走，并与世俗的人们相往来。韩思厚得知义娘为了自己自刎而死之后，深受感动，许下承诺，决定终身不娶，以报贤妻之德，并且把义娘的骨灰带到金陵去安葬。但是义娘素来知道韩思厚的性格，向韩思厚的好兄弟杨思温坦言："我在生之时，他风流性格，难以拘管。今妾已做故人，若随他去，怜新弃旧，必然之理。"可见义娘对韩思厚的性格了如指掌，并不相信韩思厚终身不娶的诺言。韩思厚一开始以酒洒地立下誓言，并将义娘的骨灰带回金陵，安葬在燕山之侧。此时韩思厚与义娘的感情依托于两人之间的诺言加以维护，但在封建社会男尊女卑的社会背景之下，再加上韩思厚本来就风流成性，誓言的打破势在必行。

在这之后，果不其然，韩思厚结识了同样是因为战乱而丧偶的女道士刘金坛，两人彼此动情。韩思厚在刘金坛还俗后便与之成婚。可以说韩思厚的再娶，既违背了他当初的誓言，也是对义娘情意的背离和抛弃。面对韩思厚的喜新厌旧，义娘附身到刘金坛身上作祟，并以此来惩罚韩思厚。韩思厚在朱法官的建议下到燕山开棺掘坟，取出义娘的骨灰匣，将其骨灰抛入江中。

这篇小说的两次转折都发生在舟船之上。第一次是韩思厚与郑义娘共同逃难并乘船下楚淮，义娘不忍受辱，为保留自己对韩思厚的情意和自身的清白，自刎而死；第二次则是韩思厚见异思迁，违背当初的誓言，另结新欢。当他偕刘金坛乘船游赏金山的景色时，义娘的鬼魂便附身到刘金坛身上作祟，将这对负心的男女拽入波心。这两次的舟船经历刚好是小说故事从男女的情感构建到情感背离的完整呈现。韩思厚负心，遇艳刘金坛，另结新欢；郑义娘真心被负，鬼魂附体，报复负心之人。上演了一出人鬼情未了的悲情剧目。

二、男女情到深处舟船遇艳型

船体空间具有密闭或者半密闭的特点，一旦行驶于水上，就会形成一个独立的空间。在"严男女之大防"的传统社会，男女之间的接触受到严格的空间限制。但是，因为出行的需要，本来没有任何关联的男女处于相邻的两船之中或同一船体之中，空间的有限性使得彼此身体的距离缩短，性别空间的区隔与界限趋于模糊，由此发生男女艳遇、相爱，甚至发生性关系的可能性就会增加。

在《乐小舍弃生觅偶》中，男主人公乐和与女主人公顺娘从小一起读书，同学戏谑两人的姓名可为"喜乐和顺"四字，借此两人也是私下约为夫妇，虽是笑谈，最后倒真成了谶语。数年之后两家人同游西湖，恰巧同乘一艘游船，两人再次相见，久别重逢，相爱之情重新燃起。文中描绘道："乐和有三年不见（顺娘），今日水面相逢，如见珍宝。虽然分桌而坐，四目不时观看，相爱之意，彼此尽知。"最终两人喜结良缘，喜乐和顺。这个舟船邂逅的故事不同于以往，男女主人公从小相识，可以说是青梅竹马，这次舟船相遇让他们久别重逢，当看到对方成年后的模样，激起了真正的爱情火花，燃起了两人对于彼此的情欲，致使他们把对方作为自己的终身伴侣。

《唐解元一笑姻缘》这样描述道：有一天唐寅坐在阊门的一艘游船之上，倚窗独酌，忽见一画舫从旁摇过，舫中珠翠夺目，内有一青衣小鬟，眉目秀艳，体态绰约，舒头船外，注视解元，掩口而笑。须臾船过，唐寅神荡魂游，搭船跟踪而去，得知青衣小鬟是无锡华学士府眷。他遂改名康宣，扮成落拓的穷汉，去华府为公子伴读，暗中潜访心上人。他因才华卓绝，得华学士恩宠，叫他于丫鬟中自择一人为妻。唐寅终于如愿，娶了秋香。新婚之夜，两人提起往事，甚为感慨，便留诗潜往苏州。后华学士相会唐寅，厚具妆奁，结为亲家。可以说，唐寅与秋香的"一笑姻缘"起于乘坐舟船，并且是借助舟船开花结果的。

《吴衙内邻舟赴约》中的男女主人公都出身于官宦之家，一在汴京（今河南开封），一在建康（今江苏南京），相隔千里，本无相见之理，但千里姻缘一线牵，两人在双方父亲的赴任途中于舟船上相遇，一见钟情，遂私期幽会。吴衙内深夜邻舟赴约，不料两船相背而去，他只好藏身于秀娥舱中床下。小说最核心最动人的情节是发生在男女主人公一见钟情后，也就是两人在船舱中朝夕相处的那几天，他们感情的升温是通过简单琐碎的衣食住行的描写来展现的。从空间方面来看，作者设置了种种偶然性的巧合：狂风大作两船相邻相泊—船中相遇—风平浪静两船相背而去。在这情意绵绵的流水中，作者将男女主人公爱情的滋生地和庇护所牢牢地锁定在了小小的船舱中。船舱虽小，但"五脏俱全"。在这种相对封闭的环境中，男女主人公的感情在不受外界的干扰下急剧升温并修成正果。

这是一则典型的以船体空间为叙事场所的舟船遇艳型婚恋小说。故事发生在因风浪停泊于江州码头的航船上，这是一种官船，不但可以满足一家人的日常起居，还可以接待外客的来访，船体空间的伦理秩序关系在叙事中得到清楚的显现。具体表现在，待客或就餐在中舱，相当于厅堂，中舱后有遮堂（屏门），屏门后是后舱，相当于内室，是家眷的活动空间。贺小姐与丫鬟同住一个舱房，隔壁则是贺司户夫妇的卧房。在这种情况下，作为访客的吴衙内可以进入相当于客厅的中舱，但是绝不可以进入作为船家私人空间的后舱。因此，吴衙内与贺小姐纵使有情有意，在这种空间规定下，不可能发生直接接触，由此才会出现越船偷情的情节。尽管船体空间需要根据家庭生活的伦理秩序进行划分，但是船上生活是短暂的，作为交通工具，船体不可能完全按照宅第的空间布局进行设置，所以船体所具有的家庭生活功能是临时性和象征性的。水上生活的单调与萍水相逢的机缘，船体空间的特殊与身份限制的松散，种种因素使得船体空间成为两性关系迅速发生、发展的温床，使男女之情具有了与传统婚恋叙事不同的特点。传统住宅，尤其是大户人家的宅第，院落与院落之间有墙体隔断，一旦关门，院落、房室便成为独立的空间，位于内院的女性闺房则是防护性与私密性最强的区域。然而，船行水上，借助水面阻隔，船体空间固然构成独立的空间，但是船体各部分共为一体，船体甲板相互连通，船上人员可以自由走动。另外，虽然船舱相对封闭，但是船舱的窗户可以打开，外面能看进去，里面能看出来。贺小姐的噩梦说明了这一点。她梦到吴衙内进入她的船舱并且与之发生关系，结果，两人私情被发现，吴衙内被投入江中。事情的发展应验了贺小姐的梦境，因为错过回自家船的时间，滞留在贺小姐舱内的吴衙内无法脱身，白天只能藏身床下，晚上等船上人熟睡后方能与贺小姐寻欢。船舱间的隔断可以有效地躲过视觉的侦查，但是单薄的舱板无法阻挡声音的穿透，吴衙内肆无忌惮的鼾声最终暴露了自己，私情被揭发，船舱作为两人的私情空间也宣告结束。船舱并非谈情说爱的"合法场所"，吴衙内与贺小姐之所以敢于冒险，是因为"萍水相逢"的两条航船给他们提供了现成的空间条件。他们的想法很简单，发生私情之后，只要吴衙内能安全地回到自家船上，他们的越界行为就无人知晓。但是，吴衙内偏偏错过了回自家船的时间，由此两人不得不被动地厮守在同一船舱中，最终被"瓮中捉鳖"。[1]

《黄秀才徼灵玉马坠》中的扬州秀士黄损被荆襄节度使刘守道聘为幕宾，出行时遇到赶赴蜀地的韩家航船，因为顺路，他提出搭乘的请求。得到允许后，他就乘坐了韩家的航船。黄损夜间在后火舱歇宿，他从船头到船尾必须经过韩小姐的船舱，而且后火舱就在其隔壁。借助这一空间便利，黄损与韩小姐暗通款曲，开始了第一次接触：

> 黄生推篷而起，悄然从窗隙中窥之，见舱中一幼女年未及笄，身穿杏红轻绡，云鬟半軃，娇艳非常。燃兰膏，焚凤脑，纤手如玉，抚筝而弹。……黄生顿时神魂俱荡，如逢神女仙妃……在舱中展转不寐，吟成小词一首……从窗隙中投进去。

舱中弹筝女韩小姐取而观之，赞叹不已，亦心慕黄损。两人乘夜深人静之际，隔窗对话交流，细语密言，暗生情愫。

韩小姐后来跟随薛媪来到长安。恰值大比之年，黄损前来长安应试，一举成名，除授部郎之职。在薛媪的穿针引线之下，他与韩玉娥鸳鸯重会，喜结连理。

《闻人生野战翠浮庵 静观尼昼锦黄沙弄》叙写静观本是杨家女儿，因身

---

[1] 杨为刚：《萍水相逢："三言二拍"中的水上空间与婚恋叙事》，《华中学术》2021年第1期，第109—117页。

体虚弱，其母受尼姑之骗让其到杭州翠浮庵出家为尼，虽是修行之人，但她情根未断。一日邂逅书生闻人生，心生爱慕。后来，她女扮男装，搭船赴杭州，恰与闻人生同处一舱，两人情难自禁，就欢会同居。闻人生后来一举成名，到杨家迎娶静观，两人伉俪相得，结成夫妇。

小说中静观小尼装扮成男性上船，由此与闻人生同处一舱，并且发生了性关系。事后，静观尼提出"愿相公勿认做萍水相逢，须为我图个终身便好"。但是，闻人生的现实身份是赴试举子，静观则是尼姑，"岸上空间"对应的现实社会无法接受两人的越轨关系，因此，这种关系如果在登岸后延续，岸上空间必须出现一种改变两人身份的机制。于是出现了静观尼还俗与闻人生中举的叙事设置。

三、男女情欲放纵舟船遇艳型

情欲，是人类原始的一种欲望，多多少少都藏在每个人的潜意识中。如果感情的欲望过了头，而时常对异性有非分之想，就可以称为淫欲过重或色欲过重。

淫欲过重的人，会时常贪求鱼水之欢，想要通过肉体的欢乐和身心的刺激去占有对方。贪求情欲的男女，目的只是从对方的肉体和心灵上得到依靠和抚慰，获得身心的快乐。就情欲而言，如果过度地追求和贪执，就会造成纵欲。如果情欲过剩，进而贪求夫妻之爱或非时、非地的苟合，更会造成邪淫的恶果，为自己和他人带来无穷的烦恼和痛苦。

而纵欲和邪淫，不是男人的"专利"；好色之徒，也可能是女人。虽然如此，在多数人根深蒂固的观念中，情欲炽盛，甚至邪淫好色的标签，似乎只属于男性。男性往往比较热衷于追求权力，而有些女性则是通过满足男性的情欲来抓住男性的心，并借机掌握男性的权力。所以女性内在的情欲世界往往要比男性复杂微妙。

《乔彦杰一妾破家》叙写宋仁宗明道元年（1032年），杭州有一个商人乔俊，字彦杰，自幼年丧父母，长得魁伟雄壮，好色贪淫。乔俊拿出三五万贯资本，专一在长安崇德收丝，往东京发卖，再贩枣子、胡桃等杂货从水路运回杭州出售，赚取利差。明道二年（1033年）春，乔俊在东京卖完丝，买了胡桃、枣子等货，坐船一路开行到南京上新河停泊，正要继续行船,遭遇大风,开船不得。忽见邻近商船上坐着一个美妇春香,生得肌肤似雪,髻挽乌云。乔俊一见,心甚爱之,贪淫之心顿起,花一千贯文财礼,便与此美妇勾搭成奸。次日天晴,风平浪静,大小船只一齐开行。乔俊在运河上坐船航行了五六日,才抵达杭州北新关码头,歇船上岸,叫一乘轿子抬着春香,来到自家门首,不料与家中妻子发生冲突。乔俊因为贪恋美色,弄得有家难奔,有国难投,将好好的一个富裕家庭折腾干净。

《杜十娘怒沉百宝箱》叙写李甲与杜十娘乘船沿京杭大运河从北京南下抵达扬州瓜洲渡口停歇,李甲准备另雇一条小船,把行李安顿好,只等第二天渡江。其时不远处还泊着一条船,船主人是年轻的富贾孙富,他夜饮归舟,正等安歇,忽听到江上飘来一阵婉转动人的歌声,顿时睡意全无。这孙富生性风流,又仗着手中有钱,惯向青楼买笑,是个嘲风弄月的高手。他一听这歌声,就觉得这唱歌的女子一定不一般,于是悄悄移舟过去,推开篷窗相望,瞥见杜十娘绰绰诱人的风姿,在如水的月光下,更显得圣洁柔美,不禁心荡神移起来。也是天公作美,正在孙富为如何能勾搭上美人而挠耳搔腮时,黎明时分降下一场大雪,江面苍茫,船只无法航行,只好继续留在岸边,这便给孙富提供了难得的机会。他着上貂帽裘服,十足一副贵公子的派头,故意坐在船头,扣舷而歌;李甲听得邻舟吟诗,伸头出舱,看是何人。这一看,正中了孙富的计策,接着两人叙了些闲话,渐渐亲热。孙富便邀请李甲上岸到酒肆中一饮。李甲随孙富登岸,踏雪来到市中酒楼。他们临窗而坐,酒保上了酒肴,孙富举杯相劝,两人赏雪饮酒,相谈甚欢。先是说些客套斯文话,几杯下肚,逸兴飞扬,话便说得百无禁忌了。谈来谈去,终于谈到了杜十娘的身上,李甲胸无城府,在孙富的探问之下,把两人如何相识,如何相好,后来又如何赎身,以至于目前的窘状,今后的打算,全一五一十地抖露了出来。孙富这才装作一片诚心地为他分析道:"令父位居一地之长,必定不能容纳一青楼女子为媳。尊兄若携妇回家,一定会伤了父子和睦。如果不回家,你们两人浪迹于山水之间,万一财资困竭,何以为生? 若是你先回家,把她留在苏杭,可知江南是风流之地,丽人独居,难保不有逾墙钻穴之事;更何况她本是烟花名女,又如何耐得住寂寞?"见李甲沉思不语,孙富又进一步重言相告:"父与色谁亲? 欢与害谁重? 愿尊兄三思而行啊!"一席颇似有理的话说下来,听得李甲心乱如麻,进而又胆颤心惊,直把孙富当成了救星,孙富做出万般诚恳的样子说："尊父之所以恼怒，不过是因为尊兄迷花恋柳，挥金如土，认为必是倾家荡产之子，不堪继承家业。尊兄若空手而归，正触其怒；倘若能忍痛割爱，在下倒是愿以千金相赠。兄得千金，以报尊父，只说在京授馆，并不曾浪费分毫，尊父必然能原谅你。尊兄请熟思之，在下非贪丽人之色，实是为兄效劳相助啊！"

当然，孙富猎艳的如意算盘最终是落空的，当杜十娘知道自己被李甲以一千两银子转卖给孙富后，她先是怒斥李甲的负心薄幸，又痛骂孙富"以奸淫之意，巧为谗说，破人姻缘，断人恩爱"的卑劣行径，并以跳江自沉的方式来抗争那个充斥着"好色贪淫"气息的罪恶社会。而"孙富自那日受惊，得病卧床月余，终日见杜十娘在傍诟骂，奄奄而逝"。

《吕使君情媾宦家妻 吴大守义配儒门女》中叙述董元广一家乘坐舟船从房州进京，在中途停泊时偶遇吕使君一家，两家人由此结识。此后，两家船一路同行，共赴临安。对于吕使君和董孺人（董元广继室）而言，此次航行不但邂逅相识，而且还产生了好感。但是两人都有家室，而且处于两条船上。两条航船相当于两座宅第，船在行进过程中，彼此保持着距离，两人只能顾盼，无法获得单独接触的空间。作者有意不让他们轻易得逞，让两人在欲海中煎熬。"两只船厮帮着，一路而行，前前后后，止隔着盈盈一水。"丈夫死后，董孺人独守一舱，由此才为吕使君的"越位"提供了条件。船靠岸停泊之后，董孺人借答谢之名宴请吕使君，席间，两人暗通款曲。吕使君和董孺人之间"推窗看月"与"开窗玩月"的对话显示停泊相并的船体之间，船窗在空间沟通方面的特殊作用。董孺人清楚地意识到，上岸后，两人关系不但难以维系，而且还要接受道德与礼法的制裁。因此，为了把这种关系掩饰并且延续下去，她主动要求改变身份，改嫁吕使君，这样他们可以以合法的身份登岸。

吕使君与董孺人的结合完全是欲望使然，作者也极力刻画董孺人体态"妖淫"的一面，从而强化这一妇人不断追求色欲的形象，从文中可以窥见一斑："风姿妖艳，性情淫荡""怎当得元广禀性怯懦，一发不济，再也不能畅她的意"。初见吕使君时她的内心似火，小说这样写道："她欲心如火，无可煞渴之处。因见这吕使君丰容俊美，就了不得动火起来。"这些语句的描写都能体现董孺人性情淫荡的一面。两人相见之时，由于前舱是待客之地，董孺人不但没有回避吕使君，反而不断增加自己的肢体语言勾引吕使君一再突破界限，先是"添茶暖酒"、接着"抛声调嗓"、再来"露面显身"、最后"眉来眼去"。在董元广去世以后，两人便寻找各种接触的可能；于是董孺人便以"谢孝"的方式，单请吕使君前来。此时从文中描写也可以看出两人的不轨想法，文中写道："吕使君闻召，千欢万喜，打扮得十分俏倬，趋过船来。孺人笑容可掬，迎进舱里，口口称谢。"进了船舱，要想突破界限，就得掩人耳目，于是作别之际，两人之间的眉目交流以及话语的传递，暗示下一步的船舱相会。

由于两船同行，吕使君特意吩咐船家将两船紧紧绑在一起，使得船舱相对，便于他跳舟赴会，私会董孺人：

人静之后，使君悄悄起身，把自己船舱里窗轻推开来。看那对船时节，舱里小窗虚掩。使君在对窗咳嗽一声，那边把两扇小窗一齐开了。月光之中，露出舱面，正是孺人独自个在那里，使君忙忙跳过船来，这里孺人也不躲闪。两下相偎相抱……云雨既毕。

这一小段描写了男女二人偷情的经过，形象生动地展现出董孺人与吕使君放纵情欲，置身于欲海的波涛中不能自拔的情形。

第三节　舟船遇艳故事的文化意蕴

情欲是生而为人最原始的本能。宋明时期，程朱理学盛行，倡导"存天理，灭人欲"，礼教立足于人性的本能之上，导致人的情欲被束缚，情欲和礼教也就形成紧张而对立的局面。

嘉靖、万历年间，陆王心学促发的人性解放思潮打破了理学一统天下的局面。泰州学派代表人物颜山农力主"制欲非体仁"说，认为"人之好色贪财，皆自性也。其一时之所为，实天机之发，不可壅阏之"[1]。李贽也宣称："盖声色之来，发于情性，由乎自然，是可以牵合矫强而致乎？故自然发于情性，则自然止乎礼义，非情性之外复有礼义可止也。惟矫强乃失之，故以自然之为美耳，又非于情性之外复有所谓自然而然也。"[2]这些思想共相推挽，汹涌而来，人欲如同一只被拴得太牢的困兽，一旦挣脱束缚，就会以极端反抗极端，产生巨大的冲击力量。面对反理学过程中

[1]　王世贞：《嘉隆江湖大侠》，载容肇祖整理《何心隐集》附录，中华书局1960年版，第143页。
[2]　李贽：《焚书三·读律肤说》，中华书局2018年版，第95页。

出现的这种新的社会道德思想，晚明时代的一些小说家着手划清情与淫的界限，"夫情近于淫，而淫实非情"，情与欲在他们的作品中合流了。冯梦龙以"我欲立情教"为立足点，以市民为"情教"的主要对象，取材于市民生活又照顾到市民情趣，使作品表现出一种既不同于唐传奇之"雅"，又有别于猥亵小说之"俗"的新的审美特征。"情"在"三言"中占据重要地位。"三言"中的诸多爱情篇章，强调"欲"的力量，又突出"情"的作用，标志着市民阶层在突破礼教对两性关系的规范后，正在探索一种比较合乎人情的新规范，力求使作品达到"善读者可以广情，不善读者亦不至于导欲"的境地。凌濛初的理论与创作较多地表现出晚明作家在情欲问题上的矛盾与困惑。在理论上，他主张对生活提纯净化，认为"语涉风情"时应"止存其事有者，蕴藉数语，人自了了。绝不作肉麻秽口，伤风化，损元气。此自笔墨雅道当然"。然而，在创作中又难免受时风熏染，出现不少"淫谈亵语"。总体而言，凌濛初对情欲的处理，是基本正确的。"二拍"中描写争取恋爱自由、婚姻自主的多篇小说，情与欲、灵与肉的结合显得自然和谐。

而冯梦龙则深受李贽思想的影响，提出了他所认为的"情教"观点，主张以情作为最高的信仰，不仅仅是狭义的男女之情，而是上升到人类的一切情感，然后到产生涵盖万物的一切情感，情既是出发点，也是回归点。在他的《情史》中也提道："人，生死于情者也；情，不生死于人者也。人生，而情能死之；人死，而情又能生之。"[1]"三言"中体现男女情欲的作品比比皆是，人应该尽可能地展现人生存的内在含义，而非被外在的天理束缚。在"三言二拍"的舟船故事当中，冯梦龙、凌濛初把舟船当成一个特殊的空间，青年男女在这个特殊的空间里喜结良缘、情欲外泄，抛开尘世的天理，把这一特殊的场所当作心灵的栖息地。舟船也就成为他们心中的依托，舟与水的结合也就象征着男女之间的情爱。而小说更是在前人的基础之上，进一步具体揭示了男女之间的相识与结缘，使舟船真正成为小说当中的"情欲之舟"。

舟船遇艳故事的文化意蕴具体体现在以下三个方面。

---

[1] 冯梦龙：《情史》，浙江古籍出版社2011年版，第232页。

一、舟船内部构造体现了封建礼制文化秩序

在"三言二拍"以舟船为叙事空间的遇艳型故事中,船只一般是承载多人的大型船只。这种船只航线长,时间久,需要连续多日起居在船上。遇到一家男女老少或者陌生异性同船共渡的情况,船体空间就要按照家庭住宅空间的功能划分进行设置。中国古代住宅建筑的空间结构体现了尊卑有序、男女有别的礼制观念,厅堂、主人卧室、女眷闺房及下人住处都有严格的空间划分。随着水路交通的发达与造船业的繁荣,最迟在两宋时期,中国就已出现了模仿住宅格局的大型客船。根据《中国古船图谱》收录的明清河船图片,这种船只除了开敞的船头与船尾,封闭的船舱基本分为四个部分:前舱、厅堂、中舱与火舱。前舱是船头和厅堂之间的过渡。接着便是接待客人的中舱、船客居住的舱房,末端火舱是掌舵兼作厨房之处。这种空间设置对应了不同身份乘客在船上的位置。主人应是在厅堂和舱室,女眷则主要是在舱室,船夫等服务人员的活动空间只能是在前舱与火舱。这种宅第化的空间设置意味着宅居生活中空间规定的礼制秩序在舟船上仍然有效,对乘船者而言,尊卑之分与男女之别依然存在。尽管这种身份空间区隔不如住宅那么严密,但是对于男女关系仍然起到约束与规训的作用。

《醒世恒言》卷三十二《黄秀才徼灵玉马坠》中的扬州秀士黄损遇到赶赴蜀地的韩家航船,因为顺路,提出搭乘的请求。得到允许后,船工告知他:"只可于艄头存坐,夜间在后火舱歇宿。主人家眷在于中舱,切须谨慎,勿取其怪。"这一提示便清楚地显示了船体构造及根据乘船者不同身份而进行的空间分配。

《初刻拍案惊奇》卷三十四《闻人生野战翠浮庵 静观尼昼锦黄沙弄》中的闻人生乘坐的航船构造比较简单,仅有中舱和火舱,中舱两边以栏杆为饰。闻人生在船上需推开窗户才能见到岸上情形,和船夫说话要走出船舱。可见中舱两边应有遮挡物,把中舱围合成封闭的空间,仅余窗口与外界联通。闻人生与船夫的睡觉场所是分开的。由此看来,船体空间的设置形成了基本的身份识别与区隔,不相识的异性更不可能同舱而居。如果是一个大家庭乘坐同一条长途航船,航船的厅堂与卧房要根据家庭伦理秩序

进一步划分。

《醒世恒言》卷二十八《吴衙内邻舟赴约》是一则典型的以船体空间为叙事场所的婚恋小说。故事发生在因风浪停泊于江州码头的航船上，这是一种官船，不但可以满足一家人的日常起居，还可以接待外客的来访，船体空间的伦理秩序关系在叙事中得到清楚的显现。具体表现在，待客或就餐在中舱，相当于厅堂，在中舱后有遮堂（屏门），屏门后是后舱，相当于内室，是家眷的活动空间。贺小姐与丫鬟同住一个舱房，隔壁则是贺司户夫妇的卧房。在这种情况下，作为访客的吴衙内可以进入相当于客厅的中舱，但是绝不可以进入作为船家私人空间的后舱。因此，吴衙内与贺小姐纵使有情有意，在这种空间规定下，也不可能发生直接接触。

但是由于受明末汤显祖"真情"观、冯梦龙"情教"说影响，"存天理，灭人欲"的理学思想已经与明清时期的社会思潮格格不入，这时的男女婚姻爱情观中具有了某些尊重个性、要求自由的进步成分。如《飞花咏》提出了"男女从来存大欲，况于才美复多情"的情欲观，《定情人》也肯定了"人生大欲，男女一般"的正常情欲。由这种思想和审美情感，联系到"三言二拍"的"舟船遇艳型故事"，便出现了青年男女越船偷情的情节。尽管船体空间需要根据家庭生活的伦理秩序进行划分，但是船上生活是短暂的，作为交通工具，船体不可能完全按照宅第的空间布局进行设置，所以船体所具有的家庭生活功能是临时性和象征性的。水上生活的单调与萍水相逢的机缘，船体空间的特殊与身份限制的松散，种种因素使得船体空间成为两性关系迅速发生、发展的温床，使男女之情具有了与传统婚恋叙事不同的特点。传统住宅，尤其是大户人家的宅第，院落与院落之间有墙体隔断，一旦关门，院落、房室之间便成为独立的空间，位于内院的女性闺房则是防护性与私密性最强的区域。然而，船行水上，借助水面阻隔，船体空间固然构成独立的空间，但是船体各部分共为一体，船体甲板相互连通，船上人员可以自由走动。另外，船舱相对封闭，但是船舱窗户可以打开，外面能看进去，里面能看出来。小说《黄秀才徼灵玉马坠》中，黄秀才作为搭船人，属于非家庭成员，如果在陆上住宅中，留宿的宾客只能住在中门之外的馆舍内。船上没有这种空间设置，所以他的活动范围只能尽可能地远离韩家家眷的生活区域，白天在船头活动,夜间在火舱睡觉。但船体空间毕竟是有限的,空间上无法把外人和家眷完全隔绝。黄秀才从船头到船尾必须经过韩小姐所在的船舱,而且后火舱就在其隔壁。借助这一空间便利,黄秀才与韩小姐暗通款曲,开始了第一次接触:

> 至夜韩翁扶醉而归,到船即睡,捱至更深,舟子俱已安息,微闻隔壁弹指三声。黄生急整冠起视。时星月微明,轻风徐拂,女已开半户,向外而立。黄生即于船舷上作揖,女子舱中答礼。生便欲跨足下舱,女不许,向生道:"慕君之才,本欲与君吐露心腹,幸勿相逼。"黄生亦不敢造次,乃蜷身坐于窗口。

因为两人之间没有实质性的阻隔,而且韩小姐的船舱只有她一人,因此,男女之别名存实亡,这就意味着只要韩小姐允许,黄秀才随时可以进入她的私人空间,但韩小姐拒绝了。为什么韩小姐要拒绝黄秀才的求欢呢? 这与船体设置所体现的空间功能与人际关系有关。船体作为一个独立空间,结构设置只能暂时满足乘船者的起居需要,船体空间的有限性与暂时性决定了船舱的封闭性能与区隔效果并不理想,因此,与传统闺房相比,船舱并不是符合隐私生活要求的私人空间。正常的男女之欢一般不会发生在船舱之中,如果发生那也往往是机缘巧合情况下促成的"露水夫妻"。在小说叙事中,船舱更多是作为一个越礼的私情空间出现,而且这个私情空间的存在是脆弱的。小说《吴衙内邻舟赴约》中,贺小姐的噩梦说明了这一点。她梦到吴衙内进入她的船舱并且与之发生关系,结果,两人私情被发现,吴衙内被投入江中。事情的发展应验了贺小姐的梦境,因为错过回自家船的时间,滞留在贺小姐舱内的吴衙内无法脱身,白天只能藏身床下,晚上等船上人熟睡后方能与贺小姐寻欢。船舱间的隔断可以有效地躲过视觉的侦查,但是单薄的舱板无法阻挡声音的穿透,吴衙内肆无忌惮的鼾声最终暴露了自己,私情被揭发,船舱作为两人的私情空间也宣告结束。正是因为船舱并非谈情说爱的"合法场所",所以在《黄秀才徼灵玉马坠》中,韩小姐拒绝黄秀才进入她的舱室,事实证明她另有打算。与贺小姐不同,韩小姐是庶出,家庭地位不高。她爱慕黄秀才并非青春期的性冲动,而是有着与黄秀才远走高飞的长远之计,因此,她不会因为贪图一时欢快而自毁前程。吴衙内与贺小姐之所以敢于冒险,是因为"萍水相逢"的两条航船给他们提供了现成的空间条件。他们的想法很简单,发生私情之后，只要吴衙内回到自家船上，他们的越界行为就无人知晓。但是，吴衙内偏偏错过了回自家船的时间，由此两人不得不被动地厮守在同一船舱中，最终被"瓮中捉鳖"。

二、舟船偷情与传统伦理道德的文化冲突

明代，对于平民阶层而言，尽管男女之防没有前代那么严格，但是男女之间的直接接触还是受到各种限制的，因此，陌生男女处于同一条船上并发生亲密接触需要特殊的机缘。

"偷情"是指男女暗中幽会或发生不正常的性关系，这种情形包括"已婚偷情"和"未婚偷情"两种。在传统的封建时代，偷情是违反社会伦理道德的，是不能为社会所接受的。在"三言二拍"的舟船故事当中，由于晚明以来人们的思想意识逐渐觉醒，"舟船偷情故事"可以说比比皆是，小说家充分利用舟行水上这一空间密闭性的特点，创作了众多的男女舟船偷情的故事。在这一系列的故事中，由于古代封建礼教对男性的限制与桎梏十分有限，真正限制的是古代女性，因此，偷情故事中的女性形象被无限放大，成为历代学者争相研究的对象。

在《吴衙内邻舟赴约》中，男女双方经过前面一系列的波折，最终见面，此时由相思爱慕之意转到男女之间肉体上的欲望满足，干柴烈火一般，舟船偷情由此形成。文中这样描述：吴衙内与贺小姐两人"相偎相抱，解衣就寝，成其云雨"。可见，在情欲的涌动下，青年男女双方在未婚及封建礼教限制的情况下，在舟船上完成了他们的偷情，可以说是此篇小说的高潮所在。为了增强小说情节的曲折性，此时两家官船已经分道扬镳，致使吴衙内无法脱身，困于贺小姐的船舱之内。后面则围绕吴衙内脱身及事情的败露来写，增强小说的张力和戏剧性，吸引读者的阅读兴趣。

为了避免事情败露，并且延续两人的情欲关系，贺小姐心生"藏舟"之计，故而白天贺秀娥装病在床，吴衙内则深藏床下，夜间两人则极尽欢爱。在这期间，吴衙内的饭量极大，贺秀娥只得不断地唤人来添饭，此时贺秀娥的面貌是"容光焕发"，这与平时大小姐虚弱无力、饭量偏小的表现形成了鲜明的对比和强烈的反差，同时也为整篇小说蒙上了一层喜剧的色彩。而这一切都源于情欲，男女双方满足各自的需要，突破重重的藩篱和

桎梏，使得气色红润且身心健康。而家人为贺小姐请了三位名医来诊断，诊断结果分别为"疳膨食积""痨瘵之症""膈病"，得知结果的读者也为这些庸医荒唐的诊断而暗暗发笑。这些喜剧成分对整个小说的紧张氛围起到了有效的调节作用，增强了小说的感染力，为后文的事情败露埋下伏笔。从整个"偷情"过程来看，推动整个过程向前发展的主要条件是舟船这一特殊的空间和场所，从吴衙内跳舟私会贺小姐，吴、贺两人于舟船内得到情欲的满足，贺小姐藏吴衙内于舟中，再到事情的败露，整个过程都是围绕舟船来写的，聚焦于舟船的种种空间构造。由于小说的"偷情"情节属于隐蔽的特殊情节，对于空间的选择多侧重狭小且隐蔽的特征，而舟船的构造恰恰符合这种环境的外部条件，因而形成小说的"偷情"空间，推动小说情节不断向前发展。

相比《吴衙内邻舟赴约》，另一个舟船偷情故事则有所不同。吴衙内和贺秀娥，一位是学识广博、英俊不凡的才子，一位是长相漂亮、才情俱佳的千金，他们是从一眼定情到情欲使然，"由情生欲"，符合普通百姓印象中"才子佳人"的文学形象。而在《吕使君情媾宦家妻 吴太守义配儒门女》中，吕使君与董孺人之间的偷情完全是性欲使然，作者也极力地刻画董孺人体态"妖淫"的方面，从而强化这个妇人不断追求色欲的形象，这从文中可以窥见一斑：董孺人"风姿妖艳，性情淫荡""怎当得元广禀性怯懦，一发不济，再也不能畅她的意"。初见吕使君时她便欲心似火，小说这样写道："她欲心如火，无可煞渴之处。因见这吕使君丰容俊美，就了不得动火起来。"这些语句的描写都能体现董孺人性情淫荡的一面，与贺秀娥不同，董孺人是已婚之妇，对于她而言，性欲是凌驾于封建道德礼法之上的，所以对于她来说整个舟船的界限不是那么明显，同时她本身也是空间界限的打破者，没有了内心礼教的约束和控制，情欲动机也使得这个舟船偷情故事显得更加缺乏戏剧性。两人相见之时，由于前舱是待客之地，董孺人不但没有回避吕使君，反而还不断地增加自己肢体上的语言勾引吕使君一再突破界限，先是"添茶暖酒"、接着"抛声调嗓"、再来"露面显身"、最后"眉来眼去"。吕使君也是接受了严峻的挑战，由于董元广尚且在世，两人没有突破界限，当董元广病逝之后，他们也就失去了伦理道德的限制，也无需顾忌"守贞"的问题，再加上董孺人本性风流，此时与吕使君的界限一触即破，作者充分发挥了小说的张力，同时也激起了读者对于后文的窥视欲,从而引发读者阅读下去的兴趣。董元广去世以后,两人便寻找各种接触的可能,但无奈船上人员众多,再加上自己官员的身份,吕使君只是协助董孺人办理其夫的丧事,难免顾忌自己的名声,不能明目张胆,此时的封建礼教就成了一种界限,想要突破,就要符合身份和礼仪,于是董孺人便以"谢孝"的方式,单请吕使君前来。此时从文中的描写也可以看出来两人的不轨想法,文中写道:"吕使君闻召,千欢万喜,打扮得十分俏俏,趋过船来。孺人笑容可掬,迎进舱里,口口称谢。"进了船舱,他们要想突破界限,就得掩人耳目,于是两人在作别之际,通过眉目交流及话语的传递,暗示下一步的船舱相会。

由于两船同行,吕使君特意吩咐船家将两船紧紧绑在一起,使得船舱相对,便于跳舟赴会,私会董孺人:

人静之后,使君悄悄起身,把自己的船舱里窗轻推开来,看那对船时节,舱里小窗虚掩。使君在对窗咳嗽一声,那边把两扇小窗一齐开了。月光之中,露出身面,正是孺人独自个在那里。使君忙忙跳过船来,这里孺人也不躲闪。两下相偎相抱,竟到房舱中床上,干那话儿去了。一个新寡的文君,正要相如补空;一个独居的宋玉,专待邻女成双。一个是不系之舟,随人牵挽;一个如中流之楫,惟我荡摇。

这一小段描写了男女二人偷情的经过,清晰可见"窗"这一事物在这次偷情当中所扮演界限这一角色,也是这段偷情故事当中的重要线索,"吕使君推窗""小窗虚掩""吕使君对窗咳嗽""两窗齐开",这一系列的关于窗的开合虚掩,串联起了偷情整个事件,此时的关于"窗"的一系列动作,增强了小说的情节感和画面感。此时的"窗"既是男女二人偷情要突破的界限,也是他们掩人耳目的载体,这种"突破"与"掩护"成为小说张力的来源,促进小说的情节发展。

贺秀娥通过投掷花笺私约吴衙内,而董孺人开窗暗语会意吕使君前来赴约,当上述两种行为发展到男女情欲不可抑制之时,舟船也就成了情欲宣泄的场所,男女双方的情欲便会毫无保留地释放出来,船舱内的各种秩序就会遭到挑战。当情欲宣泄过后,船舱内的秩序会立刻回到现实,偷情只是男女双方享受的一时之欢,既无法改变特有既定的舟船空间秩序,也不会改变原有的封建礼教制度。因此,无论是贺家小姐秀娥还是风流的董孺人,她们都没有冲破藩篱,依然禁闭在舟船后舱的空间规范之中。但有一点是可以肯定的，那就是当时社会人们的思想意识开始觉醒，逐渐有了追求自己幸福的欲望和想法，因此，人们对男女偷情这种行为并不是一概地口诛笔伐，而是具体问题具体对待。

在《吴衙内邻舟赴约》中，吴衙内与贺小姐偷情并被抓到，而故事的结局非常圆满，有情人终成眷属，也没有受到过多的非议和谴责。反观《吕使君情媾宦家妻 吴太守义配儒门女》中的吕使君和董孺人，同样是在船舱中偷情，但结局与吴、贺截然相反，受到众人的非议。同样是舟船情欲的表现，同样是男女之间的偷情，为什么好坏褒贬却不尽统一呢？我们又该如何看待不同的情欲关系呢？

在《吴衙内邻舟赴约》中，作者以"前缘判定"来解释。单身男女彼此颇有好感，但不能据此打破封建道德伦理的禁锢，还需要某些先行条件，所以作者就通过男女双方的梦境来完成这一先决条件：贺秀娥接得吴衙内题诗，发现与梦境相同，认定合该为配；吴衙内发现自己所梦与贺秀娥分毫不差，因此认定两人是宿世姻缘。作者将两人的"偷情"加上了不为人的意识所转移的观念，致使两人的"偷情"有了合理的解释，符合当时的封建伦理道德和价值观，因此，他们得到家人和社会的认可，有情人终成眷属。不过同样是偷情故事，《乔彦杰一妾破家》《吕使君情媾宦家妻 吴太守义配儒门女》及《闻人生野战翠浮庵 静观尼昼锦黄沙弄》则更多的是受到道德的谴责和众人的非议，从而也被冠上了淫乱的骂名。除了作者区分的先决条件"姻缘宿命"外，我们又该怎样区分各种各样的情欲关系呢？不妨从"情"和"欲"二者之间的关系着手。

在《乔彦杰一妾破家》中，乔俊在东京卖丝已了，买了胡桃、枣子等货，船前行至南京上新河停泊，正要行船，因大风受阻，他在舟船上一住就是三日，百无聊赖之际，忽见邻船上有一美妇，生得肌肤似雪，鬓挽乌云。乔俊一见，心甚爱之，淫心顿起。

乃访问梢工道："你船中是甚么客人？缘何有宅眷在内？"梢工答道："是建康府周巡检病故，今家小扶灵柩回山东去。这年小的妇人，乃是巡检的小娘子。官人问他做甚？"乔俊道："梢工，你与我问巡检夫人，若肯将此妾与人，我情愿多与他些财礼，讨此妇为妾。说得这事成了，我把五两银子谢你。"梢工遂乃下船舱里去说这亲事。言无数句，话不一席，有分教这乔俊娶这个妇人为妾，直使得：一家人口因他丧，万贯家资指日休。

乔俊用一千文财礼将妇人占为己有,心中十分欢喜,乃问妇人:"你的名字叫做甚么?"妇人乃言:"我叫作春香,年二十五岁。"乔俊当晚就在舟中与春香同铺而睡。但最终乔俊也因为贪恋美色,弄得有家难奔,有国难投,将好好的一个富裕家庭折腾干净。

这种对"淫欲"的否定,从作者在叙述此故事的倾向性文字中也能看出端倪。

小说开篇诗写道:"世事纷纷难诉陈,知机端不误终身。若论破国亡家者,尽是贪花恋色人。"

结尾诗写道:"乔俊贪淫害一门,王青毒害亦亡身。从来好色亡家国,岂见诗书误了人。"

同样,在《吕使君情媾宦家妻 吴太守义配儒门女》中,作者对不由情感而生发,完全出于满足各自淫欲的男女舟船"偷情"是持否定、批判态度的。董孺人生性风流淫荡,并且为有夫之妇,在舟船行驶期间与吕使君偷情,董元广死后吕使君则将董孺人聘为外室,后来吕使君官路受阻,郁郁而亡,董孺人也无所依靠,竟将董元广的女儿卖到娼家,最终落得家破人亡。在这段"偷情"故事中,吕使君和董孺人并没有感情基础,双方只是贪享一时之欢,是"欲"支配着男女双方的行为,作者也是因为男女双方打破原有的伦理道德,违背社会的价值观,没有回归到以"情"为主导,才让他们最终落得悲惨的结局。而另一篇小说《闻人生野战翠浮庵 静观尼昼锦黄沙弄》中,静观身为女尼,回家探亲并装扮成男儿身,碰巧在舟船上碰到闻人生,见其仪表非常,便有了钦慕之心。此时"男僧"静观与闻人生共处一室,并没有相知相识的过程,不过此时静观是性欲的追求者,在闻人生尚未察觉静观的真实性别之前她是处于主动的引诱状态,可见静观对于性的渴望,在闻人生得知其性别之后,两人遂成云雨,两人也从此完婚,修成正果。四对男女在船舱中的偷情行为都有违礼法,贺秀娥的未嫁之身,乔俊的有妇之夫,董孺人的丈夫新死,静观的尼姑之身,他们都突破自身的界限而追求情欲,虽然结局有好有坏,但从他们的事例中可以看出,偷情并非构成善报或者恶果的唯一依据。种种情欲表现是他们在宋明理学的严厉压制下,彰显出的对封建伦理道德的不满。张振钧和毛德富认为,"在'三言二拍'中看似对于性事的直白描写,从本质上讲却是对于性禁忌的反动。而性的禁忌导致性的神秘,性的神秘导致人们对性的向往和渴望"[1]。

性欲是人类最原始的欲望,可以划分为"自然欲""情感欲""理智欲"几种层次。在这几种层次中,"自然欲"是最底层的,它属于动物最原始的生理本能的欲望,是在自我的主导之下对自己本能的纯粹的释放,并体会其中的乐趣;"情感欲"则比"自然欲"要高一个层次,它在"自然欲"的基础之上有了社会的情感,从而形成了"情中有欲,欲中有情"的状态;而"理智欲"则是最高的一个层次,是对"自然欲"进行自我的控制和压抑,用一种理性的方法来看待欲望。据此,我们可以把上面的几种舟船偷情行为进行归类。《乔彦杰一妾破家》中的乔俊,《吕使君情媾宦家妻 吴太守义配儒门女》中的董孺人,他们的情欲属于"自然欲",他们以自然欲为依托;《吴衙内邻舟赴约》《闻人生野战翠浮庵 静观尼昼锦黄沙弄》中两对青年男女的情欲则属于"情感欲",他们之间虽然有着男女之间的偷情,但仍以在交往中产生的对彼此爱慕的情感作为核心;而《黄秀才徼灵玉马坠》中韩玉娥的情欲则偏向"理智欲",她因为爱慕黄损,而私会黄损,但并未进行偷情之事,守护了男女之间的界限。

在许慎的《说文解字》中,"欲"为"贪欲"也,与"欲"相对的则是"情",用朱熹的话来说就是"性是水之静,情是水之流,欲则水之波澜"[2]。通过以上的论证和分类,我们发现与"淫欲"相对的则是"情欲",当男女双方的"情"取得道德的合理性时,"欲"也就顺理成章寄托于情,但与"淫"还是有所区别的。在晚明的社会背景之下,从最初的"存天理,灭人欲"转移到宣扬"人性",社会道德层面对市民百姓的约束力也逐渐有所改变,与此同时,人们对"情欲"的看法随着社会的发展而变化,此时人们"情欲"与"淫欲"的区别在于能否进一步发展出"情"。"情"是两者的分界线,也是小说创作者对待"情欲"的立足点:如果故事人物只停留在最原始的性欲层面,则视为"淫",并且会受到道德的谴责和社会的批判,结局必然是悲惨的;如果故事的男女双方在"欲"的基础之上衍生出了"情",并且符合封建的礼法道德,那么这样的"情欲"则会为

[1] 张振钧、毛德富:《禁锢与超越——从"三言二拍"看中国市民心态》,国际文化出版公司1988年版,第109页。
[2] 黄卫总:《中华帝国晚期的欲望与小说叙述》,张蕴爽译,江苏人民出版社2010年版,第20页。

人们所接受。从"三言二拍"上述几篇舟船偷情故事中，我们能充分地体会到晚明时期的价值观和普遍的社会思想。

三、舟船遇艳"尊情重欲"的情欲观与封建礼法道德文化的碰撞

中国古代封建社会的传统礼教是以"天理"为本位而蔑视与否定人的情欲的，把性欲冲动看作"邪念"。中国古代小说以礼教之、以"天理"为本位的情欲观念则继承了这种传统。但中国古代小说发展到明清时期开始萌发了"尊情重欲"的情欲观念，和中国古代小说主动与礼教传统达成妥协调和并服膺于礼教传统的性质相比，明清一些言情小说以批判性的态度突破了礼教传统对"情欲"的重重束缚，深化了中国古代小说"尊情重欲"的意识，并将其积极因素整合到以欲为基、以情统欲、欲情相互调和的现代情欲结构中。"尊情重欲"的观念在明清两代的言情小说中，有的体现为重欲轻情，有的体现为重情轻欲，没有将情与欲看作同样重要的两种人性因素给予评价，所以小说中的情欲结构意识都出现了非此即彼的偏差。在《金瓶梅》等明末清初的人情小说中，情欲结构意识虽然欲情并提，但重心在"欲"上，其内涵主要表现为"情色"。《警世通言》卷三十八《蒋淑真刎颈鸳鸯会》对"情色"做了具体的解释："单说着'情色'二字。此二字乃一体一用也。色绚于目，情感于心，情色相生，心目相视，故亘古及今，仁人君子弗能忘之。""色绚于目"指性爱对象的美丽体貌映入眼帘，"情感于心"即对性爱对象的悦慕之情油然而生。由此看来，明清所谓"情色"是从彼此的体貌美丑而来的情感态度，与本能之欲有着更为密切的关系。

在中国古代，婚姻的形式主要是父母包办，即通常所说的"父母之命，媒妁之言"。作为婚姻当事人的青年男女没有决定权。这种婚姻形式必然会带来低质量的婚姻生活，男女双方感情不和、同床异梦的现象屡见不鲜，加之古代离婚远没有今天这么容易，可以想见不幸的婚姻带给男女双方的痛苦和伤害。在这种情况下，纯粹出于男女双方意愿的偷情较之个人不能做主的不幸婚姻无疑和现代的情爱方式更为接近，具有一定的进步性，因而不能简单地以现代的观念来对其进行评价。

明清时代男女的情爱往往在礼法与情欲之间备受煎熬。但是，礼法的约束性是有限的，当情欲战胜礼法之时，人们还是会做出偷情行为的。虽然他们的偷情行为违反法律与道德，为整个社会所不齿，为士人群体所鄙弃，但是，他们不惜铤而走险，甘愿冒天下之大不韪，去寻求缺失的情感寄托。毕竟人是社会之人，要受到道德与礼法的约束。然而人亦是自然之人，有男女大欲的生理需求。

因此，在"三言二拍"描写的舟船偷情故事中，创作者在情欲意识上呈现出肯定情欲、追求情欲理想，并希望在情、欲之间建构相对和谐的情欲结构的现代性特征，体现出重视自我、肯定与张扬情欲的情欲意识。比如《警世通言》卷十一《苏知县罗衫再合》作者借色女之口道出了"一面红妆爱杀人……每羡鸳鸯交颈，又看连理花开。无知花鸟动情怀，岂可人无欢爱。君子好逑淑女，佳人贪恋多才，红罗帐里两和谐，一刻千金难买"的尊情重欲的情欲观念。

在《吴衙内邻舟赴约》中，男女主人公吴衙内、贺小姐之间萌发的是一种一见倾心式的爱情，郎才女貌是两情相悦的媒介。这是当时社会中青年男女所能企求的最圆满的理想爱情。人们并未从这种情爱中发现多少精神内容，但恰恰是这种基于人的本能要求的情欲，最鲜明地体现出当时人们的个性解放的要求。此外，在展示这种情欲时，作者并未做粗俗低劣的描绘，而是着力揭示它与封建伦理纲常、规范习俗所产生的深刻矛盾，从而引发出一系列喜剧冲突与滑稽场面。小说的喜剧风格与情节构置完全建立在这一基本的矛盾冲突之上，因而能启迪人们在忍俊不禁中认识封建礼法纲常的压抑人性的本质。吴、贺两家的舟船相挨，贺小姐夜间因思成梦，梦见吴衙内从对面的船上越过船窗，来到她的船舱，结果被家人发现，投入江中。贺小姐的梦境暴露了她一方面渴求空间越界，另一方面又担心越界遭受惩罚的潜意识。男女情欲的自我控制往往不是依靠自我约束，而是礼法威慑，礼法的威慑往往需要通过物理空间的区隔来实现；男女之别的物理区隔一旦不复存在，压抑的情欲就会产生越界的冲动；当越界的风险可以规避的时候，越界的冲动就会转变为实际的行动。吴衙内与贺小姐敢于冒险的前提是，两家船是暂时性地停靠在一起，空间的沟通是暂时的，因此，这种空间条件下建立的男女关系也是暂时的。这种情况下，只要吴衙内神不知鬼不觉地回到自家船上，随着航船的起航，船上私情无人知晓也就等于没有发生。

在《闻人生野战翠浮庵 静观尼昼锦黄沙弄》中，静观尼装扮成男性上船，由此与闻人生同处一舱，并且发生了性关系。小说通过尼姑静观追求爱情的故事，说明人的自然欲望是任何外力也遏制不住的。即使如静观这样尊崇"四大皆空"的出家人，尚且不能按捺自己的情欲，更何况是生活在世俗社会的平民百姓呢？他们"得知了这些情欲滋味，就是强制得来，原非他本心所愿"。这是对提倡"存天理、灭人欲"的伪道学的尖锐抨击。作品所显现的这种思想倾向，正和晚明进步思潮相合拍。事后，静观尼提出"愿相公勿认做萍水相逢，须为我图个终身便好"。但是，闻人生的现实身份是赴试举子，静观则是尼姑，"岸上空间"对应的现实社会无法接受两人的越轨关系，因此，这种关系如果在登岸后延续，岸上空间必须出现一种改变两人身份的机制。于是出现了静观尼还俗、闻人生中举的叙事设置。闻人生授官后的第一件事就是"奉旨完婚"，有了代表最高礼法裁判权的皇帝出面，两人船上的越轨行为便一笔勾销，他们成为"名正言顺"的合法夫妻。同样，在《吴衙内邻舟赴约》中，吴衙内与贺小姐出自官宦家庭，家教威严。正常的情况下，两人不但不可能发生接触，更不可能发生性关系。但是，借助水上行舟的机缘，两人产生了私情。事情暴露后，于礼于法，吴衙内和贺小姐都要接受惩罚。但贺司户怜惜女儿，同时也为了保全家门名声，不得不"将错就错"，同意两人的婚事。作为补救的条件，贺家要求吴衙内必须考取功名，以一种体面的方式迎娶女儿。故事的结局是，吴衙内被吴家派人偷偷送上岸，回到家后，他发奋苦读，最终不负所望，成功登科，授了官职，由此与贺小姐顺利完婚。通过金榜题名所获得的新身份来完成婚姻，相当于另一种形式的"奉旨完婚"。这种通过"科名"来改变身份，继而利用官方认可的身份来掩饰以前的越轨行为，是明清小说常见的情节设置。在水上发生的婚恋叙事中，"科举—授官"可以认为是男主人公上岸后进行空间身份转换的叙事设置。男女当事人都未婚，在两厢情愿的情况下产生了私情，作者对于这类情感越轨采取了宽容的态度，由此形成了水上情欲空间与岸上礼教空间的协商叙事。如果已婚男女利用水上空间产生私情或者发生违背女方意志的诱奸、强奸，甚至奸杀，这时候，犯事者的水上身份与岸上力量身份无法调和，必然出现一种惩罚性的社会力量，由此改变男女关系的叙事走向。在《吕使者情媾宦家妻 吴大守义配儒门女》中，董孺人与吕使君都有家室，两人在船上私通后，不得不面对上岸后的问题："目下幸得同路而行，且喜蜀道尚远，还有几时。若一到彼地，你自有家，我自有室，岂能长有此乐哉。"董孺人清楚地意识到，上岸后，两人关系不但难以维系，而且还要接受道德与礼法的制裁。因此，为了把这种关系掩饰并且延续下去，她主动要求改变身份，改嫁吕使君，这样他们可以以合法的身份登岸。他们本以为这样就可以掩盖船上的奸情，但是作者并没有放过他们。上岸后的惩罚也随之而来，吕使君因为名声败坏，被弹劾丢官，最后郁郁而终。

男女关系属于发生在水上空间的奸情，因为男女主人公逾越礼法的程度不同，出现在与水上空间相对应的岸上空间中，审判与惩治当事人违礼或者违法的叙事设置也不相同，其背后则是维系岸上秩序的礼法力量。根据明代法律规定"凡和奸，杖八十。有夫，杖九十。刁奸，杖一百"。从法律层面上讲，吴衙内与贺小姐、闻人生与静观尼在船上发生的性行为属于和奸，在"奸罪"中，惩罚程度最轻，因此他们上岸后，通过改变身份维系关系，算是将功补过。吕使君与董孺人属于"有夫奸"，罪名要重，所以在登岸后，作者没有让他们保持船上的关系，而是通过因果报应的方式给予惩罚。

在情欲与礼法的冲突中，代表主流意识形态的礼法力量始终具有绝对的优势，个人情欲的舒张总是受到强势社会力量的围堵与惩戒。但是，从上面的分析也可以看出，随着新兴社会力量的出现，男女婚恋观念正在发生某种程度的改变与松动，由此使得男女婚恋叙事表现出人情化和复杂化的特点。

因此，通过考察上述几则"男女舟船遇艳故事"，我们可以发现，促成水上婚恋关系发生的主要原因是礼法监管的松弛，在这种背景下，作为婚恋原动力的情欲在小说叙事机制中的作用受到重视。由此，"三言二拍"水上婚恋叙事在人物塑造、情节设置与主题表达方面表现出明显的进步性。主要体现在三个方面：第一，是男女主人公身份的多元化，从文士、官员、举子、伙计到仕女、丫鬟、尼姑、娼妓，社会各个阶层都有涉及，社会生活面得到拓展，世俗生活气息浓厚；由此形成第二个方面，尽管男女主人公的身份差异很大，但作者对于男女间的自由结合表现出更大程度的宽容与理解，因此，男女关系由恋爱或者私情转变为婚姻的概率增大；最终表现为第三个方面，道德说教的成分相对弱化，尽管一些篇目还存在道德训诫的成分，但是故事的娱乐性与可读性成为作者更为关注的点。实际上，这三个方面在"三言二拍"及明代其他婚恋小说中都有不同程度的表现，但是，因为叙事空间的特殊性与复杂性，上述特征在舟船遇艳故事叙事中表现得更为生动、集中且突出。

参考文献

一、著作

冯梦龙：《喻世明言》，上海古籍出版社 1992 年版。
冯梦龙：《警世通言》，上海古籍出版社 1992 年版。
冯梦龙：《醒世恒言》，上海古籍出版社 1992 年版。
凌濛初：《拍案惊奇》，上海古籍出版社 1992 年版。
凌濛初：《二刻拍案惊奇》，上海古籍出版社 1992 年版。
姜师立：《中国大运河文化》，中国建材工业出版社 2019 年版。
安作璋：《中国运河文化史》，山东教育出版社 2001 年版。
张秉政：《运河·中国：隋唐大运河历史文化考察》，北京时代华文书局 2019 年版。
赵维平：《明清小说与运河文化》，上海三联书店 2007 年版。
《阅读大运河》编委会：《阅读大运河》，中国财政经济出版社 2021 年版。
李贽：《焚书·续焚书》，岳麓书社 1990 年版。
田汝成：《西湖游览志余》，浙江人民出版社 1980 年版。
沈德符：《万历野获编》，中华书局 1997 年版。
谭正璧：《三言两拍资料》，上海古籍出版社 1980 年版。
缪咏禾：《冯梦龙和三言》，上海古籍出版社 1979 年版。
聂付生：《冯梦龙研究》，学林出版社 2002 年版。
刘果：《"三言"性别话语研究：以话本小说的文献比勘为基础》，中华书局 2008 年版。
徐定宝：《凌濛初研究》，黄山书社 1999 年版。

张兵：《凌濛初与两拍》，辽宁教育出版社1992年版。

程国赋：《三言二拍传播研究》，中国社会科学出版社2006年版。

鲁迅：《中国小说史略》，上海古籍出版社1998年版。

齐裕焜：《明代小说史》，浙江古籍出版社1997年版。

陈大康：《明代小说史》，上海文艺出版社2000年版。

许振东：《17世纪白话小说的创作与传播——以苏州地区为中心的研究》，中国社会科学出版社2005年版。

王先霈、周伟民：《明清小说理论批评史》，花城出版社1988年版。

陈大康：《明代商贾与世风》，上海文艺出版社1996年版。

钱杭、承载：《十七世纪江南社会生活》，浙江人民出版社1996年版。

韩经太：《理学文化与文学思潮》，中华书局1997年版。

左东岭：《李贽与晚明文学思想》，人民文学出版社2010年版。

朱全福：《"三言"、"二拍"研究》，暨南大学出版社2012年版。

蒋朝军：《苏州与扬州：最是红尘中一二等富贵风流之地》，上海古籍出版社2014年版。

万晴川：《中国古代小说与方术文化》，中国社会科学出版社2005年版。

二、论文

吴欣：《大运河文化的内涵与价值》，《光明日报》2018年2月5日。

王韬：《大运河的文化意象》，《江南大学学报》2018年第4期。

许韧：《明清文学中的运河文化探析》，《作家》2014年第18期。

代智敏，胡海义：《明清小说中的"西湖"意象之阐释》，《名作欣赏》2012年第20期。

李想：《略论"三言二拍"所蕴涵的运河文化》，《淮阴工学院学报》2012年第6期。

王平：《〈金瓶梅〉与运河文化论略》，《黑龙江社会科学》2010年第2期。

田秉锷：《〈金瓶梅〉与运河文化》，《徐州师范大学学报》1990年第4期。

郑孝芬:《中国大运河文化研究综述》,《淮阴工学院学报》2012 年第 6 期。

张祝平、任伟玮:《宋代杭州佛教与世俗社会关系研究》,《宁夏大学学报》(人文社会科学版) 2015 年第 5 期。

朱宗宙:《明清时期盐业政策的演变与扬州盐商的兴衰》,《扬州大学学报》(人文社会科学版) 1997 年第 5 期。

王日根、曹斌:《明清时期江河盗贼的基本来源探析》,《学习与探索》2012 年第 7 期。

李萌昀:《舟船空间与古代小说的情节建构》,《明清小说研究》2013 年第 2 期。

刘勇强:《历史与文本的共生互动——以"水贼占妻(女)型"和"万里寻亲型"为中心》,《文学遗产》2000 年第 3 期。

杨为刚:《萍水相逢:"三言二拍"中的水上空间与婚恋叙事》,《华中学术》2021 年第 1 期。

欧阳健:《"三言""二拍"中"发迹变泰"主题新说》,《文史哲》1985 年第 5 期。

张义光:《三言二拍与中晚明社会思潮》,《汉中师范学院学报》(哲学社会科学版) 1993 年第 3 期。

宋俊华:《论明清小说中商人的价值观念》,《湛江师范学院学报》(自然科学版) 1996 年第 1 期。

周健白:《对传统"贱商"观念的重大突破——论"三言二拍"的重商意识》,《贵州文史丛刊》1997 年第 3 期。

王宏图:《欲望的凸现与调控——对"三言""二拍"的一种读解》,《中州学刊》1998 年第 2 期。

李涓:《从〈三言〉、〈二拍〉看王学左派思潮对晚明文学的影响》,《云南民族学院学报》(哲学社会科学版) 1998 年第 4 期。

陈默:《论"三言"、"二拍"的文化意蕴与审美价值》,《学术交流》1999 年第 5 期。